Julia Schoch
Schöne Seelen und Komplizen

PIPER

Zu diesem Buch

Lydia, Ruppert, Alexander, Kati, Vivien – sie alle verbringen die Jahre 1989 bis 1992 auf einem Gymnasium im Osten Deutschlands. Während die einen mit glühendem Blick im Café Reinholdt subversive Gedanken spinnen, sehen die anderen unschuldig einer sozialistischen Zukunft entgegen. Der Mauerfall trennt sie schlagartig von ihrer Vergangenheit, die Weltgeschichte drängt sich ihrer Jugend auf. Schwankend zwischen Hass, Verweigerung und Sehnsuchtseuphorie sieht jeder die Veränderung 1989 mit anderen Augen. Demut, Suizid und erwachendes Selbstbewusstsein stehen auf verwirrende Weise nebeneinander.
Dreißig Jahre später zieht jeder der jugendlichen Helden die Bilanz seines Lebens. Und verstreut in der ganzen Welt, stehen alle vor denselben großen Fragen: Wie viel ist unsere Vergangenheit wert? Wie lange verfolgt sie uns – oder verfolgen wir sie?
»Lakonisch und subtil beschreibt Julia Schoch, wie das Jahr 1989 das Leben der Schüler durcheinandergewirbelt hat und wie sie später damit umgehen. Ein kluger Roman über die Wendezeit und das Leben im Allgemeinen.« *WDR5 »Bücher«*
»Julia Schoch ist eine Virtuosin des Erinnerungserzählens, konziser Lebensrückblicke, mit deren Hilfe sie auf ebenso leichte wie kluge Weise unsere Gesellschaft zu porträtieren versteht, ohne vom Privaten abzugehen.« *FAZ*

Julia Schoch wurde in Bad Saarow geboren. 2001 debütierte sie mit dem Erzählungsband »Der Körper des Salamanders«, 2009 erschien der für den Preis der Leipziger Buchmesse nominierte Roman »Mit der Geschwindigkeit des Sommers«. Sie erhielt. u.a. den Annette-von-Droste-Hülshoff-Preis, ihr wurden die Ehrengabe der Deutschen Schillerstiftung verliehen sowie der Schubart-Literaturpreis der Stadt Aalen. Zuletzt erschienen »Das Vorkommnis« und der SPIEGEL-Bestseller »Das Liebespaar des Jahrhunderts«. Julia Schoch lebt als freie Schriftstellerin und Übersetzerin in Potsdam.

Julia Schoch

Schöne *Seelen* und *Komplizen*

Roman

PIPER

Mehr über unsere Autorinnen, Autoren und Bücher:
www.piper.de

Sämtliche im Roman auftretende Personen sind literarische Figuren und wurden von mir frei erfunden. Ähnlichkeiten zu lebenden oder verstorbenen Personen sind nicht beabsichtig und rein zufällig. Mit der Stadtlandschaft von Potsdam habe ich mir einige Freiheiten erlaubt, wie auch Cafés, Schulen oder Wohnsiedlungen von mir verändert worden sind.

Das Motto stammt aus:
Georges Perec, »Ein Mann der schläft«, aus dem Französischen von Eugen Helmlé, diaphanes, Zürich 2012, S. 110
Mit freundlicher Genehmigung des Verlags

Unser Versprechen für mehr Nachhaltigkeit
• Klimaneutrales Produkt
• FSC®-zertifiziertes Papier
• Hergestellt in Europa

FSC www.fsc.org MIX Papier | Fördert gute Waldnutzung FSC® C021394

Ungekürzte Taschenbuchausgabe
ISBN 978-3-492-31547-0
September 2024

Umschlaggestaltung: zero-media.net, München
Umschlagabbildung: Arcangel / Alison Burford
Satz: Fotosatz Amann, Memmingen
Gesetzt aus der Bembo
Gedruckt von ScandBook in Litauen
Printed in the EU

Schau! Schau sie an! Sie sind Tausende und Abertausende, schweigsame Wachposten, unbewegliche Erdbewohner, längs der Kais stehend, der Uferböschungen, längs der im Regen ertränkten Bürgersteige … mitten in einer Ozeanträumerei, und sie warten auf den Nieselregen, auf die Brandung der Gezeiten, auf den rauen Ruf der Seevögel.

Georges Perec

Der Kalender liefert keine gute Antwort auf die Frage, welcher Zeit man angehört. Vielleicht streifen wir die Gegenwart nur, vielleicht sind wir in Wahrheit nur die imaginären Zeitgenossen unserer Gegenwart. Zeitgenossen ihrer Fiktionen, aber nicht ihrer Geschichte, von der wir nur den auf und ab tanzenden Widerschein bewohnen … Zurückblickend schauen wir in ein Archiv vergangener Aufgeregtheiten, das zugleich ein Museum der Flüchtigkeit ist. In diesem Punkt ähnelt die Geschichte der Liebe. Man erinnert sich. Stärker aber als an die Liebe selbst erinnern wir uns an ihre Vergänglichkeit, schon jetzt.

Teil Eins

1989–1992

It started out so nice.

Rodriguez

LYDIA GEBAUER

Im Ernst, wer will schon ein Pferd spielen. Ein Pferd! Ich war sofort dagegen. Ein Stück, in dem Tiere reden, Schweine und Hunde und Pferde. Bei jedem anderen hätte ich gewettet, dass es um Lacher geht, aber die Idee stammt von Rebekka. Sie hat das Stück ausgewählt. Eine Parabel auf die Zustände, wie sie uns mit wichtiger Miene mitteilte. Drunter geht's bei ihr nicht. Rebekka ist der Ansicht, sie sei die einzig reife Person weit und breit. Tolle Sache, sagte ich, als abgestimmt wurde. Falk muhte aus der letzten Reihe, hob dann aber natürlich wie wir alle den Arm. Was hätte Protest geholfen. Rebekka hatte sogar schon einen Regisseur aufgetrieben, und zwar einen *richtigen*, wie sie mindestens zehn Mal betonte. Es ist ihr enorm wichtig, dass alle wissen, dass sie die *richtigen* Leute kennt. Ehrlich gesagt, fragte ich mich, warum ein richtiger Regisseur mit einem Haufen Schüler wie uns ein Stück einstudieren sollte. Ich frage es mich immer noch. Auch wenn ich inzwischen andere Gründe habe, Arno wiederzusehen.

In der Straßenbahn auf dem Weg nach Babelsberg, wo er wohnt, schärfte uns Rebekka alle möglichen Anstandsregeln ein. Wir waren zu siebt, eine Gruppe Auserwählter, von ihr zusammengestellt, damit nicht gleich die gesamte Klasse bei ihm einfiel. Wir, die Barbaren. Vermutlich hatte sie Angst, sie müsse sich dann immerfort entschuldigen. Vor allem sollten wir ihm keine kindischen Fragen stellen. Ihre Ansprache sorgte dafür, dass ich Lust bekam, an der nächsten Haltestelle auszusteigen. Einfach raus. Aber ich bin nicht Ruppert. Ruppert traut sich, mitten im Unterricht aufzustehen und den Raum zu verlassen. Jedenfalls hat er das letzte Woche getan. An der Tür drehte er sich noch einmal um und sagte zur Rehwald: Es wird immer immer schlimmer. Einfach so. Ein Wahnsinniger.

Aber selbst wenn ich mich getraut hätte. Auszusteigen wäre Unsinn gewesen, kein Mensch hätte es verstanden, schließlich habe *ich* den Vorschlag gemacht, zum Abschluss des Schuljahres ein Stück aufzuführen. Allerdings verfolgte ich gänzlich andere Absichten als Rebekka. Eigentlich ging es mir nur um einen einzigen Satz. Er steht in dem Stück, das ich ins Auge gefasst hatte. Es heißt *Die Fliegen*, ich hab's aus dem Bücherregal meiner Mutter. Zugegeben, Fliegen sind auch Tiere, aber sie *sprechen* nicht in dem Stück. Es geht darum: Eine Frau überredet einen Fremden, ihre Eltern umzubringen. Was sie nicht weiß, ist, dass der fremde Mann in Wahrheit ihr Bruder ist, und er weiß es auch nicht. Zuerst sträubt er sich, den Mord zu begehen, und sie beginnt ihn regelrecht zu hassen, was sie natürlich nicht tun würde, wenn sie wüsste, wer er ist, und so weiter. *Dieses* Stück hätte ich liebend gern gespielt. Leider bin ich nicht rechtzeitig genug damit rausgerückt. Ich dachte, erst mal das eine, dann das andere. Ich hatte das Gefühl, die anderen würden mich durchschauen, wenn ich ihnen sofort mit diesem Stück komme. Dass sie dann wüssten, dass ich nur wegen Tomas auf die Bühne wollte. Ich hatte mir vorgestellt, ich würde die Schwester spielen. Dann hätte ich in Tomas' Richtung schreien können: *Geh, schöne Seele. Ich kann nichts anfangen mit schönen Seelen: einen Komplizen wollte ich.* Im Buch steht nichts von schreien, aber ich stelle es mir so vor. Eigentlich kann ich nicht schreien. Es klingt schauerlich, ungefähr so, wie wenn Taubstumme brüllen. Das Verrückte ist, dass ich glaube, auf der Bühne könnte ich es. Manches ist leichter, wenn man es vor zweihundert Leuten tut.

Wie dem auch sei, es ist zu spät, Rebekka hat gewonnen. Nachdem wir aus der Straßenbahn ausgestiegen waren, musste unser Trupp noch ein ganzes Stück durch die Kälte bis zu dem Haus, in dem ihr Regisseur wohnte. Es sah aus, als würde es jeden Moment zusammenstürzen. Eigentlich sieht jedes Haus in diesem Viertel so aus, kein Wunder, dass es mich so gut wie nie dorthin verschlägt. Natürlich konnte Vivien sich nicht zurückhalten und fasste jede einzelne Katze an, die uns in dem räudigen Treppenhaus über den Weg lief. Damit wir nicht vergaßen, wer hier die Chefin war, ging Rebekka vor. Beim Reingehen umarmte sie Arno. Das Erste, was mir auffiel, waren seine Augen. Sie waren von Schatten umgeben, als würde er schlecht schlafen, und zwar seit Jahren. Wie ich vermutet hatte, war er ziemlich alt, mindestens dreißig. Obwohl es im Wohnzimmer ein Sofa und Stühle gab, ließen wir uns auf dem Fußboden nieder, wo schon eine Kanne mit Tee und japanische Schälchen standen. Überall waren Papierstapel, Bücher und Schallplatten verstreut, sogar im Schaukelstuhl lagen welche, trotzdem fand ich es gemütlich. An der Wand zwei Masken aus Holz. Bei Tomas hängt ein Plakat mit einem zähnefletschenden Hund, darunter steht *Make my day*. Während der Tee in die Schälchen plätscherte, versuchte jeder von uns, locker zu tun, erbärmlich. Nur Rebekka schaute ernst, die übliche Falte zwischen den Augenbrauen, als würde sie den bösen Blick üben.

Wie sich herausstellte, war Arno doch kein richtiger Regisseur, sondern Heizer in einer Schule in Werder. Das wunderte mich. Ich habe mir Heizer immer klobiger vorgestellt. Arno erklärte, das Stück sei in Wahrheit ein Roman. Die Theaterfassung hatte er selbst auf der Schreibmaschine getippt. Jeder von uns bekam einen Durchschlag. Leider konnte man so gut wie nichts entziffern von dem, was da stand, er hatte mindestens zwanzig Lagen Blaupapier dazwischen gelegt. Während er uns den Aufbau und alles erklärte, fuhr er sich ununterbrochen durch die Haare. Er sagte, das Stück würde wie ein Schraubenzieher funktionieren, der sich tiefer und tiefer hineinbohrt, und zwar in die Wahrheit. Ich hatte Mühe, mich zu konzentrieren. Keine Ahnung wieso, aber ich starrte auf seine Schlüsselbeine. Sie waren gut zu erkennen, weil das Hemd, das er trug, ziemlich weit geöffnet war. Die ganze Zeit über dachte ich, dass es schöne Schlüsselbeine sind. Plötzlich wollte Arno wissen, was *wir* von dem Stück hielten. Solche Fragen finde ich absurd. Was spielt es für eine Rolle, was man über eine Sache denkt, die längst beschlossen ist? Das Schreckliche war, dass er es wirklich wissen wollte, von jedem. Ich sagte, dass ich es mir noch nicht genau vorstellen könne, mit den Tieren und so weiter. Arno sah mich mit hochgezogenen Augenbrauen an. Ich wäre liebend gern gestorben. Wahrscheinlich konnte er es nicht fassen, dass ich bei diesem Projekt mit von der Partie war. Zum Glück übernahm Rebekka. Sie sagte, sie fände nicht nur das Stück unglaublich mutig, sondern auch ihn, Arno.

Später, nach der Verabschiedung, wir waren schon im Treppenhaus, rief er mich noch einmal zurück. Ich stieg wieder hinauf, und er schwenkte den Roman, die Vorlage für das Stück. Vielleicht käme ich damit besser zurecht, sagte er. Aber anstatt es mir zu geben, ging er mit dem Buch in die Wohnung zurück. Meine Hand wie festgeklebt daran, folgte ich ihm bis in die Küche, in der zu meiner Verwunderung eine Duschkabine stand, ein ziemliches Monstrum, das den halben Raum einnahm. Mindestens eine Stunde standen wir so da, jeder ein Ende des Büchleins in der Hand. Ich fing an zu lachen, vor Verlegenheit, versteht sich. In den meisten Fällen hilft es, in diesem hier leider nicht. Ganz langsam, fast in Zeitlupe, ließ Arno das Buch schließlich aus seinen Händen gleiten, und ich steckte es in meine Tasche. Das Ganze war ungeheuer peinlich. – Dir gefällt das Stück also nicht?, sagte er, nachdem wir noch einmal eine Stunde schweigend voreinander gestanden hatten. – Doch, doch, sagte ich. Arno: Warum nicht? Ich lachte wieder. – Ich finde es gut, wirklich! (Leider bin ich eine schlechte Lügnerin.) Arno gab einen wütenden Ton von sich, als wäre meine Antwort eine Zumutung. Ich dachte an die vielen Stunden, die er wegen uns über seiner Schreibmaschine zugebracht haben musste, fast tat er mir leid. – Na gut, ich finde es schrecklich, gab ich zu. Arno lehnte sich lächelnd an den Küchentisch, mit einem Gesicht, das auszudrücken schien: Schon besser. – Ich finde sprechende Tiere albern, ich meine, sprechende Tiere auf der Bühne. Das Publikum wird die ganze Zeit nur darauf achten, dass es Tiere sind. Ich versuchte, beim Reden die Schalter an der Duschkabine in den Blick zu bekommen. Arno schüttelte den Kopf. – Keine Angst, niemand wird mit einem Pferdekopf herumlaufen, im Gegenteil. – Trotzdem, sagte ich, die Tatsache, dass es Tiere sind, lenkt ganz einfach ab. – Wovon? (Versuchte er tatsächlich, eine Unterhaltung mit mir zu führen?) – Keine Ahnung, vom Text, sagte ich unwillig, jeder weiß doch, die Tiere sind bloß ein Vorwand, dass die eigentliche Geschichte darunter versteckt ist. Sie werden glauben, wir halten sie für beschränkt. Arno legte kurz den Kopf in den Nacken, als würde er über das, was ich gesagt hatte, nachdenken müssen. – Manchmal lassen sich die Dinge auf Umwegen besser ausdrücken, sagte er und schaute mich von unten her an, als wollte er mich trösten, genau das macht Orwell in seinem Buch. Er *konnte* es nicht direkt sagen, er musste es verschlüsseln, anders hätte er den Leuten die Wahrheit nicht zeigen können. – Das verstehe ich ja, sagte ich (ich verstand es wirklich), aber muss man für die Wahrheit unbedingt ins Theater? Arno nickte: Wenn es der einzige Ort ist, wo man zu den Menschen sprechen kann. (Dieses Gespräch brachte mich um, ich war wirklich am Ende.) – Versteh ich nicht, gab ich zurück, zu den Leuten sprechen lässt sich doch überall. Arno lachte schallend los. – Ist das dein Ernst? Er griff sich an den Kopf, anscheinend konnte er es nicht fassen, ganz schön naiv, murmelte er. Vermutlich sollte ich das als Beleidigung auffassen, aber es klang nicht so. Ich zuckte mit den Schultern. – Ich glaube, ich mache nicht mit, sagte ich matt. Plötzlich tat Arno einen Schritt auf mich zu und schob mich an der Duschkabine vorbei durch die Küche, bis ans Fenster. Seine Schlüsselbeine waren ungefähr zehn Zentimeter von mir entfernt. Mein Herz schlug wie wild. – Ich könnte dich zwingen, sagte Arno, ich bin der Regisseur. Ich wollte das Gesicht verziehen, um ihm zu demonstrieren, dass ich keine Ahnung hatte, was er meinte, aber da küsste er mich. Das heißt, er presste mich gegen das Fenster und rammte mir seinen geöffneten Mund auf die Lippen. Ich klammerte mich mit beiden Händen ans Fensterbrett hinter mir. Während Arno mich küsste, hielt er mein Kinn fest, als hätte er Angst, ich könnte den Kopf wegdrehen. Nach ungefähr einer Stunde lockerte er den Schraubstock. Er trat ein Stück zurück. Mein Gesicht puckerte. Ich hatte Lust, in Ohnmacht zu fallen, stattdessen fragte ich, na, immer noch naiv? Keine Ahnung, was in mich gefahren war. Arno kam mit seinem Gesicht noch einmal ganz nah an meins. – Muss ich erst noch rausfinden, sagte er. Ich bekam mein pochendes Herz kaum noch unter Kontrolle. *Muss ich erst noch rausfinden!* Als ich mich an ihm vorbeidrängte, stieß ich gegen die Duschkabine. Meine Tasche, unten auf dem Boden, erwischte ich erst beim zweiten Mal. Mir war wirklich furchtbar schwindlig. – Ich gehe jetzt, sagte ich und versuchte, den Reißverschluss meiner Jacke zuzubekommen. Das Seltsame war, dass Arno gar nichts mehr machte. Er stand einfach nur da und sah mir beim Gehen zu. Am liebsten wäre ich die Treppe hinunter gerast, aber ich wollte nicht, dass er denkt, ich würde flüchten.

Erst draußen fing ich zu rennen an. Ich weiß nicht, warum ich so rannte. Ich war erleichtert. Vor allem darüber, dass die anderen nicht auf mich gewartet hatten. Zuerst überlegte ich, den Straßenbahnschienen zu folgen, aber dann ging ich in Richtung Stadtautobahn, stieg die Böschung hoch und lief an der Leitplanke entlang. Ich bildete mir ein, diese gewagte Aktion würde Eindruck auf Arno machen. Ich hatte tatsächlich das Gefühl, er würde neben mir herfliegen und mich voller Bewunderung betrachten. So schizophren bin ich. Ich stellte mir sogar vor, auf der anderen Seite würde Tomas schweben. Die Erklärung dafür ist leicht. Tomas und ich haben uns auch geküsst. Es war nach dem Vortrag über Vietnam. Wir sollten die Stühle hochstellen und das Klassenzimmer fegen. Alle verdrückten sich, nur er und ich blieben übrig. Natürlich war das Absicht. Draußen wurde es immer dunkler, aber wir hatten keine Lust, Licht zu machen. Wir fegten ohnehin nicht, sondern alberten mit dem Besen herum. Als er mich küsste, tat er es dermaßen vorsichtig, dass ich das Gefühl bekam, ich würde *ihn* küssen. Wir sind ein Paar seitdem, aber was heißt das? Worin besteht es? Wir blicken uns verstohlen an, nichts geht voran. Ich verstehe nicht, wie man so etwas auf sich beruhen lassen kann. Was soll ein Kuss, der nicht wiederholt wird? Alles gerät in Vergessenheit, und man muss von vorn anfangen. Dagegen Arno. Die Sache heute Abend mit ihm war die Rache für Tomas' Vorsicht. Diese Sicht der Dinge gefällt mir.

Als ich durch die Auensiedlung auf unseren Wohnblock zulaufe, wird mir zum ersten Mal bewusst, warum ich diesen

Ort verachte. Sand, Stein, Betonklötze, diese ganze Geometrie, die macht, dass es kein Geheimnis gibt, kein Drama, ich meine ein wirkliches Drama. Jetzt, wo es Arno gibt, ist es mir erst recht peinlich, dass ich hier wohne. Leute wie ihn gibt es in der Auensiedlung nicht. Und sie würden auch niemals hierherziehen. Für eine komfortable Zweizimmerwohnung in einem Neubaublock hätte er mit Sicherheit nur einen spöttischen Kommentar übrig. Ich stelle es mir romantisch vor, in der Küche zu duschen. Am liebsten würde ich mich unbemerkt in unsere Wohnung schleichen, aber meine Mutter macht abends ihre Übungen im Flur. Als ich hereinkomme, setzt sie, schon im Nachthemd, gerade zu einer Runde Hula-Hoop an. Es gibt einen ganz bestimmten Punkt, an dem man stehen muss, sonst schabt der Reifen an der Wand entlang. Zum Glück brennt nur das Schummerlicht. Ich habe das Gefühl, alles an mir ist auf schreckliche Weise verräterisch. Nachdem ich kurz Bericht erstattet habe, steigt meine Mutter aus dem Reifen, küsst mich auf die Wange, ein paar Zentimeter neben der Stelle, an der eben noch Arno gewesen ist, und sagt Gute Nacht.

Später, in meinem Zimmer, schaue ich mir im Spiegel mein Gesicht an. Der Anblick haut mich um. Meine Wangen glühen immer noch, mein feuerrotes Kinn. Ich frage mich, wie ein unsichtbarer Bart so etwas anrichten kann. Ich habe so viel gelesen und weiß nichts. Ich befühle meine brennende Haut, den Abdruck von Arno. Ich will, dass er bleibt. Ich will, dass er verschwindet. Ich wickle mir probehalber ein Tuch um den Hals. Natürlich werden morgen alle darauf starren. Es ist schön, den Verrat im Gesicht zu tragen. Ich glaube, mit Verrat fängt alles an.

STEFANIE KUHN

Wir waren im Garten seiner Eltern, in der Laube. Irgendwann macht Michael Tee. Er gießt kochendes Wasser in die Kanne und hängt einen Teebeutel rein. Ich gucke stumm, und er fragt: Was ist? – Ein einziger Teebeutel für die ganze Kanne?, sage ich, und er: Ich verschwende doch hier nicht den ganzen Tee, Steffi! Die Art, wie er meinen Namen hinten dranhängt, das entnervte Seufzen, erinnert mich an meinen Vater. Merkwürdig, dass Stimmen länger leben als die Menschen selbst. Michael macht die Packung mit dem Früchtetee zu und stellt sie zurück in das Hängeschränkchen über der Spüle. Seine Eltern wissen, dass wir hierherkommen. Trotzdem tut er jedes Mal so, als wären wir Einbrecher. Nur keine Spuren hinterlassen. Sogar die gestrickten Kissen auf der Sofalehne knetet er hinterher durch und schlägt einen Keil oben rein, alles soll seinen gewohnten Anblick bieten. Zugegeben, das ist komisch, trotzdem machen mir solche Kleinigkeiten nichts aus. Jedenfalls rege ich mich nicht darüber auf. In der Liebe muss man verzeihen können. Glaube ich. Ich habe mich schließlich nicht in den Tee-Michael, sondern in den Gitarren-Michael verliebt. Am Anfang machte es mich ziemlich verlegen, wie feierlich er sich vor mich hinsetzte, wenn er mir etwas vorspielte, mit demselben Ernst wie beim Appell, als stünde der ganze Schulhof vor ihm. Inzwischen nicht mehr. Seitdem wir zusammen sind, hat er drei Lieder für mich geschrieben, *Verfallen* ist mein liebstes.

Wenn wir hierher, zur Laube seiner Eltern, fahren, weiß ich, dass wir versuchen werden, *es* zu machen. Ich nenne die

Angelegenheit für mich immer nur *es*. Versuchen heißt nicht, dass es nicht klappen könnte. Es würde klappen. (Außerdem sorge ich seit drei Monaten dafür, dass nichts passieren kann, falls es passiert.) Aber aus irgendeinem Grund bleiben wir jedes Mal in der Mitte hängen. Was mich nicht stört, wir haben Zeit. Das heißt, eigentlich ist es mein Körper, der sich Zeit lässt. Fünf Wochen hat es gedauert, bis meine linke Brust aufgewacht ist, und noch mal zwei Wochen für die rechte. Als hätten sie kein Zutrauen gehabt.

Wir küssen uns, Michael beginnt mich auszuziehen, den Pulli hat er schon geschafft, inzwischen macht er sich an dem Knopf meiner Hose zu schaffen. Bevor er sie mir auszieht, legt er ein paar Zellstofftaschentücher auf das Sofatischchen. Plötzlich muss ich wieder an den Teebeutel denken, der einsam in dem vielen Wasser hängt. Trifft es mich doch, dass ich nicht zwei Teebeutel wert bin? Michael kann nichts dafür, denke ich, seine Mutter zählt die Vorräte durch. Sie hat ihn angesteckt mit ihrer Knausrigkeit. Letzte Woche im *Reinholdts* hat er mich mein Tonicwasser selbst bezahlen lassen. Es fiel ihm gar nicht auf, bis einer am Tisch anfing, ihn deshalb runterzumachen. Rebekka erklärte, im *Reinholdts* würden die Dinge anders laufen. Wir sind hier nicht in einem *normalen* Café, meinte sie, hier sind wir eine große Familie. Plötzlich regten sich alle auf. Wegen einem Tonicwasser! Ich gehe nie ins *Reinholdts*, Michael auch nicht. Alle da kommen sich wer weiß wie wichtig vor. Die meisten haben einen in der Krone. Kaffee, Bier und große Reden schwingen. Lauter Krakeeler, und immer zehn Mann an einem Tisch. Denen zuzuhören gibt mir gar nichts. Dazu die ekligen Tischdecken. Das Café *Reinholdts* liegt schräg gegenüber der Schule, gleich an der Ecke. Rebekka hat bestimmt, dass wir das Theaterstück dort durchgehen. Natürlich könnten wir es auch in der Schule besprechen, aber

Rebekka denkt, dass ein Theaterstück nur im *Reinholdts* besprochen werden kann. Dann rauchen sie und tippen mit ungeheuer ernsthaften Gesichtern auf den Text. Nach spätestens fünf Minuten gibt jemand vom Nachbartisch seinen Senf dazu. Rebekka lässt sich jedes Mal auf ein Gespräch ein. Sie, Alexander und ein paar andere reden die Leute mit Spitznamen an. Klemmi, Schuppe, Sülze. Das machen sie extra. Damit ich kapiere, dass sie hier zu Hause sind und Leute wie ich oder Kati hier nichts zu suchen haben. Dabei will ich gar nicht dazugehören. (Kati auch nicht.) Ich mache mir nichts aus dieser verräucherten Laberbude. Ich bin ein Mensch, der Dinge bespricht und fertig. Ich kann nicht stundenlang reden, ohne zu wissen, worum es überhaupt geht. Für so was fehlt mir das Sitzfleisch. An dem Tag, als das mit dem Tonic passierte, hatte ich Michael zur Besprechung mitgenommen. – Können wir jetzt weitermachen?, fragte ich irgendwann, manche Leute haben noch was anderes vor. Inzwischen diskutierten sie nämlich über ein Stück, das mit unserem überhaupt nichts zu tun hatte, weil es irgendwann im Mittelalter geschrieben worden war. Irgendwer rief ständig, dass das wahre Paris hier sei. Das wahre Paris ist hier! Wirklich unbeschreiblich. Ich sagte also, ich hätte noch was anderes vor, da mischte sich der, der Sülze hieß, ein. – Was denn?, fragte er mich, etwa noch eine Wandzeitung basteln? Dummerweise fiel mir keine passende Antwort ein. Ich wäre gern schlagfertig, aber das gepfefferte Hin und Her von Diskussionen liegt mir nicht. Ich wollte nur weg, Michael auch, also zahlten wir. Jeder für sich. Da ging dieser Sülze ihn plötzlich an, und mit ihm das halbe Café. Natürlich verteidigte ich Michael. Wir stimmen in fast allem überein. Zwar ist er älter, aber wenn seine Zeit bei der Armee rum ist, habe ich wieder aufgeholt. Dann werden wir beide Lehrer. Vor der Armee hat er Angst, wegen seinen Haaren. Er sagt, vom

Stahlhelmtragen würden die Haare *ganz* ausgehen, aber das finde ich nicht schlimm. Jedenfalls nicht so schlimm wie Mundgeruch oder hässliche Haut.

Als wir nach der Sache mit dem Tonic das *Reinholdts* verließen, kam Ruppert gerade rein, mit diesem seltsamen Käppi auf dem Kopf, wie der Kleine Trompeter, das hält er für witzig. Was die Theaterbesprechung anging, war er natürlich viel zu spät dran. Natürlich, weil Ruppert immer aus der Reihe tanzen muss. Keine Ahnung, wie er auf der Kollwitz landen konnte. Bei der Eignungsprüfung hat er das Käppi noch nicht getragen. Glaube ich jedenfalls, damals haben wir uns vor Aufregung ja alle nur von Weitem beäugt. Wenn ich gewusst hätte, wie leicht die Prüfung wird. Vielleicht hatte ich auch nur Glück mit dem Thema: Brieffreundschaft. Ich erzählte ihnen zehn Minuten lang von Julia in Swerdlowsk. Dann fragten sie mich nach meiner politischen Arbeit an der alten Schule, weiter nichts. Schwer zu glauben, dass Ruppert in der Hinsicht etwas vorzuweisen hatte. Manche Leute müssen immer dagegenhalten, alles stellt er infrage. Vor Kurzem bekamen wir die Deutschaufsätze zurück. Die Rehwald hatte seinen mit einer Fünf benotet. In der Pause empörten sich alle. Ehrlich gesagt, verstand ich die Aufregung nicht. Ich dachte nur, was hätte sie ihm denn sonst geben sollen? Natürlich sagte ich nichts. In dem Aufsatz ging es um das Buch, das wir im letzten Monat gelesen haben. Es spielt in einem KZ. Ein paar Häftlinge verstecken heimlich ein Kind, damit es nicht vergast wird. Dann verrät jemand die Sache. Das Thema, über das wir schreiben sollten, hieß *Du bist ein Mensch, beweise es.* Was tut Ruppert? Er sucht sich den Verräter aus. Dabei hatten wir in der Stunde vorher besprochen, dass nur der Held für den Beweis infrage kommt. Für mich war die Fünf gerecht. Als er die Arbeit zurückbekam, meldete er sich sofort. Er wollte wissen, wieso, vor der ganzen Klasse. Die Rehwald sagte, er hätte sich die falsche Figur gewählt. Ruppert hielt den Aufsatz in die Höhe und rief, er könne lesen. Offenbar stand der Satz genau so darunter. Jeder andere hätte die Sache auf sich beruhen lassen, aber Ruppert ließ nicht locker. Er fragte die Rehwald, ob Feigheit keine menschliche Eigenschaft sei. Es wurde ganz still im Raum. Die Rehwald guckte starr vor sich auf den Tisch. Mir klopfte das Herz wie wild, als hätte *ich* die Frage gestellt, dabei kapierte ich sie nicht mal. Frau Rehwald sagte, ein Verräter sei kein Held. Sie umklammerte das Klassenbuch. – Ein Verräter ist kein Held, sagte sie noch einmal, wie ein Automat. Es war dermaßen unangenehm, ich schwitzte richtig mit ihr mit. Ruppert kippelte und rief, vielleicht kein Held, aber ein Mensch.

Das meine ich, immer muss er provozieren. So was finde ich schade. Ich glaube, er hat absichtlich die falsche Person in dem Buch gewählt. Manche Menschen *wollen* falsch denken. Sogar wenn alles eindeutig ist, wie in dem Buch. Bücher, bei denen man ewig rätseln muss, worum es überhaupt geht, hasse ich. Vor so was habe ich richtig Angst. Glücklicherweise sitze ich in Deutsch neben Lydia. Obwohl es mich verrückt macht, wenn sie bei Aufsätzen sofort wie wild zu kritzeln beginnt. Sieben Seiten, einfach so. Einmal war ich bei ihr zu Hause. Sie schläft mit Büchern im Bett, an der Wand hing ein Zettel: Alle Fragen, die aus der Welt entstehen, werden auch in der Welt beantwortet. Oder so ähnlich. Ich sagte, ist doch logisch. Sie war beleidigt. Wahrscheinlich hatte es einen Hintersinn. Um die Sache geradezubiegen, fragte ich, ob *sie* sich den Satz ausgedacht habe. Sie tippte sich an die Stirn und zeigte auf das Foto, das über ihrem Schreibtisch hing. Ein Schriftsteller aus Frankreich, den Namen habe ich mir nicht gemerkt. Er war hässlich wie eine Kröte, ich weiß nicht, wieso man sich so was aufhängt.

Sie behauptet, sie würde später nach Paris gehen. Überkandidelt. Zum Schluss gab sie mir ein Buch mit, *Der Schaum der Tage*. Sie sagte, ich müsse es unbedingt lesen. Allein der Titel, und dazu der trostlose schwarze Einband. Ich fühlte mich schon verloren, bevor ich es überhaupt aufgeklappt hatte. Es liegt immer noch bei mir. Wenigstens ist es nicht dick.

– Der will bloß Aufmerksamkeit, sagt Michael, als ich ihm das mit dem Aufsatz und Ruppert erzähle. Er findet es genauso unlogisch wie ich, nicht den Helden zu nehmen. So ist es mir am liebsten. Wir liegen aufeinander. Michael hat mir die Hose doch nicht ausgezogen, jedenfalls nicht ganz. Er hat es vor allem auf meine Brüste abgesehen. Das ist mir recht. Es ist schön, ausgepackt zu werden. Im BH kommen einem die eigenen Brüste wichtiger vor. Er steht auf und zieht sich eine frische Unterhose an, legt die nasse zusammen und verstaut sie in seiner Tasche. Dann schafft er die zerknüllten Taschentücher zum Komposthaufen. Als er zurückkommt, entdeckt er einen Fleck auf der Steppdecke. Offenbar ist das untergelegte Handtuch verrutscht. So was regt ihn auf. Ich schlage vor, die Decke einfach umzudrehen. – Davon wird der Fleck wohl kaum verschwinden, Steffi! Er fängt an, wie wild daran herumzureiben. – Bei dem Blumenmuster fällt er doch gar nicht auf, sage ich. Michael schweigt. Dann kriecht er zu mir und küsst mich. – Ich bin stolz auf dich, sagt er. Der Satz ist mir ein bisschen peinlich, trotzdem sage ich, ich auch, und küsse zurück. Dann wäscht er unsere zwei Teetassen aus, ich trockne sie ab, und er stellt sie in die kleine Schrankwand zurück.

RUPPERT KLOSE

Wie der Mörder hieß, von dem Klemmi im *Reinholdts* erzählt hat, hab ich vergessen. Aber ich weiß, was er kurz vor der Hinrichtung gesagt haben soll: Auf Wiedersehen, meine Herrschaften. Nur das, dann bliesen sie ihm die Lichter aus. Er hatte über zehn Menschen oder so umgebracht, irgendwann in den Zwanzigerjahren. *Auf Wiedersehen, meine Herrschaften.* Im *Reinholdts* hab ich darüber gelacht. Jetzt, wo ich in Simizecks Büro sitze, kommt es mir nicht mehr so komisch vor. Vor mir Simizeck und die beiden Männer. Wieso fällt mir die Sache überhaupt hier ein, in Simizecks Büro? Vielleicht hatten die, die den Kerl hingerichtet haben, auch solche Anzüge an. Simizeck schwitzt wie ein Affe. Aber er zieht das Jackett nicht aus, wahrscheinlich *darf* er es nicht, weil der Lulatsch neben ihm es auch nicht ausgezogen hat. Geheime Hierarchien. Hier ist Simizeck nicht mehr der Chef. Geschieht ihm ganz recht. Allerdings sieht der Lulatsch auch nicht so aus, als sei ihm warm. Er sieht sogar ziemlich entspannt aus, jedenfalls schwitzt er nicht so blöde.

Seitdem die beiden hier drin sind, wirkt Simizeck wie ein Gast in seinem eigenen Büro. Die beiden kamen rein, ohne anzuklopfen. Simizeck sofort hoch und ihnen die Tür aufgehalten. Sie griffen sich jeder einen Stuhl (die beiden gepolsterten) und winkten Simizeck, er solle sich ebenfalls setzen (jetzt waren nur noch zwei Holzstühle da), als Letzter durfte ich. Die beiden sind wirklich ziemlich groß. Vermutlich will Simizeck sie beeindrucken, denn er legt gleich los: Ihnen dürfte ja klar sein, Freund Klose, warum Sie hier – , da fährt ihm der eine in die Parade. – Lassen Sie mal, wir machen das schon, Kollege Simizeck. Simizeck entschuldigt sich. Wie man dermaßen schwitzen kann … mit hochrotem Gesicht, genau wie vorhin, als er mich in Schöneiche abgeholt hat. In Schöneiche ist das Wehrlager. Wir waren gerade bei einer dieser hirnverbrannten Marschierübungen, und ich dachte, nach dem Anschiss gestern von dem Oberst Clown wäre alles ausgestanden, aber da lag ich falsch. Plötzlich stand Simizeck da, auf dem Schotterplatz, und pfiff mich aus dem Trupp raus. Henne trat mir zum Abschied noch mal ordentlich in die Hacken. Es dauerte ewig, bis ich kapierte, dass Simizeck wegen mir in das verfluchte Lager gekommen war. Jedenfalls habe ich sein Auftauchen nicht sofort in Verbindung gebracht mit meinem Hefter. Besser gesagt, mit dem, was ich vor ein paar Tagen auf meinen Hefter *geschrieben* habe. Typisch ich. Das Logische fällt mir immer zuletzt ein. Danach musste ich die ganze Fahrt in dem elenden Wolga neben ihm sitzen und sein Gebrüll über mich ergehen lassen. Schöneiche – Potsdam, das dauert eine Ewigkeit.

Seltsamerweise holt jetzt der zweite Riese meinen Hefter aus seiner Tasche, offenbar wandert das Ding. – Der gehört dir, oder? Fragen nur so zum Spaß, dämlicher geht's nicht. Ich nicke, und er blättert ihn einmal ganz durch, seelenruhig, dabei steht nur auf der ersten Seite was. Dann hält er ihn mir plötzlich vor die Nase und möchte, dass ich den Spruch, den ich selbst darauf geschrieben habe, vorlese. Keine Ahnung wieso, aber ich strecke den Kopf vor und tue, als würde ich ihn kaum entziffern können. Solche Einfälle kommen mir ganz spontan. Ich lese mit Erstklässlerstimme: Gegen – die – Mili – tari – sierung – des – Volkes. Schweigen. Simizeck fährt sich durch seine Petersilienhaare. Die beiden Riesen scheinen den Satz nicht besonders schlimm zu finden. Sie wiederholen ihn sogar ein paarmal, als würden sie überlegen, wo sie ihn schon mal gehört haben. – Von wem hast du das?, fragt Riese Nr. 1. Und ich: Von mir. Schon beim Sprechen merke ich, dass meine Antwort witzig klingt. Das passiert mir ständig. Immer hört es sich an wie ein Witz, was ich sage, sogar ganz normale Sachen, Sachen, die stimmen. – Da bist du doch nicht von selbst draufgekommen!, meint Nr. 2 und zwinkert mir zu. Er will wissen, ob ich den Satz im *Reinholdts* aufgeschnappt habe. Wenn ja, bei wem. Es kommt mir komisch vor, noch einmal zu beteuern, dass er von mir stammt. Das würde wahrscheinlich *noch* witziger klingen. Wieder das Zwinkern (Nr. 2): Wer schweigt, hat was zu verbergen, oder?, sagt er. Er lacht sogar ein bisschen. Und Nr. 1 gleich hinterher: Wir können dich hier ewig schmoren lassen, Bürschchen. Simizeck schaltet sich ein: Wenn Sie Probleme mit unserem Staat haben, Herr Klose, können wir sie gemeinsam lösen. Sagen Sie es ruhig – es bleibt unter uns. Ich betrachte das Muster der Tapete, Bögen wie Hufeisen. Ich fange sogar an, sie zu zählen, keine Ahnung, was mit mir los ist. – Bitte, ruft Simizeck und springt auf, aber dann müssen Sie auch die Konsequenzen für Ihr Verhalten tragen! Ich soll plötzlich raus, auf den Flur. – Wiedersehen, sage ich, das Herrschaften verkneife ich mir. Die Tür klappt.

Im Schulgebäude ist es ganz still. Ich frage mich, wie die letzten Stunden vor der Hinrichtung aussehen. Man sitzt da, hört sein Herz schlagen und zählt jeden einzelnen Schlag mit, noch achthundertfünfzig Mal, achthundertneunundvierzig, achthundertachtundvierzig. Wahrscheinlich nimmt man sich vor, noch einmal alles ganz bewusst zu erleben. Und dann ist man so darauf konzentriert, dass man gar nichts erlebt. Am Ende denkt man wahrscheinlich nur noch Jetzt! Jetzt! Jetzt!, weil man es endlich hinter sich haben will. Störtebeker, der Pirat, hat es geschafft, ohne Kopf noch an zwölf seiner Leute vorbeizulaufen. Ich stelle mir vor, wie mich Connie in der Todeszelle besuchen würde, oder doch besser Lydia. Irgendwie ist es Connies Körper mit Lydias Kopf obendrauf. Sie würde mich bitten mitzukommen (ihr Vater ist der Chef des Gefängnisses, und sie hat bei ihm eine Begnadigung für mich rausgeschlagen). Ich würde ganz ruhig auf meiner Pritsche liegen bleiben. Sie würde mich anflehen, ihr zu folgen. Schließlich greift sie nach meiner Hand und legt sie sich auf die Brust, damit ich fühlen kann, wie wild ihr Herz schlägt. Plötzlich fällt mir ein, was Lydia auf meinen Biohefter geschrieben hat: *Freiheit – das ist wie Fliegen und niemand entdeckt dich.* Wahrscheinlich aus irgendeinem Buch. Lydias Monsterschrift. Warum haben sie nicht *den* Hefter genommen? Vor ein paar Monaten fand ich den Spruch noch ziemlich einmalig. Den Spruch und Lydia. Das war im Winter. Ich sah jeden Morgen zu, dass ich sie erwischte auf dem Weg in die Schule. Einmal hatte sie eine Brille auf. Es war keine dieser dicken, die man wirklich braucht, sondern eine mit blauen Gläsern. Wir standen in der Straßenbahn, und sie sagte, sie würde die Welt erträglicher finden, wenn sie sie so ansah. Ich weiß nicht, plötzlich hauchte ich ihr ins Gesicht, die Gläser beschlugen. Lydia zuckte zurück. Sie sagte nichts, nahm nur die Brille ab und steckte sie angeekelt ein. Bei jedem anderen hätte die Hauchattacke verführerisch gewirkt. Aber was das angeht, habe ich keinerlei Wirkung auf Mädchen. Ich rasiere mich, um das mit dem Bart in Gang zu bringen, aber nichts. Früher nannte mich meine Mutter Rumpelstilzchen, wegen dem Grübchen auf dem Kinn. Wenn ich in den Spiegel gucke, denke ich: Scheiße. Alle Welt redet von inneren Werten, dass es *darauf* ankommen würde. Aber das ist Blödsinn, kein Mädchen küsst eine lächerliche Hülle, selbst wenn ein Goldklumpen darin steckt, sie lachen bloß.

Vielleicht rettet mich das jetzt. Wenn ich Glück habe, verbuchen sie die Sache mit dem Hefter ganz einfach unter Ulk. Das Komische ist, dass ich tatsächlich nicht weiß, woher ich den Spruch auf dem Wehrkundehefter habe. Er kommt mir nicht mal mehr besonders verboten vor. Das ist so, wenn man sich etwas dauernd vorspricht, irgendwann verliert es seine Wirkung. Ich denke an meine Mutter. Sie weiß noch gar nicht, dass ich aus dem Wehrlager zurück bin. Oder vielleicht weiß sie es ja doch. Ganz sicher weiß sie es. Das ist der einzige Punkt bei der Sache, der mir *wirklich* leidtut. Sie war dermaßen froh, dass sie mich ohne Delegierung an die Schule gebracht hat. Per Beschwerdebrief an den Stadtschulrat. Aber das würde sie nie jemandem auf die Nase binden. Ich überlege, ob ich reingehen und ihnen das mit Lydias Spruch auf dem Biohefter sagen soll, sozusagen zu meiner Verteidigung. Aber in dem Moment kommt Simizeck raus, allein. Er sagt, ich solle für den Rest der Woche bei der Zivilverteidigung der Mädchen mitmachen. Nur das, ganz ruhig, sonst nichts. Unheimlich. Er lässt mich vor sich die Treppe runtergehen. Unten schickt er mich noch weiter runter, in den Keller, wo der Speisesaal ist. Dann sagt er, ich soll mich bereithalten. Er geht. Er ist nicht mehr rot und auf seine gemeine Weise drahtig, wie ein Terrier. Wenn einem jemand was anhaben will, muss man ihn sich als Skelett vorstellen, das hilft.

Im Speisesaal ist niemand. Die Mädchen haben einen Atombunker eingerichtet. Sandsäcke vor den Kellerfenstern, ein roter Plastikeimer (das Klo), Verbandszeug, Proviant (drei Äpfel und Zwieback). Eine Weile warte ich. Als keiner kommt, verdrücke ich mich über die hintere Kellertür nach draußen. Eine stille Ecke, zwischen Büschen und ein bisschen Gesträuch steht eine Bank. Ich mache es mir gemütlich. Weiter hinten, auf dem Schulhof, erkenne ich

Connie, Kati und Ellen, in Uniform, ein Stück daneben Bodo Stamm. Ausgemustert, der Glückspilz, dafür bringt er keine Rolle vorwärts zustande. Plötzlich raschelt es hinter mir. Zuerst denke ich, ein Igel vielleicht, eine Katze. Aber als ich mich umdrehe, kriecht die Pannwitz aus den Büschen, in voller Montur, blauer Trainingsanzug, die Trillerpfeife um den Hals. Sie lauert den Mädchen beim Sport auf. Falls eine stehen bleibt, pfeift sie sie an. Ich rechne mit einem Wutanfall, angesichts meiner Wenigkeit, wie ich hier sinnlos auf der Bank herumfläze. Aber die Pannwitz setzt sich ohne ein Wort neben mich, ziemlich dicht sogar. Ich kann nicht anders, als blöd zu grinsen. Die Pannwitz rückt noch näher ran. Als wäre das nicht schon genug, greift sie auch noch nach meiner Hand und schüttelt sie. Das geht nicht besonders gut, weil wir ja nebeneinandersitzen. Während sie also meine Hand schüttelt, schaut sie immer wieder zu Simizecks Fenster hoch, wie um sicherzugehen, dass niemand zusieht. Und dann, nach einer Ewigkeit, sagt sie: Gut gemacht. Ich habe keinen Schimmer, was das Ganze soll. – Solche wie Sie brauchen wir, sagt sie, und ich frage: Was? Blöder geht's nicht. Sie winkt ab, fuchtelt seltsam mit den Armen, als müsse sie irgendwelche Insekten verscheuchen, und springt auf. Und dann ruft sie plötzlich wie verrückt: Kommt, kommt, weitermachen, weitermachen, dabei sind die Mädchen doch drüben, auf der anderen Seite der Schule, aber die schräge Krähe ruft trotzdem immer weiter, an die fünfzig Mal.

ALEXANDER WAGENTHALER

Es war auf dem Dachboden, im Schießkabinett. Die Stunde war vorbei. Ich sammelte die Zielscheiben aus den Blechdosen und gab sie Klingsack. Klingsack macht eigentlich Sport und Geografie, aber einmal im Monat schießt er mit uns. Die andern liefen schon durchs Treppenhaus, nur er und ich waren noch da. Plötzlich sagt er, wir müssen noch mal wegen der Armee reden. Vollkommen unvermittelt. Ich spürte sofort Müdigkeit in mir hochsteigen. So ist es immer. Ich erschrecke nicht, ich werde kraftlos. Eine Art Nebel, der mich einhüllt und betäubt. – Du machst drei Jahre, oder? Er sah mich nicht mal an dabei. – Hab mich noch nicht entschieden. – Das solltest du aber, Alexander, sagte Klingsack und räumte ein Gewehr in den Schrank, wir müssen wissen, wo du stehst. – Klar, sagte ich. Nicht, dass ich auf die Frage nicht vorbereitet gewesen wäre, trotzdem fühlte ich mich unsicher. Ich überlegte, ob jetzt der Moment war. Lohnte es sich, hier und jetzt, an einem Junitag auf dem Dachboden der Schule meiner Zukunft eine bestimmte Richtung zu geben, sie zu *versauen*? Ich entschied mich fürs Aufschieben. Manchmal ist Hinhalten die beste Taktik. So wie im Januar, als mein Vater in die Schule kam. Eigentlich wollte die Opitz eine Unterschrift von *mir*, Verpflichtung für drei Jahre. Aber mein Vater schaffte es, eine Stunde mit ihr über den *Fliegenden Holländer* zu reden (den inszenierte er gerade), kein Wort von Armee. Mein Vater ist ein wahnsinnig guter Erzähler. Wenn er loslegt, hören alle zu, das haut mich jedes Mal um. Sogar eine Rose hatte er der Opitz mitgebracht, eine rote, mitten im Januar, in solchen Dingen ist er ein Phänomen.

– Ich glaube, ich habe ein Problem mit der Armee, sagte ich nach einer Weile. Klingsack tat verwundert: Du bist doch nicht kirchlich, oder? Währenddessen kramte er extra beiläufig in der Schachtel mit den Zielscheiben herum. – Ich will einfach nicht schießen. Klingsack sah auf: Aber du hast doch immer so gut geschossen! Das Verrückte war, dass er es nicht vorwurfsvoll sagte, er sagte es traurig. Als könne er nicht begreifen, wie man ausgerechnet ein *solches* Talent verkümmern lassen kann. Irgendwie hatte er sogar recht. Ich schieße gut, ich schieße sogar gern. (Wer nicht gern schießt, schießt auch nicht gut, Zitat Klingsack.) Manchmal denke ich, dass mir das Schießen irgendwann nützen wird. Ich stelle mir vor, ich ziele durch einen sehr langen dunklen Tunnel auf einen Lichtfleck. Als wäre die Entfernung noch viel weiter als nur das Ende des Dachbodens, wo die Scheiben hängen. Wenn ich treffe, habe ich das Gefühl, eine bestimmte Berechnung wäre aufgegangen. Wie wenn alles im Lot ist. Komisch, beim Zeichnen geht es mir genauso. Ich denke immer, was zählt, ist, dass die Zeichnung am Ende *genau* ist. In dieser Hinsicht muss sie stimmen, das ist die Hauptsache. Natürlich besteht ein Unterschied zwischen Zeichnen und Schießen: Für eine Eins in Zeichnen brauche ich mich nicht zu schämen, ich meine, wenn man bedenkt, *wofür* wir schießen lernen.

Klingsack wirkte immer noch ganz geknickt. Fast tat er mir leid. Einer der wenigen, die ich eigentlich in Ordnung fand. In der ersten Unterrichtsstunde hatte er die Ärmel hochgekrempelt, seine trainierten Oberarme gezeigt und verkündet: Wenn's ein Problem gibt, melden. Bei den Strebern hier ist so was nicht unbedingt nötig, aber es machte trotzdem Eindruck. Dass er sich nicht zu schade ist, uns wegen der Armee zu löchern, nehme ich ihm krumm. Er schob seinen Hintern halb auf den Waffentisch und hatte plötzlich meine Karteikarte in der Hand. Als würde er sie in diesem Moment zum ersten Mal sehen, studierte er sie ausführlich. – Deine Antwort eben macht mich natürlich ein bisschen ratlos, sagte er nach einer Weile, das wirst du sicher verstehen. Ich meine, deine Leistungen sind ansonsten hervorragend … Er runzelte ernst die Stirn und kratzte sich den Hinterkopf. Plötzlich dachte ich, Klingsack, du gewiefter Hund. Er tat wirklich so, als würden wir zu zweit an der Lösung für mein Problem tüfteln. Immer soll es so aussehen, als gäbe es hundert Möglichkeiten und sie wären gemeinsam mit einem auf der Suche nach der besten, dabei steht das Ergebnis längst fest.

In der Achten war ich bei einer Berufsberatung. Ein Typ von der Kunsthochschule hielt einen Vortrag. Zuerst erzählte er ganz freundlich, was man an der Kunsthochschule studieren kann. Er hatte ein paar Mappen mit Bildern dabei. Bevor er die erste aufklappte, sagte er, die Bilder seien in etwa das, was bei der Eignungsprüfung abzuliefern wäre. Dann holte er eins nach dem andern raus und hielt es in die Höhe. Totenstille im Raum. Jedem von uns war sofort klar, dass er noch nie in seinem Leben solche Bilder gemalt hatte. Ich meine, er hätte auch Gemälde von Picasso oder Rembrandt zeigen können. Man konnte richtig sehen, wie er sich freute, dass wir immer kleiner wurden. Einer bekam sogar einen Heulkrampf. Dann versicherte er uns, dass jeder an der Schule willkommen sei, aber gleichzeitig zeigte er uns die Mappen, um uns *keine* Hoffnung zu machen. Genau diese Art von Spielchen macht, dass man jede Lust verliert. Das Dumme ist, ihre Rechnung geht sogar auf: Danach habe ich ein halbes Jahr lang keinen Stift anfassen können.

Der Typ von der Hochschule war genauso ein falscher Hund wie Klingsack. Am meisten ärgerte ich mich über mich selbst. Dass ich auf diese ganze Sache reingefallen war, auf Klingsacks kumpelhaften Ton. Ich schwor mir, den verfluchten Schießboden nie wieder zu betreten. Was Blödsinn ist. Am wichtigsten ist es, ehrlich zu sich selbst zu sein.

Klingsack wedelte mit meiner Karteikarte. – Diplomlehrer für Deutsch/Geschichte, das wäre doch eine tolle Kombination für dich, rief er, so was wirst du doch nicht aufs Spiel setzen. Ich war wirklich ausgesprochen müde. Nie im Leben hätte ich es geschafft, ihm jetzt was von meinen Plänen, dem Kunststudium, zu erzählen. Stattdessen sagte ich, ich glaube, das ist eher was Körperliches, ich meine, es fällt mir *körperlich* schwer zu schießen, wenn ein Mensch da steht. – Junge, meinte Klingsack freundschaftlich, als hätte er genau die Antwort von mir erwartet. Er rückte einen Stuhl ran. – Als Soldat schützt du unser Land! Dachte er wirklich, das wäre der richtige Satz? Ich sagte nichts, und er bog sich ein wenig durch, als wolle er sich lockern. Plötzlich erkundigte er sich, ob wir immer noch auf Hermannswerder wohnen würden. Ich nickte. – Schöne Grundstücke, meinte Klingsack, mit Wasserblick? Ich hatte keine Ahnung, was er von mir wollte. – Nehmen wir mal an, sagte er und klopfte sich mit dem Zeigefinger auf die Lippen, jemand klettert über den Zaun und bricht bei euch ein, einfach so. Pause. Würdest du zugucken, oder würdest du euer Haus verteidigen? – Was ist mit der Polizei?, fragte ich. Klingsack schaute entgeistert. Ich entspannte mich ein bisschen. Mit ein bisschen Verwirrung lassen sich die Dinge halbwegs beherrschen, kleine wohldosierte Irritationen. Anstatt immer gleich alles in die Luft zu jagen. Manche Leute müssen unbedingt eine Rolle spielen, eine romantische oder gefährliche. Ruppert zum Beispiel, er muss immer überziehen. Er überlegt nie, ob sich das Kräfteverpulvern lohnt. Jetzt steht er auf der Abschussliste, wegen der Sache im Wehrlager. Dabei war klar, dass die zwei Wochen im Lager nur Zeitverschwendung waren. *Mir* war es klar. Ich habe versucht abzutauchen, innerlich, meine ich. Beim Marschieren mussten wir jedes Mal singen. Als ich den Befehl kriegte: Lied anstimmen!, rief ich: Das Lieben bringt groß Freud. Kichernd sangen wir: Weiß mir ein schönes Schätzelein / mit zwei schwarzbraunen Äugelein / das mir, das mir, das mir das Herz erfreut. Natürlich war das kindisch, es machte trotzdem Spaß, mit einem Liebeslied an den Offiziersheinis vorbeizutrampeln. Beim Frühsport machten wir Kopfkreisen und Fingerausschütteln, wir kriegten uns nicht ein vor Lachen. Nur die Streber von der Puschkin schlugen Liegestützen vor. Jedenfalls war das Lager ganz klar noch nicht der Moment.

Klingsack hatte sich inzwischen wieder gefasst. – Ich kann einfach ganz schlecht auf Menschen schießen, sagte ich noch mal und massierte meine Arme, als käme die Unfähigkeit von dorther. Spätestens morgen würde mich die Opitz zur Aussprache zitieren. Bei dem Gedanken daran, am nächsten Tag dasselbe Gespräch mit der Opitz noch einmal zu führen, wurde ich noch müder. Seltsamerweise passierte bis zum Nachmittag nichts, dabei lief ich zweimal an ihr vorbei.

Nach der Schule ging ich durch die Stadt. Ich überlegte, ob ich zu Inge in die Villa fahren sollte. Inge ist dreiundzwanzig. Sie macht Keramik und hat eine kleine Tochter. Auf dem Festival, auf dem wir uns kennengelernt haben, habe ich ihr erzählt, ich sei siebzehn. Sie wunderte sich, sie hatte mich auf neunzehn geschätzt, mindestens (in Wirklichkeit werde ich Ende Juli sechzehn). Was genau sie in mir sieht, weiß ich nicht. Wir trinken Tee, wenn ich bei ihr bin, wir unterhalten uns, hauptsächlich über Musik und Kunst. – Vergiss die Mappen, hat sie gesagt, als ich ihr von dem deprimierenden Vortrag erzählte, zeichne einfach, Kunst kannst du später machen. In der Schule weiß niemand davon. Nicht mal die Mai, unsere Kunstlehrerin. Die Schule ist bloß ein hässlicher Schlauch, durch den man muss. Das richtige Leben kommt danach. Die anderen interessieren mich nicht. Ich lief am *Gloria* vorbei, wo für siebzehn Uhr ein Film von Buñuel angekündigt war. Bei der Aussicht aufs Kino war ich schon weniger müde. Ich vertrieb mir die Zeit bis zum Film im Geschäft nebenan, *Alles für den Jäger*, wo ich mir eine braune Wildledertasche zeigen ließ, sie kostete fünfundsiebzig Mark. Als ich zum Kino zurückkam, standen schon die üblichen Leute aus dem *Reinholdts* im Hof. Aus der Kollwitz konnte ich glücklicherweise niemanden erkennen. Die meisten von ihnen schmoren in der Auensiedlung, sie haben keine Ahnung, von nichts.

Ich setzte mich auf die Stufen vorm Eingang und beobachtete ein Mädchen. Sie hatte rote Haare, die sie zu einem Zopf geflochten hatte. Sie stand sehr still und blickte zu Boden. Ich fand sie wild und zugleich traurig. Keine Ahnung, wieso sie mir traurig vorkam, ich sah sie nicht mal von vorn, nur im verlorenen Profil. Ich versuchte mir die Linie ihrer Wange einzuprägen. Wenn man genau hinsah, konnte man gerade noch ihre langen geschwungenen Wimpern erkennen. Nach einer Weile war ich mir sicher, die Linie zeichnen zu können. Ich suchte in meiner Tasche nach einem Kugelschreiber (ich zeichne meistens mit Kugelschreiber). Als ich hochschaute, hatte sich die Rothaarige umgedreht. Ich sah sie an, und sie lächelte.

KATI VIEHWEG

Der Schaffner hatte schon abgepfiffen, die Türen der Waggons wurden zugeknallt, als meine Mutter vom Bahnsteig her Steffi plötzlich zurief: Pass auf, dass Kati jeden Morgen ihre Brille putzt! Am liebsten wäre ich im Boden versunken. Hätte sie diesen Auftrag wenigstens witzig gemeint. Aber ihre Sorgenmiene drückte klar das Gegenteil aus. Meine Brille war der Strohhalm, an den sie sich klammerte, während der Zug sich in Bewegung setzte. Meine Mutter erträgt es nicht, wenn ich weg bin. Was *für mich* kaum auszuhalten war, war die Tatsache, dass sie sich ausgerechnet Steffi aussuchen musste, um diese Bitte loszuwerden. Steffi rief glücklich zurück, sie würde es gern tun. Sie strahlte und sah mich vielsagend an. Wenn sie ins Vertrauen gezogen wird, gerät sie jedes Mal aus dem Häuschen. Seitdem wir auf der Schule sind, bildet sie sich ein, wir wären Verbündete. Unglücklicherweise tun das die anderen in der Klasse auch. Wegen unseren Vätern. Ihr Vater hat auch beim Kreis gearbeitet. Natürlich war er nicht Vorsitzender wie meiner, nicht mal Stellvertreter oder sonst was Wichtiges. Trotzdem betrachtet sie uns beide als Einheit. Sogar jetzt noch, obwohl ihr Vater seit über einem Jahr tot ist. Nach der Beerdigung kam Steffi eine Woche lang nicht in die Schule. Als sie wieder da war, war ihr nichts anzumerken. Allerdings weiß ich nicht, was genau ich ihr ansehen wollte. Vielleicht ist alles ganz einfach, wenn etwas tatsächlich passiert. Vielleicht ist das Schreckliche immer nur die Vorstellung.

Meine Mutter lief noch ein kleines Stück neben dem Zug

her, da rief ich ihr zu: Du bist so was von daneben. Es tat mir sofort leid, aber es war zu spät, die Sache noch geradezubiegen. Wir kriegten Fahrt, meine Mutter blieb stehen. Das Letzte, was ich von ihr sah, war die steile Falte auf ihrer Stirn. Eine Weile war ich noch betrübt deswegen, aber das Gefühl verging in der Aufregung des Verreisens. In Poznań hatten wir Aufenthalt. Ich sah mir vom offenen Zugfenster aus die Leute auf dem Bahnsteig an. Da stand ein Mann in einem ziemlich abgerissenen Anzug. Er nestelte an den Knöpfen seiner Jacke, dabei wackelte er immerzu mit dem Kopf. Plötzlich drehte er sich zu mir und rief: Faschist. Vor Schreck wurde mir ganz schlecht. Ich hätte ins Abteil gehen sollen, stattdessen versuchte ich, ihm klarzumachen, dass wir nicht aus der BRD sind. Irgendwann begriff ich, dass er ein Geisteskranker war. Zum Glück bekam niemand etwas von meiner langen Leitung mit. Vor allem nicht Steffi.

Natürlich haben sie uns zusammen in ein Zimmer gesteckt. Dazu noch zwei von der Puschkin. Als wäre diese Belegung nicht schon Strafe genug, ist das hier die toteste Stadt, die ich kenne. Endlich große Ferien und dann das. Braune, alte Häuser, in denen kein Mensch zu wohnen scheint. Die ganze Stadt vollkommen still und leer, wie ewige Nachmittagsruhe. Ich hatte Polen anders in Erinnerung. Allerdings sind meine Eltern mit mir und meinem Bruder damals auch ans Meer gefahren. Auf der Promenade gab es grünes Eis und Waffeln, sogar Cola. Eis auf Polnisch heißt *lody*. Ein Wort, das uns hier nichts nützt, weil es in dieser hinterletzten Gegend kein Eis gibt, es gibt überhaupt nichts. Nicht mal einen See, und das bei dreißig Grad. Schon morgens im Bus, auf dem Weg zur Marmeladenfabrik, schwitzen wir. Von dem Geruch in der Fabrik ist mir gleich am ersten Tag schlecht geworden. Ich wurde nach draußen geschickt, zum Obstkistenstapeln. Es sind immer dieselben.

Wenn mir die Zeit zu lang wird, singe ich. Ich kann, glaube ich, ziemlich gut singen. Nur nicht vor anderen. Vorm Vorsingen habe ich jedes Mal eine solche Angst, dass ich schon Tage vorher Beruhigungstropfen nehme. Kurz vor den Ferien hat Alexander die Liedkontrolle verweigert. Er ging nach vorn, lehnte sich aber bloß an die Tafel und sagte, ich würde lieber nicht. Ich weiß genau, warum. Weil es in dem Lied um Marschkolonnen ging. Das sagte er aber nicht geradeheraus. Er forderte die Schleiff einfach nur auf, ihm eine Fünf zu geben, weil er nicht singen würde. Vollkommen ruhig. Natürlich wollte er sich wichtig machen. Das Seltsame war, dass die Schleiff ihm nicht mal eine Fünf *gab*, so geschickt wickelt er die Leute ein. Er ist undurchschaubar. Das sind die Gefährlichsten. Genau wie dieser Arno, der Möchtegern-Regisseur, den Rebekka angeschleppt hat. Ein Mensch, der behauptet, er würde mit seiner Kritik einen Beitrag leisten wollen. In Wirklichkeit hat er das Einfache nur verkompliziert, mit seinen ganzen Fragen, den Diskussionen. Und dabei wollte er uns noch mit hineinziehen. Wenigstens sind wir ihn und das dumme Stück los. Am Ende stellen sich die Individualisten immer selbst ein Bein, sagt mein Vater.

Ich frage mich, wie die anderen den Sommer verbringen. Gesagt hat mir keiner was. Was Steffi tut, weiß ich. Sie schmollt. Sie grübelt darüber nach, wie sie mir die Sache mit dem Telegramm heimzahlen kann. Auf die Sache mit dem Telegramm bin ich Dienstag gekommen. Ich war auf dem Weg durch die Stadt, auf der Suche nach irgendwas. Immerhin entdeckte ich einen Kiosk. Allerdings gab es auch dort nichts zu kaufen. Mir war zum Heulen zumute. All die trostlosen Häuser um mich herum und die Aussicht auf zwei weitere Wochen Kistenstapeln. Zum Glück heulte ich nicht, denn plötzlich tauchten Oliver, Tretner und Rutschky auf.

Die drei Titanen aus der Elften. Ich konnte es nicht fassen. Dass sie mit ihren Ferien nicht mehr anzufangen wussten. Vor allem aber wunderte ich mich darüber, dass sie mich erkannten. Sie gaben mir die Hand und fragten, ob ich auch im Lager für Arbeit und Erholung sei, und Oliver sagte, mehr Arbeit als Erholung, was. Ich hatte bis dahin noch nie ein Wort mit ihnen gewechselt. Zu Hause sind wir nur irgendwelche Neunte-Klasse-Hühner für sie, ausgenommen Cornelia, was mir egal ist. Ich habe keinerlei Interesse, es ist mir ein Rätsel, wieso ihnen sämtliche Mädchen der Schule nachlaufen, besonders Wolf Rutschky hat es ihnen angetan. Jetzt stand er vor mir, ein großer, knochiger Schlaks, und hielt eine Art Trauerrede auf die Versorgungslage in der polnischen Provinz. Wir lachten, alle zusammen. Dass sie sich mit mir abgaben, verunsicherte mich. Ich konnte einfach nicht verstehen, wieso sie es taten.

Wir bummelten ein Stück die Straße hinauf. Weil es sonst nichts gab, landeten wir im Postgebäude. Nachdem wir eine Weile in der Halle herumgelungert hatten, meinte Rutschky, wir sollten Simizeck ein Telegramm schicken: HOL UNS HIER RAUS. Keiner von uns wusste, wo genau Simizeck wohnt. Außerdem hätten wir ihm sowieso nie im Leben ein Telegramm geschickt. Stattdessen fiel mir etwas anderes ein. Ich schlug vor, Steffi zu schreiben. Es dauerte eine Weile, bis ihnen klar war, um wen es ging. Wir berieten uns, schließlich schrieb ich auf ein Telegrammformular: GELIEBTE STEFFI – OHNE DICH STIRBT MEIN LIED – KOMM ZURÜCK – DEIN M. Rutschky schnalzte anerkennend mit der Zunge. Offenbar waren sie ziemlich geplättet von meiner geistreichen Idee. Wir brachten den Pförtner im Wohnheim dazu, das Telegramm in das Postfach unseres Zimmers zu legen. Wie geplant, nahm Steffi es nach dem Abendbrot mit hinauf. Ich setzte mich ins geöffnete Fenster und wartete ab. Steffi überflog gierig das Papier. Die zwei von der Puschkin wollten wissen, was drinsteht. Ich selbst tat natürlich ebenfalls interessiert. Es fing wirklich an Spaß zu machen. Anfangs wollte Steffi das Telegramm nicht zeigen, dann las sie es doch vor. Ich dachte, spätestens jetzt würde sie den Wisch zerknüllen und ihn aus dem Fenster schmeißen. Aber nichts dergleichen geschah. Sie war glücklich. Was für eine Trantute. Ich meine, der Brief war mit Füller geschrieben, deutsch auf einem polnischen Formular. Kurz darauf rannte sie aus dem Zimmer. Um sich auf dem Klo über die Gemeinheit auszuheulen, vermutete ich. Wieder lag ich falsch. Jedenfalls war ihr Gesichtsausdruck beim Zurückkommen immer noch dauerbeseelt. Irgendwann merkte ich, dass sie packte. Spätestens jetzt hätte ich die Sache auflösen müssen, aber ich konnte nicht. Ich saß einfach da und guckte zu, wie Kamm, Seifenbeutel und Zahnputzzeug in ihre Waschtasche wanderten. Als sie fertig war, verkündete sie, sie würde nach Hause fahren. Dann ging sie. Ich saß immer noch da. Ich dachte daran, wie ich Oliver und Rutschky die Geschichte erzählen würde.

Natürlich hatte sich Steffis Absicht ziemlich schnell rumgesprochen, auch weil ihr beim Kofferschleppen an die tausend Menschen begegnet waren. Trotzdem war es schon dunkel, als der Internatsleiter sie zurückbrachte. Sie war tatsächlich zum Bahnhof gelaufen. Beim Reinkommen sah sie mich böse an. Ich glaube, jetzt klebte tatsächlich eine Träne in ihrem Augenwinkel. Natürlich sinnt sie auf Rache. Aber ich weiß, dass ihr nichts einfallen wird. Sie ist kein Rachemensch. Ich schon. Lieber bleibe ich allein, als mich bei meinen Feinden anzubiedern. Abgesehen davon hätte *ich* die Sache mit dem Telegramm sofort durchschaut. Seitdem spricht Steffi nicht mehr mit mir. Zu mehr ist sie nicht in der Lage. Sie hat nicht mal gefragt, ob ich meine Brille geputzt habe. Sie nutzt ihre Trümpfe nicht. Manchmal kommt mir in den Sinn, wie sie mit ihrem Koffer auf dem Bahnsteig steht, voller Erwartung. Es wird dunkel, und ich nehme sie an der Hand, um sie zurückzubringen. Von der Seite sind ihre feuchten Wimpern zu sehen. Solche Anwandlungen verscheuche ich schnell. Wenn ich allein in der Stadt unterwegs bin, halte ich Ausschau nach Oliver, Tretner und Rutschky. Es soll wie ein Zufall aussehen. Ich will nicht, dass sie denken, ich hätte ihre Gesellschaft nötig. Der Ort ist so tot, dass ich sogar in die Kirchen reingehe. Zu Hause würde ich mich das nicht trauen. Aber hier kennt mich zum Glück keiner. Es ist mir unangenehm, weil ich nicht weiß, was genau man in einer Kirche machen muss. Ich setze mich in die hinterste Reihe und versuche aus Spaß zu beten. Wenn mich mein Vater so sähe. Ich erinnere mich, wie er einmal auf meine Mutter losgegangen ist, weil sie sich auf dem Weihnachtsmarkt eine Brosche in Kreuzform ansah. Er riss sie ihr aus der Hand und brüllte, er würde nicht zulassen, dass sie für so etwas Geld ausgäbe. Und dann zerdrückte er die Brosche. Wahrscheinlich war sie aus Aluminium, denn er bekam sie ziemlich schnell kaputt. Er steht auf dem Standpunkt, wer an Gott glaubt, macht es sich leicht, rein in den Beichtstuhl und danach die nächste Schandtat begehen. Was stimmt. Wäre ich gläubig, könnte ich mich hier von meinem Geheimnis erholen. Aber dazu wird es nicht kommen. Millionen von Leuten hören auf zu glauben, weil sie irgendwann dahinterkommen, dass Gott nicht existiert. Aber gibt es auch den umgekehrten Fall, dass man mit einem Schlag damit *anfängt*? Was das betrifft, sehe ich für mich keine Chance. Da komme ich ganz nach meinem Vater. Wir haben unsere Gründe. Stimmt es etwa nicht, dass der Weltfrieden Gott egal ist? Zum lieben Gott geht man nicht, um sich zu beschweren, sagt meine Oma dann jedes Mal, man dankt ihm. Aber das habe ich nie verstanden. Ich bin nicht dankbar. Wofür sollte ich dankbar sein.

Bevor ich gehe, drehe ich eine Runde durch die finsteren Säulengänge. Ich habe eine Menge Zlotys in der Tasche, ich könnte meiner Mutter ein Mitbringsel kaufen, es muss ja nicht gleich ein Kreuz sein, aber in dieser totesten aller Städte wird man sein Geld einfach nicht los, nicht mal für dumme Kirchensouvenirs. Die riesigen Bilder links und rechts, auf denen Leute sterben oder gefoltert werden. Diese ganzen Tränen, die gequälten Gesichter auf den Bildern – ich glaube, es würde mich deprimieren, wenn ich mir das jeden Sonntag ansehen müsste. Wahrscheinlich heult Steffi jetzt ebenfalls, vor Wut. Vier Tage ohne ein Wort von ihr, immerhin. Aber wie ich sie kenne, hält sie es nicht durch. Sie vergisst. Ihre zähe Nettigkeit siegt immer. Spätestens am Wochenende, im Bus, wenn wir den Ausflug nach Majdanek machen, wird sie wieder meine Freundin sein wollen.

REBEKKA WENDLANDT

Was für ein vergeudeter Sommer. Nie im Leben hätte ich gedacht, dass ich jemals einen Sommer so sinnlos verstreichen lassen würde. Man darf Lebenszeit nicht sinnlos verstreichen lassen. Das fällt mir ausgerechnet hier ein, auf der Schultoilette, wo ich mich verschanzt habe. Den Kopf auf den Knien hocke ich da und warte. Vor einer Viertelstunde haben Vivien und die Kuhn an die Tür geklopft. Es folgten tröstende Worte durch die Wand. Sie versuchten, mich zum Rauskommen zu bewegen. Eigentlich müsste ich mich über so viel Solidaritätsbekundungen freuen. Schließlich ist Mut nicht gerade eine verbreitete Eigenschaft unter diesen Kleingeistern. Als es klingelte, trotteten sie ab. Natürlich hatten sie Angst, sie könnten mit hineingezogen werden, wenn sie sich allzu deutlich auf meine Seite stellen. Überall wittern sie eine Verschwörung.

Jetzt ist es still, der Unterricht läuft, und ich sitze immer noch hier. Schlimmer kann es nicht werden. Es sei denn, für das Nichterscheinen zum Unterricht verpassen sie mir *noch* einen Tadel. Aber das wäre auch egal. Es ist ohnehin alles vorbei, oder sagen wir besser, alles ist anders. Wenn es eben auf dem Appell nur nicht so lange gedauert hätte, bis ich wusste, worum es geht. Aber das ist ihre Masche. Sie lassen einen schmoren, damit man keine Chance hat, sich zu wehren. Einfach, weil man die ganze Zeit mit Grübeln beschäftigt ist. Im ersten Moment dachte ich, Simizeck ruft mich auf, um irgendeine Belobigung auszusprechen, im Ernst. Ich dachte, er würde sich bedanken, dafür dass ich die Musik neulich beim Appell organisiert habe. Und Simizeck fing ja auch *tatsächlich* mit dem Appell an. Aber natürlich rollte er nur das auf, was schiefgelaufen war. Es war der erste Appell im neuen Schuljahr. In meiner Dummheit hatte ich noch vor den großen Ferien zugesagt, für das Programm zu sorgen. Sonst tut ja keiner was. Auf einem Rekorder wollte ich zwei Antikriegslieder abspielen. Das heißt, ich spielte sie auch ab. Nur hörte leider kein Mensch etwas, weil der Rekorder ungefähr so leise war wie eine Spieluhr. Außerdem ließen mich beim Refrain alle im Stich. Keiner konnte sich durchringen, mitzusingen, und so wurde nur irgendein Gemurmel daraus. Genau betrachtet war es nicht mal meine Schuld, denn Falk Brandtmeier hatte versprochen, einen Verstärker mitzubringen, es aber vergessen. Nach zwei Minuten war das Programm beendet. Das heißt, Simizeck beendete es, indem er die Stopp-Taste drückte. Aber die Geschichte mit der verpatzten Musik war eben nur die grässliche Vorbereitung für Simizecks *eigentliche* Ansprache. Zuerst sagte er, dass die politische Einstellung wichtig für die Zulassung zur Abiturstufe sei. Und dass die Tatsache, dass ich bereits an der Schule sei, keine Garantie darstelle. Ich stand da und sah in die Runde. Natürlich rührte sich keiner, Kamele. Wer mit Individuen gemeinsame Sache mache, die mit gefährlichem Gedankengut die Schule infiltrieren, würde selbst zu diesen Individuen gehören, sagte Simizeck. Das Wort Individuum verwendete er wirklich zwanzig Mal pro Satz. Dann endlich fiel der Groschen bei mir. Es ging um Arno. Darum, dass das Theaterstück nicht zustande gekommen war, weil Arno nicht mehr da war. Natürlich erzählte Simizeck der Menge nicht, *wo* Arno inzwischen ist. Der Fiesling wälzte sich genüsslich in Andeutungen. Ich muss mich unbedingt erinnern. Ganz genau, an alles, und alles aufschreiben, gleich heute Abend, auf der Schreibmaschine meines Vaters.

Ein Tadel wegen politischer Unreife. Eigentlich müsste ich mich fragen, was jetzt wird. Aber irgendwie hat sich etwas verschoben. Es ist, als würde mich das alles nicht berühren, als hätte ich mich abgelöst. Ich denke an diesen Sommer, die Ferien. In gewisser Weise waren sie der Beginn von allem, was heute passiert ist. Auch wenn sie nichts damit zu tun hatten. Aber alles ist mit allem verbunden. Im Sommer habe ich zwei Wochen als Aushilfe in Sanssouci gearbeitet. Ich habe es gemacht, weil ich dachte, ich könnte die fröhliche Aktion vom Juni fortsetzen. Im Juni haben wir ein ganzes Wochenende lang auf dem Pfingstberg geackert. Wir haben Bäume gepflanzt, einen Bach gesäubert, das Gesträuch entrümpelt. Wir waren alle freiwillig da, die meisten von uns, aus der Jungen Gemeinde. Ich sagte mir, warum in den Ferien nicht dasselbe machen. Es ging mir nicht nur um das Geld, ich dachte, ich könnte etwas bewirken. Also meldete ich mich bei der Parkverwaltung. Leider war der Gärtnertrupp, dem ich zugeteilt wurde, eine Versammlung echter Idioten. Es waren vier Frauen und zwei Männer. Den ganzen Tag lang warfen sie sich blödsinnige Sprüche an den Kopf. Dem Park und den Schlössern konnten sie überhaupt nichts mehr abgewinnen. Sie schubsten sich gegenseitig in Brennnesseln, flüchteten vor Wespen oder legten sich mit einem nassen Taschentuch überm Gesicht in den Schatten. Nur wenn der Chef in der Nähe war, rappelten sie sich hoch. Der Chef hieß Petzold und war kein bisschen besser als sie. Er stand den ganzen Tag hinter einem Baum und beobachtete uns. Er benutzte sogar ein Fernglas, unglaublich. An meinem letzten Tag kam er nach Arbeitsschluss in unsere Baracke. Die anderen hatten sich schon verdrückt, nur ich war noch dort. Ich versuchte gerade, mich über dem winzigen Waschbecken frisch zu machen, da stand er plötzlich neben mir. Jeder andere wäre sofort gegangen, *er* fing an, sich lang und breit zu entschuldigen. Während er mir etwas von einer Verwechslung erzählte, stand er da und stierte auf meine Brüste unter dem Waschlappen. Nicht dass ich Angst gehabt hätte, er war ein ziemlicher Zwerg, ich fand es nur peinlich, wie hinterhältig er log. Die Lügner sind überall. Von meiner Liste mit Verbesserungsvorschlägen, eine Art Zehn-Punkte-Plan, den ich nach einer Woche zusammengestellt hatte, wollten sie natürlich auch nichts wissen. Sie waren wie alle Welt. In diesem Land wird man verrückt. Tilman hat recht, die Menschheit teilt sich in dumme Diener und würdevolle. Tilman habe ich im Juni bei der Rüste wieder getroffen. Das letzte Mal hatten wir uns vor vier Jahren gesehen, bei der Freizeit auf Hermannswerder. – Du bist viel größer, als ich dich in Erinnerung hatte, sagte ich, als wir uns nach so langer Zeit plötzlich gegenüberstanden. – Da war ich zwölf, sagte er, und wir lachten. Er hatte sich tatsächlich ziemlich verändert. Früher war er pummlig gewesen. Auch der Topfschnitt war verschwunden. Vor allem gefielen mir seine Hände, sie waren lang und knochig. Er hatte Zigaretten dabei. Ich fand es eigentlich zu heiß zum Rauchen, aber ich nahm trotzdem eine. Ich sah gleich, dass er nicht rauchte, um mir zu imponieren. Er hustete, und ich sagte, du hast das Rauchen wohl gerade erst erfunden. Ja, gab er ruhig zu, es war ihm überhaupt nicht peinlich.

Ich glaube, wenn ich vorhin nicht losgeheult habe, dann wegen ihm. Das war das Schlimmste, zu merken, wie mir die Tränen in die Augen schossen. Ich habe getan, als würde ich mich am Kopf kratzen, damit man es nicht sah. Ich dachte: Tilman, Tilman, und schaffte es bis zur Toilette. Zuerst dachte ich, jetzt geht's los, dass ich mich übergeben müsste. Stattdessen wurde ich plötzlich ganz ruhig. Hätte mir jemand vor einem Jahr das mit dem Tadel vorhergesagt, hätte ich ihn wahrscheinlich für verrückt erklärt. Ich starre vor mich hin. Ich denke. Man darf ihnen nichts schenken, vor allem keine Gefühlsausbrüche. Jetzt könnte ich mich ohrfeigen, dafür, dass ich letztes Jahr wegen der Jugendweihe klein beigegeben habe. Ich habe mich dazu überreden lassen, nur um hier, an der Kollwitz, aufgenommen zu werden. Ganz ergriffen war ich gewesen von den eingeritzten Initialen draußen neben dem Eingangstor. Fünfzig Jahrgänge, und jetzt ich!, ich hatte mir sonst was ausgemalt. Von diesem Gefühl ist nichts mehr übrig. Stattdessen bin ich in diesem Haufen Angepasster gelandet. Schon als Arno plötzlich nicht mehr da war. Wie froh alle waren, als ich verkündete, das Theaterstück müsse auf Eis. Bis auf Lydia, sie stürmte raus, die Tür knallte. Immer muss sie eine Vorstellung liefern. Sie liebt das Theater, *das* muss ich ihr zugestehen. Nicht zu glauben, dass ich dachte, mit denen was auf die Beine stellen zu können. Aus Liebeskummer würden sie sich jederzeit die Pulsadern aufschneiden, aber öffentlich den Mund aufzumachen, trauen sie sich nicht.

Bestimmt beraten sie in diesem Augenblick über mich. Jetzt muss ich doch weinen, eine einzige Träne. Hört schon alles auf? Ich bin erst knapp sechzehn, aber ich habe eine alte Seele. Tilmans Worte. Es war der zweite oder dritte Abend auf der Rüste, wir saßen ein Stück abseits, zwischen den Zelten. – Ich glaube, du hast eine alte Seele, sagte er. Und dann strich er mir plötzlich über die senkrechte Falte auf meiner Stirn. Alle Welt denkt, sie käme vom Denken. Dass ich ständig über etwas nachgrübeln würde. In Wahrheit war ich als Kind extrem kurzsichtig. Tilmans große knochige Hand streichelte meine Stirn (in der anderen hielt er eine Zigarette). Wir redeten über Sehnsucht. Woher sie kommt, was für ein Gefühl sie genau ist, und wann sie in Handeln umschlagen kann. – Die meisten wissen nicht, wonach sie

Sehnsucht haben, sagte Tilman, dabei ist ihr ganzer Körper voll davon, alles voller Sehnsucht, aber das bedeutet nichts. Weil sich sehr lange so leben lässt, ein Leben lang, sagte er, ohne dass diese Sehnsucht jemals gestillt oder aufgelöst wird. Ich erzählte ihm, dass ich Menschenrechtsanwältin werden will. Das hatte ich bis dahin noch keinem erzählt. Tilman meinte, das klappt bestimmt (währenddessen streichelte er immer weiter meine Stirn), dass ich die Welt verändern würde. Du wirst Pérez de Cuéllar, nur als Frau, sagte er. Es klang nicht wie ein Witz.

Tilman würde nie weggehen. Das haben wir uns geschworen. Wer geht, kann nichts mehr tun, haben wir gesagt. Tilmans halber Freundeskreis ist schon weg. Abgehauen, für immer. Niemand von ihnen existiert mehr. Alle gehen sie, und keiner sagt was. In gewisser Weise hat sich auch Arno abgesetzt. Auch wenn das was anderes ist. Seit dem Schulanfang fehlt die Pannwitz, und alle tun so, als wäre nichts. Genau wie Franziska Stellmacher. Sie denkt, die andern wären blöd und würden nichts merken. Vermutlich sind sie es tatsächlich. Diese Idioten reden die ganze Zeit nur von ihrer sturmfreien Bude. Für sie ist es egal, dass es auf ewig so weitergeht. Vorhin kam mir der Gedanke, jetzt wird alles anders, irgendeine Grenze ist erreicht. Als hinge der Lauf der Welt an meinem Tadel. Aber ich weiß nicht, ob schlechter anders oder besser. Als ich klein war, hatte ich manchmal das Gefühl, dass gar nichts mehr passieren wird, oder nur noch sehr schlimme Dinge. Vermutlich habe ich wirklich eine alte Seele. Eine alte *verliebte* Seele. Seit der Rüste schreiben Tilman und ich uns. Dass ich mich ernsthaft verliebt habe, merke ich im Sportunterricht. Plötzlich komme ich problemlos über den Bock. Es klingt seltsam, aber für mich gehören die beiden Dinge zusammen, Tilman und dass ich plötzlich über den Bock fliege. Ich glaube, manchmal erlebt man Dinge, die einen verändern, aber man merkt die Veränderung nicht gleich. Man merkt sie, wenn man nicht drauf gefasst ist, an einer *ganz anderen* Stelle. Wie eine unterirdische Welle. Mehr meine ich damit nicht. Und genauso gehören der stumpfe Sommer im Park und der Tadel zusammen. Angesichts meiner ansonsten vorbildlichen Leistungen haben sie sich entschieden, es bei einem Tadel zu belassen, hat Simizeck gesagt. Sie halten sich für großzügig.

Jetzt klingelt es wieder. Ob noch mal jemand vorbeikommt? Irgendwann muss ich sowieso raus hier. Sie wollen, dass man schlapp macht, aber den Gefallen tue ich ihnen nicht. Simizeck hat außerdem gesagt, dass ich bald Zeit für eine ausführliche Stellungnahme hätte, um meinen politischen Standpunkt aufs Neue zu beweisen. Ich darf nichts vergessen. Plötzlich sehe ich eine Überschrift vor mir. Welche Veränderungen halte ich in unserem Land für notwendig? Ich wische mir übers Gesicht und beginne in Gedanken eine Liste zu verfassen. Mein Herz klopft wie wild. Ich habe überhaupt keine Angst. Ich denke an Tilman. Hoffentlich braucht mein Vater seine Schreibmaschine heute Abend nicht.

TOMAS KROHN

Ich habe keine Ahnung, wer das mit dem Konzert in Umlauf gebracht hat. Es steht ja noch nicht einmal fest, ob überhaupt eins stattfindet. Ganz zu schweigen davon, wer spielt. Trotzdem marschiert unser Trupp in Richtung *Jwd*, immer einem Typen aus der Zwölften hinterher. Ich glaube, er heißt Oliver. Er lotst uns über einen Schleichweg, durch ein Wäldchen und um ein paar Garagen herum. Ich könnte wetten, man kommt auch über die Straße zum *Jwd*, aber manche Menschen müssen einem unbedingt auf die Nase binden, dass sie sich auskennen. Zugegeben, in puncto Klamotten stimmt es sogar. Ich beneide ihn um seine Lederjacke. Mit so einer Jacke gehört man sofort dazu. Ich weiß nie, wo man die richtigen Dinge auftreibt, und selbst wenn, bräuchte es noch den richtigen Brustkorb dazu, oder wenigstens den passenden Gesichtsausdruck.

Zum Glück ist es in dem Saal schon halbwegs duster, sodass meine mangelhafte Ausstattung nicht sofort ins Auge fällt. Trotzdem bleibe ich in der Nähe des Eingangs stehen, aus Angst, einer der Typen in den Nietenjacken könnte eine Bemerkung angesichts meiner Erscheinung loslassen. Es sind nicht viele Punks, zehn oder fünfzehn. Zusammengeballt machen sie allerdings einen gewaltigen Eindruck. Drei oder vier von ihnen hängen auf einem Podest in der Mitte des Saals herum. Das soll uns anderen offenbar klarmachen, wer hier das Hausrecht hat. Was ich ohne Weiteres akzeptiere. Brandy, Henne und Graf sind auch da. So ist das Ausgeschlossensein weniger unangenehm. Alle, die ich hier kenne, gehören zur Abteilung Fremdlinge. Bis auf Alexander. Man merkt sofort, dass er sich auskennt. Trotzdem ist es ihm nicht peinlich, mit uns gesehen zu werden. Er kommt auf uns zu, und wir reden kurz miteinander. Er gibt uns sogar ein Bier aus, bevor er wieder seiner Wege geht, Richtung Podest. So ist er, nett, aber ganz ohne Hintergedanken. Dadurch lässt er einen erst recht spüren, dass man nicht in seiner Liga spielt. Aber selbst *das* macht er nicht mit Absicht. Ich glaube, er hat keine Feinde, bewundernswert. Plötzlich erkenne ich auch Lydia. Dass sie ebenfalls hier ist, dazu die Hälfte der anderen Klassengurken, finde ich lästig. Ich wäre lieber allein mit den Jungs. Außerdem habe ich keine Ahnung, ob heute Abend Schweigeabend ist oder nicht, was Lydia betrifft. Das heißt, ich werde die ganze Zeit damit beschäftigt sein, es *herauszufinden*. So mag sie es am liebsten. Sie ist glücklich, wenn es kompliziert ist. In den letzten Tagen lief sie nur mit gesenktem Kopf durch die Gegend. Ich hatte keinen Schimmer, warum. Ich habe noch immer keinen. Sie ist undurchschaubar. Wenn Henne und Brandy wüssten, dass sie mich vor ein paar Wochen zu einem Tanzkurs geschleppt hat. *Dirty Dancing*. Nicht dass sie sich was aus dem Film gemacht hätte. Es war nur wieder einer ihrer Tests. Nehme ich jedenfalls an. Tagelang redete sie auf mich ein, ich solle sie zur Anmeldung begleiten. Die Halle war brechend voll. Als die Teilnehmerlisten ausgelegt wurden, ging fast eine Prügelei los. Die Idioten rissen sich gegenseitig den Stift aus der Hand. Es war nicht zu fassen. Ich blieb demonstrativ am Rand stehen und zog eine Fresse. Irgendwann waren die Listen voll – wir standen nicht drauf. Komischerweise machte Lydia das überhaupt nichts aus. Offenbar war ihr der Tanzkurs komplett egal. Dafür regte sie sich auf dem Nachhauseweg plötzlich auf, immer müsse sie den ersten Schritt tun. Sie wurde richtig wütend, aus heiterem Himmel. Außerdem beschwerte sie sich, ich würde nie ihr Gesicht anfassen. Solche Anfälle hat sie dauernd.

Heute Abend allerdings scheint sich ihr Groll in Luft aufgelöst zu haben, wie ich erleichtert feststelle. Lydia steht wie selbstverständlich neben mir und teilt der Runde lachend mit, sie fände den Namen der Band eklig. Dann fragt sie, ob ich das mit Franziskas Eltern gehört hätte. Franziskas Eltern sind drüben geblieben. Obwohl ein paar Leute behaupten, der Vater wäre schon viel länger dort. Seltsamerweise fragt niemand Franziska *selbst*. Lydia sagt, sie fände es schäbig, abzuhauen und sein Kind hierzulassen. Zustimmendes Geraune. – Sie werden ihr schon irgendeine Nachricht dagelassen haben, entgegne ich, glaubst du nicht? Außerdem sind ein paar Wochen allein doch gar nicht so übel. Ich merke, dass ich das nur sage, um Lydia auf die Palme zu bringen. Gelassenheit vortäuschen, wo sie schäumt. Ich schaue mich um, Franziska ist nicht da. Aber das hier ist auch gar nicht ihr Gebiet. Ponys gehören auf die Wiese, hat Lydia einmal über Franziska gesagt. Sie kann ziemlich gemein sein. Wahrscheinlich bin ich deshalb mit ihr zusammen, ich möchte sie auf keinen Fall zur Feindin haben. Davon abgesehen hat Franziska wirklich was von einem Pony. Was nichts mit dem Pferdeschwanz zu tun hat. Brandy schlägt vor, eine Party bei ihr zu veranstalten, jetzt, wo sie die Wohnung für sich hat. Man kommt überein, das Ganze am besten gleich am Sonnabend stattfinden zu lassen, eh sich's ihre Eltern anders überlegen und plötzlich wieder auf der Matte stehen. Wir lachen, als wir uns die umständliche Flucht über die ungarischen Grenzzäune rückwärts vorstellen.

Unterdessen steigt die Band auf das Podest. – Gute Musik kommt aus den Eiern, nicht aus dem Kopf, ruft der Sänger. Dann steht er einfach nur da. Ich nehme mir vor, den Satz bei der nächstbesten Gelegenheit anzubringen, was Blödsinn ist, denn jetzt haben ihn ja schon alle gehört. Während der Gitarrist probehalber ein paar Akkorde anspielt, trommelt mir Lydia plötzlich auf den Arm. – Der nächste Sonnabend geht auf keinen Fall, ruft sie, das ist der Dreißigste! Sie schaut mich bedeutungsvoll an, aber ich stehe auf dem Schlauch. Ich sehe ihre Enttäuschung, weil »der Dreißigste« nicht die erhoffte Wirkung bei mir auslöst. Wahrscheinlich läuft in ihrem Kopf irgendein Film ab. Ein Film, in dem ich einen ganz bestimmten Satz sagen müsste. Aber welchen, weiß ich nicht. Nie. Das macht mich fertig. Ich gebe ihr zu verstehen, dass ich mich auf die Band konzentrieren will, muss aber gleichzeitig an die gepunktete Linie denken, die sie sich vor Kurzem aufs Handgelenk tätowiert hat, darunter steht: Open here. Natürlich ist es kein richtiges Tattoo, sie hat es selbst gemacht, mit einem Kugelschreiber, glaube ich. Sie will, dass alle es sehen, gleichzeitig hüllt sie sich in Schweigen. Sie liebt solche Sachen, Zeichen, die kein Mensch versteht. Zu meinem Geburtstag kam sie mit einem Notizbuch an. Ein Buch mit nichts als leeren Seiten, in das ich meine Träume schreiben sollte, wie sie mir vorschlug. Erwartungsvoller Blick. Ich träume nie. Und wenn, habe ich es spätestens beim Zähneputzen vergessen. Ich sagte Danke. Aber Danke war natürlich nicht das richtige Wort. Weshalb sie später in der Straßenbahn die ganze Zeit stumm blieb. Wir guckten jeder in eine andere Richtung. Irgendwann drehe ich mich um und sehe, sie ist weg. Einfach raus aus der Bahn. Zuerst wollte ich hinterher. Aber dann klingelte der Fahrer ab, und ich saß immer noch. Eine blöde Situation, aber insgeheim war ich erleichtert. Seitdem rennt sie mit dieser gepunkteten Linie am Handgelenk herum.

Die Band lässt sich Zeit. Ich frage mich, was es da so ewig zu fummeln gibt. Lydia schaut mich noch immer von unten her an. Schließlich sagt sie, ich habe mich weniger allein gefühlt, als ich dich noch nicht kannte. Dann rauscht sie ab. Zum Wahnsinnigwerden. – Was will denn die hier?, höre ich Brandy. Als ich seinem Blick folge, erkenne ich Kati Viehweg, die sich einen Weg durch das locker gestreute Publikum bahnt. – Spioniert wohl die Szene aus? Ich lache mit. Kati, ein trauriges Vogelgesicht hinter riesigen Brillengläsern. Sie tut mir leid. Ob sie weiß, dass sie sich mit ihren Ansichten immer mehr zum Gespött macht? Ständig lässt sie eigenartige Behauptungen los. Neulich hat sie im Unterricht bei der Pistiak gesagt, die Leute, die in den Westen gehen, würden in Wirklichkeit *entführt* werden. Wahrscheinlich muss sie solche Sachen wegen ihrem Vater sagen. Ihr Vater ist irgendein wichtiger Mensch in der Partei. Jetzt hat sie mich entdeckt und grüßt in meine Richtung, mit einer ganz kleinen Flügelbewegung. Ich recke als Antwort kurz das Kinn. Sie wirkt so unruhig, wie vor einem Nervenzusammenbruch, oder als warte sie auf Rettung. Ich würde gern ein Mädchen retten. Aber das ist heutzutage schwer. Im Sommer, beim Baden, habe ich zum Spaß versucht, Lydia aus dem Wasser zu fischen. Sie strampelte wie verrückt, machte sich los und schwamm dann durch den halben See, wahrscheinlich um mir zu beweisen, wie gut sie allein klarkommt.

Endlich fängt die Band an zu spielen. Und hört gleich wieder auf. Hat nicht irgendwer gesagt, die wären die Dead Kennedys von hier? Fröhliches Gejohle im Saal. Schließlich beginnt der Sänger laut zu zählen. Weiter nichts. Das ist lächerlich, trotzdem beeindruckt es mich. Offenbar hat er keine Angst, dass die Leute wütend werden könnten. Dann fliegt doch eine Flasche Bier in Richtung Podest. Der Sänger wirft einen Aschenbecher zurück. Er kommt noch bis einhundertvierzehn, dann steigt die Truppe wieder runter. Irgendwie scheinen trotzdem alle zufrieden. Ich auch. Ich fühle mich an der richtigen Stelle, wenn bloß Lydia nicht wäre. Angespannt halte ich nach ihr Ausschau. Ich bin wahnsinnig gern mit ihr zusammen. Aber genauso oft geht sie mir auf die Nerven. – Dass du es mit der aushältst, sagt Henne. Seiner Ansicht nach habe ich Lydia fürs Bett. Ich weiß nicht, wie er darauf kommt. Allerdings tue ich auch nichts, um seine Annahme zu zerstreuen. Wir haben noch nicht miteinander geschlafen. Im Sommer habe ich ihre Brust zum ersten Mal angefasst, in Rheinsberg. Irgendwer hat einen Roman über die Stadt geschrieben, also schleppte sie mich dorthin. Wie sich herausstellte, war das Schloss eine Bruchbude, und man durfte es überhaupt nicht besichtigen. Trotzdem war die Stimmung gut. Wir trieben uns in dem Park herum. Auf einer Bank in einer stillen Ecke fing ich an, ihre Brüste unterm Hemd zu streicheln. Sie sind klein. Ich bin kein Brustexperte, aber ich glaube, Mädchen mit kleinen Brüsten spüren mehr. Allerdings weiß ich das nicht von Lydias. Als ich ihren BH ohne aufzuhaken hochschob und sagte, den brauchst du doch nicht, machte sie plötzlich dicht. Ich kapierte es erst nach einer Weile. Sie ließ mich machen, aber stumm ergeben, wie ein Kaninchen, das im Fuchsmaul hängt. Fünf Stunden lang streichelte ich wie ein Idiot an ihrer Brust herum. Währenddessen überlegte ich, was falsch an dem Satz war. Ich versuchte sogar, mich zu entschuldigen. Den ganzen restlichen Tag brachten wir schweigend in diesem Kaff zu. Ich versuchte, sie aufzuheitern, aber es war alles wie tot. Schließlich hatte ich auch keine Lust mehr, noch irgendein Wort von mir zu geben. Die Sache war erledigt. Danach haben wir abgewartet. So ist es immer. Wir versöhnen uns nicht, wir lassen Zeit vergehen.

– Kommt jetzt noch irgendwas, fragt Lydia, plötzlich wieder neben mir, und deutet auf das Podest, es ist schon nach neun. Offenbar hat sie ihre Filmsätze vergessen. Ganz unkompliziert plaudert sie, sogar mit Rebekka. Dann hängt sie sich an mich und fängt an, vor aller Welt mein Ohr zu küssen. Sie nimmt meinen rechten Arm und schlingt ihn sich wie einen Gürtel um die Taille. – Der Dreißigste, flüstert sie wieder, und ich fühle mich schuldig, ohne zu wissen, warum.

FRANZISKA STELLMACHER

Ich war in der Küche, als ich es klingeln hörte nebenan. Seitdem meine Mutter weg ist und ich in der Wohnung allein bin, lausche ich auf jedes Geräusch. Ganz allein stimmt natürlich nicht, Trudi ist da, aber das zählt nicht. Ich schlich zur Tür und sah durch den Spion. Zwei Männer. Sie standen ganz dicht nebeneinander, als wollten sie mit ihren Rücken eine Wand gegen mich bilden. Ich sah die nackten Beine von der Hadelich, ihre roten Hausschuhe. – Möbel?, hörte ich sie rufen, was denn für Möbel? Sie hat ein wahnsinnig lautes Organ. Was die Männer wollten, verstand ich nicht. Dann sagte die Hadelich, dass hier nichts zu holen sei. Sie zeigte auf unseren Schuhschrank, der vor der Wohnungstür steht, und sagte, hier drinnen sei alles bewohnt. Einer der Männer drehte sich um. Aber er sah gar nicht zu unserem Schuhschrank, sondern zu mir, direkt in mein Auge hinter der Tür. Meine Knie begannen wie verrückt zu zittern. Keine Ahnung wieso, aber plötzlich rief ich in die Wohnung zurück: Ich geh noch mal Gassi mit Harrun. Wir haben ja keinen Hund. Dann machte ich mich an der Tür zu schaffen, so als käme ich jeden Moment raus. Die Männer gingen tatsächlich weg. Mein ganzer Brustkorb tat weh vor Angst, als ich mich in der Küche auf einen Stuhl fallen ließ. Trudi rührte in dem Topf mit dem Brühreis. Sie hatte von der ganzen Sache gar nichts mitbekommen. Ich mag Trudi, aber sie ist alt. Als meine Mutter sagte, Tante Trudi würde jeden Tag nach mir sehen, wusste ich, dass es in Wahrheit umgekehrt sein würde.

Sie ist nicht meine richtige Tante. Als ich klein war, war ich jeden Tag bei ihr. Meine Mutter arbeitete damals schon Schichtbetrieb. Trudi wohnte eine Straße weiter, sie stopfte mich mit Marmeladenbrot voll, wir gingen am Heiligen See spazieren, sie sang mir Lieder vor. Sogar als ich schon größer war, vier oder fünf, zog sie mit mir in der rostigen Sportkarre los. Die Lieder hatten jedes Mal ungeheuer viele Strophen. Immer hängten sich die Mädchen auf, weil ihre Geliebten nicht zurückkamen. Auch wenn Trudi alt ist, es beruhigt mich, dass sie hier ist. Das fortwährende Geschnippel, ihr Versorgungstick lenken mich ab.

Sie schneidet eine Mohrrübe klein, und ich sage zu ihr, am Sonnabendabend mache ich eine Fete. Das war Falks Idee. Seitdem sie in der Klasse wissen, dass ich allein in der Wohnung bin, beneiden sie mich. Woher sie es haben, weiß ich nicht. Britta jedenfalls hat geschworen, nichts zu sagen, jedenfalls nicht die Wahrheit. Vielleicht war es nicht richtig, jemanden ins Vertrauen zu ziehen, meine Mutter hat mir eingeschärft, nie jemanden ins Vertrauen zu ziehen, aber ich musste es tun. Britta ist ein Grab, oder besser ein Tresor, in den jeder einen Schatz legen würde. Bei manchen Menschen ist man sich sicher, was das betrifft. Wahrscheinlich weiß nicht mal *Trudi*, warum sie auf mich aufpassen soll. Dass sie die Sache mit der Dienstreise, die meine Mutter ihr erzählt hat, einfach so geschluckt hat. Inzwischen sind es drei Wochen, so eine lange Fahrt ist selbst für eine Ärztin absoluter Blödsinn.

– Ein bisschen Krach ist gut, sage ich zu Trudi, dann wissen sie, hier wohnt noch jemand, und Trudi fragt, ob sie einen Kalten Hund für den Sonnabendabend machen soll. Was mich stört, ist der Gedanke, dass Falk und Tomas und die anderen alles anfassen werden, die Schallplatten und Bücher meiner Mutter, die Fotos auf dem Regal und den Porzellanbecher mit den Stiften. Vermutlich werden sie nichts wieder dorthin zurückstellen, wo es stand. Das Problem ist, dass sie keine Ahnung haben, für sie sind es bloß Gegenstände. Vor ein paar Wochen noch hätte es mich nicht gestört, aber *inzwischen* stört es mich. Ich empfinde mich als Wächterin von allem hier. Ich räume auf, ich wische Staub, sogar den Boden in der Küche habe ich am Sonntag gebohnert, *von allein*. Ich weiß, dass ich noch viel mehr Angst haben müsste. Das Merkwürdige ist, dass ich mir verloren vorkomme und zugleich stark. Meine ganze Hoffnung, was den Sonnabendabend angeht, ist Alexander. Wenn er überhaupt auftaucht. Er war der Einzige, der bei der Aussicht auf eine Party nicht in Jubelschreie ausgebrochen ist. So ist er. Die Klasse krakeelt, er schwebt über allem. Wahrscheinlich geht er jedes Wochenende auf eine. – Wird dein Freund auch zu dem Fest kommen, fragt Trudi. – Welcher Freund?, sage ich und hole zwei Teller aus dem Schrank. Mein Herz puckert. – Gefällt dir denn keiner? – Doch. – Und, wie heißt er? – Alexander. – Alexander? Ein Russe? – Russe darf man nicht sagen, Trudi. Nein, er ist kein Russe. Er ist ganz normal. Außer, dass er sich manchmal benimmt wie ein … König. Trudi rührt weiter in der Suppe. – So muss man sie auch behandeln, die Männer, sagt sie, wie Könige, sonst gehen sie irgendwann fort. – Ich glaube, er weiß noch nicht mal, dass er sich wie ein König benimmt. Er ist ganz einfach so, jedenfalls bildet er sich nichts ein auf das, was er tut. Im Sommer ist er bis nach Bulgarien getrampt. Er malt. Manchmal macht er komische Sachen. Was die andern sagen, kümmert ihn nicht. – Was für komische Sachen? – Einmal ist er mit Badelatschen in die Schule gekommen. Und ein anderes Mal mit einem chinesischen Hut auf dem Kopf, weißt du, so ein flacher runder, wie die Chinesen ihn bei der Reisernte tragen. Ansonsten benahm er sich ganz normal.

Also, er *kommentierte* es nicht, dass er einen chinesischen Hut aufhatte. Die Pistiak, das ist unsere Staatsbürgerkundelehrerin, machte der Hut ganz irre. Sie guckte ihn die ganze Zeit an, ich meine, es war ja nichts Verbotenes, es war nur seltsam. Außerdem behielt er den Hut nicht die ganze Zeit auf. In der Stunde legte er ihn neben sich, auf den Boden. Die Pistiak guckte trotzdem, als läge eine Bombe darunter. – Er muss schön sein, meint Trudi, bei Hässlichen ist es klar, hässliche Menschen wollen ihre Hässlichkeit verstecken. Schöne Menschen aber können aufhaben oder anziehen, was sie wollen, sie bleiben schön. – Ja, Menschen wie er *können* sich nicht zum Obst machen, nie. – Obst?, fragt Trudi. – War dein Heinrich eigentlich schön? – Oh ja, schön, und groß. Aber darauf kommt es nicht an, das Wichtigste ist Gesundheit. – Sicher. – Und, *ist* er gesund, dein Alexander? – Er ist nicht *mein* Alexander ... Keine Ahnung, wieso sollte er nicht gesund sein? Trudi gießt den Reis in ein Sieb und sagt, weißt du, Heinrich war ... unvollständig. Ihm fehlte sein Leben lang ein Ei. Es dauert ein paar Sekunden, bis es bei mir dämmert. – Ein Ei? Ich finde es einigermaßen schlimm, dass sie dieses Thema anschneidet. Irgendwie kommt es mir vor, als würde Alexander unser Gespräch mithören. – Bei unserer Hochzeit wusste ich natürlich nicht, dass es ihm fehlt, erzählt Trudi. Woher sollte ich wissen, wie ein vollständiger Mann aussieht? Wenn ich es gewusst hätte, hätte ich ihn nicht geheiratet. Als er später an der Hüfte operiert wurde, hat der Arzt mich zur Seite genommen und gesagt, ein Mann mit einem Ei könne keine Kinder zeugen. Ich stand da, meine beiden Jungs an der Hand, ich habe mich noch nie so geschämt. Trotzdem gab mir der Arzt zum Abschied die Hand. Zum Glück hat Heinrich nichts von dem Getratsche mitbekommen, und dann war er auch bald tot. – Habt ihr euch geliebt? – Der Heinrich war zuverlässig. Er hat immer gut für uns gesorgt. – Ich bin ja noch nicht mal sicher, ob Alexander am Sonnabendabend *kommt*, sage ich. – Wenn er dich liebt, kommt er. – Liebe! Wahrscheinlich sieht er mich nicht mal. Er ist ziemlich groß. Ich habe das Gefühl, er schaut über alles hinweg. Trudi rührt in dem Brühreis. – Man kann nicht jemanden lieben, dem man überhaupt nicht gefällt, sagt sie. Wenn man sich in jemanden verliebt, dann deshalb, weil der andere einen auch schon aufs Korn genommen hat. Vielleicht weiß er nur noch nichts davon.

Im Hausflur poltert was, und mir fährt wieder der Schreck in den Brustkorb. Ich bekomme richtig Atemnot, weil er so schnell da ist und ich keine Möglichkeit habe, ihn rechtzeitig wegzuschieben. – Er war auch bei der Demonstration, sage ich, um mich abzulenken von dem, was draußen im Hausflur los ist. – Wer? – Na, Alexander. Trudi nickt. – Simizeck hat gesagt, alle Demonstranten gehören für zehn Jahre ins KZ gesperrt. – Manchen Menschen darf man nicht zuhören, sagt Trudi. Denk immer dran, am Ende müssen alle gehen, auch die Bösen. Der Kaiser, Hitler, Ulbricht, alle mussten sie gehen. Der Simizeck wird es auch nicht mehr lange machen. – Trudi, sage ich, Simizeck ist unser Direktor. Trudi nickt: Keiner lebt ewig. Zum ersten Mal fällt mir ein, dass Trudi ebenfalls sterben könnte. Gibt es nicht schon erste Anzeichen? Sie verschickt Blumensträuße im Paket! Außerdem hat sie mir den Bildband über Rügen zurückgeschenkt, den ich ihr vor ein paar Jahren aus dem Ferienlager mitgebracht hatte. Wir dürfen jetzt nicht den Kopf verlieren. Ein Satz meiner Mutter. Alexander, denke ich, um nicht weiter an Trudis Tod denken zu müssen. Ich könnte die hochhackigen Schuhe anziehen am Sonnabendabend, aber in hochhackigen Schuhen komme ich mir albern vor. Wahrscheinlich sucht er eine wie Rebekka. Aber Rebekka ist nicht sein Typ. Obwohl sie mutig ist. Sie hat sich getraut, Simizeck nach der ganzen Geschichte mit dem Tadel noch einen Vogel zu zeigen. Vor der ganzen Schule. Es war kein richtiger Vogel, aber sie fasste sich an die Stirn, sodass es alle mitbekamen. Jeder sah genau, was sie meinte. Wahrscheinlich muss sie nach der Zehnten gehen. – Was machen wir, wenn die Männer wiederkommen?, frage ich. Trudi füllt die Suppe in die Teller. – Welche Männer? – Na, die von vorhin, sage ich, der Verzweiflung nahe. Trudi lässt die Kelle in den Topf fallen und sieht mich mit ihren gütigen Augen an: Wünschst du dir eigentlich einen Hund?

LYDIA GEBAUER

Ich habe nicht geheult. Jedenfalls nicht gleich. Als ich Arno zusammen mit der Rothaarigen im Bus sah, zog sich mir nur alles zusammen. Am liebsten hätte ich mich übergeben. Aber das wäre nicht sehr günstig gewesen, dicht an dicht, wie wir standen. Außerdem wäre sowieso nichts gekommen. Den ganzen Tag hatte ich nichts gegessen. Zuerst dachte ich nicht drüber nach, und später, als Steffi und ich Hunger bekamen, hatten wir bloß unser Geld, für das sie uns drüben natürlich nichts verkauft haben. Und jetzt *kann* ich nichts essen. Ich habe ihn an den Haaren erkannt, schön und wild, genau wie damals, dann sein Gesicht. Instinktiv duckte ich mich. Ich fand mich schrecklich banal, in dem ausgebeulten Anorak, und der Beutel mit den Kiwis. Eine Stunde vorher hatte ich mich über das ganze Zeug noch gefreut, aber jetzt kam ich mir dermaßen verboten damit vor. Natürlich hätte Arno in dem Gedränge von alldem sowieso nichts sehen können. Das Dumme war, dass ich *ihn* sehen wollte. Ich fragte mich, was er in diesem Bus machte. Zwischen all den gewöhnlichen Leuten. Rebekka hat gelogen. Dass Arno ausgereist wäre, hat sie im Sommer erzählt, abgeschoben. Alles muss sie ins Politische verdrehen.

Keine Ahnung, was ich mir all die Monate über eingebildet habe. So wie er mich geküsst hat. Jemand, der so küsst, lebt in einer anderen Welt, habe ich gedacht, einer *höheren*. An der Glienicker Brücke war der Fall eindeutig, Endstation, alle stiegen aus, Arno und die Rothaarige gingen davon – Hand in Hand. Das Schrecklichste war, dass sie genauso bepackt waren wie alle anderen. Wahrscheinlich hatte die Rothaarige ihn dazu getrieben, bestimmt ist sie ganz wild auf eine Musikanlage für 99 Mark.

Dass ich tatsächlich gedacht habe, er will etwas rausfinden! Blödheit bei sich selbst festzustellen ist das Schlimmste. Dass die anderen beschränkt sind, gut. Aber wenn man rausbekommt, dass man selbst es ist … Vermutlich sind sie gerade dabei, in seiner Küche zu duschen. Vielleicht habe ich Glück und werde wahnsinnig. Vorhin habe ich ein Bild an die Wand über meinem Bett gemalt. Eine Art Höllenhund, auf dessen Zunge Leute spazieren gehen. Filzstift auf Raufasertapete, wirklich eine Großtat.

Hätten Steffi und ich nur nicht *diesen* Bus genommen. Es war alles ein Zufall, alles. Wäre Steffis Mutter heute Nachmittag nicht nach ein paar Metern mit dem Trabi liegen geblieben, hätten Steffi und sie nicht bei uns geklingelt, um unser Telefon zu benutzen. Die Mutter wunderte sich, dass meine Eltern noch keine Anstalten machten, sich den Westen anzusehen. Dann hielt sie es für eine gute Idee, wenn ich an ihrer Stelle mit Steffi nach Westberlin fuhr, da sie ja ohnehin auf ihren Bekannten warten musste, der sie abschleppen wollte. – Die Grenzen sind morgen sicher auch noch auf, lachte sie. – Wer weiß, sagte mein Vater, der im Stehen fernsah, und meine Mutter rief, R. G., das Weltgeschehen lässt sich von deiner Sorgenmiene nicht hypnotisieren! Wir lachten alle. Das Ganze war Donnerstagnacht passiert. Am Freitagmorgen in der Schule fehlte Ruppert. Er kam gegen Mittag, eine Büchse Bier in der Hand. *Schultheiss.* Es war gerade Pause, sämtliche Klassen im Vestibül. Grinsend torkelte er auf uns zu. Seine Augen waren glasig, wie voller Tränen, die nicht rauskönnen. Irgendwer hatte ihm einen Irokesenschnitt verpasst. Seltsamerweise tauchte kein Lehrer auf, nicht mal Simizeck ließ sich blicken. Ich meine, Ruppert war blau. Brandy und Martin grapschten sofort nach der Büchse. Wie sich herausstellte, hatte Ruppert die Nacht auf der Mauer zugebracht. – Hab getanzt, sagte er, und ich fragte, auf welcher Mauer denn? Alles lachte. Zum Glück klingelte es. Die meisten hatten meine Frage als Witz aufgefasst. Während wir anderen uns aufmachten ins Chemielabor, blieb Ruppert im Vestibül. Er fläzte sich auf die Treppenstufen und grinste triumphierend. Sein angeberisches Getue ging mir auf die Nerven, dieses ganze überschwängliche Gehabe. Zugleich war ich deprimiert. Ich hatte das Gefühl, dass der alte Ruppert, der verrückte, in der blöden Bierseligkeit unterging und bloß noch irgendein dämlicher Ruppert dort saß.

Wenn ich gewusst hätte, dass ich heute, am Sonnabend, in einem Meer von Rupperts landen würde. Als wir die Grenze passierten, rief einer: Wir wollen rein. Eine Riesengaudi, wirklich sehenswert. Die Leute waren dermaßen aus dem Häuschen. Und die schlimmsten von allen waren wir, Steffi und ich. Immerzu zeigten wir uns gegenseitig unsere Ausweise mit dem Stempel darin. Wahrscheinlich sind die Grenzer froh, dass sie nur noch stempeln müssen. Steffi und ich hatten keine Ahnung, wo wir aussteigen sollten. Also folgten wir einfach der Menge, wie im Demonstrationszug am 1. Mai. Steffi wollte einen BH, *um jeden Preis*, wie sie sagte. Sie hatte Glück, gleich im ersten Geschäft, in das wir hineingedrängt wurden, hingen welche. Gibt es etwas Sinnloseres, als ohne Geld in ein Geschäft zu rennen? Ich dachte tatsächlich über die Frage nach, als Steffi schon den Reißverschluss ihrer Jacke unten hatte. Sie stopfte sich ungefähr zweihundert BHs vorne rein. Ich bin eine Gerechtigkeitsfanatikerin, aber in diesem Fall wollte ich mich nicht von ihr abhängen lassen. Außerdem wird sie am Montag aller Welt davon berichten, das steht fest. Ich kam so in Fahrt, dass ich beim Rausdrängeln noch einen Gürtel nahm. Ich brauchte ihn nicht mal zu verstecken, die Frau an der Kasse war komplett hinüber. Mit erloschenem Blick saß sie da und lächelte vor sich hin, wie eine Verrückte. Anschließend besorgte ich in einer riesigen Kaufhalle noch ein Glas Himbeermarmelade (Mutter) und eine Schallplatte von Tina Turner (Vater). Draußen stellte ich fest, dass ich Steffi verloren hatte. Ich wartete eine Weile, dann machte ich mich alleine auf den Rückweg. In den Unmengen von Menschen, die noch immer unterwegs waren, fühlte ich mich plötzlich allein, auf eine irgendwie *gnadenlose* Weise einsam. Außerdem war es schon dunkel. Kurz darauf rief jemand hinter mir, Ausweis bitte. Ich hatte den Reißverschluss meiner Jacke schon so gut wie auf, aber es war nur Christoph Zietow. Scherzkeks. Er lachte, darüber, dass ich mich tatsächlich erschrocken hatte. Normalerweise hätte mich das auf die Palme gebracht, aber jetzt war es mir egal. Ich freute mich sogar, ihn zu sehen. Wenn man in der Fremde einen Bekannten trifft, kann das sehr erleichternd sein, selbst wenn es kein besonders guter Bekannter ist. Mit Christoph habe ich noch nie geredet, er kommt nicht *infrage*. Schon sein Äußeres, dünn wie eine Speiche, aber mit einem Krapfengesicht. Glücklicherweise wunderte er sich nicht über meine ausgebeulte Jacke. Er sagte, er habe schon Hehnlein und zwei aus der Elften getroffen. Er wollte auch zurück zum S-Bahnhof. Auf dem Weg dorthin alberten wir herum, wie beschwipst, weil man uns vorm Alleinsein gerettet hatte. Vor einem Sexshop amüsierten wir uns über die Auslage. Dann schauten wir einem Mann zu, der auf einem Campingtisch drei leere Konservenbüchsen aufgereiht hatte. Unter eine steckte er eine Kugel. Der Mann schob die Büchsen wie wild hin und her. Für einen Wetteinsatz von einhundert D-Mark konnte man raten, unter welcher die Kugel lag. Einhundert! Tatsächlich legte eine Frau Geld auf den Tisch und sagte: Rechts. Der Mann steckte den Schein sofort ein und hob die Büchse hoch: leer. Jetzt fing ein ziemliches Geschubse an, die Frau weinte. Am Ende musste der Mann der Frau das Geld zurückgeben. Wenn wir nicht stehen geblieben wären, hätten wir eine frühere S-Bahn bekommen. Dann wären wir früher in Wannsee gelandet und hätten einen früheren Bus nehmen können. Dann hätte ich Arno nicht entdeckt. Es war alles Zufall.

An der Endhaltestelle ließ ich mir Zeit beim Aussteigen. Ich wollte, dass Arno mit der Rothaarigen vor mir über die Brücke verschwand. Mir war wirklich elend zumute. Plötzlich konnte ich Christophs Anwesenheit nicht mehr ertragen. An der Straßenbahnhaltestelle trennten wir uns. Ich sagte, ich würde noch jemanden besuchen wollen, und trottete in Richtung Innenstadt. Zuerst in einem Pulk von Menschen, dann immer mehr allein. An einer Mülltonne sortierte ich das Zeug aus meinem Anorak. Das meiste schmiss ich weg. Ich behielt nur die Kiwis, die beiden Sachen für meine Eltern und den Gürtel. Er ist aus blauem Leder und sehr schwer, fast schon ein Westerngürtel. Von ihm konnte ich mich einfach nicht trennen. Später, in der Straßenbahn, guckte immerfort ein Typ mit Schnurrbart zu mir herüber. – Was ziehst du denn für ein Gesicht, rief er. Ich war dermaßen betäubt. Er versuchte, nach meinem Schal zu greifen, und ich zischte, er solle abhauen. Plötzlich musste ich doch heulen. Ich versuchte gar nicht, es zurückzuhalten. Heulen funktioniert bei mir ohne Schluchzen. Wie in einem Stummfilm, es fließt. Das Schlimme ist, dass Arno nie etwas herausfinden wollte. Dass ich mich geirrt habe, dass alles ein schrecklicher Irrtum war, ein peinlicher. Während ich mir sonst was ausmalte, war er mit etwas vollkommen anderem beschäftigt. Eine Tatsache, die mich an den Rand eines Nervenzusammenbruchs bringt. Wenn man absichtlich wahnsinnig werden könnte. Sie würden mich ins Irrenhaus schaffen. Die Vorstellung hat was Beruhigendes, weiße Räume, weiße Tische, auf denen Schälchen mit Tabletten stehen. Ich verbringe meine Tage mit den anderen Wahnsinnigen vor dem Fernseher. Vor uns flimmern die Bilder, die für die Irren hier drinnen keinerlei Bedeutung haben. Irgendwann schalten die Pfleger das Gerät aus, weil uns die Nachrichten zu sehr aufregen, all die vor Freude verheulten Gesichter. Ich schaue aus dem Fenster und warte auf Arno. Später liegen wir auf meinem Anstaltsbett, und er küsst mich. Natürlich wissen wir beide, dass ich nur halb wahnsinnig bin und deshalb hier drin, um unsere Liebe vor der Welt draußen zu schützen. Ich schlafe nicht mehr, ich träume. Jeder Tag wird genau wie der vorangegangene, nichts wird sich je ändern.

FALK BRANDTMEIER

Und dann ist der Pistiak der Schwamm aus der Hand gefallen, erzählt Martin, einfach so. Das Stück Kreide, das sie in der andern hatte, hinterher. Sie stand da, gegen die Tafel gedrückt, als wäre sie im Stehen ohnmächtig geworden. So. Wir natürlich wie die Bedepperten dagesessen, keiner sagte was. – Und wie lange ging das, frage ich. – Keine Ahnung, sagt Martin, fünf Minuten, vielleicht zehn. Ich habe tatsächlich was verpasst, denke ich. Eine Woche nicht da, und schon gehöre ich nur noch halb dazu. Ich versuche, mir die Enttäuschung nicht anmerken zu lassen. Zum Glück stürzt sich der Pulk auf Krohn. Er stellt fünf Bierbüchsen auf den Teppich. – Aber teilen, sagt er, sind von meinem Vater. Die Mädels nippen an einem Baileys. Wir lümmeln auf seiner Couch, einem gemütlichen Monstrum, das seine Eltern ausrangiert haben. Krohn behauptet, sie würden jedes Mal anklopfen, wenn sie was von ihm wollen, aber dass das sowieso nie passieren würde. Manche haben es wirklich gut getroffen.

– Pass auf, sagt Martin und baut sich vor uns auf, die Sache geht noch weiter. Er erzählt, dass Rebekka aufgestanden und zu der Pistiak hingegangen ist, um sie rauszubringen, ins Lehrerzimmer. Anfangs ließ die Pistiak sich auch wirklich von ihr mitziehen, Richtung Tür, wie ein Hund. Aber dann, als alle dachten, sie würde aus dem Raum gehen, ist sie plötzlich auf den freien Stuhl neben Connie gesackt, mit dem Kopf auf den Tisch. Zusammengeklappt, einfach so. – Du hast die Show des Jahres verpasst! Rupperts Fistelstimme. Er streckt sogar den Zeigefinger aus, wie ein gehässiges Kind. Als er vom Monstersofa steigt, verpasse ich ihm einen Tritt in den Hintern, allerdings nur andeutungsweise. Ich muss aufpassen. Wenn ich zu heftig mache, fängt meine Nase wieder an zu bluten. Irgendwann wird das Nasengerüst wieder stabil, die Knochenteile wachsen zusammen, aber das dauert. So hat es mir der Arzt erklärt. Mein Gesicht tut immer noch höllisch weh. Wenigstens wirkt es so, mit den blau grünen Flecken, interessant. – Aber weiß jemand, warum überhaupt, frage ich und versuche, möglichst unauffällig durch den Mund zu atmen. – Was warum? – Na das mit der Pistiak. – Ach, er kennt die Vorgeschichte gar nicht, schaltet sich Christoph ein. Klugscheißer. Alle stöhnen gelangweilt auf, und ich bekomme mitgeteilt, dass Rebekka, während die Pistiak in aller Seelenruhe ihr Tafelbild malte, gefragt hätte, warum jetzt schon wieder die Römerzeit dran sei, ob sie denn nicht mal etwas über die aktuellen Ereignisse im Land sagen könne, schließlich sei das Geschichtsunterricht, und wie sie, also die Pistiak, überhaupt zu diesen Ereignissen stünde und so weiter. – Ich konnte ja nicht ahnen, dass sie so eine Frage gleich umhaut, sagt Rebekka mit aufgerissenen Augen. Dann behauptet sie, sie hätte sich hinterher ganz schuldig gefühlt. Natürlich sieht man, dass das nicht stimmt.

Krohn gibt das zweite Bier durch. Britta streichelt die immergleiche Stelle auf ihrem Knie, während sie in eine seltsame Ferne starrt. – Mir tut die Pistiak leid, sagt sie leise. Alle protestieren. Ich halte mich zurück, Britta soll nicht denken, ich hätte kein Herz. In Wahrheit habe ich mit der Pistiak ungefähr soviel Mitleid wie mit einem Putzlappen. Kommen Sie, verteidigen Sie Ihre Vier!, sagt sie jedes Mal, wenn sie einen drannimmt. Es macht ihr einfach Spaß zu sehen, dass man aus allen Wolken fällt und wie ein Irrer zu schwitzen beginnt. Um das Gleichgewicht in unserer Runde wiederherzustellen, sage ich, die Pistiak ist ein kalter Hund. Alle lachen, und Britta verpasst mir einen Klaps auf den Arm, genau wie vor drei Tagen. Vor drei Tagen lag ich noch im Krankenhaus. Sie und Ellen haben mich dort besucht. Sie waren ziemlich erschrocken bei meinem Anblick, vor allem Britta. Ich war zufrieden, dass ich gerade die Gipsmaske trug, sie lässt einen noch gespenstischer aussehen. Wir alberten herum, sie amüsierten sich, darüber, dass es Nasentamponade heißt. Dann bekam ich Lust, ein bisschen aufzudrehen, also erzählte ich die Sache mit dem Tropf. Den ersten Tag hatte ich an einem Tropf gelegen. Eigentlich fühlte ich mich gut, also war ich aufgestanden, hatte den Tropf vom Gestell genommen und mich damit ans Fenster gesetzt. Als ich nach ein paar Minuten runtersah, war der Beutel mit der Tropfflüssigkeit voller Blut. Ich hatte tatsächlich keine Ahnung. Ellen verzog das Gesicht, und Britta sagte, ich sei ein Idiot und verpasste mir den Klaps. Ich schrie auf. Ich tat, als hätte ich fürchterliche Schmerzen am Arm, und hielt ihre Hand fest. Wir guckten uns an, direkt in die Augen, mindestens zwei Sekunden lang. Ich hatte das Gefühl, sie wurde rot. Das fand ich schön.

Dass sie es jetzt wieder tut, bedeutet vielleicht etwas. Vielleicht will sie, dass es eine geheime Geste zwischen uns ist. Allerdings wendet sie sich im selben Moment schon wieder ab. Um mit Ellen zu reden. Das haut mich bei Mädchen um. Sie können blitzschnell umschalten. Die beiden tauschen sich über ihre Was-geht-gar-nicht-Listen aus. Dabei tun sie so, als könne man sie nicht hören. Ehrlichkeit bei Jungs, schön und gut, sagt Ellen, aber ehrlich ist auch langweilig. Am Ende nervt genau das. Immer zuverlässig, immer zur Stelle, mir sind Ausraster lieber. Ich frage mich, wie viel Ausrastern sie schon begegnet ist. Britta sagt, sie habe gelesen, in einem Paar ist immer einer der Schwächere. Ich habe das Gefühl, sie sagt es für mich, obwohl sie dabei wieder in die Ferne starrt. Ich überlege, ob ich die Geschichte mit dem blutigen Tropf zum Besten geben soll, außer Britta und Ellen kennt sie schließlich noch niemand. Aber das Ganze genauso noch einmal zu erzählen, wäre mir peinlich. Wahrscheinlich käme ich Britta wie ein Schauspieler vor, der sich an irgendeinen blöden Text klammert. Als hätte ich sonst nichts zu bieten. Außerdem bin ich plötzlich sehr müde. Das liegt an den Tabletten, die ich nehmen muss, zusammen mit dem Bier. Ich lehne mich vorsichtig zurück.

Krohn, bei dem die Büchse gerade ist, trinkt auf mich und meine Heldentat. Er denkt, ich hätte mich geprügelt, alle denken das. Soll mir recht sein. Ich habe beschlossen, die Sache auf sich beruhen zu lassen. Nicht, dass ich zu schwach zu einer Richtigstellung wäre, aber was hätte ich davon? Außerdem – das meiste von dem, was Schuckert unter die Leute gebracht hat, stimmt. Schuckert und ich haben letzten Sonnabend in der Gartenanlage Fahnen geklaut. Schuckert ist in der Zwölften und ein ziemlicher Schwachkopf. In der Schule reden wir nie miteinander. Aber am letzten Sonnabend fuhren wir zusammen mit der letzten Bahn vom *Reinholdts* zurück nach Hause, zufällig. Schuckert wohnt auch in der Auensiedlung. Als wir ausgestiegen waren, erzählte er, in den Schrebergärten gegenüber würden massenweise Deutschlandfahnen hängen. Alle nagelneu. Er meinte, es sei unsere Pflicht, den Mist dort rauszuholen. Ich ging ein Stück mit, es stimmte, in fast jedem hing eine, einmal sogar an einem richtigen Mast. Die Leute sind Idioten. Es war kein Problem, die Fahnen abzunehmen. Weil Winter ist, war in den Gärten natürlich kein Mensch. Wir schmissen sie in die kleine Senke, zu den Autoreifen. Danach wollte ich nach Hause, aber Schuckert hatte Lust weiterzumachen. Er wollte unbedingt zu den Einfamilienhäusern. Wir teilten uns auf. Gleich beim ersten von mir ging Licht an, und jemand kam raus. Beim Wegrennen fiel ich mit dem Gesicht auf eine Schubkarre, meine Nase blutete, aber es tat nicht besonders weh. Erst als ich wieder zu Hause war. Meine Nase blutete wie wild, ich versuchte, sie zu kühlen. Irgendwann kam meine Mutter aus dem Schlafzimmer. In diesen Hasenställen kann man nichts geheim halten. Sie fuhr mich zur Notaufnahme. Schuckert habe ich im Wegrennen erzählt, der Typ hätte mir eine reingehauen. Er sagte nur, was soll der Geiz. Er hatte überhaupt keine Gewissenbisse wegen meiner Nase. Wenigstens hat er dafür gesorgt, dass alle davon erfuhren.

Vielleicht erzähle ich irgendwann Martin, wie es wirklich gewesen ist. Krohn will wissen, wie viel Stiche es waren. – So was näht man nicht, sagt Britta, Nasen werden gerichtet. Dass mir das jetzt passieren musste, kurz vor den Ferien. In zwei Wochen, wenn wieder Schule ist, wird von meiner grandiosen Verbrechervisage nichts mehr zu sehen sein. Ich sage zu Martin und Krohn, wir könnten uns in den Ferien doch im *Reinholdts* treffen. Der Vorschlag sorgt seltsamerweise für Heiterkeit. – Im *Reinholdts*?, sagt Martin, da geht doch kein Mensch mehr hin. Die Art, *wie* er es sagt, schießt mich wieder ins Abseits. Er erklärt mir, dass das *Reinholdts* zerlegt worden sei, natürlich nicht, ohne sich darüber zu wundern, warum ich noch nichts davon weiß. – Zerlegt? Von wem denn? (Ich habe im Moment wirklich keine Kraft, mich lässig zu geben.) – Keine Ahnung, sagt Martin, Autonome. – Du hast was verpasst, ruft Ruppert, und ich sage, Klose, du Kind. Plötzlich gucken alle betreten und deuten auf Vivien, die auf dem Drehstuhl vor Tomas' Schreibtisch hockt. Sie hält sich beide Hände vors Gesicht und wiegt sich seltsam, ohne Geräusch. Eine kleine Aufregung entsteht, aber es stellt sich heraus, dass es nur ein Lachanfall ist. Natürlich weiß niemand, warum. Wahrscheinlich nicht mal sie selbst. Krohn dreht die Musik leiser, als wäre Musik *und* Lachen zu viel der Verrücktheit. Ich nutze den Moment und mache kurz die Augen zu. Merkwürdig, manche Menschen kriegt man nicht aus dem Kopf, und manche hat man noch nie gesehen, ich meine *richtig*. Dass Vivien auf diese schräge Art lacht. Wenigstens heult sie nicht. Obwohl man nie weiß. Es kann schnell kippen, dann steht man da und weiß nicht, was man tun soll. So wie neulich, als Kati im Unterricht plötzlich in Tränen ausbrach. Sie hatte wegen der unangekündigten Bioarbeit protestiert. Das heißt, eigentlich hatte sie nur gesagt, sie hätte keine Zeit zum Lernen gehabt, woraufhin Ruppert von hinten fragte, ob sie ihrem Vater nachts beim Aktenvernichten helfen würde. Die Viehweg heulte los. Sie lief aber nicht raus, sie saß einfach nur da und heulte. Alles guckte stumm vor sich hin, nur Steffi versuchte sie zu trösten, während die Tomaschewski in aller Seelenruhe die Fragen für die Arbeit an die Tafel schrieb. Natürlich war die Sache nicht gerade sportlich von Ruppert. Vor allem, dass er angefügt hatte, ihr Vater hätte Übung im Aktenvernichten, von den Wahlen im Mai. Andererseits kann die Viehweg ihre Klappe nicht halten. Bei jeder sich bietenden Gelegenheit verteidigt sie den alten Staat. Sie sagt, sie könne nicht verstehen, wie man sich freiwillig für die soziale Unsicherheit entscheiden kann. Sie ist ganz besessen von der Arbeitslosigkeit und der Wohnungsnot, die uns alle erwartet. Sogar eine Wandzeitung hat sie im Dezember aufgehängt: Lasst euch nicht blenden! Ihr Opa hat gegen die Nazis gekämpft, aber was hat das damit zu tun. Vielleicht ist es im Moment einfach besser zu schweigen. Vermute, das Zeug, das sie regelmäßig vom Stapel lässt, trichtert ihr immer noch ihr Vater ein, auch wenn sie ihn inzwischen abgesägt haben. Was das betrifft, kann mir nichts passieren. Vater Bauingenieur, Mutter Chemikerin, da ändert sich nichts groß. Bis auf eine Kleinigkeit vielleicht. Seit ein paar Wochen wiederholt mein Vater den immer selben Satz. Mindestens vierzig Mal am Tag sagt er, dass das, was gerade passiert, vollkommen normal sei. Damit meint er die Politik, den ganzen Zusammenbruch und so. Schon morgens, bei den Nachrichten im Radio: Das ist alles normal, abends bei der Tagesschau dasselbe. Als müsse er sich selbst überzeugen. Am Anfang haben meine Schwester und ich darüber gelacht, wir zogen ihn auf, wenn er den Satz fallen ließ. Inzwischen werfen wir uns nur noch wortlos Blicke zu. Wenn einer *alles* normal findet, ist es viel unheimlicher, als wenn er wütend wird.

Offenbar hat Vivien inzwischen die anderen Mädchen mit ihrem Lachanfall angesteckt. Kein Mensch weiß, was los ist, sie gackern wie verrückt. Ruppert und Krohn tippen sich an die Stirn, aber zehn Sekunden später können sie auch nicht mehr an sich halten. Vor Lachen gekrümmt, dreht Ruppert die Musik wieder hoch und brüllt: Dann stammeln Sie mal los, Stamm! Nun ist gar kein Halten mehr. Natürlich ist es gemein, in Bodos Abwesenheit über Bodos Sprechunfähigkeit zu lachen. Noch dazu, wo der Spruch von der Pistiak stammt.

Plötzlich ist alles außer Kontrolle geraten, und ich frage mich, ob ich vielleicht wieder etwas verpasst habe, aber dann lache ich einfach mit, das heißt, ich versuche es. Mein Gesicht tut weh, als hätte ich in den Wangen Eisenplatten. Wir lachen und krümmen uns und halten uns die Bäuche, über Bodo, auch über die Pistiak, nehme ich an, aber es könnte auch sein, dass es inzwischen um etwas ganz anderes geht, denn Ellen prustet: Die halten die Missionarsstellung doch für einen Beruf aus dem neunzehnten Jahrhundert! Das Gekreisch geht wieder los, und Britta, vom Lachen ganz rot, guckt zu mir, direkt in die Augen, und wischt sich eine Träne weg.

CORNELIA TESSMANN

Englisch war vorbei. Die anderen waren alle schon unten. Nur ich ließ mir beim Einpacken Zeit, auf keinen Fall wollte ich Oliver über den Weg laufen. Dabei hätte ich vor ein paar Monaten noch sonst was darum gegeben. Ich *raste* jedes Mal hinunter, um ihn vor dem Physikkabinett abzupassen. Wenn ich ihn sah, tat ich natürlich lässig, so als käme ich zufällig vorbei. Das war im Herbst. Nur acht oder zehn Wochen, und man ist jemand anderes, deprimierend. Oder erleichternd. Ich fummelte also an meiner Tasche herum, um Zeit zu schinden. Britta, die schon im Flur stand und die Augen verdrehte, gab irgendwann Entwarnung. Im Treppenhaus war es still, eigentlich *zu* still. Wir krochen im Schneckentempo die Treppe hinunter, da flog die Tür vom Physikkabinett auf. Oliver. Er guckte sofort zu mir rauf. Als hätte er auf mein Kommen gelauert. Ich wusste nicht, wohin. Zurück ging's nicht, das hätte wie Flucht ausgesehen. Und ihm in die Arme laufen wollte ich nicht. Leider hatten meine Füße bereits eine eigene Entscheidung getroffen. Ich verpasste eine Stufe und krachte hinunter. Ich fiel tatsächlich die ganze lange Treppe hinab, bis vor Olivers Füße. Plötzlich standen eine Million Leute um uns herum. Die meisten grinsten, Oliver auch. – Sieh an, sieh an, die Connie, sagte er in seiner affigen Art. Ich rappelte mich hoch. Britta gab mir meine Tasche. – Du bist ein solcher Idiot, Oliver Wellnitz, sagte ich, das haut mich eben total um. Nicht schlecht. Ich glaube, ich war knallrot, aber immerhin lachten jetzt die meisten über ihn. Ich verzog mich in Richtung Vestibül. Seitdem die

Litfaßsäule der Demokratie dort steht, herrscht in den Pausen ein ziemliches Gedränge. Ich versuchte, in der Menge abzutauchen. Plötzlich war Oliver hinter mir. Er riss mich zu sich herum und grapschte nach meiner Kette. *Seiner* Kette, um genau zu sein. Was auch nicht ganz stimmt, denn früher gehörte sie seiner Mutter. Oliver zerrte wie ein Wahnsinniger, aber die Kette wollte nicht reißen. Auch der Verschluss sprang nicht auf. Was ihn nicht davon abhielt, mich weiter zu würgen. Mir wurde schwarz vor Augen. Köhler ging dazwischen. – Ihr guckt zu viele von diesen Scheißserien, brüllte er, zum Direktor! – Zu welchem?, rief irgendwer. Es dauerte eine Ewigkeit, bevor ich wieder halbwegs atmen konnte. Ich hustete. Inzwischen umringte uns die halbe Schule. – Ihr haltet euch wohl für sehr originell, was?, rief Köhler. Wenn jemand damit kommt, weiß man, dass keine Gefahr von ihm ausgeht, von Köhler schon gar nicht. Er schleppte Oliver und mich durchs Sekretariat, vorbei an der Pallanke, die hinter ihrer Schreibmaschine saß. Als sie mich sah, zog sie sofort ein Stofftaschentuch aus dem Ärmel ihrer Strickjacke, das ich mir an den Hals drücken sollte. Ich blutete tatsächlich, aber nur leicht. Dann ging's weiter ins Direktorenzimmer, wo Köhler anfing, uns einen Vortrag über gutes Benehmen in der Schule zu halten. Das hätte er natürlich auch im Vestibül tun können, aber er dachte bestimmt, in Simizecks Büro hätte seine Ansprache größere Wirkung. Simizeck ist nicht mehr hier. Abgetaucht, vor zwei Wochen, oder länger, ganz genau weiß es keiner. Ich bin sicher, Köhler macht sich Hoffnungen auf Simizecks Posten. Natürlich fing er wie üblich davon an, dass die Kollwitz-Schule nicht irgendeine Schule sei, dass nicht jeder diese Chance hätte und man sich ihrer würdig erweisen müsse und so weiter. Plötzlich konnte ich es gar nicht fassen, dass ich einmal ganz versessen darauf gewesen war, auf diese verdammte Schule zu kommen. Bei der Eignungsprüfung hatte ich vor lauter Aufregung rote Kreise gesehen. Ich musste mich an die Tischplatte krampfen, hinter der die Setzepfand zusammen mit Köhler gesessen hatte. Alles ging glatt, bis zu dem Moment, als Köhler fragte, was ich denn in die Schule einbringen würde. Wenn ich etwas hasse, ist es diese Frage. Schließlich weiß jeder, dass man nur deshalb hier ist, um danach einen Studienplatz zu bekommen. Kein Mensch will einer Schule etwas *geben*. Ich stammelte, dass ich unbedingt Lehrerin werden wolle, für Russisch und Deutsch. – Dann sollten Sie den Unterschied zwischen Petersburg und Leningrad aber kennen, hatte die Setzepfand gesagt und mich rausgeschickt.

Ich drückte mir immer noch das Taschentuch auf die Wunde. Immerhin hing die Kette noch um meinen Hals – ein kleiner Triumph. Oliver hatte inzwischen seine Hände in den Hosentaschen versenkt. Köhler sagte gerade, dass ein Verweis auch unter den neuen politischen Umständen nichts Unbekanntes sei, als Oliver ihn plötzlich unterbrach: Blablabla. Köhler stockte. Er zwinkerte nervös. – Wie bitte? Er war irgendwie blass und rot zugleich. Oliver wiederholte: Blablabla. Nicht besonders einfallsreich, das gebe ich zu, trotzdem spürte ich, wie seine Stärke auf mich überging. Als wären wir plötzlich ein Gangsterpärchen, das einem Sheriff gegenübersteht. Köhler sah aus, als würde er gleich in seine Einzelteile zerfallen. Dann sagte er ganz ruhig: Wenn du meinst, Oliver. Schlagt euch nur weiter gegenseitig die Köpfe ein. Wenn ihr das unter Freiheit versteht, tut ihr mir leid. – Was wissen Sie schon von Freiheit, sagte Oliver. Ich dachte, Köhler würde sich auf ihn stürzen, aber er zuckte bloß seltsam zusammen. Dann brüllte er doch los. – Sind denn jetzt alle verrückt geworden! Mein Herz hämmerte. Köhler langte nach seiner Tasche (sie lag tatsächlich schon auf dem Direktorentisch!), rief der Pallanke zu, dass er diesen Scheißzirkus nicht mehr mitmachen würde, und stürzte aus dem Raum. In diesem Moment hätte ich Oliver alles verzeihen können, seine Eifersucht, unseren komischen Kampf vorhin, sogar die Sache mit den Fotos, die er an die Litfaßsäule gepinnt hatte. Ich empfand eine eigenartige Bewunderung für ihn. Natürlich sorgte er dafür, dass das Gefühl sofort verflog. Als wir wieder unten im Vestibül waren, fragte er als Erstes: Wie war ich?

Genau wie an dem Tag, als wir das erste Mal miteinander geschlafen hatten. (Was ich plötzlich bereute. Wie man nur irgendwas bereuen kann.) Als wir fertig gewesen waren, hatte er sich genüsslich ausgestreckt und gesagt: Gib mir ein Adjektiv. Ich sagte, clever, und dachte, Idiot. An dem Abend hatte er mir auch die Kette umgelegt. Sie ist aus Gold, mit einem winzigen Elefanten daran. Ein Hochzeitsgeschenk seines Vaters an seine Mutter, behauptet jedenfalls Oliver. Nach der Scheidung wollte sie die Kette wegwerfen, aber Oliver ging dazwischen. Dass ich sie immer noch trage, liegt nur an ihr, seiner Mutter. Sie entwirft Kostüme und Masken. Als ich ihr das erste Mal begegnet bin, war sie gerade dabei, in der Küche eine Flasche Sekt zu öffnen, an einem Wochentag! Ich sagte Hallo und meinen Namen, und währenddessen öffnete sie die Flasche und goss sich ein Glas ein. An der Art, wie sie es tat, sah man, dass sie es für normal hielt, jedenfalls machte sie keine Show daraus. Dann sah sie mich eine Weile an und meinte: Sie haben eine gute Nase, griechisch. Ich hätte *sie* küssen sollen, nicht ihren Sohn. Kurz vor Weihnachten wollte sie zu einer Demonstration in der Innenstadt. – Kommt doch mit, sagte sie, schon in der Tür, es geht um die Stasi. Ich sagte, ich hätte keine Lust, stundenlang in der Kälte zu stehen. Olivers Mutter sagte nur: Alles klar. Nichts weiter. Nicht mal ein ironischer Kommentar, so nett war sie. Eine Woche später wollte ich meine Dummheit wiedergutmachen, aber es wurde nur schlimmer. – Wie war die Demo?, fragte ich. Olivers Mutter lachte, auf eine ganz bestimmte Weise, als wolle sie sagen: Schon gut, geh wieder spielen. Ich schämte mich. Wahrscheinlich hat sie die ganze Zeit gedacht, ich käme nur, um mit Oliver zu schlafen. Was auch stimmt. Kaum war ich mit ihm im Zimmer, fing er jedes Mal an, mich zu küssen. Besonders hatte er es auf meine Innenschenkel abgesehen. Wahrscheinlich hatte er irgendwo gelesen, dass Mädchen das mögen. (Man merkt immer gleich, ob jemand solche Sachen gelesen hat oder ob er von selbst draufgekommen ist.) Als ich ihn danach fragte, regte er sich auf. Bei mir hätte rein gar nichts einen Effekt, sagte er. Natürlich wollte er mich nur verletzen. Da wusste ich, dass ich Lust hatte, über ihn hinwegzukommen. Ich sagte, ich bin voller Ungeduld auf den Moment, in dem ich über dich hinweg bin. Das brachte ihn erst richtig in Wut. Trotzdem machten wir noch eine Weile weiter. Ich ließ ihn sogar das Foto machen, ich im BH. Das Merkwürdige war, dass ich genau wusste, dass er es nur machte, um etwas gegen mich in der Hand zu haben. Ich wusste, dass er sich rächen würde. Trotzdem ließ ich ihn das Foto machen. Manchmal ist man sein eigener Feind. Am Montag hing es an der Litfaßsäule im Vestibül. Genau über Rebekkas Richtlinien-Blabla zur Verbesserung des Schulklimas. Ich war noch nicht mal durchs Schultor, als ich es schon wusste. Irgendwer grölte was von Körbchengröße C. Oliver hatte das Foto extra weit nach oben gehängt, und ich musste einen Lulatsch aus der b bitten, es herunterzuholen. Oliver war natürlich nirgends zu sehen. Ich tat, als würde mir das alles nichts ausmachen. Außerdem war Britta da. Aber wenn ich genau darüber nachdenke, hat mir die Sache tatsächlich nichts ausgemacht.

Wichtig ist, dass die Kette noch immer an meinem Hals hängt. Dass Oliver sie wiederhaben will, ist typisch für ihn. Er kann nicht ablassen. Natürlich trage ich sie. Ich finde, sie steht mir zu, wir sind sozusagen quitt. Die meisten sind der Meinung, ich hätte das mit dem Foto verdient, die meisten der *Mädchen*. Weil ich Oliver abserviert habe. Oliver Wellnitz, der Schulschönling. Vielleicht war es tatsächlich Wahnsinn, ihn abzuservieren. Gleichzeitig denke ich, was soll's, irgendwer verachtet einen immer. Das ist der Preis, den man zahlen muss, wofür, weiß ich allerdings nicht genau. Ich könnte mir vornehmen, anders zu werden, aber das ist zwecklos.

In dem Moment, als ich mit Oliver wieder im Vestibül stand und er von mir hören wollte, wie genial er sich Köhler gegenüber aufgeführt hatte, spürte ich, dass das Ende von etwas immer der Anfang von etwas anderem ist. Die Stunde hatte längst begonnen, und außer uns war niemand mehr da. Bis auf Rutschky. Er stand oben auf der Treppe und guckte zu mir. Zum ersten Mal fiel mir auf, dass er Wolfsaugen hat. Dunkel und tief. Obwohl Wölfe starre Augen haben, glaube ich, die im Dunkeln leuchten. Entspannt und zugleich wie auf dem Sprung stand er da. Der Schnitt von der Kette an meinem Hals puckerte. Seltsam, dass es erst jetzt anfing, wehzutun. Oliver aalte sich noch immer in der Erinnerung an seinen Auftritt im Sekretariat. Er konnte *tatsächlich* nicht aufhören. Ich sah wieder zu Rutschky, der plötzlich die Hand hob, kurz nur, ein kleiner, geheimer Gruß in meine Richtung. Die Liebe ist einfach. – Wie war ich?, fragte Oliver noch einmal. Die Pallanke kam durchs Haus gerannt. – Gehen Sie in den Unterricht, rief sie uns zu. – Freistunde, rief Oliver zurück. Die Pallanke winkte ab. Dann kam sie doch zu uns rüber. – Haben Sie Herrn Köhler gesehen? Wir zuckten mit den

Schultern, und sie lief in die andere Richtung davon. – Wieder einer weniger, meinte Oliver und sah mich grinsend an. Ich schaute inzwischen ganz ungeniert zu Rutschky und fragte: Glaubst du tatsächlich, Köhlerliesel taucht nie wieder auf? Olivers Gesicht wurde plötzlich starr. Und dann, als hätte er endlich begriffen, worum es ging, drehte er sich zu dem anderen um, aber ganz langsam, in Zeitlupe. So, halb von hinten, hatte er was von einem alten Mann, fiel mir auf.

FRANZISKA STELLMACHER

Ich habe mir den falschen Pullover ausgesucht. Zitronengelb, damit ist sofort klar, dass ich nicht von hier bin. Ich Schaf. Wolfgang hat ihn mir heute Morgen spendiert. Wolfgang ist der Cousin meiner Mutter. Oder Großcousin. Zuerst dachte ich, wir würden ins Kaufhaus gehen. Aber es war nur eine kleine Boutique. Trotzdem war alles luftig gehalten. Riesenabstände zwischen den Bügeln, an denen die Sachen wie kostbare Einzelteile hingen. Wolfgang kauft nur in solchen Geschäften. – Mit Nullachtfünfzehnhemden brauche ich in der Kanzlei nicht aufzukreuzen, sagt er. Für Bleistifte fährt er zu einem Spezialisten an der *Außenalster*. Das, was nach nichts aussieht, kostet am meisten. Wie kann es sein, dass ich dermaßen *rückfällig* werde, was meinen Geschmack angeht?

Der Pullover leuchtet sogar hier, im Wald, dabei ist es um uns herum stockdunkel. Wolfgang hielt es für eine gute Idee, dass Alex und ich ein paar Stunden auf dem Hochstand verbringen, nicht zum Schießen, zum Tierebeobachten. Er hat uns zwei Taschenlampen und ein Fernglas mitgegeben. Alex ist Wolfgangs Sohn. Alex! Fast wäre ich in Ohnmacht gefallen. Am Nachmittag hat die Mutter ihn und seine Schwester mit dem Auto gebracht. Sie sind geschieden, deshalb fuhr sie gleich wieder ab. Jeden Sommer verbringen sie zusammen zwei Wochen in Italien. Das musste seine Schwester mir sofort unter die Nase reiben. Für eine Siebenjährige ist sie ungeheuer eingebildet. Gleich hielt sie mir eine Reitkappe hin, offenbar neu. – Wenn ich nicht da bin, hat Pusteblume jedes Mal Sehnsucht nach mir, sagte sie ernst. Sie wollte wissen, ob ich auch ein Pferd hätte. – Ich habe Angst vor Pferden, sagte ich, und sie sah mich mitleidig an. Dann fragte sie, wohin *ich* immer fliegen würde im Sommer. – Ich bin noch nicht so oft geflogen, gab ich zu. – *Wie* oft denn?, hakte sie nach. Als sie erfuhr, dass ich noch nie geflogen bin, war sie dermaßen erschüttert, dass sie es sofort aller Welt mitteilen musste. – Papa, sie ist noch nie in einem Flugzeug gesessen, schrie sie hinunter zur Garage, wo sich Wolfgang gerade an einem Wildschwein zu schaffen machte, das seit dem Morgen *zum Ausbluten* dort hängt. Plötzlich zischte ich die Kleine an: Sie *hat* noch nie in einem Flugzeug gesessen. Man hat sich nicht immer im Griff. Alex bekam von alldem nichts mit. Er fläzte mit Kopfhörern in einem Liegestuhl auf der Terrasse. Dass er auf keinen Fall ein Russe ist, hätte Trudi vermutlich sofort erkannt. Er hat was von einem Bernhardiner, einem Bernhardiner*welpen*, schwer und weich. Ich frage mich, ob die Lichtung vor uns ebenfalls Wolfgang gehört. Schließlich besitzt er einen Hochstand. – Hast du schon mal gejagt?, fragt mich Alex. Ich schüttle den Kopf. – Du kommst aus der Zone, sagt er nachdenklich, als würde er sich das Phänomen meiner Person selbst erklären wollen. Nach wie viel Zeit die Vergangenheit wohl aufhört, wichtig zu sein? Wegen der Tiere sollen wir nicht reden, aber bis auf einen Dachs ist ohnehin noch kein einziges aufgekreuzt. Und in der Stille ist das schreckliche Grummeln aus meinem Hals zu hören. Eigentlich kommt es nur, wenn ich aufgeregt bin, dann atme ich falsch. – Dein Vater hat erzählt, du hast in Italien einen Tauchkurs gemacht, sage ich, um das Grummeln zu verwischen. Alex nickt und erschlägt eine Mücke auf seinem Schenkel. Leises Aufheulen (sein italienischer Sonnenbrand). – Ich hätte Angst zu tauchen, sage ich. Alex beißt sofort an. Er freut sich, dass er mir erzählen kann, was da unten alles zu sehen ist und listet mir verschiedene Fischarten auf. Ich sage, dass ich mir die Meere manchmal ohne Wasser vorstellen würde. – Angenommen, man würde sie auspumpen, für einen Tag, das ergäbe bestimmt ein Gebirge, oder? Alex gibt zu Bedenken, Meere würden sich nicht auspumpen lassen. – Aber *angenommen*, es ginge, würde dich das Gerümpel von den ganzen gesunkenen Schiffen nicht interessieren? Und die Gerippe! Man würde praktisch dauernd auf irgendwelche Knochen treten. Alex rückt demonstrativ ein Stück weg, so weit das auf einem Hochstand möglich ist. – Über solchen Quatsch machst du dir ernsthaft Gedanken?, sagt er. Er hat recht. Warum denke ich über so etwas nach? Andererseits habe ich keine Ahnung, was die richtigen Themen angeht. Mir fällt ein, dass ich mich als Kind oft gefragt habe, ob ich unter Folter durchhalten würde. Ich war mir immer sicher, schon in der allerersten Minute sämtliche Geheimnisse zu verraten. Alex deutet wortlos auf irgendwas auf der Lichtung vor uns, wahrscheinlich ein Reh. Ein Reh. Ich könnte ihn fragen, wie lange *er* glaubt, unter Folter durchhalten zu können, aber ich nehme an, ich gelte in seinen Augen sowieso schon als irre. Dabei will ich nichts weiter, als normal wirken, so wie die Menschen in seiner Welt. Ja, in Wahrheit bin ich neidisch auf sein Leben, auf alles darin, sogar auf das Schwein, das in der Garage zum Ausbluten hängt. Darauf, dass all diese Dinge selbstverständlich und leicht für ihn sind, auf eine *gute* Weise leicht. Ich sehe plötzlich die Schnittchenbretter in unserer Küche vor mir. Sie sind aus Porzellan, glaube ich, weiß mit einem blauen Muster. Das ist jetzt wirklich verrückt. Kein Mensch macht sich was aus Schnittchenbrettern, *ich* habe mir nie was aus ihnen gemacht, trotzdem habe ich plötzlich Sehnsucht nach ihnen. Die Vorstellung, dass sie in der stillen dunklen Küche über der Spüle stehen, ohne uns, ist kaum auszuhalten. Wenn wir hierherziehen, landen sie mit Sicherheit auf dem Müll. Wolfgang ist der Meinung, wir *müssten* hierherziehen. Weil sich bei uns so schnell nichts ändern wird, auch wenn die Leute die richtige Partei gewählt haben. Er sagt, es wird noch Jahre dauern, wenn nicht sogar Jahrzehnte. Dabei reibt er jedes Mal mit seinem Daumen gegen die Fingerspitzen und sagt, was jetzt zählt, ist das hier. Ganz sicher hat er recht, nur Idioten haben was gegen Geld.

Im Grunde ist es egal, wo man lebt. Vielleicht lerne ich hier sogar reiten. Nur um Alexander tut es mir leid, den richtigen, den König, meine ich, nicht den Welpen. Ich frage mich, was er gerade tut. Wenn man jeden Morgen Ausschau nach jemandem hält, ist das fast so, als würde dieser jemand zum eigenen Leben dazugehören. Das ganze letzte Schuljahr habe ich gehofft, wir würden die Klassenfahrt machen. Ich rechnete mir die ganze Zeit aus, dass diese Fahrt eine Gelegenheit wäre, ihm nahezukommen. Leider konnte die Klasse sich mal wieder nicht einigen. Rebekka schlug Moskau vor, gleich stürzten sich alle auf sie. Moskau! Ich hielt mich zurück, weil Alexander auch dafür war. Nicht dass er Rebekka verteidigt hätte. Er sagte nur, Moskau würde ihn interessieren. Es schert ihn wirklich nicht, wenn er die anderen gegen sich hat. Jetzt verstehe ich, dass Trudi sagte, manchen Männern will man einfach die Füße küssen. Trudi ist am zwölften April gestorben. Ich glaube, sie hatte schon vorher Lust dazu, aber wegen mir hat sie es noch eine Weile hinausgeschoben. Als die Grenzen geöffnet wurden und meine Mutter wieder da war, gab es einfach keinen Grund mehr für sie, am Leben zu bleiben. So denke ich mir das.

Alex sieht angestrengt auf die Lichtung. Oder er tut nur so. Seit einer Ewigkeit schweigen wir. Ich denke angestrengt darüber nach, was zu sagen wäre. Vielleicht fehlt mir auch nur der richtige Blick. – Ist dein Sonnenbrand sehr schlimm, frage ich schließlich und berühre leicht seinen Oberschenkel. – Vor allem am Rücken, antwortet er, und ich sage, lass mal sehen. – Ich zieh mich doch hier nicht aus, ruft er mit gedämpfter Stimme. Also tun wir nichts, außer in die Dunkelheit zu blinzeln. Was zählt im Leben? Plötzlich kommt mir eine Idee. – Und wenn ich's auch mache? Alex schluckt. Eine Weile ist es sehr still. Dann zieht er die Windjacke aus und zerrt sich umständlich das T-Shirt über den Kopf. Sein riesiger Hunderücken. Ich streiche vorsichtig darüber, und er schreit ein bisschen, absichtlich natürlich. Jetzt bin ich an der Reihe. Während ich meinen Pulli ausziehe, sage ich, den hat dein Vater mir gekauft. Das Hemdchen mit dem Spitzenrand lasse ich an. Alex scheint trotzdem nicht enttäuscht. Das also ist der Moment, der Übergang? Ich spüre gar nichts. Wahrscheinlich bin ich längst auf der anderen Seite, seit Langem, ohne dass ich es gemerkt habe.

Eigentlich habe ich damit gerechnet, dass Alex sich auf mich stürzt. Stattdessen beugt er sich zu seinem Rucksack hinunter, kramt darin herum und fördert schließlich seinen Walkman zutage. Ich schäme mich ein bisschen, dabei stammt die Idee, jetzt Musik zu hören, doch von ihm. Gemeinsam fitzen wir das Kabel auseinander und halten uns jeder einen Kopfhörer ans Ohr. Die Musik, die ich mir anhören muss, ist nervtötend, aber das ist nicht schlimm, denn ich habe plötzlich eine Art Vision. Ich sehe Alex und mich vor der Kollwitz stehen. Es klingelt, und nach und nach kommen alle heraus, bis die ganze Klasse versammelt ist. Und dann sehen sie mich, in dem gelben Pulli, in Alex' Arm. Vielleicht muss man beschließen zu lieben, damit die Liebe anfängt. Vielleicht muss man sie wollen. Ein Satz von Kwaschik, unserem Russischlehrer, kommt mir in den Sinn, Reden ist Silber, Schweigen ist Fünf. – Ich küsse dich jetzt, sage ich. Alex fragt, was, und nimmt den Kopfhörer weg.

Ich schließe die Augen, um mich nicht aus dem Konzept bringen zu lassen. Es ist, als säße ich neben mir und würde die neue Franziska anfeuern. Man muss rüber über den Graben, einfach springen. Irgendwann wird Alex aufhören, ein Bernhardinerwelpe zu sein, ganz sicher, und ich … – Hast du eigentlich einen Freund?, fragt er plötzlich und zieht den Kopf weg. – Kommt darauf an, sage ich. Er sieht mich an, als käme ich von einem anderen Stern.

BODO STAMM

Für die anderen sind es freudige Neuigkeiten, ich halte es für Beschädigungen. Ultimative. Zum Beispiel der Sonnabend. Als verkündet wurde, dass in Zukunft sonnabends kein Unterricht mehr stattfinden würde, haben alle gejubelt. Natürlich habe ich mitgejubelt. In Wahrheit ist es eine Katastrophe. Seitdem fehlt das Weiß in der Woche. Weiß ist wichtig, allumfassend, in gewisser Weise. Ohne Weiß finden sich die anderen Wochentage nicht zurecht. Weiß ist meine Basisfarbe. Ich werte es als sagenhaft, es hilft, mich zu konzentrieren. Und nun – als hätte jemand einen Mixer in die Wochentage gehalten. Ich sehe die Wochentage in Tuschkastenfarben, schon immer. Weiß ist der Übergang, die Brücke zum dunkelroten Sonntag. Das lässt sich nur schwer neu ordnen. *Mir* fällt es schwer. Ich weiß, dass ich das Chaos lieben und die Ordnung hassen sollte. Jedenfalls erwartet man das von einem Sechzehnjährigen. Aber Ordnung beruhigt. Es herrscht dann große Friedlichkeit. So was darf man nicht erwähnen. Mit sieben las ich sämtliche Bücher von Erich Kästner. Eine Idee meiner Eltern, sie machten sich Sorgen, weil ich das Lexikon rauf und runter studierte. Ich machte ihnen die Freude. Es waren alte Ausgaben, die mein Vater selbst als Kind gelesen hatte. Schnell fand ich heraus, dass in jeder der Geschichten a) Makkaroni (mit geriebenem Käse) gegessen wurden, b) sich das Gespräch um Makkaroni (mit geriebenem Käse) drehte oder c) jemand sehnsüchtig an Makkaroni (mit geriebenem Käse) dachte. Ein Muster, das interessierte mich. Ich schrieb die Bücher ab, die Makkaroni-Seiten in Großbuchstaben. Als ich fertig war, dachte ich: Das war's. Ich fühlte mich wie nach einer Großtat, gleichzeitig bedauerte ich es. Das Lesen hatte seine Unschuld verloren. Jedenfalls glaube ich, dass die anderen es mit einer Unschuld verbinden. Sie *durchdringen* die Dinge nicht. Sie bleiben außen. Sonst würde ihnen das Lernen nicht so schwerfallen. Den meisten Leuten in der Klasse fällt es schwer, sie hassen es sogar. In ihren Augen ist Lernen jochartig. Dabei ist es ganz einfach: Wieso sollte ein bestimmter Stoff nicht zu verstehen sein, wenn er für Schüler genau dieser Klassenstufe vorgesehen ist? Sie begehen den Fehler, in den Lehrbüchern nur *herumzulesen*. Was das betrifft, kann ich mich den anderen nur schwer verständlich machen. Sie haben ja nicht mal Farben für die Wochentage. Bis auf Ellen. Eine Entdeckung, die ich in der S-Bahn, auf dem Weg zum Checkpoint-Charlie-Museum, machte. Ins Checkpoint-Charlie-Museum zu fahren, war Frau Schobers Idee gewesen, sie treibt uns an. Ein paar aus der Klasse setzten sich gleich mit einer Flasche Wein ab. Wirklich herrlich, wie sich jeden Tag wieder verschieden große Haufen zusammenballen. Wie immer taten sie es nicht versteckt, sondern *demonstrativ*, damit die Übrigen merkten, dass sie die Übrigen sind, und dann zeigten die Übrigen genauso demonstrativ, dass es ihnen egal war.

Ellen war es tatsächlich egal, vielleicht war sie auch nur müde. Sie hatte sich mir gegenübergesetzt. Bei mir muss niemand Angst vor einem Gespräch haben. Die meiste Zeit schweige ich. Zwischen Innen und Außen läuft eine Tilgung. Obwohl zweihundert Wörter bereitstehen, gelangt meist nur eins durch die enge Passage nach draußen. Plong – als würde ein Stück Metall in eine Emailleschüssel fallen.

Ellen gähnte in ihren Schal hinein. Da sagte ich zu ihr: Müdigkeit – an einem lila Tag. Sie sah mich blinzelnd an.

Ich wusste nicht genau, was das bedeutete (Menschen zu durchdringen ist ungleich schwerer). Plötzlich zählte sie auf: Montag blau, Dienstag orange – sie dachte eine Weile nach – Mittwoch grün. Der Donnerstag war ihrer Ansicht nach eher gelblich, der Freitag braun, wie bei mir. Beim Sprechen hält Ellen sich meistens die Finger vor den Mund. Sie denkt nicht darüber nach, sondern tut es automatisch, das gefällt mir. Dann sieht man ihre abgekauten Fingernägel, vielleicht helfen sie ihr beim Sprechen. Im Periodensystem der Elemente ist Ellen Wasserstoff. Ganz oben links. Auch wenn sie sich neuerdings dem Schwarz zuordnet. Schwarz ist eine Tarnfarbe. Aber das verstehe ich. Ich jage selbst einer durchgreifenden Sicherheit hinterher. Lydia kam dazu. Lydia = Kobalt. Man sah ihr an, dass sie Ellen gern gefragt hätte, was sie *vorhatte*, nur weil sie sich mit mir abgab. Lydia gibt sich nur dann mit etwas oder jemandem ab, wenn es sich für sie lohnt. Früher fuhr ich jeden Morgen in der Straßenbahn mit ihr. Sie war sehr nett, sie erzählte mir alles Mögliche, auch wenn ich selbst nichts sagte, aber es war eben *nur*, damit ich ihr kurz vorm Ziel die Physiklösungen gab. Inzwischen gehe ich ausschließlich zu Fuß. Der Abstand zwischen den Menschen kann sich jederzeit verschieben, ich muss sehr aufmerksam sein, was anstrengend ist. Ich träume von einem Briefkasten, in den ich jeden Morgen einen Brief an meine Mitmenschen einwerfe. Der Briefkasten dürfte aber nie geleert werden.

Nach dem Ausflug ins Museum habe ich Ellen eine Nachricht zukommen lassen. Die Zeichnung eines DNA-Strangs, zwei Streifen, zu einer Doppelhelixstruktur verschlungen. Darunter ihren und meinen Namen. Die anderen haben recht, wenn sie mich für einen Trottel halten. Mir ist selbstverständlich klar, dass eine solche Art von Liebesbrief komisch wirken muss. Aber *so* komisch nun auch wieder nicht.

Zumindest dachte ich, Ellen würde es als originell werten. Wegen der Wochentage dachte ich das. Sie entdeckte den Zettel sofort, den ich im Vorbeigehen auf ihren Hefter gelegt hatte. Sie sah ihn sich an (ziemlich kurz) und zog einen Flunsch. Als hätte ich ihr eine widerliche Zeichnung geschickt. Ich glaube, sie freute sich über den Brief, in großen Maßen sogar, aber sie konnte sich nur freuen, indem sie verächtlich den Mund verzog. Ich habe die Sache auf sich beruhen lassen. Es war vorbei. In der Welt der anderen würde man jetzt zu kämpfen beginnen. Aber das betrifft mich nicht. In der Welt der anderen muss man sogar für Sachen kämpfen, die selbstverständlich sind, wie Luft oder Zukunft. Das verstehe ich kaum. Am befremdlichsten ist es für mich, wenn sie sagen, dass allein der gute Wille zählt. Dass man es immer wieder *versuchen* muss. Auch wenn es von vornherein ganz und gar aussichtslos ist, soll man es versuchen und kämpfen. Die meisten Leute empfinden Spaß bei diesem Spiel, dessen bin ich mir bewusst. Ich sollte aufhören, alles zu verstehen, wo ich in Wahrheit nichts verstehe.

Frau Schober behauptet, dass wir die Chance haben, in Zukunft alles anders zu machen. Diesen Grundsatz zweifle ich an. Als ich an die Kollwitz kam, war die Chance da. Ich konnte ein anderer werden. Keiner kannte mich, es wäre eine gute Möglichkeit gewesen. Aber Veränderungen sind nicht möglich, ich meine echte Veränderungen. Höchstens in der äußeren Welt. Aber das Äußere ist lediglich ein Futteral. Frau Schober liebt dieses Futteral, sie arbeitet sich daran ab. Sie greift sich Dinge wie Parteienlandschaft, Wahl und Währungsunion heraus, sie hält es für wichtig, darüber zu debattieren. Ich verstehe sie. Jeder leistet seinen Beitrag, um nicht gefährdet zu werden. Gleichzeitig schmerzt es mich, wenn ich sie so aufgeregt diskutieren höre. Ich würde gern dazugehören, ihre Aufregung teilen, aber dann sehe ich wieder, wie sich alle irren. Vor allem die Lehrer. Sie denken nicht kaskadenförmig. Sie interpretieren Sachverhalte unvollständig. Unvollständigkeit ist das Schlimmste. Als würde man nur den oberen Teil eines Eisbergs sehen. Der obere Teil eines Eisbergs macht ein Siebtel seiner Gesamtgröße aus, ein magerer Zipfel, der aus dem Wasser ragt.

Meinen Erfahrungsbericht vom Besuch im Checkpoint-Charlie-Museum hat Frau Schober mit einer Fünf bewertet. Mein Bericht lautete folgendermaßen:

Was ich aus meinem Besuch im Checkpoint-Charlie-Museum gelernt habe

Der Mensch kommt und macht ein Muster in der Landschaft. Er errichtet Städte, manchmal auch Zäune, Grenzzäune, Mauern, je nachdem, dann kommt er noch einmal und reißt sie wieder ab, das Muster wechselt, für einen kurzen Augenblick der Geschichte scheint alles luftiger und weiter; die Natur, insbesondere der Giersch, tut ihr Übriges, bevor über kurz oder lang etwas anderes errichtet wird, manchmal an derselben Stelle, manchmal ein paar Kilometer weiter, oft sogar wieder ein Zaun oder die Variante einer Mauer, die Geschichte der Menschheit ist die Geschichte wandernder Grenzzäune, jedes Mal mit viel Natur dazwischen.

Ich weiß, dass ich länger hätte schreiben müssen. Andererseits war die Sache grundsätzlich erfasst. Dass es stimmt, sieht man daran: Würden am heutigen Tage Beschreibungen von uns in einen Sicherheitsschrank eingeschlossen und dieser Schrank in dreißig Jahren wieder geöffnet werden, könnte Frau Schober es sehen. Sie könnte sehen, dass sich nichts geändert hat. (Was sehr gut ist.)

Der einzige Unterschied zwischen jetzt und der Zukunft ist, dass es in der Zukunft mehr Vergangenheit gibt.

Natürlich müssten die Beschreibungen in diesen Briefen Beschreibungen des Wesentlichen sein, Beschreibungen der Eisbergmasse, die *unter* der Wasseroberfläche liegt. Es müsste beispielsweise darin stehen, ob jemand wartet oder warten lässt, ob er kämpft oder nicht, ob er Briefe schreibt oder der ist, der über Briefe lacht. Es gibt die Schläfer, die die Hoffnung haben, dass die Dinge sich im Schlaf von selbst regeln, und die, die die Dinge lieber anpacken. Vor allem müsste darin stehen, ob jemand ein Verstärker ist oder ein Dämpfer. Als Verstärker muss man die äußere Welt meiden, weil man sonst darin untergeht. Für Verstärker ist alles unordentlicher, schmerzlich. Sie sehen und hören zu viel. Dämpfer hingegen empfinden bloß ein kleines Unbehagen. Alles erreicht sie in abgeschwächter Form. Vermutlich ist es das, was die meisten unter Glück verstehen. Sie wissen nichts davon, dass den Verstärker alles anspringt, die Meinungen, die Lautstärke, die Unvollständigkeit, dass er gezwungen ist, die falschen Fährten der anderen zu sehen, den Schmerz und die Dummheit. Gegen all das kann man nichts tun. Man kann nicht helfen, bloß zusehen.

In meiner Vorstellung führe ich ein Mädchen durch die Menge (durch die Menge, die von der Zeit gebildet wird). Ich sehe, dass sie seltsam ängstlich an mich geklammert ist und sich vorsichtig bewegt, die Augen niedergeschlagen. Das ist leicht erklärt. Das All ist sehr weit, nur die wenigsten wissen: Die Weite ist zugleich ein Schutz.

VIVIEN KORBUS

Es ist wie bei einem Tintenfisch. Hackt man einem Tintenfisch einen Tentakel ab, schwimmt er trotzdem weiter. Gäbe es mich nicht mehr, wäre es für Sebastian kein wirklicher Schmerz. Ein Miniverlust, der sich kurz etwas seltsam anfühlen würde, mehr nicht. Auf keinen Fall würde er sterben (so wie ich). – Will Sebastian etwa Schluss machen?, hat Britta gefragt, als ich es ihr zu erklären versuchte. Gleich wurde mir wieder klar: Über solche Dinge zieht man besser niemanden ins Vertrauen.

Als ich gegen elf Uhr abends das *Kesselhaus* betrat, war von Sebastian noch nichts zu sehen. Obwohl wir uns über eine Woche nicht gesehen haben, bin ich die Erste. Eine Art Fluch: Ich kann noch so langsam machen, ich bin immer vor ihm da. Außer mir stehen ein paar verlorene Gestalten in den kalten, düsteren Räumen herum, in dieser erwartungsvollen Art. Man kann sie ihnen richtig ansehen, ihre Sonnabendabend-Hoffnung. Bemitleidenswert, genau wie ich. Nach einer halben Ewigkeit kommt Sebastian, gefolgt von dem üblichen Trupp, Graf, Hehnlein, Wolf. Ihn mit anderen zusammen zu sehen ist wie ein Vorgeschmack aufs Sterben. Die anderen scheint es nicht zu stören, dass sie Tentakel von Sebastian sind. Vermutlich wissen sie nichts davon. Oder sie sind selbst Tintenfische und finden es deshalb normal. Ich bekomme zur Begrüßung eine Art Windkuss, irgendwas Flüchtiges, halb auf den Mund, halb auf die Wange, zusammen mit der Frage, ob ich schon lange hier sei. Ich zucke mit den Schultern. Man darf nie zugeben, dass man auf den anderen wartet. Warten lässt einen hässlich erscheinen. Sebastian versorgt alle mit einem Bier und sagt: Die Staaten sind so was von genial! Natürlich steigen alle sofort darauf ein. Sie beginnen ihn auszufragen. Wie sie an seinen Lippen hängen. Während er in aller Ausführlichkeit irgendwelche Baseballregeln erklärt, ruft Martin dauernd dazwischen: I know nothing. Offenbar eine Art Geheimcode zwischen ihnen. Was die anderen nicht daran hindert zu lachen. Kaum auszuhalten. Nicht, dass ich neidisch wäre auf ihre Amerika-Fahrt. Im Gegenteil. Ich begreife nicht, wie man über das Reisen so aus dem Häuschen geraten kann. Was heißt das schon – woanders sein? Wahrscheinlich sitzt genau in diesem Moment irgendwo jemand auf einer gepackten Tasche und kann es kaum erwarten, endlich *hierher* abzureisen. Das könnte ich einwerfen, denke ich, lasse es aber. Stattdessen frage ich brav, welchen Platz sie bei dem Wettbewerb belegt haben. Ich muss freundlich bleiben. Obwohl mich Sebastians Seligkeit fast umbringt, dass er ständig *Staaten* sagt anstatt USA, die unzähligen Anekdoten. Nach vier Stunden ist es geschafft, ich habe ihn für mich allein. Er fragt, ob ich mit zu ihm will, ganz unverbindlich fragt er, und ich denke, wie gemein, immerhin haben wir uns eine Woche nicht gesehen, wie kann er da fragen. Und dass wir zu mir nicht können, ist klar. Das erste Mal, dass ich ihn mit zu mir genommen habe, war zugleich das letzte Mal. Meine Mutter stand da, in ihrem orangefarbenen Bademantel. Dass sie in diesem Aufzug einem Fremden gegenübertrat, störte sie überhaupt nicht. – Sebastian?, fragte sie. Wie eine Schwerhörige. – Vivien hat noch gar nichts von Ihnen erzählt. Sie guckte ihn von oben bis unten an und schnalzte mit der Zunge. Es war zum Im-Boden-Versinken. Als hätte sie genau das beabsichtigt, rief sie: Das muss dir doch nicht peinlich sein, Vivien. (Aus irgendeinem Grund spricht meine Mutter peinliche Sachen besonders laut aus.) Dann beugte sie sich zu ihm vor, als dürfe ich das, was sie sagt, nicht mitbekommen. – Sie wissen hoffentlich, worauf Sie sich einlassen?, flüsterte sie (natürlich gut hörbar für mich). Allein, dass sie ihn mit Sie ansprach. Sie sagte, er hätte es mit einer empfindsamen Pflanze zu tun, einer Mimose, aber auch zarte Pflänzchen können einem auf den Nerven herumtrampeln, denken Sie immer daran! Ich wollte grimmig gucken, aber es ging nicht. Sebastian war da, es ging mir so gut, nichts konnte mich kaputtmachen. Nicht mal, dass sie von dem Schwan anfing. Als ich klein war, ist sie mit mir zu einem Psychologen gegangen, weil ich so wenig redete. Der Psychologe wollte, dass ich meine Eltern als Tiere male. Ich malte einen Schwan und einen Hasen. Das Schlimme war, dass sie es danach überall herumerzählte. Sie erzählte es jedem. Bis heute findet sie es grandios, dass ihre Tochter sie so gemalt hat.

Ich mag den Weg vom *Kesselhaus* zu Sebastian. Eine frische Betonspur, glatt und schmal, die durch Wiesen führt, wie im Märchen. Hier ging noch vor ein paar Monaten die Mauer lang. Sebastian greift nicht nach meiner Hand. Ich nehme an, er ist in Gedanken immer noch in diesem verfluchten Knoxville. Tatsächlich muss ich mir anhören, wie gut Nadjas Kostüme bei den Amis angekommen seien. Nadja, brauner Teint, schwarzes Haar, ein Halbblut Apanatschi. Er erzählt, dass er ihr Mopedfahren beigebracht habe, auf dem Campus, mit dem Moped von irgendwem aus dem *Partnerteam*. In Erinnerung daran lacht er auf. Ihm zu Gefallen lache ich mit. Wir befinden uns wahrhaftig in einem Theaterstück. – Übrigens machst du ihrer Ansicht nach einen ziemlich netten Eindruck, sagt Sebastian, als wir vor seinem Wohnblock stehen. Offenbar ist er zufrieden, dass ihm das eingefallen ist. Er schließt auf. Die Vorstellung, dass Sebastian und Nadja über mich gesprochen haben, hat ungefähr dieselbe Wirkung wie ein Messer in meinem Bauch. Oben in seinem Zimmer ziehen wir uns im Dunkeln aus. Sebastian teilt mir mit, dass er total erledigt sei und gleichzeitig hellwach. Dann legt er sich ins Bett. Ich steige dazu. Das Bett ist ziemlich schmal, trotzdem werde ich auf Abstand gehalten, weil er seine Hand unterm Kopf hat, sodass mir sein Ellbogen ins Gesicht spießt. Ich sehe auf seinen Mund, der in der Dunkelheit redet. Plötzlich ist mir klar, dass man nie jemanden für sich hat. Niemals. Selbst das größte Liebespaar der Welt besteht in Wahrheit aus zwei getrennten Wesen, eingemauert unter mächtigen Schichten aus Beton. Ich muss mich aufsetzen und nach Luft schnappen, weil der Gedanke so gewaltig ist. Ich breche in Tränen aus. Sebastian fragt, was los ist. Es dauert eine Ewigkeit, bis er sich ebenfalls aufsetzt und Licht macht. Er ist sichtlich genervt, von diesem Abend, von mir. Er lässt sich ins Kissen zurückfallen. Dann nimmt er mich doch in den Arm, aber höflich. Ich merke, wie ich kurz davor bin, ihm einen Liebespakt abzuverlangen, am besten einen mit Blut unterschriebenen. Man muss die Menschen binden, man muss sie verpflichten, sonst vergessen sie. Nur darauf kommt es an. Sie wissen nicht, dass sie für ihre Erinnerungen sorgen müssen. Sebastian ist genauso. Er überlässt das Vergessen dem Zufall. Er schwärmt von seinem Amerikaaufenthalt. Dabei wird er sich in zehn oder zwanzig Jahren gerade noch an den Namen der Stadt erinnern. Auch mich wird er vergessen. Dafür hasse ich ihn schon jetzt, in einer kleinen, geheimen Kammer tief in mir drin. Ein Blutpakt … genau die Dinge, die man nachts um vier Uhr achtzehn aufgetischt bekommen will. Ich spüre, wie alles in eine Schieflage geraten ist. Ich muss etwas Leichtes sagen, etwas, das seine Bewunderung für mich steigert. Was schwer werden dürfte, angesichts meines Gesichts, das einem verquollenen Klumpen gleicht. Der Mensch kann achtundvierzig

Tränen weinen, habe ich mal gelesen, danach weint er tränenlos weiter. Ich überlege, ob ich Sebastian davon erzählen sollte. Wir könnten zusammen darüber lachen. Seltsamerweise sage ich etwas vollkommen anderes. – Weißt du, dass ich in der Zehnten nur wegen dir zu dem Fackelzug in Berlin gefahren bin? Reine Erpressung, das ist mir klar. Die allerdings auf Tatsachen beruht. Als die Pistiak fragte, wer mitfahren wolle, blieben alle Arme unten, außer Steffis. Die Pistiak brauchte noch einen zweiten Delegierten, also redete sie weiter von Ehre und Pflicht. Dann las sie vor, wer aus der b mit dabei wäre, und ich meldete mich sofort. Natürlich verstand das keiner, aber das war mir egal. Ich hatte die Vorstellung, Sebastian und ich würden stundenlang nebeneinander laufen, dicht gedrängt, im Schein des Feuers … – Was denn für ein Fackelzug?, fragt Sebastian müde. Er scheint tatsächlich in den Tiefen seines Gedächtnisses kramen zu müssen, dabei ist der Umzug nicht mal zwei Jahre her. Ich war extra früh zum Sammelpunkt gekommen. Idiotischerweise hatten sie die Leute aus sämtlichen Schulen zusammengewürfelt, ich kam nicht mal in seine Nähe. Später beim Umzug verlor ich ihn ganz aus den Augen. Inzwischen scheint Sebastian ein Licht aufgegangen zu sein. – Ehrlich?, fragt er grinsend und sucht nach irgendetwas in seiner Hose unten auf dem Fußboden, bist du da etwa mitgelaufen? Ich mache eine unbestimmte Handbewegung. Wie sich herausstellt, hat *er* die Zeit in irgendeiner Disco verbracht. Sebastian lacht. Ich weiß nicht, ob über meine Blödheit oder in Erinnerung an den Abend damals. – Weißt du, was mein Vater vor unserer Abfahrt gesagt hat?, fragt er. Ich schaue wissbegierig. – Er hat gesagt, wir sollen auf uns aufpassen, weil in den Nebenstraßen die Konterrevolution tobt. Bei dem Gedanken daran gackert er wieder los. Macht er das mit Absicht? Schließlich hat er gefunden, wonach er sucht. Ich bekomme ein Mitbringsel, einen Schlüsselanhänger in Form des Staates Tennessee. Ich bin erschöpft und entnervt. Draußen wird es beinah schon hell. Ich muss mich zusammennehmen, das Ruder noch einmal herumreißen. Ich lösche das Licht, schmiege mich an ihn, sage Danke und bringe ihn endlich dazu, mich zu küssen. Ganz langsam lasse ich meine Hand in seine Unterhose gleiten. (In dieser Hinsicht sind wir uns einig.) Mein letzter Gedanke ist, dass ich vor ihm einschlafen muss. Ich halte es nicht aus, ihn schlafen zu sehen: Im Schlaf erholt er sich von mir.

Gegen Mittag versuche ich, Leichtigkeit in die Sache zu bringen. Ich entschuldige mich für meinen nächtlichen Aussetzer. – Eine Woche ohne dich, und schon werde ich verrückt, sage ich im Plauderton. Sebastian langt vom Bett aus zum Computer rüber und schaltet ihn an. Die paar Stunden haben nichts geändert, denke ich, sie haben nur meine Gnadenfrist verlängert. Stumm schaue ich zu, wie er eine Diskette einschiebt und irgendwelche Tabellen öffnet. Während die Diskette rattert, sucht Sebastian geschäftig seine Sportsachen zusammen und stopft sie in den Rucksack. Das heißt, dass ich jetzt ebenfalls gehen muss. Ich muss mich beherrschen, um nicht laut aufzuheulen. Beim Gedanken daran, jetzt nach Hause zu gehen, fängt mein Kopf heftig an zu schmerzen. Wahrscheinlich werde ich meine Eltern bei einer Weinpräsentation antreffen. Sie präsentieren anderen Leuten Wein. Dabei haben meine Eltern immer Bier gemocht, vor allem mein Vater. Ich glaube, sie sind die schlechtesten Weinverkäufer der Welt. Der Sonntag liegt wie ein schrecklich weiter Ozean vor mir. Ich steige in meine verräucherten Sachen und stecke mir die Haare auf. Ich weiß, wo Sebastian Fußball spielt. Dort aufzukreuzen wird alles in eine Katastrophe verwandeln. Obwohl ich versuche, mich davon abzuhalten, weiß ich, dass ich es tun werde. Wenn man sich etwas vorstellen kann, ist es im Grunde schon geschehen. Draußen vor der Haustür sagt Sebastian: Schlaf dich aus. Er steigt auf sein Rad und fährt davon. An seinem Rücken sehe ich, wie erleichtert er ist. Aus dem Rücken eines Menschen zu lesen! Plötzlich fängt etwas Unheimliches an. Als ich losgehen will, bekomme ich mein Bein nicht vom Boden. Auch meine Arme lassen sich nicht bewegen. Ich meine, ich *spüre* meine Beine, ich *spüre* meine Arme, aber ich kann sie nicht bewegen. Je mehr ich mich darauf konzentriere, desto schlimmer wird es. Ich schnappe nach Luft, was auch nur schlecht funktioniert. Glücklicherweise dreht sich Sebastian nicht nach mir um. Wahrscheinlich bekäme er Panik, wenn er mich so dastehen sähe. Gleichzeitig wünsche ich mir nichts sehnlicher. Aber noch mehr wünsche ich mir, so zu werden wie er, ein Tintenfisch mit hundert Fangarmen.

MARTIN HEHNLEIN

Wieso man etwas derart Unterbelichtetes wie Sie in die USA mitgenommen hat, ist mir ein Rätsel, sagt die Jende, unsere Englischlehrerin, Ihre Englischkenntnisse jedenfalls sind saumäßig. Ich darauf: Was erwarten Sie, bei der Lehrerin? Die Klasse johlt. Ein bisschen erschrecke ich selbst über meinen Satz. Normalerweise gehöre ich nicht zu denen, die Lehrern frech kommen. Aber seit ein paar Monaten ist jeder Tag wie der letzte vor den Ferien. Der Ernst ist dahin, nichts zählt mehr. Die Jende trägt mir die Fünf in *oral expression* ein. Ich protestiere nicht. Ich weiß, ich bin gutes Mittelfeld. Immerhin halte ich Florence Nightingale nicht für die Florentiner Nachtigall, wie Britta. Soll die Jende doch glauben, ich bekäme keinen Satz zustande auf Englisch. Dass ich deshalb die Arme verschränke und schweige. In Wahrheit liegt es an ihren Rollenspielen. Stellen Sie sich vor, in einem Landschaftsschutzgebiet soll ein Freizeitpark entstehen. Eine Gruppe ist dafür, die andere dagegen. Sie glaubt, sie müsse uns schulen für die Demokratie. *Das* ist unterirdisch. Dabei würden mir eine Menge Argumente einfallen, ziemlich gute Argumente sogar, wäre es nur kein Spiel. Es funktioniert einfach nicht, wenn man *so tun* muss, als wäre man irgendein Stadtrat oder sonst ein engagierter Bürger.

Mit Megan war es leicht, ich meine das Reden. Megan habe ich in Knoxville kennengelernt. Knoxville, Tennessee, USA. Irgendwann im Winter war ein Glatzkopf in der Schule aufgetaucht. Er war früher selbst an der Kollwitz gewesen und hatte neuerdings geschäftlich *in den Staaten* zu tun, wie er uns erzählte. Man konnte ihm ansehen, wie gern er es erzählte. Vor allem vor uns, die noch nie *in den Staaten* gewesen waren. Auf andere Leute, Leute, die irgendwo im Westen wohnen, macht so was wahrscheinlich überhaupt keinen Eindruck. Er erzählte von einem Schülerwettbewerb, der jedes Jahr *drüben* stattfinden würde. Er saß dabei ganz lässig mit einer Hinterbacke auf dem Tisch. Vermutlich wollte er uns klarmachen, wie der amerikanische Hase läuft. Dann sagte er, da wir jetzt auch ein freies Volk seien, würden die Amerikaner ein paar von uns zu dem Wettbewerb einladen. Gleich warf Rebekka ein, dass man die USA boykottieren müsse, wegen dem Golfkrieg und so weiter. Mindestens die Hälfte der Klasse war derselben Ansicht. Natürlich ist Krieg Käse, ich wollte trotzdem zu dem Wettbewerb. Der Glatzkopf erklärte, alles, was wir zu tun hätten, wäre, ein *Team* zu bilden. Das *Team* würde eine Maschine bauen, genauer gesagt eine Traummaschine. Zum Glück traten die meisten tatsächlich in den Boykott, und das Bewerberfeld lichtete sich schnell. Die Maschine war uns, die übrig geblieben waren, von Anfang an egal. Obwohl ich sie gern gebaut habe. Dass sie auf dem Flug in drei Teile zerbrach, die nicht mehr zu retten waren, störte mich trotzdem nicht.

Megan gehörte zu unserem Partnerteam. Sechs Leute, aus Illinois. Gleich am ersten Abend in Knoxville erzählte Megan, Illinois sei der langweiligste Staat der USA. Ich lachte. Ich lachte ständig. Wenn ich mich zurückerinnere, habe ich die ganze Knoxville-Woche nichts anderes gemacht, als zu lachen. Das ist das Gute an einer fremden Sprache, am Ausland überhaupt. Man muss nicht geistreich sein, nur fröhlich.

Ich starrte immer Megans Augen an. Sie hatte grüne Augen, aber mit Unmengen gelber Flecken darin. Wenn sie lachte, wurden sie schmal, wie bei einer Katze. Sie konnte dann gar nichts mehr sehen, glaube ich. Sie lachte aber nie angestrengt oder übertrieben laut, wenn man etwas erzählte. Jedenfalls hatte man nicht den Eindruck, ihr Lachen wäre eine Masche. Seltsamerweise hatte ich Lust, ihr die ausgefallensten Sachen zu berichten. Zum Beispiel erzählte ich von dem Fotoband, den ich mir als Kind oft angesehen habe. Er stand bei meinen Eltern im Regal und hieß *Amerikanische Bilder*. Darin waren Leute abgebildet, die mit Drogen zu tun hatten. Entweder standen sie an einer runtergekommenen Straßenecke und handelten mit Drogen, oder sie waren dabei, Drogen zu nehmen. Auf einem der Fotos war ein Neger zu sehen, der sich gerade eine Spritze in den Fuß setzte. Der Fuß war vollkommen blutig und mit Pusteln übersät. Megan sagte, Amerika sei ein schreckliches und großartiges Land. Außerdem wusste sie eine Menge von Musik. Sie hörte aber nicht den Mist aus den Charts, sondern Jazz. Sie zählte mir die Namen der Sänger auf, deren Musik sie besonders mochte. Leider konnte ich nicht viel dazu sagen, niemand, den ich kenne, hört Jazz. Megan war der Ansicht, Jazz sei Kunst. Sie sagte einen Haufen kluger Sachen. Aber es hörte sich nicht wie einstudiert an. Jedenfalls fiel sie einem mit ihrer Klugheit nicht auf den Wecker. Am letzten Abend schenkte sie mir eine Kassette von *The Doors*. Gleichzeitig entschuldigte sie sich dafür, weil gerade alle Welt diese Band hören würde. Aber in ihrem Fall war es anders. Es war die Musik ihrer Kindheit, ihr Vater hatte die Platten offenbar rauf und runter gehört. Sie hatte wirklich ungeheuer Angst, ich könnte sie für modisch halten.

An dem Abend küssten wir uns. Wir saßen in der Lobby des Wohnheims, in dem wir untergebracht waren, in riesigen Ledersesseln, wie sie in den Büros von Millionären stehen. Außerdem gab es dort noch einen Fernseher und zwei Billardtische. Angesichts des Baseballspiels, das im Fernsehen lief, verzog sie angewidert das Gesicht. Von dieser Seite Amerikas hielt Megan offensichtlich nicht viel. Trotzdem erklärte sie mir die Regeln. Dabei fuhr sie mit den Händen durch die Luft, und ihre Armreifen klapperten. Bei den meisten Mädchen hat man das Gefühl, sie proben so was stundenlang. Megan tat es nicht absichtlich. Dann legte sie ihren Arm wieder auf die Lehne des Sessels, wo auch mein Arm lag. Eine Ewigkeit saßen wir so da, Arm an Arm. Wir ließen uns beide nichts anmerken. Und dann passierte etwas sehr Schönes. Megan griff nach meiner Hand, führte sie zu ihrem Mund und küsste die Stelle auf dem Handgelenk, wo man den Puls nimmt. Zweimal. Sie fuhr mit ihren Lippen darüber, sehr langsam und wie in Gedanken versunken, als würde sie über etwas enorm Wichtiges nachdenken. Das Komische daran war, dass wir uns bei alldem nicht ansahen, sondern weiter auf den Fernseher starrten. Vermutlich hätte ich mich irgendwann auf sie gestürzt, wenn nicht Sebastian aufgetaucht wäre. Er und der Rest des Rudels waren auf dem Weg zur Schwimmhalle. Ich merkte, dass Megan sich schuldig fühlte, dafür, dass wir den Teamgeist irgendwie aufgegeben hatten und allein hier saßen. Sie nahm ihre Aufgabe als Mitglied des Partnerteams wirklich ernst.

Obwohl es schon nach zehn war, hatte die Schwimmhalle geöffnet. Wir tobten auf ziemlich kindische Art im Wasser herum. Dabei berührte ich sie ein paarmal, natürlich wie zufällig. Ich frage mich, warum man sich in ein Mädchen verliebt. Ich meine, warum in ein ganz bestimmtes. Alle Welt will Nadja, das verstehe ich, trotzdem will ich sie nicht. Als Sebastian mich mit Megan in der Halle aus dem Wasser klettern sah, gab er mir ein Zeichen. Er tat, als würde er einen riesigen unsichtbaren Schlüssel herumdrehen. Im Flugzeug hatte er mir erzählt, Vivien würde dauernd hinter seine geheime Tür schauen wollen. Seiner Ansicht nach taten das sämtliche Mädchen, was man aber auf keinen Fall zulassen dürfe. Die geheime Tür muss immer verschlossen bleiben, hatte er mir eingeschärft, woraufhin ich genickt hatte. In Wahrheit weiß ich nicht mal, ob ich überhaupt eine geheime Tür *habe.* Wahrscheinlich ist dort nur ein Vorhang und dahinter mein zuckendes Kaninchenherz.

Megan und ich setzten uns an den Beckenrand. Sie trug keinen Bikini oder so, sie hatte einfach ihr T-Shirt angelassen. Es klebte an ihrem Körper, wie eine schwarze Lackschicht, unter der man die Form ihrer Brüste sah. Ziemlich große Brüste. Eine Weile beschäftigte sie sich damit, das Wasser aus dem Stoff zu wringen. Sie erzählte, ihre Mutter würde es hassen, dass sie schwarze Klamotten trägt. Dass sie sich deswegen andauernd streiten würden. Sie wollte wissen, ob mich meine Eltern auch nervten. Komischerweise musste ich über die Frage eine ganze Weile nachdenken. Schließlich sagte ich: Es gibt keine Mütter und Väter mehr. Dann machte ich eine Handbewegung und sagte: Explosion. Megan protestierte lachend: Es gibt immer Mütter und Väter. Natürlich hatte sie recht, aber ich fand es angenehm, mein Leben in einer verkürzten Version zu präsentieren. Ich glaube, die lange Version hätte mich *tatsächlich* überfordert. Nicht dass es irgendein Problem gibt, im Gegenteil. Es wäre sogar leichter gewesen, wenn ich Megan hätte erzählen können, dass ich einen ständigen Krieg mit meinen Eltern führe. *A permanent war.* Aber ich konnte mich beim besten Willen nicht an einen Streit mit ihnen erinnern. Was mir erst in diesem Moment auffiel. Seit dem Mauerfall lebt jeder sein Leben. Wir gehen uns aus dem Weg, auf eine ruhige, seltsam zerstreute Art. Ich glaube, wir erforschen das Neue, aber jeder für sich allein.

Megan erkundigte sich, was meine Eltern machten. Keine Ahnung warum, aber plötzlich sagte ich, mein Vater war bei der Stasi. Megan lächelte. Ich versuchte ihr zu erklären, was Stasi bedeutet, aber Megan lächelte weiter. Ganz offenbar machte der Geheimdienstkram keinen Eindruck auf sie. In Wahrheit arbeitet mein Vater am Astrophysikalischen Institut, schon immer. Schließlich erklärte ich, my father watches the stars. (Obwohl ich nicht einmal sicher bin, ob er bei der Arbeit tatsächlich so etwas Altmodisches tut wie durch ein Fernrohr zu schauen.) Megan meinte, das würde klingen wie eine Zeile von *The Doors.* Eigentlich darf man in einer Fremdsprache nicht perfekt werden. Wenn man erst genauso gut wie die Eingeborenen spricht, ist alles vorbei. Dann kann man sich nicht mehr mit einem Ulk aus der Affäre ziehen, man muss jedes Thema bis zum Ende ausdiskutieren.

Megan sah mich an, mit ihren Katzenaugen, sie lächelte immer noch, beugte sich ein Stück vor und küsste mich. Sie konnte tatsächlich gleichzeitig küssen und lächeln. Alle konnten es sehen, aber das war mir egal. Ich kannte ja niemanden. Außerdem fielen wir nicht übereinander her. Wir saßen einfach bloß da, am Beckenrand.

Wenn ich jetzt an sie denke, denke ich aber meistens an den anderen Kuss, im Foyer des Wohnheims, als sie mit ihren Lippen über mein Handgelenk fuhr. Megan will an der Columbia University studieren. Was mich angeht, stelle ich mir die Zukunft als eine sehr lange Straße vor. Ich sitze in einem Ford Mustang. Einmal halte ich an einer Tankstelle mit nur einer Zapfsäule. Megan steht da, in ihrem unförmigen nassen T-Shirt. Ich fahre ganz langsam auf ihre Höhe und öffne von innen die Tür. Während wir fahren, reden wir nicht. Irgendwann nimmt sie meine Hand, und ihre Lippen wandern über meinen Arm. Die Landschaft hört nicht auf. Es geht mir gut. Ich denke dauernd daran. Meine Mutter sagt, als kleiner Junge hätte ich überall herumerzählt, ich würde einmal nach Amerika reisen. Mein Vater sagte dann jedes Mal, das kannst du dir abschminken. Er sagte es extra laut und deutlich, damit die anderen nicht dachten, er würde irgendwas im Schilde führen. Hätten mein Vater und ich damals gewettet, wäre ich jetzt der Gewinner. Aber wir haben nicht gewettet, und ich kann einfach so fahren. Aus irgendeinem Grund finde ich das schade. Ich stelle mir vor, dass ich einen Brief aus Amerika schreibe, der so beginnt: *Liebe Eltern, ich habe euch verziehen* … Allerdings fällt mir nichts ein, was ich ihnen vorwerfen könnte. Sowieso wirkt von Ferne alles weniger schlimm. Würde ich in New York leben, hätte ich sogar für die Jende einen milden Gedanken übrig. Die Jende tut so, als wäre die Woche in Knoxville eine Auszeichnung gewesen. Sie hat keine Ahnung, wie die Dinge laufen. Die Ärmste ist noch nicht mal bis London gekommen. Jedenfalls behaupten das alle. Die Fünf macht mir nichts aus. Nicht, dass sie mir *komplett* egal wäre. Aber sie bringt mich nicht um. Seitdem wir zurück sind, bringt mich gar nichts mehr um. Man muss alles hinter sich lassen, weggehen, dorthin, wo ein oder zwei Wörter reichen. Ich frage mich, wo man sich tätowieren lassen kann. Wen könnte ich fragen? Und wo liegt dieses Columbia? Zum ersten Mal schaue ich in das Lexikon, das ich vor drei Jahren zur Jugendweihe bekommen habe. Der Geruch druckfrischer Seiten. Im Geografieteil suche ich nach USA, das übliche Gesülze von früher, alles nicht mehr zu gebrauchen, dann weiter nach Columbia, aber da ist gar nichts zu finden.

CHRISTOPH ZIETOW

Ich würde gern so leiden wie die Jungs in dem Buch von Hesse. Weggesperrt hinter Internatsmauern, hartherzige Lehrer, die trübe Aussicht aufs Pfarramt … diese ganze süße Ausweglosigkeit! Vor ein paar Jahren, mit dreizehn oder vierzehn, hätte ich mich in Hans Giebenrath vielleicht noch hineinträumen können. Hans Giebenrath ist der Held in dem Buch *Unterm Rad.* Mit dreizehn oder vierzehn habe ich mir mein späteres Leben tatsächlich so vorgestellt: ausweglos. Ich stellte mir eine Art unterirdische Höhle vor, in der sich alle irgendwie zurechtfinden müssen. Jeder für sich allein. Seltsamerweise dachte ich immer, ich würde einen Gang in dieser Höhle finden, der beleuchtet wäre. Und dass ich auf meine, ganz eigene Weise in der Lage wäre, es mir in diesem beleuchteten Gang *gemütlich zu machen und meine hungernde Seele zu pflegen.* Diese Vorstellung ist mir verloren gegangen, leider. Ich schaffe es nicht, unglücklich zu sein. Alles hat sich verflüchtigt. Manchmal hab ich den Eindruck, die Geschichte hat sich an meinem Lebensplan vergriffen. Das klingt verrückt, ich weiß. Vermutlich hat es bloß damit zu tun, dass ich jetzt achtzehn bin. Jedenfalls ist es zu spät, die Höhle ist verschwunden.

Jetzt regt mich das Zaghafte und Verschreckte nur noch auf. Ich finde sie übertrieben, diese dämliche Hilflosigkeit. Genau das habe ich auch zu Raoul gesagt. Er heißt tatsächlich Raoul, Raoul Weizner. – Wieso springt er nicht einfach über die Internatsmauern rüber?, fragte ich, als ich ihm das Buch zurückgab. Ich merkte, dass ihm mein Widerspruch gefiel. Es reizte ihn auf angenehme Weise, dass ich vor seinem Idol nicht sofort auf die Knie sank. Es hatte etwas mit Bewunderung zu tun. – Ich glaube, Hesse kommt zu spät für mich, sagte ich. – Meine Güte, sagte Raoul, wie alt sind Sie, achtzig? Er lachte. Ein sehr freundliches, irgendwie vornehmes Lachen. Kein Vergleich mit dem Gewieher der Leute in der Klasse. Raoul lacht mit geschlossenem Mund, das fiel mir sofort auf. Wie mir alles an ihm aufgefallen ist, als er Anfang des Schuljahres zum ersten Mal den Unterrichtsraum betrat. Sofort wurde ein Schalter umgelegt. So ist es bei mir immer. Ich habe Erleuchtungen. Ich wusste, es würde etwas passieren. Der Beweis: Ein paar Wochen später borgte er mir das Buch. Es war kurz vor den Herbstferien. Nach dem Unterricht kam er an meinen Tisch und hielt es mir hin. – Kennen Sie Hesse?, fragte er. Ich verdrehte meinen Kopf nach dem Titel, um Zeit für eine Antwort zu schinden. – Das noch nicht, log ich. In Wahrheit hatte ich noch nie was von Hesse gelesen. – Keine Angst, sagte Raoul, es hat nichts mit dem Lehrplan zu tun, ich dachte nur, es könnte Sie interessieren. Mir wurde ziemlich warm, ich glaube, ich bekam Flecken am Hals. (Peinlicherweise sind meine Erleuchtungen auch sichtbar.)

Zu Hause sah ich, dass das Buch ziemlich abgegriffen war. Außerdem waren haufenweise Anstreichungen darin. Es kam mir in den Sinn, dass Raoul mir vielleicht mehr als das Buch seine Anstreichungen präsentieren wollte. Jedenfalls versuchte ich eine ganze Weile, aus den winzigen Randnotizen schlau zu werden. Ganz hinten war sein Namensetikett mit einer Heidelberger Adresse eingeklebt, vermutlich hat er dort studiert. Als er den Deutschunterricht bei uns übernahm, stellte er jedem eine Frage, nicht die typischen, aus dem Lehrbuch, sondern merkwürdiges Zeug. Wie soll man leben? Ist Literatur etwas Bürgerliches? Mich fragte er: Kopf und Herz

– ein Gegensatz? Eigentlich verstand ich gar nichts. Wie alle. Unser Gestotter muss ihm einen ziemlichen Schock versetzt haben, aber er ließ sich nicht aus der Ruhe bringen. Unsere Gruppe besteht ohnehin nur noch aus sieben Leuten. Als wir im letzten Jahr zwischen Russisch und Deutsch als Leistungskurs wählen sollten, gingen die Arme plötzlich reihenweise für Russisch hoch. Offenbar dachten diese Esel, jetzt, wo es vorbei ist und kein Mensch mehr Interesse an Russisch hat, müssten sie Kwaschik, unserem Russischlehrer, beistehen. Ich fand diese Solidaritätsbekundung lächerlich. Die Kwaschik-Fraktion strafte die Übriggebliebenen mit bösen Blicken. Eigentlich war es ziemlich lustig.

Was Raoul von den übrigen Lehrern unterscheidet, ist seine Eleganz. Er trägt gemusterte Hemden. Am liebsten mag ich das mit der Winterlandschaft. Winzig kleine Bäume und Schlitten, die man aber erst erkennt, wenn man dicht vor ihm steht.

Nachdem er mir das Buch geborgt hatte, fragte er mich jedes Mal vor dem Unterricht, wie es Monsieur Hesse ginge. Drei Wochen später gab ich es ihm zurück, da sagte er: So eilig wär's nicht gewesen. Ich dachte, dass er wahrscheinlich einen Kommentar von mir erwartete. Also erzählte ich ihm das mit den Internatsmauern, dass ich nicht verstehen würde, wieso die Jungs nicht einfach rübersprangen und weggingen. Raoul hörte aufmerksam zu, mit einem rätselhaften Lächeln um die Augen. – Aber die Liebesszenen, fragte er nach einer Weile, die Liebe ist doch was Ewiges, haben die Ihnen auch nichts gesagt? Bei solchen Fragen werde ich ratlos. Ich weiß schon, aber ich kann es nicht ausdrücken. Zum Glück ließ er die Sache auf sich beruhen. Stattdessen erkundigte er sich, was ich nach dem Abitur machen würde. Ich hielt es für besser, nichts von meinen Juraplänen zu sagen. Irgendwie hatte ich das Gefühl, er würde verächtlich darauf reagieren. – Sie gehen doch hoffentlich nicht zur Armee?, fragte er. Ich schüttelte den Kopf und erklärte, ich sei untauglich, da vor ein paar Jahren eine vegetative Dystonie bei mir festgestellt worden sei. Nicht, dass ich meine Krankheit jedem unter die Nase reiben würde, aber hin und wieder erzähle ich es gern, es klingt bedeutsam, finde ich. – Eine Art Schwäche für alles, fügte ich hinzu, und Raoul sah mich an, als hätte ich ihm eine erotische Offenbarung gemacht. – Mit Ihnen ist doch alles in Ordnung, meinte er. Mir wurde wieder heiß.

Kurze Zeit später, als ich zum Deutschunterricht kam, stand ein Negerkuss an meinem Platz. Ich wusste sofort, dass Raoul ihn dort hingestellt hat. Er saß bereits am Lehrertisch, außer uns war noch niemand da. – Herzlichen Glückwunsch!, sagte er (ich hatte am Tag davor Geburtstag gehabt) und packte nebenher irgendwelche Bücherstapel aus. Ich bekam nicht mal ein simples Danke zustande, so aufgeregt war ich. Den ganzen Tag über hielt ich den Negerkuss in der hohlen, gekrümmten Hand. Es kam mir vor, als würde ich etwas ungeheuer Kostbares transportieren. Zu Hause stellte ich ihn auf meinen Schreibtisch. Seitdem warte ich darauf, dass Raoul mich fragt, wie der Negerkuss geschmeckt hat (vermutlich sagt er Mohrenkopf). Natürlich habe ich ihn nicht gegessen. Mittlerweile hat sich ein scheußlicher Belag obendrauf gebildet, aber das macht nichts. Jeden Mittwoch und Freitag hetze ich zum Deutschkurs, damit ich der Erste bin.

Ich habe keinen Grund, mich in irgendeinen Fluss zu stürzen wie dieser Hans Giebenrath. Ich bin keine Romanfigur. Und um mich herum gibt's keine Internatsmauern. Im Gegenteil. Ich frage mich, was aus ihm, also Hans Giebenrath, geworden wäre, wenn er mit seinem Freund, diesem Hermann Heilner, in ein besetztes Haus hätte ziehen können, so wie hier, in die *Fünf*, gleich gegenüber der

Schule. Oder wenn die beiden einen Schülerrat hätten gründen können. So wie Rebekka. Manchmal hat man das Gefühl, nicht Haustein würde die Schule leiten, sondern sie mit ihrer Truppe. Haustein ist der neue Direktor. Er kommt aus Westberlin. Vielleicht gibt er ihr aber auch nur das Gefühl. Ich glaube, er ist ein gerissener Hund, jedenfalls gerissener, als die meisten denken. Die meisten halten ihn für einen Trottel, was mit seinem ersten Auftritt zusammenhängt. Es war vor ein paar Wochen, Anfang des Schuljahres. An dem Tag haben sie die Kollwitz in Luisengymnasium umbenannt. Die gesamte Schülerschaft war in der Aula versammelt. Haustein begann seine Vorstellungsrede mit einem Zitat von Marx. Zuerst hielt ich es für eine höfliche Geste, aber dann zeigte sich, dass er uns nur beweisen wollte, wie viel wir noch über Marx zu lernen hätten. Dass wir vielleicht eine Menge Zeug über ihn wussten, es aber das falsche Zeug war. Außerdem zählte er eine Ewigkeit lang auf, was in der Vergangenheit falsch gelaufen sei. Das kam nicht sonderlich gut an. Auch wenn es stimmte, was er sagte. Aber er war schließlich ein Gast. Sicher, er war der neue Direktor, trotzdem war er nur ein Gast. Dann verkündete er, dass er den alten Geist der Schule wieder aufleben lassen wolle, und dass das ein hartes Stück Arbeit bedeuten würde. Ringsum schwiegen alle grimmig. Man konnte es tatsächlich hören, das grimmige Schweigen. Die meisten Lehrer hatten sich nicht mal hingesetzt. Demonstrativ gelangweilt lehnten sie an der Wand und klapperten mit ihren Schlüsselbunden. Irgendwann sagte Haustein, er wolle die Kollwitz wieder in ein humanistisches Refugium verwandeln, da brüllte Klose, der hinter mir in der Reihe saß: Aber bitte in c-Moll! Der gute Ruppert. Ein paar lachten gleich laut mit. Man konnte sehen, wie zwei oder drei von den Lehrern mit den Daumen nach oben zeigten. Leider war Haustein so unklug und blieb auf seinem hohen Ross sitzen. – Toleranz, Junge, rief er in Rupperts Richtung. Und dass er es schon noch lernen werde. Das hätte er lieber bleiben lassen sollen. Als Antwort kam ein Ziegenmeckern aus den hinteren Reihen. Zuerst war es nur ein ganz kleines Gemecker, aber es wurde immer stärker. Das war daneben, aber auch komisch. Und dann ging Ruppert plötzlich raus, Brandtmeier und Hehnlein ebenfalls, zusammen mit ein paar anderen. Haustein ließ sich nicht beirren. Er redete, während immer mehr Schüler türenknallend den Saal verließen. Sogar ein paar Lehrer gingen mit. Ich war dummerweise eingekeilt zwischen irgendwelchen Neuzugängen, Siebt- oder Achtklässler, die keinen Durchblick hatten.

In den Wochen danach hatte ich das Gefühl, Haustein würde mich deswegen auf besondere Weise grüßen, weil ich sitzen geblieben war. Mit beinahe verschworener Miene nickte er mir jedes Mal zu, wenn er mir im Schulgebäude begegnete. (Eine Zeit lang hatte ich richtig Angst, er würde wegen der Schülerratssache *mich* fragen.) Immerhin habe ich dadurch, dass ich sitzen geblieben bin, noch mitbekommen, wie er plötzlich abbrach und mit hängendem Kopf dastand. Als würde er einen Fleck auf seinem Schlips betrachten. Nichts weiter. Die Pallanke kam mit einem Wasserglas an. Beim Abgehen von der Bühne verhedderten sich beide in der Schulfahne, die neben der Treppe steht. Ein tolles Stück. Bei den meisten anderen in der Klasse war ich danach natürlich unten durch. Vermutlich dachten sie genau wie Haustein, ich hätte ihm beigestanden.

Die anderen interessieren mich nicht. Ich habe mir nie eingebildet, unter denen einen Freund zu finden. Freundschaft oder sogar Liebe erwarte ich seit jeher von Unbekannten, von außerhalb. Die Liebe kommt von weit her. So wie Raoul. Er ist eine Art Abgesandter, wie hereingeschneit aus einer fremden Galaxie. Dass es bald vorbei ist mit der Schule, stört mich. Vielleicht sendet Raoul deshalb kein Signal mehr. Weil er weiß, dass es sich nicht mehr lohnt, er denkt vernünftig. Ich sollte mich ebenfalls zu vernünftigen Gedanken zwingen. Sich verrückt machen hilft nichts. Zum Beispiel darüber, dass Raoul im Treppenhaus der Schule mit einem Mann geplaudert hat, den ich hier noch nie gesehen habe. Genau in dem Moment, als ich vorbeiging, lachten beide auf eine komisch vertraute Weise los. Natürlich ließ ich mir nichts anmerken, grüßte nur kurz und ging weiter.

Den Negerkuss habe ich inzwischen geköpft. Ich könnte ihn auch zermantschen, aber das will ich nicht. Vielleicht lege ich die Überreste am Mittwoch auf den Lehrertisch, um Raoul aus der Reserve zu locken. Bestimmt gibt es eine Begründung für alles. Ich schaffe es einfach nicht, ans Ende zu glauben. Vivien soll versucht haben, sich umzubringen, wegen einem aus der Parallelklasse. Die Geschichte ging um wie ein Lauffeuer, aber möglicherweise war es nur ein Gerücht. Es ist schwer, jemanden nach so was zu fragen.

Ich lege mich aufs Bett. Ich denke an den Fluss, der in der Nähe unseres Wohnblocks, gleich hinter dem Wäldchen, fließt. Jetzt im Winter bekommt man vermutlich sofort einen Herzschlag, wenn man sich hineinstürzt. Ich stelle mir vor, wie ich im Wasser treibe. Von unten wäre ich nass, aber von oben würde der Mond auf mich scheinen. Das gefällt mir. Trotzdem sage ich mir, dass es schade wäre, wäre ich tot. Als Toter kann man nicht zusehen. Und jemandem in seinem Unglück zuzusehen ist immer noch besser, als überhaupt nicht mehr zusehen zu können. Sogar wenn dieser jemand man selbst ist.

ALEXANDER WAGENTHALER

Dienstagnachmittag habe ich Vivien Korbus gesehen, an der Bushaltestelle vor dem Klinikum. Ich hatte nicht vor, sie anzusprechen, nach den Besuchen bei meinem Vater bin ich jedes Mal erschöpft. Am wenigsten Lust hatte ich auf eine Unterhaltung mit jemandem aus der Schule. Allerdings hatte es auch keinen Zweck, so zu tun, als hätte ich sie nicht bemerkt, außer uns war niemand da. Für solche Kindereien bin ich tatsächlich nicht zu haben.

Sie hatte ein aufgeschlagenes Buch auf den Knien. Beim Näherkommen sah ich, dass es verkehrt herum lag. Ich beugte mich hinunter und raunte mit Bassstimme in ihr Ohr: Hallo, Frau Korbus. (Selbst wenn ich müde bin, verschaffe ich mir einen Auftritt, so wahrt man Distanz, wenigstens ein paar Sekunden lang.) Vivien zuckte zusammen. Sie hatte mich tatsächlich erst jetzt bemerkt. – Du schreibst Chemie im Wahlfach?, fragte ich und deutete auf den Wissensspeicher auf ihrem Schoß. Sie sagte, wenn sie jede Woche dreißig Seiten lesen würde, hätte sie es bis zur Prüfung durch. – Dann solltest du es auf jeden Fall richtig herum lesen, sagte ich. Vivien reagierte nicht, jedenfalls nicht mit einem Lachen. Sie erklärte, dass sie wegen der Krankenhaussache fast den ganzen Stoff verpasst hätte, und dass sie so gut wie alles nachholen müsse. Ganz offenbar ging sie davon aus, ich wüsste Bescheid über ihre »Krankenhaussache«. Offen gestanden erinnerte ich mich nicht mal daran, dass sie dermaßen häufig gefehlt hatte. Im Grunde wusste ich gar nichts über sie. Außer dass sie mit diesem Großmaul aus der Parallelklasse zusammen war. Es sei denn, sie hatten sich getrennt. Aber die meisten Mädchen mögen großmäulige Affen. Vivien sagte, sie müsse immer noch jede Woche hierher in die Klinik kommen, zur Nachbehandlung, Gesprächssitzungen und so weiter. – BWA-Klinik, klingt eher nach Werkstatt als nach einem Krankenhaus für Psychos, oder? Ich zuckte mit den Schultern, und sie fragte mich, was ich hier machen würde. Ich antwortete, ich hätte jemanden besucht. Ende. In solchen Sachen kann ich ziemlich erbarmungslos sein.

Vivien schüttelte den Kopf. Vielleicht war sie der Meinung, es hätte keinen Zweck, sich mit mir zu unterhalten. Ich wartete auf einen ironischen Kommentar, aber sie blieb ganz still. Ihre Ernsthaftigkeit gefiel mir. Das dauernde Gelächter überall geht einem auf die Nerven. Plötzlich sagte ich: Mein Vater ist seit Kurzem hier drin. Ich war selbst überrascht. Vivien sah mich aufmerksam an. – In der Geschlossenen?, erkundigte sie sich. – Nein, er kann jederzeit raus. Aber zur Zeit hält er es für besser hierzubleiben. Sie fragte, wer sein behandelnder Arzt sei, offenbar kannte sie sich aus. Wir schwiegen eine Weile. – Keine Sorge, das macht nicht die Runde, sagte sie schließlich. Sie sagte es auf eine wirklich nette Weise. Mir fiel ein, dass ich sie früher zu den Eifrigen gezählt hatte, auf eine nervige Weise emsig bemüht, wie alle in der Klasse. Allerdings konnte ich den Eindruck nicht mehr wiederfinden. Im Gegenteil. Alles an ihr schien ein wenig verlangsamt. Ich kannte das von meinem Vater. Die Tabletten haben ihn zu einem bedächtigen Kind gemacht.

Ich ließ einige Zeit verstreichen, bevor ich erklärte: Er hat seine Akte gelesen. Wieder Ende. Zu meiner Verteidigung muss ich anführen, ich war furchtbar müde, zum Umfallen. Vivien nickte. Vielleicht lag es an ihrer ernsthaft gekrausten Stirn, vielleicht auch an der Müdigkeit, aber auf einmal kam mir mein Herumgedruckse, das Verschweigen und Verweigern, idiotisch vor. – Er hat seine Akte gelesen, und dann ist er abgedreht, versteht du? (Ich nenne es für mich abgedreht, so wie Flugzeuge abdrehen. Sie stellen ihre Flügel leicht schräg, lassen sich nach unten sacken und gleiten in eine andere Richtung davon.) Ich meine, es hat ihn umgehauen, das, was da stand, was sie in all den Jahren über ihn gesammelt haben. *Dass* sie es gesammelt haben. Aber vor allem konnte er nicht fassen, *wer* dahintersteckte. In seinen Augen war plötzlich jeder sein Feind, seine Kollegen, der Nachbar, der Postbote, keine Ahnung. Alle verfolgten ihn. Zwei Tage lang hat er sich im Garten verschanzt. Das war im Januar. Vivien nickte wieder. Ich hatte bis dahin tatsächlich mit niemandem darüber gesprochen. Nicht unbedingt, um meinen Vater zu schützen. Ich hasse es, irgendwas zu beichten. Dauernd soll man irgendwelche Geheimnisse gestehen, Geständnisse machen. Und dann umarmen einen die Leute plötzlich, sie reden einem gut zu, wie einem Hund.

Vivien machte nichts dergleichen. Mir fiel auf, dass ihre Turnschuhe mit Kugelschreiber beschrieben waren, richtige kleine Kunstwerke, und ich hatte wieder das Bild vor Augen, wie mein Vater schlaff und mit baumelnden Beinen auf der Behandlungsliege saß. – Das Merkwürdige bei der ganzen Sache ist, sagte ich, dass er immer darauf *gewartet* hat, dass sich was ändert. Du kannst dir nicht vorstellen, wie viele Diskussionen es früher bei uns gegeben hat. Es kamen immer viele Leute zu Besuch, Schauspieler und Maler, die ihre Frauen mitbrachten, auch Leute von der Kirche. Nächtelang haben sie darüber diskutiert, dass sich endlich was ändern muss und wie das anzustellen ist und so weiter. Wenn ich morgens ins Wohnzimmer kam, hingen noch die Rauchschwaden unter der Decke. Von meinem Zimmer aus konnte ich die Gespräche mit anhören. Meistens ging es darum, um den Moment, in dem *alles* anders wird. Und dann war er da, der Moment, und er dreht ab …

Vivien schüttelte den Kopf. – Versuch nicht, es mit *deiner* Logik zu verstehen, sagte sie langsam, manche Menschen erwischt es einfach. Wenn es nicht seine Akte gewesen wäre, wäre es etwas anderes gewesen, verstehst du? Es ist wie ein Tier, das in einem hockt und auf den Sprung lauert. Die Frage ist nur, bei welcher Gelegenheit es rauskommt. – Schon klar, sagte ich, trotzdem ist das Ganze so unsinnig. Der Grund für sein Abdrehen ist doch längst weg. Das Scheißsystem macht sich vom Acker, aber das Schlechte lässt es da, findest du das nicht ungerecht? Vivien nickte schwach. – Mein Arzt sagt, man darf nicht alles auf sich beziehen. Eine Weile starrte sie vor sich hin. Dann sagte sie, ich habe eine Idee. Wir könnten doch später alles auf heute schieben, ich meine, alles Schlechte. Keine Ahnung, wenn wir unglücklich sind oder unzufrieden, wenn wir scheitern sollten, wenn wir die Welt hassen oder einfach nur uns selbst, alles, was uns später nicht gelingt, das ganze öde Leben, das uns erwartet, wir schieben es einfach auf jetzt, auf das, was gerade abläuft um uns herum. Dann ist es wenigstens zu etwas nütze. – Du denkst also, dein Leben wird öde, fragte ich. Vivien zuckte mit den Schultern: Sagen wir, ich erhoffe mir keine großen Überraschungen.

Ich weiß nicht, warum, aber plötzlich legte ich meinen Zeigefinger an ihren Mund und sagte: Ich verrate Ihnen ein Geheimnis, Miss Korbus. In genau sechsundzwanzigeinhalb Jahren wird etwas passieren, das die Menschheit umhauen wird. Genaueres darf ich leider nicht sagen. Nur so viel: Die Sache ist das ganze Gegenteil von öde. Dann schloss ich meine Lippen mit einem unsichtbaren Schlüssel ab. Jetzt lachte Vivien doch, ein leises, zerbrechliches Lachen. Mein Zeigefinger an ihren Lippen schien sie überhaupt nicht irritiert zu haben. – Glaubst du wirklich, wir erleben das noch?, fragte sie, ohne sich zu rühren. – Vermutlich nicht. Ich jedenfalls werde höchstens so alt wie ein gutes Verkehrsschild, ungefähr dreißig Jahre.

Vivien stand auf, um nach dem Bus Ausschau zu halten. Dabei hielt sie das Lehrbuch und ihre Tasche vor der Brust umklammert. Sie trug ihre Haare hochgesteckt, wie immer, nicht kunstvoll, eher wie rasch aufgetürmt, eine Frisur wie auf einem Gemälde von Klimt. Zum ersten Mal fragte ich mich, durch welche raffinierte Technik sie eigentlich hielt.

Es fing schon an zu dämmern. Vor sieben würde ich nicht zu Hause sein, und auch nur, wenn ich den Anschlussbus erwischte. Ich war wirklich erledigt. Zugleich wurde mir immer wohler. Wie nach einer Ohnmacht oder nach einer Operation, wenn man gähnt, weil man wieder zu sich kommt. – Krankenhausbesuche schlauchen, was?, meinte Vivien und setzte sich wieder hin, mehr als wenn man selbst drin liegt. Ich betrachtete sie von der Seite, ihre getuschten Wimpern. – Was machst du eigentlich ab Herbst?, fragte ich und hoffte, sie würde nicht Jura sagen. Gott sei Dank schüttelte sie den Kopf. – Ich würde mich gern mit ausgestorbenen Dingen befassen. – Du meinst, tote Dachse ausstopfen? – Ausgestorben, nicht *ge*storben, sagte sie mit gespielter Entrüstung. Ich erzählte ihr, ich würde vielleicht Geschichte studieren. Das konnte sie nicht fassen. – Du hast doch immer gemalt!, rief sie. Ich wunderte mich, dass sie davon wusste, und sie sagte, das wüssten doch alle. Ich war wirklich verblüfft. – Was ist, wieso willst du nicht mehr malen? Offenbar wollte sie es *tatsächlich* wissen. – Keine Ahnung, sagte ich, malen macht mir einfach nur Spaß. – Und das reicht nicht? – Nein, antwortete ich, glaube ich jedenfalls.

Wir saßen da. Es gibt nicht viele Leute, mit denen man schweigen kann, ohne dass man sich idiotisch vorkommt.

Der Bus war anscheinend ausgefallen, aber das fand ich nicht schlimm. Ich hatte inzwischen überhaupt keine Lust mehr, nach Hause zu kommen. – Vielleicht ist es egal, was wir machen, sagte Vivien nach einer Weile. Ich meine, ob wir studieren und so, vermutlich lohnt sich das alles ohnehin nicht. Man darf nicht zu weit in die Zukunft denken. Sie erzählte, dass sie in ihrer Therapie auf Karteikarten schreiben müsse, was sie sich vornehme. – Eine Spalte für die kleinen Dinge und eine für die großen, sagte sie. Am Anfang habe ich aufgeschrieben, wie viel Schritte ich am Tag geschafft habe. Oder dass es dumm ist zu lächeln, wenn ich traurig bin.

Mir fielen plötzlich *unsere* Karteikarten ein, die Karteikarten aus der Schule, auf die wir bis vor Kurzem noch unsere Zensuren und Berufswünsche hatten schreiben müssen. Ich fragte mich, was aus ihnen geworden war. Wahrscheinlich hatte man sie entsorgt. (Im Falle meines Vaters frage ich mich, ob es nicht besser gewesen wäre, dasselbe wäre mit seiner Geheimdienstakte geschehen.) Aber vielleicht gab es sie auch noch, und sie lagen angegilbt und verstaubt in einem Zettelkasten, irgendwo auf dem Dachboden der Schule. Ich stellte mir vor, irgendwann im nächsten Jahrtausend würde ein Windstoß sie aus einer Dachluke wehen. All die Kärtchen mit unseren Verpflichtungen darauf, das ganze Zeug, das unsere Zukunft betraf, würde im Hof herumflattern. Sie würden sich in den Ästen der Kastanie verfangen, zwischen den Fahrrädern und im Matsch bei der Raucherecke. Ein paar Siebtklässler würden kommen, sie aufheben und zu entziffern versuchen. Aber vermutlich würden sie ihre Zeit nicht allzu lange damit verschwenden. – Weißt du, was ich glaube, sagte Vivien, als hätte sie meine Fantasie mit den herumflatternden Karten gerade vor sich auf einer Leinwand gesehen, ich glaube, die Erinnerungen sterben später als die Menschen.

Dann kam der Bus, und ich fragte sie, was auf ihrer Karteikarte in der Spalte »große Dinge« stehen würde. Vivien verstaute ihr Chemiebuch. – Mich nie mehr zum Affen machen, sagte sie und stand auf. Ich lachte, zum ersten Mal seit einer Ewigkeit, kam es mir vor. – Hast du dich denn oft zum Affen gemacht? Sie sah mich erstaunt an. – Du etwa nicht? Ich überlegte. – Du hast recht, sagte ich und musste wieder lachen, aber ich fürchte, genau dazu sind wir auf der Welt. (Ich war wirklich in blendender Form.)

BRITTA PETERS

Der Junge malt einen Kreis auf den Gehweg vor dem Haus, in dem das Mädchen wohnt. Dann stellt er sich in den Kreis und wartet. Er isst nicht, er spricht nicht. Es fängt an zu regnen, es wird Nacht. Wenn er nicht mehr stehen kann, setzt er sich hin. Aber er geht nicht aus dem Kreis. Er wartet, dass das Mädchen herunterkommt, damit er ihr seine Liebe gestehen kann. Solche Sachen passieren nur in russischen Jugendromanen. Merkwürdig, das Ende fällt mir nicht ein. Bekommt der Typ eine Lungenentzündung? Erlöst ihn die eingebildete Pute? Natürlich weiß sie, dass er da ist. Die ganze Zeit über lauert sie hinter der Gardine und beobachtet ihn.

Ungefähr so, wie ich Tomas beobachte. Nur dass Tomas nicht in einem Kreis steht. Er torkelt auf der gefrorenen Wiese vor unserem Hochhaus herum. Nackt. Jedenfalls so gut wie. Wahrscheinlich gaffen in diesem Moment alle Leute im Haus zu ihm hin. Und gleichzeitig zu mir, irgendwo über ihnen, am Fenster. Schließlich ist nicht zu überhören, dass es um mich geht. Seit einer Ewigkeit brüllt Tomas meinen Namen. Die Sache, die Silvester zwischen uns passiert ist, hat ihn anscheinend vollkommen verrückt gemacht. Zumindest hat sie ihn auf eine falsche Fährte gelockt. In der Schule tut er mir gegenüber gleichgültig. Aber niemand lässt sich je etwas anmerken. Ich stehe da, ganz still, und blicke hinunter. Als Kind habe ich das stundenlang gemacht. Manchmal sogar jetzt noch. Ich warte, dass die Straßenbahn angedonnert kommt. Das ist schön, vor allem abends, dann sitzen oft nur noch ein oder zwei Leute drin. Früher stellte ich mir vor, ich würde einsteigen und zum Hauptbahnhof fahren. Dort würde ich einen Zug nehmen, einen *Fernzug*. Ich bildete mir sonst was ein. Inzwischen könnte ich es tatsächlich tun. Ich habe mich erkundigt, es gibt einen Nachtzug nach Wien.

Ich frage mich, ob Tomas den ganzen Weg bis hierher in seiner Unterhose gelaufen ist. Obwohl ich ja nicht weiß, von wo er kommt. Ich weiß nicht mal, wo genau er wohnt. Bei uns in der Auensiedlung jedenfalls nicht. Beinahe vier Jahre zusammen in einer Klasse, sein Ding in meinem Mund, und ich weiß nichts. Inzwischen ist Gauland aus dem Haus gekommen, offenbar will er Tomas zur Rede stellen. Gauland fühlt sich immer noch für alles verantwortlich, als hätte sich nichts geändert. Früher war er irgendwas bei der Polizei, glaube ich, jetzt ist er Hausmeister. Den ganzen Tag läuft er im Blaumann rum. Plötzlich sind so viele verwandelt. Wo kommen die alle her, und wo waren sie vorher? Aber vielleicht war Gauland schon immer ein Hausmeister, nur eben *unter* der Uniform.

Jetzt rudert Tomas mit den Armen, als wolle er sich losmachen, obwohl Gauland ihn gar nicht anfasst. Schließlich verschwinden sie im Hauseingang. Ich kann nur hoffen, dass er Tomas mit irgendeinem alten Trainingsanzug ausstattet, bevor er ihn bei mir abliefert. Ich trage etwas Kajal auf, tusche mir die Wimpern nach und gehe zur Wohnungstür. Besser, ich fange die beiden ab, ein Klingeln würde meine Mutter nur beunruhigen. Seitdem mein Vater weg ist, greift sie alles an, Licht, laute Geräusche, sogar Gerüche. Im Grunde erträgt sie gar nichts. Ein Halbnackter in der Tür wäre vermutlich ihr Ende. Wie sich herausstellt, hat Gauland Tomas nichts zum Überziehen gegeben. Er regt sich kurz auf, heutzutage regiere das blanke Chaos, verzieht sich aber schnell.

Tomas hat eindeutig eine Fahne, aber er ist nicht so betrunken, wie ich angenommen habe. Ich habe trotzdem keine Lust, ihn mit in mein Zimmer zu nehmen, das könnte wie eine Einladung wirken. Ich gebe ihm den Bademantel meiner Mutter, und wir machen uns auf zu dem Kabuff neben den Müllschluckern. Im Winter ist es der wärmste Raum im Haus, weil die Heizungsrohre ganz nah vorbeilaufen. Schon auf dem Weg dorthin entschuldigt sich Tomas hundertmal. Er sagt, er wisse, dass man mit einer Dame nicht so umgehen dürfe und dass ich eine Dame sei. Woher hat er diesen Schwachsinn? Immerhin sagt er nicht wieder, er würde mich lieben. Dann würde ich ihm vermutlich noch mal eine runterhauen. Wie in der Silvesternacht, in Adrians Haus. Obwohl ich ihm nicht wirklich eine runtergehauen habe, ich habe ihm Bier ins Gesicht geschüttet. Eigentlich war ich wegen Martin zu der Silvesterfeier bei Adrian gegangen. Adrian ist seit einem Jahr an der Schule. Die meisten halten ihn für einen Idioten (er kommt aus Kassel), zu der Party wollten sie trotzdem alle. In der Küche kriegte ich Martin tatsächlich. Wir entdeckten eine gemeinsame Leidenschaft, *Twin Peaks*. Seine Lieblingsfigur ist die Frau mit dem Holzscheit, meine der trottelige Polizist. Tomas stand die ganze Zeit dabei und starrte mal mich an, mal Martin. Ohne ein Wort. Ich weiß nicht, wie, aber irgendwann landeten er und ich im Keller. Nicht Martin, sondern Tomas. Es war kein richtiger Keller, eher ein Hobbyraum. Tomas langte gleich unter meinen Pulli, ich hatte nichts dagegen. Als er anfing, sich am Knopf meiner Hose zu schaffen zu machen, schrillte eine Alarmglocke in meinem Kopf. So viel hatte ich also nicht getrunken. Jedenfalls war ich geistesgegenwärtig genug, mich zu erinnern, dass ich einen schrecklichen Slip trug. Dreierpack. Für diese Nachlässigkeit hätte ich mir selbst eine runterhauen können. In meiner Not rutschte ich ein Stück tiefer, holte Tomas' Schwanz raus und leckte ihn. Tomas machte ein kurzes Geräusch, als hätte er Husten. Das Erstaunliche war, es machte mir gar nichts aus. Dann war es vorbei. Ich steckte meinen Pulli in die Hose. Ich spürte Tomas' bewundernden Blick. – Hör zu, sagte ich, ich werde das nicht noch einmal machen. Er zog sich hektisch die Hose hoch. Dann sagte er, ich hätte Stil (ich trug die rote Hose), und dass er mich lieben würde. – Lass gut sein, gab ich zurück und nestelte meinen Ohrring zurecht. Natürlich sagte er es *danach*, erbärmlich. Ich deutete mit dem Kinn auf seinen Hosenstall, der noch offen stand.

Wieder oben in Adrians Haus, nahmen wir uns jeder eine Flasche Bier. Plötzlich wollte ich nur weg. Draußen nieselte es, aber das machte mir nichts aus. Ich *sehnte* mich richtig nach einem Gang durch den Nieselregen. Allerdings brauchte ich ewig, bis ich meine verfluchte Jacke in dem Haus wiederfand. Während ich suchte, trottete Tomas die ganze Zeit hinter mir her. Plötzlich sagte er, du bist eine Wahnsinnsnummer. Da schüttete ich ihm das Bier ins Gesicht. Es war angenehm, etwas derart Heftiges zu tun und sich danach abzuwenden und zu gehen.

– Tut mir leid, dass ich dir das Bier ins Gesicht geschüttet hab, sage ich jetzt, im Heizungskabuff. Tomas winkt ab. – Ist ja kaum was rausgekommen aus der Flasche. So, im Bademantel meiner Mutter, zerknautscht und lädiert, erregt er fast mein Mitleid. Tomas ist keine Schönheit. Außerdem zwinkert er dauernd, vor allem, wenn er nervös ist. Aber das finde ich nicht schlimm, ich mag es sogar, ich hänge an Details. – Seltsam, sage ich, wir haben uns nicht mal geküsst an dem Abend, ich meine, wir haben alles Mögliche miteinander gemacht, nur eben nicht geküsst. Tomas zwinkert. – Vielleicht laufen manche Liebesgeschichten rückwärts ab, sagt er nach einer Weile. Zuerst schläft man miteinander, danach küsst man sich, dann sieht man sich in die Augen, geht auseinander, und am Ende hat man sich noch nie gekannt. Das gefällt mir, ich lache. – Weißt du, dass ich in der Neunten tatsächlich kurz in dich verliebt war, sage ich, in deiner Lydia-Zeit. – Im Ernst? Warum hast du nie was gesagt? – Ich habe Briefe an dich geschrieben, sechs oder sieben. – Briefe? An mich? Wo sind sie? – Ich würde sie dir nie zeigen. Tomas fährt sich übers Gesicht, vermutlich um das Zwinkern wegzuwischen. – Scheint so, als wären wir das Paar der verpassten Chancen, meint er. Plötzlich komme ich auf eine Idee. – Hör mal, sage ich, was hältst du davon, wenn wir zusammen nach Wien fahren? – Nach Wien? Tomas verzieht das Gesicht, als hätte er auf eine heiße Herdplatte gefasst. Du meinst in den Ferien? – Nein, sage ich, nicht in den Ferien, es gibt einen Nachtzug, um 23 Uhr 37, er fährt täglich. Tomas guckt mit erloschenem Blick. – Was willst du denn in Wien? Mein Fehler ist, dass ich davon ausgehe, andere Leute würden die Dinge genauso sehen wie ich. – Schon gut, sage ich, vergiss es. – Nein, nein, versucht er gleich darauf einzulenken, sogar seine Hand legt er mir auf den Arm, offenbar tut ihm seine Schroffheit wirklich leid, ich verstehe, dass du wegwillst von hier! Ich brauche ein paar Sekunden, bis ich begreife, dass er die Auensiedlung meint. Die meisten Leute finden die Auensiedlung scheußlich, inzwischen sogar die, die hier wohnen, daran bin ich gewöhnt. Trotzdem versetzt es mich in Wut, dass Tomas auch so denkt. – Du bist genauso idiotisch wie alle, sage ich und schiebe seine Hand weg. Valérie aus Nantes fällt mir ein. Im Herbst hat sie wegen des Austauschprogramms bei uns gewohnt. Die ganzen zwei Wochen lang hat sie sich darüber gewundert, dass es Wohnungen gibt mit nur einem Badezimmer! Was das Luder nicht daran hinderte, sich trotzdem jeden Morgen drei Stunden lang darin einzuschließen, um sich die Haare zu waschen.

– Mit der Auensiedlung hat das überhaupt nichts zu tun, rege ich mich auf. Tomas zuckt zurück. Wieder beginnt er heftig zu zwinkern. Ich bekomme Lust, ihm eine Lektion zu erteilen. – Null Ahnung, von nichts, sage ich, du bist wirklich der größte Trottel, den ich kenne, so was von treudoof. Ich an seiner Stelle würde jetzt gehen, aber Tomas bleibt sitzen. Er wickelt sich fester in den Bademantel und erkundigt sich seelenruhig, in welchem Stockwerk wir hier eigentlich sitzen würden. Das verunsichert mich. Als er hört, im achten, wiederholt er die Zahl ein paarmal erschrocken. – Hast du nie Angst runterzufallen? – Es geht nicht ums Runterfallen, antworte ich pampig, es geht um die Angst, man könnte jederzeit springen. Diese Vorstellung nimmt ihn ganz offenbar mit, also lege ich nach. – In den letzten zwei Jahren sind fünf gesprungen, alle von demselben Block, dem Sechzehnstöcker an der Hauptstraße. Sie entscheiden sich immer für dieses Haus. Vielleicht hoffen sie, die, die dort schon gesprungen sind, geben ihnen die Kraft, es auch wirklich zu tun. Tomas schüttelt sich. Plötzlich fängt er an zu heulen. Das heißt, es ist eher eine Art Geschniefe, denn es läuft ohne Tränen ab. Wenn Jungs so etwas passiert, ist es hässlich. Er wischt sich mit dem Kragen des Bademantels übers Gesicht, und ich beschließe, meine Feindseligkeit zu vergessen. Sicher liegt es am Alkohol. Oder er hat sich etwas anderes erhofft von diesem Abend. Mir kommt der Gedanke, die Tatsache, dass Tomas hier neben mir sitzt, sein ganzer Auftritt hat vielleicht gar nichts mit mir zu tun. Vielleicht ist er bloß hergekommen, um sich auszuheulen. Vielleicht hängt er immer noch an Kati. Wenn er es jemals getan hat. Als es zu Ende war, hat er zu jedem, der ihn danach fragte, gesagt, wer umarmt schon gern einen Briefkasten. Aber das kann genauso Gerede gewesen sein wie die Geschichte, Kati habe einen Badeanzug getragen, als sie bei ihr zu Hause zusammen in die Wanne gestiegen sind. Ich könnte ihn danach fragen. Dann wäre die Sache ein für alle Mal aufgeklärt. Doch dann erzählt Tomas, dass er im letzten Sommer mit seinen Eltern in Wien gewesen sei. – Ich musste in die ganzen schrecklichen Museen rein, sagt er, in die Museen und die Kirchen. Es war der langweiligste Urlaub meines Lebens. Nur meiner Mutter zuliebe bin ich mitgefahren, sie ist süchtig nach Österreich. Das heißt, sie *war* es. Am vorletzten Tag haben sie ihr das Portemonnaie geklaut. Jetzt sagt sie dauernd, komm mir bloß nie mehr mit Wien. Wir lachen ein bisschen, und nach einer Weile frage ich, hat dir Martin eigentlich erzählt, wo ich wohne?

FALK BRANDTMEIER

Ich habe den Friedhof, wo Kwaschiks Beerdigung stattfinden soll, schon fast erreicht, als mir einfällt, dass es unpassend wirken könnte, wenn ich mit dem Rennrad dort aufkreuze. Also stelle ich es vor einem Getränkeladen hinter dem Friedhofsareal ab und laufe zu Fuß zurück. Bis zum Haupteingang ist es ziemlich weit, es ist ein sehr großer Friedhof. Ich habe mir vorgestellt, ich würde mich unter die Trauergäste mischen, immer der Menge nach, aber es ist niemand zu sehen. Wohin jetzt? Ich habe keine Ahnung, trotzdem gehe ich zielstrebig die Hauptallee hinauf. Es ist mir unangenehm, wenn ich mich nicht auskenne, ich komme mir dann jedes Mal beobachtet vor. Wie wenn jemand einem beim Essen zusieht.

Zum Glück habe ich die Blumen. Obwohl es bloß ein ganz kleiner Strauß ist, Minirosen in Grau. Jetzt ärgere ich mich, dass ich so wenig dafür ausgegeben habe. Dummerweise haben zwei von ihnen auf dem Weg hierher auch noch ihre Köpfe verloren (ich habe sie im Rucksack transportiert). Aber sie werden vermutlich nicht in eine Vase gestellt. Das hier ist meine erste Beerdigung. Ich kenne sonst keine Toten. Ich frage mich, ob man an Kwaschik noch mal vorbei muss. Im Film gehen die Leute immer am aufgeklappten Sarg vorbei. Bei Unfallopfern halte ich das für unwahrscheinlich. Natürlich weiß ich nicht, wie Kwaschik ausgesehen hat, nachdem er unter den Lkw geraten war, aber ich stelle es mir vor. Ruppert ist der Meinung, es war kein Unfall, sondern Absicht. Angeblich ist es ziemlich schwer, *aus Versehen* unter einen Lkw zu geraten, wenn man nicht gerade über die Autobahn läuft. Er behauptet sogar, Kwaschik hätte sich seinen Lkw ausgesucht, Käse-Max. Über so was kann er sich scheckig lachen.

Am Ende der Allee sehe ich ein paar Leute. Ich bleibe ein Stück abseits stehen und sondiere das Terrain. Da, Haustein. Vor Erleichterung, ein bekanntes Gesicht zu entdecken, winke ich ihm zu, unglaublich, was Unsicherheit mit einem macht. Es dauert eine Weile, bis ich erkenne, wer Kwaschiks Frau ist. Jedenfalls glaube ich, dass sie es ist, denn sie begrüßt die Leute. Merkwürdigerweise lächelt sie die ganze Zeit. Fast könnte man meinen, Kwaschik hätte Geburtstag. Ich schleiche herum, um den richtigen Moment abzupassen. Da kommt sie schon auf mich zu. – Wie schön, dass auch jemand von Ihrer Seite dabei ist, sagt sie lächelnd. Sie ist ziemlich hübsch. Wie eine Studentin, eine vierzig- oder fünfzigjährige Studentin. – Sie sind doch einer von seinen Schülern? Ich nicke. Und dann halte ich ihr plötzlich die Blumen hin. Wahrscheinlich gibt es keine größere Pfeife als mich. Glücklicherweise achtet Kwaschiks Frau nicht darauf. Sie fasst nach meiner Hand und hält sie fest. – Mich würde sehr interessieren, wie *Sie* Maximilian gesehen haben, sagt sie und lächelt immer noch, ich meine natürlich Herrn Kwaschik. Jetzt lacht sie sogar laut heraus. Wahrscheinlich steht sie unter Schock. Ich habe mal gehört, dass das bei Hinterbliebenen oft vorkommt. – Vielleicht haben wir später Gelegenheit, und Sie erzählen mir, wie es war, von ihm unterrichtet zu werden. Sie hält noch immer meine Hand fest. Ich sage, dass ich im Namen der anderen Leistungskursteilnehmer hier sei. Weiter fällt mir nichts ein. Die Rettung erscheint in Gestalt eines jungen Mannes. Er bittet uns und die Übrigen in die kleine Kirche. Mein Herz klopft wie wild, solche Angst habe ich, mit einer falschen Bewegung aufzufallen. Der Tod ist eine Zumutung.

Beruhigt stelle ich fest, dass die Blumen vorn abgelegt werden, neben einem Foto von Kwaschik, ein Sarg ist nicht in Sicht. Als ich meinen jämmerlichen Strauß losgeworden bin, lasse ich mich in der hinteren Reihe auf die Bank fallen. Niemand sagt etwas. Beerdigungsmusik erklingt. Trotz der Winterluft schwitze ich. Außerdem tut mein Kiefer wahnsinnig weh. Das liegt daran, dass ich plötzlich gegen Tränen kämpfen muss. Daran ist die Musik schuld. Ich rufe mir ins Gedächtnis, dass Kwaschik einem ohne ein Wort ein Stück Kreide hinschmiss, wenn er einen drannahm, wie einen Knochen. Meistens ging es zu Bruch, und man hatte für den Rest der Stunde den Tisch voller Kreidestaub. Manchmal musste man sich auch danach bücken, wenn er nicht richtig gezielt hatte. Oder wie er beim Reden immer die Arme verschränkte und die Hände unter die Achseln klemmte. Man konnte sich kaum konzentrieren, weil man die ganze Zeit daran denken musste, was er mit diesen Händen den Tag über noch alles anstellen würde. Obwohl ich mir Mühe gebe, schaffe ich es nicht. Jetzt wo Kwaschik tot ist, bringe ich es einfach nicht fertig, gehässig an ihn zu denken. Also denke ich an Ellen, besser, man ist wütend als traurig.

Ellen hat mich nie interessiert. Aber nach den Sommerferien trug sie plötzlich eine Schiebermütze, ziemlich originell. Immerhin ist sie keine Imitation. Jedes Mädchen ist Teil eines Mädchenpaars, entweder Original oder Abklatsch. Außerdem hat sie ein Rennrad, und ich begleitete sie ein paarmal nach Hause. Wir blieben nie lange. Jedes Mal war ihr Vater da. Wie eine riesige traurige Spinne hockte er im Wohnzimmer und blätterte in irgendwelchen Illustrierten. Es war fürchterlich, vor allem, weil das Wohnzimmer so still und aufgeräumt und es erst sechzehn Uhr war.

Ein paar Wochen lang knutschten wir, meistens in der Kneipe neben der *Fünf*, dem besetzten Haus. Das ging bis

Silvester so. Silvester standen wir mit den anderen bei Adrian im Garten. Ellen hatte sich ihren Ledermantel nur über die Schultern gehängt, ich hielt darunter ihre Taille umfasst. Irgendwer brachte den Überfall in der Straßenbahn an, und Ellen sagte, sie glaube, nur derjenige würde ein Opfer, der sich selbst für eins hält. – Opfertypen senden Opfersignale aus, sagte sie, die die Täter dann empfangen. – Willst du damit sagen, dieser Junge neulich *wollte* auf dem Weg zur Schule ein Messer ins Bein gerammt bekommen?, fragte Lydia. Ellen schien tatsächlich darüber nachzudenken. – Womöglich, sagte sie und setzte zu einer neuen Erklärung an. Plötzlich ließ ich meine Hand unter ihrer Jacke ein Stück höher wandern und fing an, mit dem Daumen über ihre rechte Brustwarze zu streichen. Erstaunlicherweise rührte sie sich nicht, sondern ließ sich weiter über ihre Opfer-Täter-Theorie aus, während ihre Brustwarze unter meinem Daumen hart wurde. Fünf Minuten später lagen wir in einem der ungefähr hundert Zimmer, die es in dem Haus gibt. Ich küsste sie auf den Hals. Ich war wirklich ziemlich heiß. Ich glaube, Ellen auch, aber plötzlich tat sie, als sei sie betrunken. Sie lag da, die Augen geschlossen, und fing an, mir mit lallender Stimme irgendwelche Anweisungen zu geben. Sie hatte ziemlich genaue Vorstellungen, davon, was ich mit meinen Fingern machen sollte, und im Grunde hatte ich auch gar nichts dagegen, das Schlimme war nur, dass sie ihre Anweisungen lallte und murmelte. Es sollte so aussehen, als würde sie in einer Art Delirium sprechen. Gerade eben hatte sie ihre Täter-Opfer-Theorie zum Besten gegeben, und jetzt konnte sie mir einfach nicht *normal* sagen, was sie wollte. Das fand ich arm. Auf einmal dachte ich, dass sie ziemlich große Nasenlöcher hat. Riesig, fast schon Nüstern. Vielleicht lag es auch daran, dass ich längst wusste, dass sie in diesen Fotografenheini verliebt ist. (Das Gute an der Wahrheit ist, dass man sie nie mehr vergisst. Der Standardspruch von Frau Schober.) Ich wusste es die ganze Zeit über, trotzdem sagte ich nichts. Ich hatte keine Lust, ihr die Arbeit abzunehmen. Wenn sie mich abschieben wollte, würde sie es schon selbst erledigen müssen.

Inzwischen hat der Pfarrer angefangen zu reden. Mir wird ziemlich schnell klar, dass er von Kwaschik keine Ahnung hat. Wahrscheinlich bekommt er vor einer Beerdigung eine Liste mit den wesentlichen Ereignissen aus dem Leben des Toten, eine Art tabellarischen Lebenslauf, den er abarbeitet. Jetzt, wo ich Kwaschiks Frau gesehen habe, wundert es mich, dass sie so etwas zulässt. Wahrscheinlich hätte sogar ich eine bessere Rede halten können. Wenn man Kwaschik vom Unterrichten abbringen wollte, brauchte man ihm nur eine Frage über Moskau zu stellen. In Moskau hat er studiert. Kwaschik verschränkte dann jedes Mal die Arme, steckte die Hände unter die Achseln und grübelte eine Dreiviertelstunde laut darüber nach, welche Farbe die Jacke von Lenin in seinem Glassarg hatte. – Maximilian Kwaschik wird nie mehr da, aber auch nie mehr fort sein, sagt der Pfarrer gerade. Es muss schwer für ihn sein, hier, wo kein Mensch an Gott glaubt.

Als die Beerdigung zu Ende ist, verdrücke ich mich ziemlich schnell. Anstatt direkt nach Hause zu fahren, entschließe ich mich zu einer kleinen Tour. Eigentlich fahre ich einmal um die ganze Stadt herum. An der kleinen Fußgängerbrücke über der Nuthe muss ich absteigen und mein Rad schultern. Das Leben ist kein langer ruhiger Fluss. Auch ein Satz von dem Pfarrer. Mir kommen wieder Ellens Nüstern in den Sinn, Kwaschik, wie er unter dem Lkw liegt, und Moskau, das ich mir in Schwarz-Weiß und kaputt vorstelle, ungefähr so wie eine Stadt nach einem Fliegerangriff. Manche Vorstellungen wird man nie los, egal ob sie was mit der

Wahrheit zu tun haben oder nicht. Und manchmal weiß man die Wahrheit, man weiß sie, weil man alles mit eigenen Augen gesehen hat, und kann's trotzdem nicht glauben. Im Herbst hat die Schober uns in das ehemalige Gefängnis geschleppt, in dem sie früher die Leute eingesperrt haben, die etwas gegen das DDR-System hatten. Es lag ihr ungeheuer am Herzen, dass wir es auch wirklich *sahen.* Das Gefängnis befindet sich gleich neben der Einkaufsstraße. Und genau an der Ecke steht die *Grüne Familie*, eine Skulptur aus Keramik, Mutter Vater Kind. Wenn meine Eltern früher dort mit mir vorbeikamen, habe ich mich immer danebengestellt, die rechte Hand in der Hosentasche, genau wie der Junge aus Keramik. Das hatte ich komplett vergessen. Als ich nach der Gefängnisbesichtigung plötzlich davorstand, erinnerte ich mich wieder daran. Im Gefängnis gab es Käfige, wenn die Gefangenen Ausgang hatten. Nur, dass man in diesen Käfigen überhaupt nicht gehen *konnte*, nicht mal aufrecht stehen. Daran muss ich dauernd denken. Das ist das Dumme an der Wahrheit, man vergisst sie nicht. Selbst wenn ich mich an die harmlosen Sachen erinnere, wie den grünen Keramikjungen, taucht jetzt alles andere, die Gefängniskäfige und so weiter, vor meinem inneren Auge mit auf. Vermutlich nennt man so was Rache, dafür, dass man vorher wie der letzte Idiot durch die Gegend gelaufen ist.

ELLEN RÖDER

Die meisten halten die *Fünf* wahrscheinlich für den Eingang zur Unterwelt. Sie stellen sich sonst was vor, Zusammenballungen, geheime Pläne, Zerschlagung des Systems … Um ehrlich zu sein, hatte ich es mir selbst so vorgestellt. Seitdem ich dazugehöre, weiß ich es besser. Die *Fünf* ist das besetzte Haus gegenüber der Schule. Als ich Gunnars Zimmer zum ersten Mal betrat, schlief er auf seiner Matratze, hochroter Kopf, er hatte Fieber: neununddreißigzwei. Ich machte ihm Wadenwickel, mit zwei nassen Geschirrtüchern, die den Hunden sonst als Kaufetzen dienen. Meine Mutter würde wahrscheinlich *Milieu* dazu sagen. Haustein auch, aber ich erinnere mich nicht, ob er das Wort benutzt hat, als er mich am Schultor abfing. Es war morgens, drei viertel acht, und er sah mir schon entgegen, als ich aus der Haustür kam. Immer steht er morgens am Tor und begrüßt die Schüler. Jeder andere käme sich wie ein Blödmann vor, Haustein nicht. Manchmal steht er sogar in den Pausen dort. Er passt auf, wer das Schulgelände verlässt und wer zurückkommt. Ein Schießhund im Strickpullunder. Ich ließ an die hundert Autos passieren, bevor ich in aller Ruhe schlendernd die Straße überquerte. Auf keinen Fall sollte er denken, dass mich sein erwartungsvolles Dagestehe einschüchterte.

Er wollte wissen, woher ich komme. Ich hasse rhetorische Fragen. – Ich hoffe, deine Eltern wissen, wo du die Nächte verbringst, sagte er und guckte ernst. Meine Nächte, wie das klang. Gunnar und ich und die Matratze. Meist kampiert irgendwer mit im Zimmer, die Hunde sowieso. Dass es so schwer ist, sich an Gerüche zu gewöhnen! Offenbar bin ich die Einzige, die sich daran stört. Ich erzählte Haustein, dass es meiner Mutter lieber sei, wenn sie weiß, wo ich bin. Ich meine, besser, als wenn ich nachts durch die Stadt muss, oder? Ich setzte eine sorgenvolle Miene auf, die ihn an die Sache mit Britta erinnern sollte. Das Signal kam an. Haustein nickte, aber sehr langsam, als würde der Vorfall noch einmal an ihm vorüberziehen. Auf dem Weg nach Hause plötzlich drei Leute von irgendwoher, sahen alle gleich aus, ein Messer, es war noch nicht mal sechs, aber schon dunkel. Sie hatten von Britta verlangt, sie solle ihre Hose ausziehen. Runter damit, du rote Sau. Jedes Mal, wenn ich mir die Sache vorzustellen versuche, kommt mir der Satz in den Sinn. Was Blödsinn ist, denn in Wahrheit war das einzig Rote an diesem Abend Brittas *Hose* gewesen. Zum Glück tauchten zwei Taxifahrer auf, und die drei rannten weg. Britta sollte es vor der Klasse erzählen, damit wir darüber diskutierten. Ich dachte, sie würde sich weigern. Neuerdings packt sie einfach zusammen und geht, wenn sie zu irgendwas aufgefordert wird, das ihr nicht passt. Aber von dem Überfall zu berichten, machte ihr nichts aus. Sie erzählte sogar, dass sie sich vor Angst eingemacht hätte, *in die Hose*. Das passiert ganz automatisch, hatte sie gesagt.

Haustein gab sich mit meiner Antwort zufrieden. Natürlich weiß meine Mutter nur einen Bruchteil. Eigentlich erzähle ich gar nichts, so ist sie beruhigt, sie hat genug mit meinem Vater zu tun. Ich dachte, Haustein wäre fertig mit seinem Verhör, aber dann musste er doch noch was loswerden. – Die Hauptsache ist, *du* weißt, was du tust, schließlich bist du ja achtzehn, Ellen. Du. Ellen. Das ist seine Masche. Er spielt den Vertrauensmann. Obwohl er erst seit ein paar Monaten hier ist, weiß er den Namen von jedem, der auf die Kollwitz geht, sein *Luisengymnasium*. Er denkt, auf diese

Weise könne er die Verbindung zu den Schülern halten. Ich hatte keine Ahnung, worauf er mit seiner Ansprache hinauswollte. Womöglich hatte er mitbekommen, dass Gunnar und ein paar andere die *Fünf* vor ein paar Tagen unter Strom gesetzt hatten, damit die rechten Spinner nicht reinkonnten. Oder die Sache mit den abmontierten Straßenschildern war ihm zu Ohren gekommen. Allerdings waren weder Gunnar noch ich bei der Aktion mit dabei gewesen. Eigentlich interessiert Gunnar sich ausschließlich fürs Fotografieren. Das erste Mal habe ich ihn bei den Mahnwachen gesehen. Einen ganzen Winter lang hatten wir Augenkontakt, jedenfalls meinerseits. Er hatte seine Augen ja immer hinter seinem Fotoapparat. Ich fing an, mich ebenfalls fürs Fotografieren zu interessieren, ich schaffte mir sogar eine Rolleiflex an. Das schien mir ein vernünftiger Weg. Falk fand es albern, dass ich plötzlich mit dem Ding herumlief. Aber das war mir egal. Im Sommer ging ich zu dieser Umweltgruppe, wegen Gunnar, aber er war schon wieder weg. – Weißt du überhaupt, was eine Rolleiflex ist, sagte dort jemand zu mir. Wenn du wissen willst, was man aus der alles rausholen kann, musst du zu Gunnar. Er nahm mich mit zu ihm, dem Rolleiflex-Spezialisten in der Szene, wie er sich ausdrückte. Ich schämte mich, als hätte er mich durchschaut, aber nur ein wenig. Wie sich herausstellte, wusste Gunnar, wer ich war. Möglicherweise hat er sogar unser Treffen eingefädelt. Natürlich frage ich nicht danach, aber ich finde den Gedanken schön. Die meisten denken, ich hätte mich an ihn gehängt. Warum nicht? Gunnar ist so viel weniger kindisch als die Typen in der Schule. Was nicht schwer ist, da er schon einundzwanzig ist.

Als es klingelte, hielt Haustein mir und ein paar Neunklässlern die Tür zum Schulgebäude auf. Im Vestibül wie immer Gewusel. Ich wollte mich absetzen, aber Haustein hielt mich zurück. – Kann ich kurz mit dir reden? – Was ist denn?, rief ich, ziemlich laut sogar. Ich wollte nicht, dass jemand dachte, Haustein und ich würden eine *vertrauliche* Unterhaltung führen. Zwei Kleine äugten bereits zu uns herüber. Zum Glück sah ich keinen von meinen Leuten. – Ellen, sagte Haustein und fummelte an seinem kurzen Oberlehrerbart herum (fehlt bloß noch das Monokel), du willst doch auch Jura machen, oder? Ich zuckte die Schultern. Am besten, man macht auf unwissend, das verunsichert den anderen. – Du solltest wirklich aufpassen, mit wem du dich abgibst, Ellen, beharrte Haustein. Die Tür wurde aufgerissen. Connie rauschte vorbei, band sich im Gehen noch die Haare zusammen, wie eben erst aufgestanden, nach einer glücklichen Nacht. – Sie können mir gar nichts, ich habe so gut wie keine Fehlstunden, verteidigte ich mich. (Wie auch, die *Fünf* liegt direkt gegenüber, und spätestens um sechs vertreiben einen die fiependen Hunde von der Matratze.) – Ich weiß, sagte Haustein müde und winkte ab, darum geht es mir nicht, deine Fehlstunden, ob existent oder nicht, interessieren mich nicht. Ich möchte dir nur einen Tipp geben. Er zögerte und rieb sich mit Daumen und Zeigefinger die Augen unter der Brille. Vielleicht ist es ehrlicher, wenn ich sage, es täte mir ganz einfach leid. Es täte mir leid, wenn du deine Zeit mit irgendeinem falschen Popanz vergeudest, Ellen. Ich zog fragend die Augenbrauen hoch, höher ging es nicht. Haustein holte Luft. – Wenn du deine Zeit mit den falschen Leuten verplempern würdest, sagte er und zeigte rüber, in die Richtung, in der die *Fünf* liegt. Ich verzog das Gesicht. – Glauben Sie nicht, dass es sich lohnt, Farbe zu bekennen, sagte ich (manchmal fallen mir wirklich die passenden Dinge im richtigen Moment ein). Ich meine, politisch, muss ja nicht Ihre Farbe sein! Haustein sah mich an.

Ich hatte das Gefühl, er unterdrückte ein Gähnen, aber das ist bei ihm schwer zu deuten. Betont entspannt lehnte ich mich an den Pfeiler, neben dem wir standen. Zu meiner Überraschung tat Haustein dasselbe. Ich öffnete meinen Ledermantel, unter dem ich ein bedrucktes T-Shirt trug. *No future*. Ich wollte ihn ärgern. Damit er nicht dachte, in puncto Lässigkeit könne er mir was vormachen. Aber mit seinem abwesenden Blick machte er klar, dass ihm so was gleichgültig war. – Jetzt scheint dir all das, was da drüben passiert, wichtig zu sein, sagte Haustein und fuhr sich wieder mit Daumen und Zeigefinger unter die Brille, um seine Augen zu massieren, weißt du, ich habe es schon so oft erlebt, überall. Alle oder keiner, no future, macht kaputt, was euch et cetera pp. Wenn ihr wüsstet, wie ihr mich anödet mit eurem Flügelschlagen. Ihr denkt, ihr hättet eine Sonderrolle, nur weil ihr jung seid. Dass ihr die Unschuld gepachtet hättet. Ihr habt sie nicht gepachtet, niemand ist je unschuldig. Jede Jugend wieder ein provinzielles Weltbild. Ja oder nein, dafür oder dagegen, abwehren und abschotten. Ihr glaubt, ihr würdet für etwas eintreten. Aber schon beim zweiten Klassentreffen, spätestens beim dritten, sitzt ihr alle wieder friedlich beisammen, du wirst es sehen. Eure Grabenkämpfe werden euch lächerlich vorkommen, alles, wofür ihr so eifrig eingetreten seid. Natürlich dürfte ich dir das gar nicht verraten, sagte er mit seiner grässlichen Nasenkneiferstimme, aber glaub mir, Ellen, alles verpufft. Alles. Man glaubt es nicht als junger Mensch. Man glaubt es tatsächlich nicht. Das Leben ist sehr schnell herum. Man denkt, es stünden einem alle Türen offen. Vielleicht stimmt es sogar, aber nur durch eine kann man gehen. Haustein endete mit einem Flunsch, als wolle er sagen: Kapiert?

– Was für ein Spinner, sagte ich abends zu Gunnar. Keine Ahnung, wieso er ausgerechnet *mich* auserkoren hat, um sein

Gelaber loszuwerden. Ein Typ, den sie Marc Aurel nennen, saß auch mit dabei. Er war damit befasst, das Straßenschild zu übermalen, das sie in der Nacht vorn an der Ecke abmontiert hatten. Wenn eine Straße neu benannt wird, montieren sie heimlich das frisch aufgehängte Schild wieder ab und malen die alten Namen darüber. *Kurfürstenstraße* zurückzuverwandeln in *Straße der Jugend* stellte wegen der Länge eigentlich ein Problem dar. Aber in solchen Dingen schien Marc Aurel findig zu sein. – Schule macht jeden fertig, mischte er sich plötzlich ein, ohne von seinem Kunstwerk aufzusehen, ob oben oder unten, in einer Hierarchie werden am Ende alle wahnsinnig. – Wahnsinnig?, sagte ich und sah zu Gunnar rüber, ich glaube eher, der Haustein ist neidisch. Ich hoffte auf einen anerkennenden Blick, dafür, dass ich es wagte, diesem Marc Aurel zu widersprechen. Aber Gunnar fummelte an seiner Kamera herum. – Neidisch, worauf?, erkundigte sich Marc Aurel. Die überhebliche Ruhe, mit der er sich zu Wort meldete, während er gelassen weiterpinselte, ging mir auf die Nerven. Jetzt sah Gunnar doch zu mir rüber, aber nicht anerkennend, sondern irgendwie amüsiert, als wolle er sagen: Wie willst du da wieder rauskommen? – Na, neidisch auf uns, sagte ich, auf unsere Jugend, darauf, dass wir unendlich sind. Ich hatte das Gefühl, ich zog nach diesem Satz einen Flunsch wie Haustein. Jetzt blickte Marc Aurel auf. Er blinzelte interessiert. – Du fühlst dich unendlich, im Ernst? Er sah zu Gunnar rüber. Ich zuckte mit den Schultern. – Wieso nicht? Plötzlich lachten sie los. Sie kriegten sich gar nicht mehr ein, diese Blödmänner. Die Hunde hoben ihre Köpfe, und die Farbe tropfte vom Pinsel auf Gunnars Matratze, *unsere* Matratze. – Unendlich, riefen sie, unendlich? Vermutlich hatten sie gerade was geraucht.

LYDIA GEBAUER

Als wir den Parkplatz vorm Schlosstheater, in dem die Abiturfeier stattgefunden hat, verlassen, hat mein Vater plötzlich ein bedeutungsvolles Gesicht. Er verhandelt wichtige Dinge gern im Auto. Das Reden fällt ihm leichter, wenn er dabei woanders hinschauen kann. – Eins solltest du wissen, Lydia, sagt er und fädelt sich in den Konvoi der anderen Familienautos ein, die Erinnerung an die große Liebe ist immer noch die große Liebe. Ich werfe meiner Mutter, die auf der Rückbank sitzt, einen fragenden Blick zu. Keine Ahnung, womöglich glaubt er, Tomas und ich seien immer noch ein Paar. Worauf sollte sich seine Ansprache sonst beziehen? – Sie sind ein wirklich weiser Mann, R. G.!, sage ich mit einer ironischen Verbeugung. Meine Mutter gibt mir ein Zeichen, ich solle ihm den Gefallen tun. Also reiße ich mich zusammen und sage: Absolut, Papa. – Manchmal, fährt mein Vater fort, ist eine Beziehung nicht zu Ende, sie macht nur eine Pause. Offenbar hat er sich vorgenommen, seiner Tochter nach bestandenem Abitur etwas mit auf den Weg zu geben. Das rührt mich. Es rührt mich wirklich. Vor ein paar Monaten kam er ins Bad, ich war gerade dabei, mir die Beine zu rasieren. Sofort hielt er mir einen Vortrag. Er hält Beinerasieren für ein Übel der neuen Zeit. Er sagte, Frauen seien schön so wie sie sind. So was ergreift mich. – Tomas und ich sind doch schon seit Ewigkeiten nicht mehr zusammen, beruhige ich meinen Vater. Jetzt ist es meine Mutter, die leise zu kichern beginnt. – Er scheint aber immer noch an dir zu hängen, sagt sie, und ich protestiere, natürlich nur zum Spaß. Meine Mutter hat recht, Tomas wird nie aufhören, mich zu lieben. Silvester bei Adrian, wir räumten schon die Flaschen zusammen, umarmte er mich plötzlich von hinten. Zwei Arme aus dem Nichts und der Satz: Du riechst immer noch gut. Ganz schön frech, dachte ich. Nach über einem Jahr, und danach die alberne Sache mit Kati. Trotzdem ließ ich ihn eine Weile machen, bevor ich ihn wegschob. Ich genoss das Ungleichgewicht. Vermutlich ist das der wahre Schlusspunkt einer Beziehung, wenn in einem Paar einer von beiden das Ungleichgewicht *genießt.* Ich frage mich, ob ich bereuen soll, dass ich in der Zehnten seinen und meinen Namen in die Mauer neben dem Eingangsportal geritzt habe. Dass sie für alle Ewigkeit dort stehen, erschreckt mich. Ich bin zu voreilig, immer. Jetzt wird die Nachwelt nie etwas wissen von mir *nach Tomas, allein.*

Hinter uns fangen sie plötzlich wie verrückt zu hupen an. Als würden wir uns nie mehr im Leben wiedersehen (in vier Stunden sind wir im *Kesselhaus* verabredet). – Ich kann es immer noch nicht fassen, wie sich Ruppert rausgemacht hat, höre ich die Stimme meiner Mutter, Ruppert, im Anzug und Schlips! – Aber das war doch bloß Spaß, erkläre ich ihr. – Spaß? Meine Mutter begreift nicht, lässt die Sache aber auf sich beruhen. Selig und ein wenig erschöpft, als hätte man *ihr* soeben ein Abschlusszeugnis überreicht, sieht sie nach draußen. – Eins Komma zwei, seufzt sie nach einer Weile, ich weiß gar nicht, wann du das alles gemacht hast. Ich drehe mich um. – Was? – Deine Mutter hat nicht mitbekommen, dass du Abitur gemacht hast, schaltet sich mein Vater ein. Wir lachen alle, und meine Mutter verpasst ihm einen leichten Klaps. Eigentlich ist der Gedanke gar nicht so falsch, schließlich weiß ich es nicht mal selbst genau. (Ich bin tatsächlich schizophren.) Hätte *ich* die Abschlussrede halten müssen, hätte ich genau darüber gesprochen. Dass man nicht weiß, was die Zeit mit einem macht, welchen Anteil man überhaupt an ihr hat. Man hat keinen Anteil. Aber das hätten sie sowieso nicht kapiert. Für so was belegen sie einen mit dem Prädikat überspannt.

Natürlich hat Rebekka die Abschlussrede gehalten. Als sie zur Bühne hochstieg, wurde sie von einigen mit Lachern bedacht, wegen des Hosenanzugs. Dann lachte keiner mehr. In ihrer Rede bedankte sie sich eine Stunde lang bei den Lehrern. Sogar bei Blankwitz. Vor ein paar Wochen hat Blankwitz noch hämisch zu Bodo gemeint, Wissen allein zähle nicht mehr, man müsse sich auch verkaufen können. Über Haustein sagte Rebekka, er hätte den zukünftigen Weg der Schule geebnet. Nicht zu fassen. Das Schlimme war, dass sie es im Namen von uns allen tat. – Ich möchte daran erinnern, sagte sie zum Schluss und blickte mit todernster Miene in den Saal, dass nicht alle Menschen auf der Welt die Chance haben, großartige Erfahrungen wie diese machen zu dürfen. Damit meinte sie natürlich ihre Friedliche Revolution. Es ist nicht falsch, was sie sagt, aber sie muss es immer so sagen, dass man sich ein bisschen schuldig fühlt. Danach klatschten alle wie wild, aus Erleichterung darüber, dass es vorbei war. Ich bemerkte erst in diesem Augenblick den Schriftzug auf der Banderole, die im Hintergrund aufgespannt war: Luisen-Gimnasyum. Wahrscheinlich hatte irgendwer Haustein eins auswischen wollen. Die Jugend sei etwas, an das man sich erst erinnere, wenn es vorbei ist, sagte er in seiner Rede. Sehr scharfsinnig. Natürlich sang gleich irgendwer im Hintergrund, es ist vorbei, bye bye Junimond, und alles lachte.

Auf der Rückbank erkundigt sich meine Mutter, wer die fürchterlich bunte Person in unserer Reihe gewesen sei. – Du meinst Viviens Mutter?, frage ich. – Vivien ... etwa die Hübsche, die den Brief vorgelesen hat?, fragt meine Mutter zurück. Sie ist erstaunt, weil sie die beiden Personen nicht zusammenbekommt. Ich ziehe kurz in Erwägung, ihr und meinem Vater von Viviens Selbstmordversuch zu erzählen, aber dann habe ich keine Lust dazu. Es klingt verrückt, aber ich glaube, ich bin neidisch, darauf, dass sie es *wirklich* versucht hat. Ich will beim Verbreiten dieser Heldentat nicht noch beteiligt sein. Stattdessen sage ich, jedenfalls hat sie allem Anschein nach kein Problem damit, sich zum Affen zu machen! Gegen Ende von Hausteins Rede war Vivien plötzlich aufgestanden und zur Bühne hochgestiegen. Sie würde gern etwas vorlesen, eine Art Brief, sagte sie leise. Gefeixe im Saal. Sofort suchte der halbe Jahrgang mit den Augen nach Sebastian, der versuchte, in seinem Sitz zu verschwinden. Haustein runzelte die Stirn, überließ Vivien aber das Pult, als er sah, dass es sich nur um einen Zettel handelte. Dann war sie fertig, und niemand wusste so recht, was tun. Ein paar pfiffen, halb bewundernd, halb, um die peinliche Stille zu durchbrechen. Irgendwer ließ einen Jodler los. Während Haustein noch zu ein paar letzten Worten ansetzte, die im Aufbruchsgetümmel untergingen, stieg Vivien von der Bühne. – Seltsames Mädel, findet meine Mutter, die ist mir früher nie aufgefallen. Angst hat sie jedenfalls nicht. – Ich fand, es war die schönste Rede von allen, erklärt mein Vater. Ich sehe meine Mutter mit hochgezogenen Augenbrauen an, und sie sagt, du hattest schon immer einen Faible für seltsame Weiber, R. G.! Wir lachen wieder, alle drei. – Hab ich dir eigentlich schon mal erzählt, wie es war, als deine Mutter und ich noch im Studium waren, fragt mein Vater. Ich hier und deine Mutter im Internat, am anderen Ende der Stadt. Wenn ich mit ihr reden wollte, musste ich jedes Mal durch den ganzen Park Sanssouci. Eine Stunde hin, eine Stunde zurück. Es gab kein einziges Telefon, auf dem ganzen Campus nicht. Das kann man sich gar nicht mehr vorstellen, wo heutzutage an jeder Ecke eine Zelle steht. Meine Mutter berührt meinen Vater ganz leicht am Arm, eine Art zärtliche Erinnerungsgeste, und ich denke, dass es unmöglich ist zu sagen, wer von ihnen die Oberhand hat.

Nachdem wir die Innenstadt passiert haben, biegt mein Vater nach Süden ab, Richtung Babelsberg. Ich will wissen, warum, woraufhin beide ein geheimnisvolles Gesicht machen. In einer Straße mit alten Mietshäusern verlangsamt mein Vater. – Sind die nicht schick?, fragt meine Mutter hingerissen, das hat man ja früher alles gar nicht gesehen! Wir halten vor der Nummer 18. – Voilà. Es stellt sich heraus, dass sie in dem Haus eine Wohnung besichtigt haben. Offenbar steht ein Umzug an. Meine Mutter ist der Ansicht, es sei höchste Zeit, aus der Auensiedlung rauszukommen. – Die Wohnung liegt ganz oben, unterm Dach, erklärt sie und duckt sich, um aus der Tiefe unseres Wagens (ebenfalls nagelneu! hammerschlagblau!) einen Blick auf das zukünftige Heim zu werfen. Viel ist nicht zu sehen, das Haus ist wegen der Sanierungsarbeiten noch von einem Gerüst verdeckt. – Unterm Dach?, sage ich, aber Papa hasst doch Dachschrägen! – Papa zieht ja auch nicht mit ein … jedenfalls nicht im Moment. Kurz schweigen wir alle. – Was ist denn los, höre ich mich fragen, trennt ihr euch etwa, oder was? – Nun lass mal die Kirche im Dorf, platzt es aus meiner Mutter heraus, schließlich bist du bald in Argentinien und R. G. in Bonn! Sie tut, als müsse sie sich schmollend verteidigen, aber ich sehe, wie elektrisiert sie von ihrer Umzugsidee ist. Das hier hat allein mit ihr zu tun. – Eigentlich ist Bonn ja nur zweimal im Monat, wirft mein Vater ein und zwinkert mir zu. Die beiden sind wirklich ein Phänomen. Nun steigt meine Mutter doch aus. Den Kopf im Nacken schaut sie die verhüllte Fassade hinauf. – Machst du die Sache in Bonn jetzt also doch?, frage ich meinen Vater. Er winkt ab. Er will ganz klar über etwas anderes sprechen. Schließlich versichert er in väterlich-sachlichem Ton, ich bräuchte mir keine Sorgen zu machen. – Nennen wir es eine Art Experiment, fügt er hinzu.

Inzwischen ist meine Mutter wieder eingestiegen. – Hoffentlich geht es gegenüber auch bald vorwärts!, sagt sie und rückt ihren Rock unterm Hintern zurecht. Ich sehe auf den Häuserzug auf der anderen Straßenseite, und plötzlich trifft mich der Schlag. Da steht Arnos Haus. Wie blind kann man sein. Der Schreck ist so groß, dass mir das Blut in die Wangen schießt. Mein Vater setzt ein Stück zurück, und wir zuckeln gemächlich über das Kopfsteinpflaster davon. Um mich nicht zu verraten, blicke ich mich erst nach einer Weile um. Im Hellen sieht alles noch hundert Mal schäbiger aus. Wie irre mein Herz geklopft hat nach dem Kuss. Wenn das Haus renoviert ist, wird nichts mehr wiederzuerkennen sein. Von diesem Gedanken wird mir plötzlich ganz elend zumute. Dann wird auch unser Kuss ausgelöscht, kommt es mir in den Sinn, das Arno-und-ich-Denkmal für immer übertüncht. Obwohl ja niemand davon weiß. Vermutlich sind die Städte voll von solchen geheimen Denkmälern, und die Leute wissen nichts davon. Der Gedanke sollte mich eigentlich beruhigen. Dass wir herumlaufen und keine Ahnung haben von dem, was wirklich vor sich geht. Plötzlich ist meine Mutter bestürzt. – Lydia, ich bitte dich, ruft sie aus und rüttelt meinen Vater an der Schulter, als müsse er etwas unternehmen, um Himmels willen, Lydia, du wirst doch wegen diesem blöden Umzug nicht weinen!

VIVIEN KORBUS

»Diesen Brief solltest du eigentlich in dreißig Jahren lesen, Sebastian. Aber in dreißig Jahren bist du jemand anderes, wir alle werden im Gefängnis der Vergangenheit sitzen, deshalb lese ich ihn dir jetzt schon vor. Es war im vorletzten Oktober. Du hattest mir einen Zettel vorn in meinen Rucksack gesteckt, eine Bestellung, wann und zu welcher Uhrzeit ich wo zu sein hätte. Natürlich bin ich hingegangen. Ich hatte mein ganzes Leben lang auf diesen Zettel gewartet, auf ein Zeichen von dir. Wir liefen durch vollkommene Finsternis, in Richtung Kohlhasenbrück. Ich hasse Spazierengehen, aber an dem Abend wäre ich mit dir bis nach New York gelaufen, dorthin, wo dein Kopf schon war. Wir redeten, über New York, aber ich wusste, das Reden war nur dazu da, um die Zeit bis zum ersten Kuss zu überstehen. Dann standen wir auf einer Brücke über einem Kanal und warfen zur Besiegelung unserer Liebe einen Ost-Pfennig ins Wasser. Er war noch vom Winter davor in meiner Jackentasche gewesen. Der Pfennig war zu leicht. Er wurde sofort in die Dunkelheit weggeblasen. Als über Berlin das Geknalle losging, hast du mich tatsächlich geküsst. Geschickt eingerührt, sagte ich, und du sagtest, Beziehungen. Ich war dermaßen … glücklich, Glück ist gar kein Ausdruck. Ein Jahr später sind wir denselben Weg gegangen. Wir schwiegen fast die ganze Zeit. Was gar nicht anders ging, denn du liefst zehn Meter vor mir. Angeblich verschwindet Energie nicht, sie verwandelt sich bloß. Ich frage mich, wie und in was. Ich frage es mich immer noch. Dann hast du mich nach Hause gebracht.

Du hattest keine Lust dazu, aber du wolltest der Sache ein Ende machen. Am liebsten hättest du mich für immer weggesperrt, damit ich dir nie wieder über den Weg laufe. Und dabei habe ich von meinem Gesparten extra ein breites Bett für uns beide gekauft, sagte ich zum Abschied. Mehr fiel mir nicht ein, um dir ein schlechtes Gewissen zu machen. Du sagtest bloß, keine Angst, es kommt immer was Nächstes. Ich hatte Lust, dir eine zu knallen. Das heißt, ich tat es sogar, aber falsch. Keine Ahnung, wieso ich die linke Hand nahm. Der Schlag verpuffte, ein Windhauch hätte dieselbe Wirkung gehabt. Jeder Schluss ist schrecklich. Gleichzeitig ist es befreiend, wenn etwas vorbei ist. Wie wenn ein Loch für immer verstopft wird oder eine Wunde genäht, ein Riss. Zu, fertig. Dann riecht es plötzlich nach Frühling, genau wie an dem Tag, als ich nach den Wochen im Krankenhaus zum ersten Mal wieder in der Klasse saß. Wir hatten Chemie, und plötzlich roch es im ganzen Raum wie verrückt nach Frühblühern, Krokussen und Primeln und so weiter, dabei waren draußen acht Grad minus.«

Teil Zwei

Heute

Fehlt es Ihnen?
Was?
Irgendwas.

Colin Farrell zu Rachel McAdams in *True Detective*

LYDIA GEBAUER

Drei Tage Paris. Wir haben zwei Möglichkeiten, sagte ich mir. Entweder Wolf und ich nutzen die Zeit, um über unsere verfahrene Ehe zu sprechen und verderben uns auf diese Weise das verlängerte Wochenende, oder wir kehren alles unter den Teppich und genießen die Stadt. Jedenfalls war dies mein erster Gedanke gewesen. Wie sich zeigt, gibt es offenbar noch einen dritten Weg. Seit einer knappen Viertelstunde weine ich im 87er vor mich hin (ich kenne mich selbst immer noch schlecht). Ergeben und in niedergeschmetterter Stimmung lasse ich mich durch die wie leer gefegten Straßen der Stadt transportieren, *unserer* Stadt, Richtung Quai de Bercy. Wir haben absichtlich nicht die Metro genommen, so wie wir auch früher immer nur mit dem Bus gefahren sind, wenn wir hier waren. Das gibt uns das Gefühl, wir würden zu den Einheimischen gehören. Glücklicherweise sind wir so gut wie die einzigen Fahrgäste, angesichts meiner wie blöde herausschießenden Tränen. Vermutlich sind wir auch die einzigen Touristen, die auf die wahnwitzige Idee verfallen sind, trotz des Anschlags hierherzukommen, um sich seelenruhig ihrer Ehe sowie der Architektur der Cinémathèque zu widmen. Ich weine, ohne jedes Geräusch, versteht sich. Während ich in meiner Manteltasche absichtlich lange nach einem Taschentuch krame, um Wolf die Möglichkeit zu geben, mir seins zu reichen, geht er den *Pariscope* durch. Dass er nicht den Versuch unternimmt, mich aufzuheitern, nehme ich ihm übel. Dabei weiß ich natürlich, dass mit so etwas nicht mehr zu rechnen ist. Die ersten Tränen, die man in einer Beziehung vor dem anderen vergießt, sind kostbare Perlen der Offenbarung. Bestürzung, Trost. Zwanzig Jahre später sitzt derselbe Mensch im 87er neben einem, studiert ungerührt das Kulturprogramm der Stadt und wartet darauf, dass man sich wieder fängt. Vielleicht hätte es uns geholfen, wenn wir uns nach unserer Ankunft gestern Abend im Hotel gleich aufeinander gestürzt hätten. Aber ich musste dringend auf die Toilette. Als ich wieder im Zimmer stand, telefonierte er mit einer Kollegin wegen des fehlerhaften Entwurfs für den Umbau der Gedenkstätte, die elende Brandschutzfrage, zum hundertsten Mal erregte er sich, so wird der Entwurf auf keinen Fall an die Kommission weitergegeben, hörte ich ihn sagen, mit dieser lebhaften, engagierten Art, die seit Langem nur noch seiner Arbeit vorbehalten scheint, genau wie die undurchschaubaren Telefonate, Gespräche voller Witzeleien, Pläne und Strategien, von denen keine mehr uns gilt, Wolf und mir. Während ich mit halbem Ohr dem Architekturgeplänkel lauschte, das mir voller Anspielungen vorkam, betrachtete ich die Parkanlage, auf die unser Hotelzimmer hinausgeht, *Les Jardins du Ministère*. Später übernachten wir nur noch im *Lutetia*, haben wir in unserer Studentenzeit gesagt, als wir in dem dunklen, engen Zimmer in der Rue Davy hausten, einem Verschlag, in dem es nichts weiter gab als ein Sofa ohne Beine, einen türlosen Schrank und ein ewig verstopftes Waschbecken. Diese Ausstattung hat unserer Liebe natürlich keinen Abbruch getan, genauso wenig wie die Scharen von Kakerlaken, die wir jeden Morgen mit heiterer Gelassenheit von den Baguetteresten gefegt hatten. Wolf beendete das Gespräch mit einem seltsamen Lacher, und ich sagte giftig, weiß sie nicht, dass du im Urlaub bist? Sein Blick, entnervt und zugleich abwesend, drückte Unverständnis aus, was?, fragte er zerstreut, als hätte er meine Frage nicht verstanden. Ich hatte den Eindruck, es hing ausschließlich an mir, in welche Richtung dieser Parisaufenthalt laufen würde, dieser *Kurzurlaub für Verliebte*, alles hängt an mir, schließlich sind es auch meine Phantasmagorien, wie Wolf sich ausdrückt, ich habe einen Mann, der mich für eine Fantastin hält, die ihn mit ihren Hirngespinsten zum Thema verschwundene Liebe belästigt. Jedenfalls ist *er* nicht der Ansicht, unsere Ehe sei verfahren. Wie der hinterhältige Ehemann in *Gaslicht* schafft er es jedes Mal, mich glauben zu lassen, ich sei nicht ganz zurechnungsfähig, ein Phänomen. Ich schrieb eine Nachricht an unseren Großen, *nous sommes arrivés!* (Er hat in diesem Jahr mit dem Grundkurs Französisch begonnen.) Danach war es zu spät, um noch übereinander herzufallen.

Auf dem Pont de Sully, gerade als ich denke, ich hätte mich im Griff, schüttelt es mich erneut. Ich überlege, dem Ganzen ein Ende zu bereiten, ich könnte mich an Wolf vorbeiwurschteln und an der nächsten Haltestelle raus, aber ich sitze in ungünstiger Position, eingekeilt zwischen Fenster und ihm, der kein Geist ist, kein Hirngespinst, sondern aus Fleisch und Blut, mein architekturvernarrter Ehemann, auf dem Weg zur Cinémateque. Er würde mich ohnehin nicht aufhalten, Wolf spielt bei solchen Sachen nicht mit, nie. Früher habe ich mir manchmal das Leben in Paris als ein sanftes, süßes Unglück vorgestellt. Einsam in einem Pariser Café zu sitzen, nachdem man verlassen worden ist, in einem schäbigen Hotel abzusteigen, sogar das wäre noch schön hier, habe ich gedacht. Aber ich wurde nicht verlassen, im Gegenteil, ich war mit Wolf zusammen. Damals verpasste ich mir fortwährend gedankliche Ohrfeigen, um mich daran zu erinnern, dass alles kein Traum war: Wir waren tatsächlich in Paris!, ein Jahr lang, und die ganze Zeit über *wie fassungslos*, hier zu sein. Erzeugt nicht Euphorie oft zugleich Blindheit? Na, na, Vorsicht, sonst drehe ich vollends ab, ermahne ich mich, während der Bus plötzlich zum Stehen kommt, mitten auf der Place de la Bastille. Aus den Augenwinkeln sehe ich, wie Wolf etwas in sein Handy tippt. Ich werfe ihm einen grimmigen Blick zu, und er sagt in vollkommen neutralem Ton, in der Cinémathèque läuft eine Antonioni-Retrospektive. Das erste Wort aus seinem Mund, seit wir in den Bus gestiegen sind. Wenn er wüsste, dass Antonioni für mich jegliche Bedeutung verloren hat. Man hat eine Vergangenheit und macht daraus ein Museum, eins, in dem man ratlos durch die Säle schleicht. – Die haben wir doch schon hundert Mal gesehen, sage ich entnervt, was stimmt, und nicht nur Antonioni, unser ganzes Leben haben wir Filme geschaut, haben wir nicht ALLES gesehen, denke ich plötzlich, angestiftet durch diese Stadt, vormittags, nachmittags, abends, immerfort sind wir ins Kino gerannt, und später zu Hause die unzähligen Videos, und noch später, als Videos aus der Mode kamen, DVDs, ganze Packen lagern in der großen Schublade unter unserer Heimkinostation, Pasolini und Fellini und Rossellini, Cassavetes und Buñuel, Godard und Truffaut, und Resnais und Renoir, Polanski und Pialat, und Welles und Scorsese und Arthur Penn, vor allem Penn und Cassavetes, aber auch immer wieder Pollack oder Altmann und manchmal auch Peckinpah. Als könnten wir auf diese Weise irgendetwas aufholen, *Anschluss finden*. Wir haben Anschluss gefunden, und jetzt? Wozu diese anhaltende Neugier?

Irgendetwas ist auf der Kreuzung im Gange. Mehrere Polizisten sind dabei, den Verkehr umzuleiten. Die wenigen Fahrgäste recken die Köpfe nach dem, was draußen vor sich geht. Soweit ich unter meinem tränenverschmierten Blick sehen kann, gar nichts. Trotzdem fängt mein Herz beim Anblick der vermummten Polizisten sofort zu rasen an. Dort vorn war es also, der meterhohe Berg Blumen auf dem weiten Platz lässt keinen Zweifel zu, dort ist es passiert. Wolf beugt sich halb über mich und schiebt ebenfalls den Kopf vor, um einen Blick auf das Geschehen zu erhaschen. Immerhin lässt uns das Ganze für ein paar Sekunden zusammenrücken, wir stehen derselben Sache gegenüber, wenn auch geeint durch ein ungutes Gefühl.

Der Bus zuckelt ohne Ankündigung in eine andere Richtung, die falsche, zurück Richtung Seine, und Wolf vertieft sich in den Faltplan, offenbar auf der Suche nach einer Möglichkeit, wie wir doch noch zur Cinémathèque kommen. Dieser Gleichmut, fast schon Ignoranz. Eine Ignoranz, die ich gleichermaßen grässlich wie bewundernswert finde. Ich halte sie sogar für den Grund unseres Zusammenseins. Als wir uns das erste Mal unterhielten, im neu eröffneten Café *Reinholdts*, ich war gerade aus Argentinien zurück, sagte er, sieh an, Lydia Gebauer, zurück aus Argentinien, ich dachte, du bist Paris-Liebhaberin. Ich fühlte mich geschmeichelt, Wolf Rutschky, einer der drei Titanen (sie hatten sich tatsächlich selbst so tituliert), in der Schule hatten eine Menge Mädchen für ihn geschwärmt, wie hatte er all diese Dinge über mich in Erfahrung gebracht? Wenn mir vor fünfundzwanzig Jahren jemand gesagt hätte, dass ich mit einem aus der Kollwitz verheiratet sein würde. Dabei wollte ich damals nicht mal einen aus Deutschland. Er zog mich damit auf, dass ich noch nie in Paris gewesen war, das Fräulein mag plötzlich das Exotische, sagte er, was willst du in Südamerika, wenn du noch nicht mal in der Stadt der Städte warst. Er hatte so eine großkotzige Art, die mir gefiel. Es stellte sich heraus, dass er ein Stipendium für die ESA in La Villette bekommen hatte, zwei Auslandssemester Architektur. – Du kommst mit, sagte er ruhig und entschieden und deutete vor allen Leuten mit seinem Finger auf mich, wie ein König, der seinen Begleitschutz erwählt. Ein paar Monate später lagen wir jeden Morgen nackt auf dem durchgelegenen und schwer verwanzten Bett in der Rue Davy. Ich bin nicht so dumm zu glauben, man könnte die Vergangenheit konservieren. Trotzdem frage ich mich, ob ich nicht einen Mann geheiratet habe, der mich vor der Zukunft bewahren sollte. Ich habe Wolf benutzt wie einen Windschutz, der mich abschirmte vor der Welt. Und hinter dem ich zu lange gehockt habe. Vor ein paar Wochen habe ich eine kleine Recherche bezüglich Joaquín unternommen. Mit Joaquín bin ich durch halb Argentinien gefahren, meistens im Auto. Wir arbeiteten für dieselbe Organisation und klapperten die einzelnen Niederlassungen ab, für deren Vernetzung wir zuständig waren. Nach fünf oder sechs Wochen nahm er meine Hand und legte sie auf den Schaltknüppel, seine darüber, ohne ein Wort. Am Rückspiegel pendelte ein Rosenkranz. Zwei Tage später schliefen wir miteinander. Wir lagen im Bett, er rauchte und besah sich meine Lektüre, die auf dem Nachttisch lag. *Kleine Literaturgeschichte der DDR*, buchstabierte er mit seinem drolligen Akzent. Da wusste ich, das wird nichts. Es *lohnt* nicht. Ich empfand zum ersten Mal die Trostlosigkeit der Fremdheit. Nicht dass Wolf ein Literaturkenner gewesen wäre (auch wenn er mehr von Kultur verstand, als ich ihm zu Schulzeiten von Ferne zugetraut hätte), das Wichtigste war, seine Unkenntnis hatte nichts von einer Kluft, sie war etwas Verzeihliches, etwas, das sich jederzeit abschaffen ließ, weil ihm das *große Ganze* meiner Vergangenheit vertraut war, schließlich war es seine eigene.

Inzwischen habe ich nur noch das Gefühl, sie pappt mir an wie Grieß.

Dasselbe Gefühl, das mich in dem unmöglichen Café gegenüber der Kollwitz befallen hat, in dem Steffi und ich uns vor ein paar Wochen wegen des Schülerschreibwettbewerbs getroffen haben. Steffi Kuhn, das harmlose Tierchen mit den hartnäckigen Klauen. Als hätte meine Anwesenheit dort nicht schon gereicht, musste sie mich auch noch zu dem Klassentreffen einladen. Glücklicherweise prangte in meinem Terminkalender unübersehbar, selbst von der anderen Seite des Tisches aus, das Wort PARIS, so bleibt mir ein Wiedersehen mit den anderen erspart. Vor ein paar Jahren hätte es mich vielleicht gereizt, aber momentan, nein. Ganz weit fort wollte ich, immer. Und obwohl ich die Welt gesehen habe, bin ich trotzdem nur bis Berlin gekommen, denke ich bitter, was für ein Weg. Dass ich Wolf später, als wir bereits zusammen waren, von Joaquín erzählt habe, hat mich immer geärgert. Er amüsierte sich über die Geschichte. Anstatt eifersüchtig zu sein, lachte er, auf seine abgehobene, leicht dreiste Weise nannte er ihn einen Heini. Vielleicht hätte ich dort bleiben sollen, in Córdoba, bei jemandem, der mit meiner Vergangenheit rein gar nichts zu tun hat. Die wahre Freiheit ist Freiheit von der Herkunft, steht das nicht irgendwo bei Sartre? Vollkommen überflüssig, dass ich vor der Reise noch zur Kosmetik gerannt bin, mein Gesicht fühlt sich an wie eine rot geäderte Porzellanvase, kurz vorm Zerspringen.

Kaum hat mich das gemächliche Schleppen des Busses wieder ruhig werden lassen, verkündet der Fahrer, hier sei Schluss. Ich fühle mich zu schwach, um Einzelheiten in Erfahrung zu bringen. Ergeben wie die übrigen Fahrgäste, und im Übrigen auch Wolf, wie ich erstaunt feststelle, folge ich der Anweisung, den Weg wortlos und in Ruhe zu Fuß fortzusetzen. Ein paar Sekunden später ist kein Mensch mehr zu sehen. Dieses Viertel gleicht einem Dorf. Wolf fasst mich am Nacken. Als wäre ich eine Schülerin, die zum Direktor gebracht wird, schiebt er mich eine stille, leicht ansteigende Straße hinauf. Diese parodistische Art, mich anzufassen, betrachte ich als ein Friedensangebot. Wir überqueren eine

Brücke und zwei Kreuzungen, ohne dass irgendein nennenswertes Gebäude in unser Blickfeld geraten würde. – Müssen wir denn unbedingt in die Cinémathèque, frage ich, und Wolf wendet sich wieder dem Faltplan zu, um seelenruhig das Straßennetz des Viertels zu studieren. Wir gehen weiter, es ist nicht ganz klar, wohin, und als Wolf mich durch eine Gasse lotst, kann ich mich nicht mehr beherrschen, wir gondeln durch die Stadt, als wäre nichts, schreie ich, und Wolf sieht mich an und sagt, und, *was* ist denn, Lydia, kein Mensch weiß, was passiert ist. Dann, nachdem wir weitere zehn Minuten herumgeirrt sind, stehen wir mit einem Mal vor der Cinémathèque. Es stellt sich heraus, dass sie geschlossen ist. Natürlich, der Anschlag. Ich teile Wolf mit, dass ich erschöpft sei, und er stößt einen Ton des Genervtseins aus. Schließlich ringt er sich dazu durch, in das Lokal direkt gegenüber mitzukommen. Es ist das einzige. Angesichts des modernen Betonbaus der Cinématèque wirkt es deplaziert, wie übrig geblieben aus einer anderen Zeit, in der es noch Wirtshäuser und Schenken in Paris gab. Es ist erstaunlicherweise geöffnet. Drinnen ist es vollkommen leer, wahrscheinlich weil es erst elf ist. Mit belegter Stimme verlange ich einen Croque Monsieur, dazu zwei kleine Bier. Während ich auf die Bestellung warte, geht Wolf noch einmal hinaus, um Fotos von der seltsam bulligen Architektur zu machen. Mit forschem Schritt überquert er die Straße. Wann genau hört die Liebe auf? Vermutlich gar nicht. Hat man erst eine gemeinsame Geschichte, wird man sich nie mehr los. Über die Scheibengardine hinweg sehe ich, wie Wolf sein Handy zückt. Mit langen Armen, das Handy weit von sich gestreckt, steht er da und nimmt das Gebäude ins Visier. Plötzlich fängt mein Herz wieder an zu rasen: Auf der Straße hat ein Auto gehalten, aus dem vier Männer springen, allesamt schwarz gekleidet. Wir hätten ins Thermal-Resort bei uns zu Hause fahren sollen, anstatt hierher, ins Herz der Gefahr, denke ich unter dem panischen Gepoche meines Herzens, drei friedliche Tage Wellness irgendwo im Brandenburgischen, doch dann handelt es sich bei den Männern um vollkommen normale Menschen auf der Suche nach einem Parkplatz, und ich versuche, das Flattern in meiner Brust unter Kontrolle zu bringen. Manchmal habe ich den Eindruck, die Weltgeschichte verfolgt mich. Im Ernst. Sie hat es auf mein Leben abgesehen, sie will es mir kaputt machen, so wie diese Irren diese Stadt kaputt gemacht haben, *unsere* Stadt. Schließlich war er hier, der Anfang unserer Geschichte, Wolfs und meiner, der Beginn unseres Lebens, die ganze Stadt ein Freiluftmuseum unserer Liebe oder dem, was davon noch übrig ist. Plötzlich habe ich den Eindruck, wenn ich mich jetzt von Wolf trennen würde, schickte ich die Stadt mit dieser Entscheidung endgültig in den Abgrund, ich würde sie ein weiteres Mal vernichten und der Hölle übergeben, wenn ich unsere Geschichte einfach so beendete, wenn ich sie wegwarf, also auslöschte, so wie diese Verbrecher sie auslöschten, wenn sie die Menschen in dieser Stadt angriffen und umbrachten. Es kann doch nicht immer alles auf Zerstörung hinauslaufen, hat Wolf heute Nacht im Halbschlaf gesagt, als ich zaghaft, ebenfalls im Halbschlaf und nur noch leise murmelnd, die Möglichkeiten durchzuspielen versuchte, die unserer Liebe blieben. Trennung ist keine Option, damit war das Thema für ihn beendet.

Für Wolf scheinen die Dinge tatsächlich klar zu sein, immer, und so auch in diesem Moment, da er mit zufriedenem Gesichtsausdruck über die Straße zurückkehrt, die Tür des Cafés öffnet und hereinkommt, als wäre nichts gewesen, nicht unser Schweigen, nicht unsere verlorene Fahrt in dem Bus, dieser ganze verfahrene Vormittag. Wolf, du ahnst nicht, dass ich soeben Paris gerettet habe, *unser* Paris … Wolf nimmt einen großen Schluck Bier, beugt sich über den Tisch und deutet hinüber zur Cinémathèque, von dort drüben aus gesehen wirkt sie tatsächlich wie ein Schiff, sagt er, ein ausgebuffter Hund, dieser Frank Gehry. Genau das ist seine Strategie, denke ich, Augen zu und durch, durch den Tunnel des Lebens. Um zu zeigen, dass ich gewillt bin, ihm auf diesem Pfad zu folgen, erzähle ich ihm, wie der neue Verlagsleiter mich vor ein paar Tagen vor versammelter Mannschaft runtergeputzt hat. – Er hat mir vorgeworfen, ich sei zynisch, erkläre ich. – Weil du die Brandenburgischen Landtagskrimis abgelehnt hast?, fragt Wolf und macht sich über den Croque Monsieur her. Ich schüttle den Kopf, ich habe gesagt, das Schlimme an den dauernden Vorfällen jetzt überall in Europa ist, dass auch die Erinnerungen der Lebenden zerfetzt werden, die vielen kleinen persönlichen unschuldigen Erinnerungen an eine Stadt oder einen Ort, da ging er mich an, die Erinnerungen, Frau Gebauer, wenn es sonst nichts gibt, was Sie rührt, mit diesem Blick, wie Politiker, wenn sie vor einer Kamera stehen. Wolf erkundigt sich, woher er stammt, und als ich sage, Hannover, macht er eine Handbewegung, im Sinne von, was erwartest du. – Leuten wie dem kannst du nicht erzählen, dass Europa seine große Zeit hinter sich hat, fügt er kauend hinzu, und ich kann wieder lachen. Schweigend sehe ich ihm beim Essen zu. Wie grau er geworden ist, *wir* sind grau geworden. Philemon und Baucis, so werden wir enden, ein steinaltes Paar auf einer steinernen Bank vor seiner Hütte. Ist das schlecht? Was wir brauchen, ist ein wenig Poesie, denke ich, romantische Theatralik. Ich nehme einen Schluck aus seinem Glas und sage, Europa stirbt, kannst du die Sterne sehen, kannst du sie *hören*? Da draußen gibt es eine Menge Joaquíns, die mich für einen solchen Satz küssen würden. Jeder andere würde es tun. Alle, außer Wolf. Er weiß, wenn ich meine Zitatenkiste öffne. Ich weiß, dass er es weiß. – Das Interessante an der ganzen Sache ist, es stirbt nie alles zur selben Zeit, sagt Wolf und schiebt den leeren Teller von sich, etwas stirbt, und etwas anderes erhebt sich. Als die spanischen Eroberer nach Peru kamen, ins Heilige Tal, hatte sich die Hochkultur der Inka bereits weitgehend erledigt. Die Spanier betreten ein neues Land, und es ist kein Mensch mehr da, nur noch Ruinen, sie sind zu spät gekommen, oder zu früh, wie man's nimmt. Ich lege den Kopf neben den leeren Teller auf Wolfs ausgestreckten Unterarm und schließe einen Moment lang die Augen. Wenn ich mich recht an den Mythos erinnere, wollten die Götter die beiden gütigen Alten, das steinalte Paar, in ihrer Hütte nicht wie normale Menschen sterben lassen, sie haben sie in Bäume verwandelt. Immerhin. – Wir müssen nie sterben, Wolf, oder, flüstere ich, versprich mir, dass wir nicht sterben, versprich es mir.

RUPPERT KLOSE

Diese Zeit, sie hat es geschafft, meine Unruhe dermaßen zu drosseln. Ich bin ein Nutzer, ein User, ein Bürger. Gibt es einen harmloseren Seinszustand als Bürger? Meine Zeit langweilt mich. Ich hätte gern richtige Feinde. Eine Welt ohne ernsthafte Gefechte ist sinnlos. Vor ein paar Tagen las ich in einem Artikel über einen toten Politiker die Floskel: Sein Tun brachte ihm stets die Hochachtung auch seiner Gegner ein. Wie enttäuschend, wen befriedigt so was? Das Spiel der Argumente! Läppisch. Das Ringen um die beste Lösung! Ein Witz. Als ginge es darum. Worum geht es dann? Es geht um nichts auf der Welt, um gar nichts. Gerade an den üblen Dingen, meiner Trennung von Dorina zum Beispiel, beweist sich das, nichts ist ernst. Das jedenfalls meint Schuppe, so was wächst nicht auf meinem Mist. Schuppe und ich treffen uns regelmäßig im Casino, in der Automatenzone. Nicht dass wir wie wild auf den Dingern herumtatschen würden, wir sind nicht halb so spielgeil wie die übrige Kundschaft. Während wir jeder vor einem Automaten sitzen, gehen wir die großen Fragen des Lebens durch. Oft sitzen wir sogar *nur* da, eine Ewigkeit, ohne einen einzigen Knopf zu drücken. Die Geräte um uns herum klingeln, der übliche Lärm auf dieser Etage, gleichzeitig ist es ruhig, eine Art Friedlichkeit, die nur hier zu haben ist. – Die Geschichte macht Pause, fahre ich halb an Schuppe, halb zum Automaten gewandt fort, musste ich ausgerechnet zu diesem Zeitpunkt auf die Welt kommen? Schließlich habe ich mich immer bereitgehalten, man hält sich bereit, für irgendwelche Kämpfe, man wartet, und dann. Ich hätte so gern eine vernünftige Alternative, aber es bleibt nur die Sabotage. Keine Ahnung, beende ich mein trübes Geständnis, auf jeden Fall waren die Gegner früher besser. Schuppe winkt müde ab, hör auf. Seit seiner Bandscheiben-OP gibt es für ihn nur noch eine Geschichte, die Geschichte der Körper. Er steht auf dem Standpunkt, Diktatoren sind Leute mit Schilddrüsenüberfunktion und Revolutionäre junge, ungeduldige Hunde, auf der Suche nach dem nächsten Fick. Kein Achtzigjähriger hat jemals irgendwo eine Lunte gelegt, behauptet er. – Verzweifelt sind viele, was du gleichzeitig brauchst, ist Kraft, Willen, Ausdauer, es muss stärker sein als der Schmerz, es muss ihn verdecken. Schuppes Automat gibt einen Hot-Roll frei, und wir halten kurz inne. Das Sonderspiel beschert ihm immerhin sechs Euro achtundvierzig. – Du willst wissen, worum es im Leben geht?, sagt er, während er sich seinen neuen Vermögensstand auf der Zigarettenschachtel notiert. Ich sag's dir. Es geht um die Freiheit. Darum, sein Leben möglichst frei herumzubekommen. *Wir* sind frei, vergiss das nie. Im Spielcasino tröstet mich der Gedanke, kaum bin ich draußen, versetzt er mich in einen depressiven Zustand. Den ich nur loswerde, indem ich wieder hierherkomme. Vermutlich nennt man so was einen Teufelskreis. Man gewinnt gar nichts im Leben. Im Casino vergesse ich das. Hier ist alles konkret, fühlbar. Die wenigsten haben eine Vorstellung davon, warum man hierherkommt. Millionen von Männern besuchen Baumärkte. Es gilt als gesellschaftlich akzeptiert, zwölf Stunden am Tag verschiedene Dübelgrößen gegeneinander abzuwägen. Das Spiel des Zufalls dagegen wird als ehrenwerte Beschäftigung nicht anerkannt. Obwohl es sich um Philosophie handelt, und zwar um angewandte, da sind Schuppe und ich uns einig.

Als die beiden Zwölf-Uhr-Asiaten aufkreuzen, wechseln

wir in den Nichtraucherbereich, zum Roulette. Durch die Glasscheibe beobachten wir kopfschüttelnd ihr hektisches Treiben. Wie sie von Automat zu Automat stürmen und die Anzeigen belauern! Typisch, sie wollen nur abgreifen, den Moment erwischen, sie haben keine Ahnung, dass es auf die lange Sicht ankommt. Es gibt keine Favoriten, Spiel heißt Ausgleich, immer, diese Regel machen Schuppe und ich uns seit Langem zunutze. Wie hoch ist die Chance, dass noch einmal Rot kommt, nachdem bereits zehnmal hintereinander Rot gefallen ist? Wir lachen. Unser Lieblingswitz. Angeblich fifty-fifty. Aber von solchen Rechnungen lassen wir uns nicht aus der Ruhe bringen, unsere Erfahrung sagt eindeutig was anderes.

Manchmal wünschte ich, ich könnte mit Steve so was erörtern. Steve, mein Sohn. Aber das darf ich nicht, ich muss schweigen. Dorina bekäme einen Anfall, wenn sie wüsste, womit ich mich neben dem Messebau befasse. Sie würde es sofort als Trumpf nutzen, um mich vor Steve schlecht zu machen. (Auch wenn er sich diese Spielchen immer weniger gefallen lässt.) Nach der Trennung hat sie ständig versucht, ihn mir zu entziehen. Sie vergaß absichtlich unsere Termine, immer war sie unterwegs mit ihm, bei Freundinnen, ihrer Mutter, beim Arzt. Es machte sie fertig, dass er ständig nach mir fragte. Dass wir uns gut verstehen, passt ihr nicht. Als sie erfuhr, dass Steve und ich auf dem Konzert waren, ist sie an die Decke gegangen. Nur die Tatsache, dass es seine Idee gewesen war, bremste ihre Wut etwas. Das ist zwei Wochen her. Als ich seine SMS bekam, saß ich hier, in der Spielbank und war gewinntechnisch gerade auf dem Weg nach oben. Zuerst wollte ich nicht aufs Handy schauen, solche Dinge haben einen schlechten Einfluss aufs Spielkarma, aber dann sah ich, dass die Nachricht von Steve war. Hinter der Frage, ob ich Lust hätte, am Wochenende mit auf ein Konzert zu kommen, hüpfte ein Gitarrensmiley auf und ab. Ich hätte heulen können. – Mein Sohn will mit mir auf ein Konzert, teilte ich Schuppe mit. – Was für ein Konzert? – Keine Ahnung, sagte ich und hielt ihm mein Telefon hin, damit er den Namen des Sängers lesen konnte, aber er sagte ihm genauso wenig wie mir.

Das Konzert fand auf der Freilichtbühne in der Wuhlheide statt, was eine einstündige Fahrt mit der S-Bahn bedeutete. Steve und ich verabredeten uns am Crobag-Stand im Hauptbahnhof. Ich gebe zu, dass ich leicht geknickt war, als ich sah, dass er Freunde dabeihatte, um genau zu sein vier, zwei davon Mädchen, aber sie waren sofort sehr freundlich. Offenbar schien es *sie* nicht zu stören, dass ich mitkam. Vielleicht lag es daran, dass ich nicht wie ein Vater wirke, mit dem Bart passe ich sogar ins Bild von heute. Ich wollte niemandem auf den Wecker fallen und hielt mich zurück, aber sie gaben sich Mühe, mich in ihre Unterhaltung einzubeziehen, vor allem die Mädchen. Eins von ihnen erzählte mir, sie hätte sich ehrenamtlich engagiert, in Uelzen und Lüneburg (offenbar handelte es sich um die Stationen ihres Studiums oder ihrer Ausbildung). Die jungen Leute haben sich eindeutig amerikanisiert. Die ganze Fahrt über versuchte ich herauszufinden, welche von ihnen mit meinem Sohn zusammen war, und ob überhaupt. Schwierig, die Zeichen heute sind eindeutig andere. Auf jeden Fall waren sie älter als Steve, dafür nickte ich meinem Sohn im Geiste anerkennend zu. Als wir ausstiegen, regnete es. Die beiden Mädchen holten Regenponchos aus ihren Rucksäcken, solche, die auseinandergefaltet wie Mülltüten aussehen. Als wir im Grüppchen durch den Park Richtung Freilichtbühne liefen, wurde mir bewusst, dass ich der kleinste von uns war. (Die Westmilch lässt die Kinder schießen, das hab ich Dorina immer gesagt.) Ich sagte, früher Pionierpark, heute Kindl-

Bühne, wenn das kein Fortschritt ist. Keine Ahnung, was ich damit bezweckte. Niemand in der Gruppe lachte, aber es kam auch keine abfällige Bemerkung. Das Bewusstsein für die eigene Einsamkeit überfällt einen blitzartig. Die eine Hand schützend über dem Display, ließ sich Steve von seinem Smartphone durch den Park lotsen. Es gab nur einen Weg, außerdem noch hundert andere Konzertbesucher, aber er hielt das Telefon trotzdem die ganze Zeit über vor sich, wie eine Wünschelrute, der er aufmerksam und konzentriert folgte. Ich verkniff mir jeden ironischen Kommentar.

Die Zuschauer waren ein Heer aus Mülltütenponchos. Ich hatte mich für ein T-Shirt mit der Aufschrift *Careful what you wish for* entschieden. Zu meiner Erleichterung sah ich, dass hier und da noch andere Väter herumstanden, genauso alte Säcke wie ich. Vielleicht waren es auch einfach normale Zuschauer. Wir hatten uns etwas weiter oben aufgestellt, an einer Brüstung, die die Ränge in einen unteren und einen oberen Teil schied. Als es losging, sprang alles sofort in die Höhe. Das verblüffte mich. Nicht dass ich nicht bereit gewesen wäre, ebenfalls in Stimmung zu kommen, andererseits war ich darauf eingestellt gewesen, erst mal die Lage zu sondieren. Der Typ da unten gefiel mir, eine Art Rap, aber mit Melodie, was das Geheimnis für Erfolg im Musikbusiness ist. Bei der Zeile *Wir holen zurück, was uns gehört* bahnten sich Steves Freundinnen hastig einen Weg nach unten. Ich konnte sehen, dass sie im Bereich direkt vor der Bühne landeten, und gab Steve zu verstehen, dass er mitgehen könne, aber er blieb. Er ist ein guter Kerl, manchmal macht mir das Angst. Wir holen zurück, was uns gehört, ich fragte mich, was das zu bedeuten hat. Die Leute um mich herum machten nicht den Eindruck einer wütenden Menge. Im Gegenteil, die Atmosphäre war ausgelassen. Ich wurde ein wenig melancholisch, flüchtig streifte mich der Gedanke, ich müsste noch einmal etwas Großes wagen. Eine Art Aufbäumen, unbeholfen, stürmisch, nah an der Verzweiflung, jetzt! Ich überlegte, wo und was. Das zog mich runter, es machte mich sogar richtiggehend fertig. Ich stand gegen die Brüstung gedrückt und versuchte, einfach mitzuspringen, wie Steve neben mir. Leider verschlimmerte sein Anblick meinen Zustand noch. Zum ersten Mal hatte ich Lust, mir selbst in jung zu begegnen, mit sechzehn, siebzehn. Keine Ahnung, was ich mir davon versprach. Ich bin abgeschnitten. Was mal wichtig war, hat keine Bedeutung mehr. Für meinen Sohn nicht, das ist klar, aber das Ätzende ist, auch nicht für mich selbst.

Ich dachte immer, ich hätte Zeit. Hab ich ja auch. Und? Wie viel Zeit ich im Leben verschwendet habe. Ich habe Jahre damit vergeudet, mich *abzugrenzen*. Mich gegen den Zeitgeist zu sperren. Ich habe die Schallplatte verteidigt, als die CDs aufkamen, ich habe Schmähreden gegen das Handy gehalten, bei Facebook bin ich seit genau neun Tagen (Steve zuliebe, er hat es mir eingerichtet). Am Ende hat dieses Dinosaurierverhalten überhaupt nichts gebracht. Ich habe gar nichts aufgehalten. Ich bin immer nur zu spät gekommen, das ist alles. Mein Verweigerungsgerede war wie ein Geplätscher, das den natürlichen Gang der Dinge sanft begleitet hat. Da oben, an die Brüstung gepresst, einen halben Meter neben Steve, dachte ich, ich hätte mich einfach irgendwo anschließen sollen, als es Zeit dazu war. Dazugehören, Ja sagen, wie er. Die jungen Leute heutzutage sind voller Freundlichkeit, sie reden miteinander, schließen sich zu Netzwerken zusammen. Wenn sie Fehler machen, sind es harmlose, leicht zu korrigierende. Sie reisen, treiben Sport. Als Steve neun oder zehn war, habe ich ihn oft zum Hockeytraining rüber nach Hermannswerder gebracht. Ich stand am Platz und schaute zu, voller Neid. Wie schön es war, einfach ein Trikot überziehen zu können und dann Slalom, auf und ab, nichts weiter.

In gewisser Weise waren diese Nachmittage meine wöchentliche Rettung. Einmal haben sie das Training wegen Nebel abgesagt. Der Nebel war wirklich wahnsinnig dicht. Auf der Fähre haben wir uns ganz hinten hingestellt, um zuzuschauen, wie Hermannswerder in der grauen Suppe verschwand. Wir machten uns einen Spaß daraus, wer am längsten etwas erkennen konnte. Steve brüllte, immer noch, immer noch, immer noch, uuuund weg! Alles ist gut, und plötzlich nicht mehr. Das Ganze nennt sich Entropie, Schuppes Ansicht nach. Als ich Dorina das erste Mal zu küssen versuchte, fragte sie, was soll das werden. Es war auf dem Weihnachtsmarkt, wo ich mit Pocke West Knoblauchbrot machte, sie verkaufte in der Bude nebenan marokkanische Lampensterne. Am letzten Abend, die Buden lagen alle schon zerlegt da, trafen sich ein paar der Händler zum Abschlussglühen. Sie wusste, dass ich verknallt in sie war, also ließ ich es drauf ankommen. Sie wehrte sich nicht, sie fragte einfach nur, was soll das werden. Ich sagte, so vertreibe ich mir die Zeit bis zur nächsten Weltrevolution. Das fand sie irre komisch, monatelang. Sie hat meine Witze immer gemocht. Wir lachten beide gern. Sie behauptete, ich hätte ein Hyänenlachen, was positiv gemeint war, jedenfalls am Anfang. Sie sagte, du wärst ein großartiger Komiker, wenn du nur auftreten würdest, und später: Du wärst ein toller Koch, wenn du nur ernsthaft kochen würdest usw.

Alles ist witzig, bis es nicht mehr witzig ist. Irgendwann ging es ihr tatsächlich gegen den Strich, dass ich nicht mehr aus mir machte. Ihrer Ansicht nach schöpfte ich mein Potenzial nicht aus. Ich brüllte jedes Mal vor Lachen, ich soll mein *was* ausschöpfen? (Ich gab mich extra begriffsstutzig.) Wofür? Glaubst du tatsächlich, dieses verfluchte System braucht ausgerechnet *mein Potenzial*? Nachdem es vorbei war mit uns, hat sie einen Laden hier in der Innenstadt aufgemacht: Tücher, marokkanische Lampen, Tarotkarten, solches Zeug. *Sie* hat ihr Potenzial mit Sicherheit genutzt.

Vielleicht habe ich tatsächlich den Anschluss verpasst. Die Frage ist nur, den Anschluss woran. Was könnte mich entzünden? Sicher hat Schuppe recht, ab einem bestimmten Punkt ist es schwieriger, von der Nüchternheit in die Hitze zu gelangen als umgekehrt. – Das hast du doch gestern eindeutig gesehen, sagt er, während er den Hals reckt, um von seinem Drehhocker aus die Kugel im Kessel zu verfolgen. Gestern waren wir nachmittags auf dem Luisenplatz, bei dem Rhythm-against-irgendwas-Konzert. Wir hatten beschlossen, der alten Zeiten wegen vorbeizuschauen (außerdem war es kostenlos). Ein paar der alten Bands hatten sich extra für den Auftritt wieder zusammengetan. Von Weitem erkannte ich Ellen. Sie war pausenlos damit beschäftigt, Leute zu begrüßen, sie umarmte wirklich jeden verdammten Zuschauer auf dem Platz. Ich hätte hingehen können, aber dann dachte ich, wieso soll ich mich Ellen aufdrängen. Wir blieben nicht lange, auf der Bühne sangen sie *Eines Morgens in aller Frühe trafen wir auf unsern Feind*, Schuppe und ich standen da, jeder eine Flasche Bier in der Hand, zwischen unseren Beinen wuselten Kinder herum, es gab Stände, an denen man Himbeerbowle und Crêpes kaufen konnte. Wir hatten es mal wieder mit der fiesen Fratze der Freiheit zu tun, in dem Punkt waren wir uns einig. Die Freiheit lässt alles nüchterner erscheinen. Nüchterner und banaler. In der Unfreiheit wirken die Menschen besser. Warum? Weil sie daran gehindert werden, sich so zu zeigen, wie sie sind, meint Schuppe. Und was soll gut daran sein? Ist doch klar: Ihr wahres Gesicht bleibt unerkannt, zum Glück, denn das wahre Gesicht ist meistens banal.

– Weißt du, wobei ich meine Ex neulich erwischt habe?, fällt mir bei diesem Thema ein. – Dorina? Ich nicke, sie hat bei der Bingo-Gewinn-Aktion in der Kaufhalle mitgemacht, fünfundzwanzig Jahre Marktcenter, irgendwas in der Art. Natürlich habe ich sie damit aufgezogen. Sie wurde rot, dann zeterte sie, ich würde dauernd und überall den Teufel wittern. Wer sich dem Lauf der Welt widersetzt, zieht den Kürzeren. Außerdem fand sie es typisch, dass ich immer noch Kaufhalle sage. Sie ist der Überzeugung, wer am meisten was dagegen hatte, kommt am schwersten davon los. – Ich fand immer, sie hatte was von einer Lady, sagt Schuppe leicht versonnen, das meine ich positiv. Ich schaue ebenso versonnen auf die Zahlenreihe oben am Monitor, sie hatte schöne Füße, füge ich hinzu, mit schönen Zehen, die Zehen dürfen nämlich nicht zu lang sein. Das habe ich ihr immer gesagt, aber sie wollte nichts davon wissen. Schuppe denkt nach, an den Füßen erkennt man, ob eine hübsche Frau *tatsächlich* hübsch ist, meint er und schiebt einen frischen Zehner in den Schlitz am Automatenpult. Wenn die Schönheit bis in die Füße reicht, weiß man, sie ist echt. Plötzlich setzt sich der Typ von der Bar zu uns. Wir nennen ihn unseren V-Mann, da er uns hin und wieder mit Informationen zum Casino versorgt. – Sie wollen hier jetzt doch dichtmachen, erklärt er uns mit ernster Miene, das ganze Haus, und zwar höchstwahrscheinlich noch in diesem Jahr. Schuppe gibt einen Ton des Entsetzens von sich. Grausam. Im Winter haben sie den Sakkozwang fürs Große Spiel aufgehoben, es gibt gratis Glücksjetons, gratis Getränke, inzwischen lassen sie die Leute sogar ohne Einsatz Roulette spielen, für alle, die nur so, zum Spaß, herkommen. Allein *das* hätte uns misstrauisch machen müssen. Offenbar versuchen sie seit Monaten, den Untergang abzuwenden, trotzdem sind die Zahlen in den Keller gegangen. – Die Leute spielen lieber online, sagt unser V-Mann, während wir noch immer in sprachlosem Entsetzen verharren, das gute alte Spiel hat ausgedient, kein Mensch macht sich mehr die Mühe, ins Casino zu gehen, sie hocken lieber zu Hause vorm Computer, die faulen Säcke, leider ist nicht alle Welt wie ihr.

REBEKKA SCHÖNROCK

Ich habe heute ein Kind zu Boden gestoßen, sagte ich zu Klemens. Es verschaffte mir Erleichterung, endlich mit ihm darüber sprechen zu können. Weil Donnerstag war, musste ich mich bis neun Uhr abends gedulden. (Klemens spielt ehrenamtlich im Collegium Musicum, und donnerstags finden die Orchesterproben statt.) Wir saßen an unserem großen Esstisch, er schob sich ein paar Bissen Salat hinein, während er mich aufmerksam von unten anschaute. – Ich habe ein Kind gestoßen, wiederholte ich, noch dazu ein *fremdes*. – Spielt das eine Rolle, fragte Klemens kauend, ich meine, wäre es dir lieber gewesen, es hätte sich um Thevis und Johanna gehandelt? – Ich habe es nur zurechtweisen wollen, erklärte ich kopfschüttelnd. Der Vorfall ging mir nach. Das Kind hatte auf dem Schneckenrondell die Spielhütte blockiert. Als unsere beiden Kleinen mit ein paar anderen hineinzukommen versuchten, hatte das Kind angefangen, sie mit Kieseln zu bewerfen. An diesem Punkt schritt ich ein. Ich wies es zurecht, freundlich, aber bestimmt, dabei fasste ich es am Arm. – Nur ganz kurz, sagte ich, du weißt, dass die Kinder Erklärungen besser verstehen, wenn man sie dabei anfasst. Ich hatte mich schon wieder abgewandt, als plötzlich die Mutter des Kindes schrie, ob ich verrückt sei, ihr Kind umzustoßen. Ein Scherz, dachte ich im ersten Moment. Als ich hinsah, stellte ich fest, dass es tatsächlich auf dem Rücken lag. – Sie hat behauptet, ich hätte ihr Kind gestoßen, du hättest hören sollen, wie sie mich beschimpft hat, mit einem Akzent, Kroatisch, Mazedonisch vielleicht, ich weiß nicht genau, jedenfalls prallten meine Argumente an ihr ab, um ehrlich zu sein, es fiel mir auch nicht besonders viel ein, was ich hätte sagen können. Klemens schob den Kopf vor und drückte sich die Knöchel seiner Zeigefinger auf die Augen, eine Art Entspannungsübung, die er in letzter Zeit häufig anwendet. – Weißt du, was ich glaube, fuhr ich fort, die Rotznase hat sich selbst hingeworfen. Klemens schwieg, der Anblick seiner Knöchel rief mir Tilmans große knochige Hände ins Gedächtnis, wie mich so vieles bei Klemens an seinen Bruder erinnert. Dann griff er sich die Beilage der ZEIT, die noch ungelesen auf dem Tisch lag. – Hätte ich etwa nicht einschreiten sollen?, sagte ich, um mir gleich darauf selbst die Antwort zu geben: Wo kämen wir denn hin, wenn jeder immer alles auf sich beruhen ließe? Zugegeben, am liebsten hätte ich einen Zeugen gehabt, irgendetwas, das mir eindeutig bewiesen hätte, dass ich das Kind nicht umgestoßen habe. Klemens lächelte, sein markantes Gesicht … – Ich bin auf deiner Seite, antwortete er, das weißt du. Ich stand auf, brachte die Salatschüssel hinüber zur Küchenzeile und spülte sie ab. Eine Weile betrachtete ich seinen lesenden Nacken. Schließlich sagte ich, ich mache mich an das Loch für die Äpfel. Klemens wandte sich halb zu mir um. – Jetzt, im Dunkeln? – Die müssen weg, sonst haben wir den Apfelwickler im nächsten Jahr erst richtig.

Klemens drang nicht weiter in mich. Vielleicht ahnte er, dass es sich bei diesem Einsatz auch um einen Vorwand handelte. In gewissen Stimmungen hilft es mir, mich körperlich zu verausgaben. Nachdem ich erfahren hatte, dass der Verlängerungsantrag für meine Promotion nicht bewilligt werden würde, habe ich den gesamten Garten umgegraben, an einem einzigen Nachmittag. (Obwohl man das nicht tun sollte, das Ökoklima des Bodens wird durch das Umgraben zerstört.) Im Grunde müsste ich die Promotion gar nicht mehr schreiben, trotzdem will ich es, als eine Art Selbstbeweis. Für meine Arbeit in der Stiftung ist es egal, dort würden sie mich nie gehen lassen, jetzt, wo ich die Sache mit dem Portal angeschoben und die Zeitschrift auf den Weg gebracht habe. Als rechte Hand des Geschäftsführers habe ich einen sicheren Stand, auch ohne Doktortitel, das hat der Chef bei dem Symposium durchblicken lassen. Ich habe alles, was ich wollte.

Im Wintergarten schlüpfe ich in die Cloggs, schiebe die Glastür auf und betrete unser Gärtchen, das sich schlauchartig hinter dem Haus erstreckt. Es ist ein Reihenhaus, von den Nachbarn links und rechts fällt genug Licht in unseren Abschnitt, sodass ich nicht wirklich im Dunkeln arbeite. Ich mache mich ans Ausheben einer Grube für das Fallobst, keine besonders große, höchstens sechzig oder siebzig Zentimeter tief. Es reicht, um ins Schwitzen zu kommen.

Manche Opfer müssen ihr eigenes Grab schaufeln, bevor sie erschossen werden, kommt es mir plötzlich in den Sinn, und ich schäme mich sofort, dass mir der Gedanke beim Anblick unseres Gartens kommt. Ich harke die Äpfel zusammen und schiebe den leicht gärig riechenden Haufen in das Loch. Bevor ich eine Laubschicht und Erde darübergebe, stochere ich auf gut Glück unter der Hecke herum. Sie ist üppig geworden. Inzwischen reicht sie Klemens bis zur Brust, Johanna überragt sie längst. Wir haben sie gepflanzt, als wir das Haus gekauft haben (mit dem Erbe von Klemens' Großmutter), das ist sechs Jahre her. Wir haben selbst mit Hand angelegt, haben die Dielen abgeschliffen, die Garage entrümpelt, eine neue gebaut, Sträucher gepflanzt, ein Hochbeet für Kräuter angelegt und eine Steinbank neben den Wintergarten gemauert.

Nachdem das Fallobst in unserem Garten erledigt ist, begebe ich mich durch die Gartenpforte in die Gemeinschaftsanlage. Eigentlich handelt es sich um eine Straße, die von kleineren Obstbäumen gesäumt ist. Im letzten Jahr habe ich monatelang dafür gekämpft, dass die Straße nicht gebaut wird. Wer braucht eine glatt asphaltierte, hunderttausend Euro teure Sackgasse inmitten von Bäumen? Wochenlang bin ich von Haus zu Haus gelaufen, ich habe Unterschriften gesammelt und Petitionen verfasst. Die meisten Anwohner hatten von dem Papierkram irgendwann die Nase voll und fügten sich. Diese schreckliche Ergebenheit bei den Menschen, das hört nicht auf, nie. Mich stachelte sie nur noch mehr an. Dass wir in erster Instanz verloren haben, nehme ich sportlich. Von den siebentausend Eichen, die Joseph Beuys in den Achtzigern in Kassel gepflanzt hat, steht nur noch ein Bruchteil, habe ich neulich gelesen. Was bleibt, ist die Aktion. Die Bäume dürfen von allen Anwohnern unserer Straße beerntet werden, darauf haben wir uns in der Gemeinschaftsversammlung geeinigt. Leider verstehen die meisten dieses Recht nicht als Pflicht, sich auch den Rest des Jahres um sie zu kümmern. Es ist stockdunkel, und ich kann so gut wie nichts erkennen, allerdings verrät mir der breiige Boden unter meinen Füßen alles. Wie ich es mir gedacht habe, außer mir räumt kein Mensch das Fallobst weg. Es geht immer nur bis zum eigenen Gartenzaun. Dabei wird doch nicht sonst was verlangt. Einmal im Monat machen wir Putz, ich bringe sogar Kuchen mit, Kaffee. Aber außer drei, vier Leuten, immer dieselben, taucht nie jemand auf. Im Förderverein des Kindergartens dasselbe. Wenn auf der Elternversammlung die neuen Mitglieder gewählt werden sollen, betrachten alle mit ungeheurem Interesse ihre Fingernägel. Ich sage jedes Mal, Leute, es geht um unsere Kinder! Aber den meisten reicht es, dass sie verwahrt werden.

Während ich, zurück auf unserem Grundstück, vor dem

Wintergarten den Matsch von den Cloggs abzustreifen versuche, nehme ich mir vor, noch heute Abend eine deutliche Aufforderung zum gemeinsamen Wegschaffen der Äpfel zu verfassen. Ich sollte versuchen, es mehr wie eine Einladung aussehen zu lassen, die Leute dort abholen, wo sie sind, vor allem, sie direkt ansprechen.

Als ich wieder im Haus bin, hat Klemens die Kreuzstabkantate eingelegt. (Sie spielen an Weihnachten immer Bach, und er stimmt sich Wochen vorher ein.) Ich lasse mich neben ihn aufs Sofa sinken. – Das Gemeinschaftsland verkommt, beschwere ich mich. Eine Weile hören wir schweigend der Musik zu. Als würde er nach einem tiefen Schlaf auftauchen, dreht Klemens mir langsam den Kopf zu. – Weißt du, dass meine Großeltern nie das Obst in ihrem Garten aufgesammelt haben, sagt er mit geschlossenen Augen, es blieb einfach dort liegen, wo es hingefallen war, keine Ahnung. – Das glaubst du wirklich?, sage ich belustigt, also da habe ich von deiner Oma aber was anderes gehört. Und selbst wenn, es ist schließlich nicht alles gut, nur weil es früher war. Im Ernst: Vor allem gab es damals noch nicht so viele resistente Schädlingsarten wie heute. In unserem Fall hat zum Beispiel die Verwirrmethode beim Apfelwickler nicht mehr angeschlagen, aus welchem Grund auch immer, grüble ich laut. Klemens klappt interessiert die Augen auf, Verwirrmethode?, und ich erkläre ihm, dass die Pheromonfalle, die ich im Mai zwischen die Bäume gehängt habe, offenbar nicht genug Männchen von den Weibchen ferngehalten hat.– Du wolltest die armen Käfer also um ihre Paarungsgelegenheit bringen?, grinst Klemens. – Genau genommen sind es Schmetterlinge, erläutere ich, eigentlich Nachtfalter. Das beste Gegenmittel wäre natürlich wie immer, mehr Nützlinge anzusiedeln, Vögel, Igel, alles Mögliche, aber wie sollen die bei einer Asphaltstraße gehalten werden? – Du weißt inzwischen wirklich mehr als meine Oma, sagt Klemens. – Es geht nicht um mein Wissen, es geht um ein Bewusstsein, um umfassende Strukturen, darum, dass nicht jeder nur seins machen kann, antworte ich, wir haben die Mittel einzugreifen, zu verändern, warum nutzen wir sie nicht? Übrigens habe ich in der nächsten Woche noch mal einen Termin im Stadtverordnetenbüro. – Da komme ich auf jeden Fall mit, sagt Klemens, während er blind meinen Arm streichelt. Er und ich lassen uns nicht davon abschrecken, dass so ein Revisionsverfahren Jahre dauern kann, wir sind drauf eingestellt. Ich lehne kurz meine Wange an seine Schulter, bevor ich aufstehe und ihn dem Schlusschoral überlasse.

Langsam steige ich die Treppe ins Obergeschoss hinauf. Zwischen den Sprossen des Geländers hindurch sehe ich, wie er den Kopf nach hinten klappen lässt und auf der Sofalehne ablegt. Ich bewundere seine Konzentrationsfähigkeit, diese übergroße Liebe zur Musik, und das nach einem langen Tag im Institut. Oben im Bad blickt mich aus dem Spiegel über dem Doppelwaschbecken ein teigiges Etwas an. Mein Gesicht gleicht mehr und mehr einem Ei, leicht formlos, bleich. Von der Denkerfalte zum Sorgeneigesicht … Sei's drum, auf solche Dinge kommt es nicht an. Wer das Gute schaffen will, muss bei sich selbst anfangen, heißt es, und es stimmt. Eigentlich ist es ziemlich leicht, ein gutes Leben zu führen, überlege ich, während ich mir die Zähne putze. Leider lässt sich der Gute-Leben-Impuls so schlecht auf andere übertragen, selbst wenn man etwas davon abgeben *will*. Nimm dir nicht alles so zu Herzen, sagt Klemens manchmal, du kannst nicht die *ganze* Welt retten. Man kriegt tatsächlich nie alle, denke ich für mich, eine Binsenwahrheit, trotzdem muss man es versuchen.

Unter der Dusche fällt mein Blick auf die wasserdichte

Badezimmeruhr, schon nach zehn, zu spät, um sich noch mal an die Promotion zu setzen. Ich gestatte mir nicht, Erleichterung bei dem Gedanken aufkommen zu lassen. Ich werde meine Nachrichten durchgehen, anschließend die Konzeption für die Kooperationsinitiative. Ich habe meinem Chef empfohlen, die Unterorganisationen künftig stärker mit ins Boot zu holen, um die Reichweite der Initiativen zu vergrößern. Er war begeistert von der Idee und schlug mir vor, beim Montagsmeeting ein entsprechendes Papier vorzulegen.

Ich setze mich vor den Computer. Neben neun beruflichen Nachrichten, die sich rasch beantworten lassen (ich habe ein Elefantengedächtnis, was Zahlen, Namen und Vorgänge betrifft), findet sich auch eine von Stefanie Kuhn, jetzt Barthel, in meinem Posteingang. Betreff: Klassentreffen? Sie ist dabei, die Adressen aller ehemaligen Mitschüler ausfindig zu machen. Stefanie Barthel, ehemals Kuhn … Wie ich nach einer kurzen Recherche herausfinde, ist sie Lehrerin geworden und tatsächlich an das Luisengymnasium zurückgekehrt. Ich antworte ihr umgehend, mit dem Angebot, den Gemeindesaal der Erlöserkirche für das Treffen zu nutzen. Als ich die Nachricht abgeschickt habe, höre ich plötzlich ein sonderbares Geräusch im Haus. Eine Art Seufzen, könnte man sagen, wenn es nicht so metallen klingen würde. Ja, ein großer metallischer Blasebalg. Kurz halte ich lauschend meinen Kopf in den Raum, dann wende ich mich wieder meinen Angelegenheiten zu.

Der neue Mitarbeiter hat mir das Protokoll von unserem letzten Symposium zugesandt. Methoden der Nachhaltigkeit. Sicherheitshalber gehe ich es selbst noch einmal durch. Beim Lesen gerate ich wieder in Rage. Auch wenn ich dafür sorgen werde, dass der Punkt gestrichen wird, bleibt mir der ärgerliche Zwischenfall bestimmt noch eine Weile im Gedächtnis.

Nach der Fachdiskussion (es ging um das Klimaabkommen in Paris) war das Wort ans Publikum gegeben worden. Zwei, drei Wortmeldungen, plötzlich stand ein Typ Mitte fünfzig auf und sagte, Demokratie ist nicht nur die Gesellschaftsform, in der sich die Bürger politisch engagieren *können*, sondern auch die, in der sie es nicht mehr *müssen*. Seine Theorie, wenn man es so nennen will, lautete ungefähr so, es ist auch ein Verdienst der Demokratie, dass sie die Bürger in Ruhe lässt. Auf dem Podium wurde gemahnt, beim Thema zu bleiben, das entsprach auch meiner Meinung. Leider nahm das Ganze eine unschöne Wendung. Der Mensch brüllte, er würde sich nicht schon wieder vorschreiben lassen, wie er zu leben habe, und dass er ein freier Bürger sei, plötzlich ging es um alles Mögliche, alles war aufs Schrecklichste verdreht. Komischerweise beklatschten ein paar Leute im Saal das Gestammel dieses Wirrkopfes. Ich war nur Beisitzerin, trotzdem fühlte ich mich in der Pflicht. Ich versuchte, zu einer Überleitung zu kommen, doch das brauchte ich gar nicht. Die Türen links und rechts sprangen auf, irgendwer hatte wegen der Klatscher wohl angenommen, die Veranstaltung sei beendet.

Später beim Essen erklärte ich unserer Runde, das seien genau die Typen, die sich fünf Wochen nach dem Mauerfall zum ersten Mal auf die Straße gewagt hätten. Sie spielen sich auf, diese Ahnungslosen, ohne zu wissen, wem sie ihre Redefreiheit zu verdanken haben, keinerlei Bewusstsein, von nichts, als würde die Geschichte durch sie hindurchschwappen. Ich spürte wieder, wie gut es tat, bei einer so großen Sache wie damals mit dabei gewesen zu sein. Manchmal fange ich nachträglich richtig zu schwitzen an bei dem Gedanken, ich hätte es verpassen können. In jedem Menschenleben gibt es wahrscheinlich nur ein wirkliches Großerlebnis. Dass ich nicht mehr darauf warten muss, lässt mich aber nicht innerlich ruhig werden. Kritische Geister werden immer gebraucht, so viele Leute sehen so vieles falsch. Kein Wunder, wenn es mir immer noch nachgeht, dass diesem Spinner das Schlusswort zugekommen ist.

Ich höre, wie Klemens die Treppe heraufkommt und im Bad verschwindet. Gleichzeitig mit dem Rauschen der Dusche vernehme ich wieder das Geräusch. Diesmal im Zimmer nebenan, wo die Zwillinge schlafen. Rasch gehe ich hinüber. Thevis und Johanna liegen da. Nichts. Sogar Magdalenas Zimmer kontrolliere ich. Auf der Klaviertastatur liegt immer noch die rosa Schärpe, nur inzwischen leicht angegraut. Als kleines Kind war sie der Ansicht, Rosa würde die Töne weicher machen. Da ist es wieder, ein metallisches Ein- und Ausatmen. Vielleicht die Heizung? Aber vor November schalten wir die Heizungsanlage nicht ein, darauf haben wir uns geeinigt. Lauschend bleibe ich eine Weile im Türrahmen stehen.

As ich wieder bei uns im Zimmer bin, ist Klemens dabei, sich die Schlafanzughose überzuziehen. – Hast du schon runtergefahren, fragt er. Ich überlasse ihm den Platz an dem kleinen Schreibtisch. – Findest du, mein Sinn für Gerechtigkeit ist in läppische Bahnen zerrieselt, frage ich, während ich mit meinem Konzeptionspapier ins Bett steige. – Weil du fremde Kinder umstößt? – Im Ernst, reibe ich mich an den falschen Stellen auf? – Du machst eine wundervolle Arbeit, sagt Klemens zum Bildschirm, du hast so viel auf die Beine gestellt, das Portal und alles. Ich frage mich, ob er da nicht mit einer aufwendigen Recherche zu irgendeiner Bach-Partitur anfängt. – Hör mal, sage ich, denkst du, ich könnte vielleicht den Gemeindesaal für ein Klassentreffen bekommen? Es geht um die Leute vom Luisengymnasium. Klemens wendet den Kopf zu mir, das Luisengymnasium, sagt er gedankenversunken, während seine Hand an dem Nikotinpflaster auf seinem Oberarm herumpusselt, hast du nicht immer gesagt, das wären alles ein Haufen Opportunisten gewesen? Klemens hat recht (auch wenn mir der Ausdruck Opportunisten in diesem Moment ein wenig übertrieben vorkommt), aber hätte mich dieser Umstand davon abhalten sollen, Steffi meine Hilfe bei der Organisation des Treffens anzubieten? Sie wollte einen Tisch in einer Pizzeria reservieren! Für zwanzig bis dreißig Leute ist der Raum im Gemeindehaus weitaus geeigneter. – Schreibst du mir die Telefonnummer auf, bitte ich Klemens und füge hinzu, wir sollten am Wochenende Tilman und Sabine einladen, vielleicht können wir sie für die Straßeninitiative mit ins Boot holen. Wieso bin ich nicht schon früher darauf gekommen? Außerdem fragen die Zwillinge dauernd nach ihm. Plötzlich klopft es, das Signal, dass ein Anruf über Skype reinkommt. Klemens reibt sich die Wangen, wie immer, wenn ihn etwas freut, und rückt vom Computer weg, sodass ich freien Blick habe auf das Gesicht unserer großen Tochter. – Wie spät ist es bei euch?, ruft sie. Ich zwänge mich neben Klemens auf den Schreibtischstuhl, und wir lauschen den neusten Ausführungen zum Montrealer Leben. – Ihr seht aus wie ein zweiköpfiges Monster, lacht Magdalena, als sie fertig ist mit ihrem Bericht. Ich sehe, dass sie wenig Schlaf bekommt, aber das muss wohl in Kauf nehmen, wer was bewegen will. Ich sammle meine Papiere vom Bett. In Gedanken noch halb bei unserer Tochter, sage ich, wir müssen vor dem Winter unbedingt den Gartenschlauch reinigen, der ist schon ganz brüchig, und die Organisation für die Weihnachtshilfsaktion muss allmählich anlaufen … – Sag mal, unterbricht mich Klemens, wie ging dieser Satz neulich, der von den Mönchen im Himalaya? – Du meinst, der Mensch führt in die Katastrophe, aber er führt auch aus ihr heraus? Klemens notiert sich das, vermutlich für seinen Vortrag nächste Woche. Plötzlich ist wieder das metallische Seufzen da. – Hörst du das auch?, frage ich ihn, der mich seinerseits fragend ansieht. – Dieses seltsame Atemgeräusch! Er hält kurz inne. Wir beide tun es. Nichts. Ich werde mich wohl oder übel auf die Suche machen müssen, nehme ich mir vor, aber diesmal bis hinunter in den Keller!

BODO STAMM

Der Hauptsatz der Forensiker lautet, jeder Kontakt hinterlässt eine Spur. So gesehen ist mein Leben spurlos verlaufen. Was gut ist. Wer die Spuren der anderen ordnet, sollte nicht selbst welche dalassen. Das gäbe ein Chaos! Alles würde sich vermischen. Warum die Menschen ›schöne Bescherung‹ sagen, wenn sie eine Unordnung meinen, ist mir immer entgangen.

Ich sterbe. Ich werde also umziehen, von diesem Ort hier an einen anderen. Das ist, was mich am meisten daran stört. Im Allgemeinen sind Veränderungen nicht gut. Vor allem nicht Veränderungen dieser Art. Ich habe eine Liste angefertigt: Was sich verändern wird, wenn ich nicht mehr da bin.

1. Die Individualspuren der anderen werden weitergehen, nur werden sie nicht mehr von mir verfolgt, begleitet und angeordnet werden.
2. Die anderen werden ebenfalls sterben, aber zu einem späteren Zeitpunkt.

Ich habe es bereits eingetragen in das Archivdiagramm, als Blankpunkte. Leere weiße Kästchen. Es ist mehr als beunruhigend, solche Großereignisse dem Zufall zu überlassen. Bei der Vorstellung, dass auf meinem Grab ein kaltes Datum stehen könnte, zum Beispiel 6.3.2019, werde ich extrem unmutig. Das ist ohne Wertung. Am liebsten wäre mir eine stillselige 7, eine 8 oder noch besser eine weichfreundliche 11, orange-braun oder schneeweiß, da wäre ich froh.

Eine Sache stört mich allerdings noch mehr als die Zufälligkeit des Ereignisses meiner Entkörperung. Wenn ich nicht mehr anwesend bin, wird mein Archiv keinen Nutzen mehr haben. Schließlich kommt ja nicht ein Neuer nach, der es weiterführen kann! Zudem hätte es für einen anderen außer mir auch gar keinen Nutzen. Als ich es vor Jahren zusammen mit Doktor Urban erschaffen habe, half es mir, mich zu erinnern. (Ich habe ein sehr schlechtes Gedächtnis für Gesichter, deshalb.) Inzwischen stört mich das nicht mehr, ich brauche kein Gesichtergedächtnis. Ich halte mich an andere Details. Um das Diagramm zu verstehen, muss man sehen, dass es keine mathematische Fläche ist. Es ist eine Art Schrank, ein Kubus mit sechzehn Fächern, unterschiedlich große Kartons, die mit Nummern und Informationstafeln versehen sind, die sich beliebig ergänzen lassen. Auf diese Weise fallen mir das Einordnen sowie das Erinnern leicht. Man kann schließlich nicht nur in eine Richtung leben, hat Doktor Urban damals gesagt. (Er hatte keine Kenntnis von dem Umstand, dass die Richtung der Zeit aus lauter schlanken, sehr hohen Achten besteht, die, eng aneinandergeschmiegt, ein stabiles Tunnelgerüst bilden, um die Menschen zu schützen.) Da er über seinen Satz lachte, tat ich es ihm nach, auch wenn mir der Sinn des Witzes bis heute entgeht. Ich würde überhaupt gern mehr lachen, aber es gelingt mir immer schlechter. Stattdessen beginnt wieder der Gesichtsregen, andauernd regnet es, mal stärker, mal schwächer. Ich wollte immer so sein wie die anderen, normalen Menschen, aber wenn es dann tatsächlich der Fall ist, so wie jetzt, ist es unangenehm, und ich will nur, dass es aufhört.

KATI VIEHWEG

Ich habe das Ende meiner Kindheit nie betrauert. Die berühmte Vertreibung aus dem Paradies hat nicht stattgefunden. Meinem Auszug zu Hause habe ich entgegengefiebert – eine eigene Wohnung! Dabei gab es zweiundneunzig noch gar keinen richtigen Markt, ich musste beim Sozialamt vorsprechen. Ich habe behauptet, meine Eltern hätten mich vor die Tür gesetzt. Zu meiner Überraschung kamen mir ohne Weiteres die Tränen. Die Frau vom Sozialamt war sehr mitfühlend, am liebsten hätte sie mir den Wohnberechtigungsschein sofort ausgestellt. Allerdings war dafür die schriftliche Erklärung meiner Eltern nötig, dass sie sich weigern würden, mich jemals wieder bei sich aufzunehmen.

Crissi lauscht mir, als würde ich Geschichten aus einer anderen Galaxie erzählen (unfassbar, absurd). Er ist wirklich einmalig. Wir haben unsere Rituale, montags essen wir gemeinsam zu Mittag, darüber hinaus begleite ich ihn ab und an zu Veranstaltungen, an denen er mitwirkt (Crissi ist Lichtdesigner), außerdem treibt er mich dazu, regelmäßig bei meinem Vater vorbeizuschauen, so wie heute. – Und so eine Erklärung hat dein Vater unterschrieben?, fragt er, während sich polternd die Automatiktür des Seniorenwohnheims vor uns auftut. Es interessiert ihn *tatsächlich*. Darüber könnte ich mich jedes Mal aufs Neue wundern. – Meine Mutter muss ihn dazu gebracht haben, sage ich, jedenfalls haben sie mir wirklich eine Wohnung zugewiesen. Aus Rache hat mein Vater die beiden Umzugskartons weggeworfen, in denen ich meine Sachen verstaut hatte. Als ich sie abholen wollte, stand nur noch mein Wecker da. Crissi schüttelt mitfühlend den Kopf. – Das Verrückte war, ich hatte einen Moment lang sogar Mitleid mit ihm, schließlich hatte meine Mutter damals auch gerade die Koffer gepackt. Crissi scheint sich die Situation vorzustellen. Sein Ernst, sein beharrliches Nachfragen verleihen meinen Lebensanekdoten ein gewisses Gewicht, etwas, das man Würde nennen könnte, wenn das Wort nicht so angestaubt klänge. Ohne ihn würde ich meinen Vater vermutlich vergessen. Ein Vergessen, an dem man nicht leidet. Das erstaunt mich selbst. An dem Tag, als ich auszog, hat mein Vater für mich alle Bedeutung verloren. Achtzehn Jahre Macht durch eine Schlüsselübergabe mit einem Schlag unwichtig geworden. Die Dinge verlieren nicht allmählich ihren Glanz oder Schrecken, es geschieht über Nacht, ratsch – plötzlich ist alles anders.

Mein Vater bewohnt ein Zimmer im dritten Stock des Seniorenwohnheims, im Trakt Betreutes Wohnen, ganz am Ende des Korridors. Er lässt die Tür immer offen stehen. (Um nichts zu verpassen, vermute ich, vielleicht auch wegen des Durchzugs.) Mein Vater sitzt im Sessel und liest Zeitung. Eigentlich sieht man nur das riesenhaft aufgefaltete Blatt, das von zwei Händen gehalten wird. Das Zeitunglesen ist eine alte Gewohnheit, wobei es inzwischen nur noch darum geht, sich seine Meinung von der Schlechtigkeit und Instabilität der Verhältnisse in der Welt bestätigen zu lassen. Jede noch so kleine Meldung, etwa der Baustopp beim Potsdamer Freizeitbad wegen Insolvenz des Investors, nimmt er als das untrügliche Zeichen unserer Gegenwart, einer chaotischen, verbrecherischen Zeit, in der nur Interessengemeinschaften herrschen, *während es früher bei uns ein Gemeinschaftsinteresse gegeben hat.* Ich sehe mich außerstande dagegenzuhalten, vielleicht hat er sogar recht, kommt es mir manchmal in den Sinn, aber diesen Gedanken verbiete ich mir. Ich klopfe trotz der geöffneten Tür an. Er schiebt seinen Kopf an der Zeitung vorbei, faltet sie sogleich gewissenhaft zusammen und legt sie auf einem beachtlich hohen Stapel aus Vorgängerexemplaren neben dem Sessel ab, bevor er sich erhebt und auf uns zukommt. Ein wackliger Mensch, aber darum bemüht, noch immer aufrecht zu wirken, eisern. Er ist barfuß, was mich irritiert. (Der Fußboden im ganzen Haus ist mit einer Art Linoleum ausgelegt.) – Wollt ihr einen Kaffee oder lieber was Gehaltvolles, fragt er und wendet sich schon in eine andere Richtung. Seit Längerem ist er dazu übergegangen, bei der Begrüßung so zu tun, als hätten wir uns eben erst getrennt. Crissi passt sich sofort an. Mit freundlicher Offenheit begleitet er ihn an die kleine Küchenzeile, wo er ihm beim Kaffeekochen zur Hand geht, während ich mich in den Sessel sinken lasse. Die meisten der Möbelstücke hier kenne ich. Der Hausstand meiner Kindheit, untergebracht auf fünfzehn Quadratmetern. In dieser engen, vollgestopften Welt verbringt mein Vater den Rest seines Lebens. – Hier kommt demnächst System rein, sagt er und rückt das Sofatischchen zur Seite. Er bahnt sich einen Weg durch die viel zu wuchtigen Sessel, öffnet die Tür zum Balkon, kommt zurück. Im Vorbeigehen hält er mir eine Zeitung mit einer Stellenanzeige hin, die er mit einem Kugelschreiber eingekreist hat. Die Weiße Flotte sucht Mitarbeiter? Er sieht mich vielsagend an. – Ich weiß nicht, was du gerade machst, aber du könntest dich ja mal erkundigen. Keine zehn Minuten, und es ist ihm wieder gelungen, mein Leben als Witz dastehen zu lassen. Es ist mir unverständlich, warum er der Ansicht ist, ich sollte als Soziolinguistin Kaffee auf einem Touristendampfer ausschenken. Hilfe suchend sehe ich zu Crissi. Er gibt mir zu verstehen, dass ich Ruhe bewahren soll, ganz ungezwungen tut er es, jedenfalls ohne eine verschwörerische oder ironische Miene aufzusetzen.

Wie er das schafft? Für ihn ist es leicht. Er ist eindeutig im Vorteil, nichts trübt seinen Kontakt mit meinem Vater, keine Erinnerung, keine Vorwürfe, kein Groll. Ich halte es für ungerecht, dass er ihm so unbefangen gegenübertreten kann. Er hat ihn zu spät kennengelernt, sozusagen in seiner harmlosen Phase. Er sieht in ihm nicht mehr als einen alten Menschen, dessen Marotten er höflich hinnimmt, es schert ihn nicht, woher sie stammen, ob es überhaupt einen Grund für sie gibt, und offenbar auch nicht, dass mein Vater sich jedes Mal aufs Neue danach erkundigt, was er, also Crissi, und ich *gerade treiben würden*. Mit dieser spöttischen Skepsis, die allem gilt, was außerhalb dieses Zimmers geschieht. Allerdings macht er sich, ohne eine Antwort abzuwarten, gleich darauf am Kaffeegeschirr zu schaffen. Vielleicht ist diese Art des Abfragens auch nur ein Relikt früherer Zeiten, das Wegstreichen von Tagesordnungspunkten, die Gewohnheit, sich einen Überblick zu verschaffen, alles im Griff zu haben, es sei denn, sie ist bereits einem geistigen Verfall geschuldet.

Crissi übernimmt ohne Schwierigkeiten das Gespräch. Die beiden plaudern zwanglos. – Von meiner Tochter erfahre ich ja nichts, höre ich meinen Vater sagen. Er versucht, sich mit Crissi gegen mich zu verbünden, er liebt es, Allianzen gegen mich zu schmieden. Aber im Grunde schmiedet er Allianzen gegen alle. Als ich Crissi das erste Mal mitbrachte, teilte er mir hinterher in seinem typisch sachlichen Ton mit, er halte ihn für asexuell, was hieß harmlos. Dieses Bedürfnis, die Dinge auf den Punkt zu bringen, auf Karteikartenformat. Klarheit und Struktur. Dem Kind einen Namen geben. Benennen und einordnen, damit nicht länger Unordnung herrscht. Asexuell! In guten Momenten bringt mich seine Ahnungslosigkeit zum Lachen, wenn du wüsstest, was wir sind, was ich bin. Was bin ich denn? Vermutlich hält er mich für eine vertrocknete Pflaume. Es mag nicht den Anschein haben, aber diese Dinge machen mich nicht mehr kaputt. Die Zeit arbeitet für uns Menschen – die Lektion meines Lebens. Immerhin ist so die *Partnerfrage* vom Tisch. Seitdem ich Crissi mitbringe, habe ich ein wenig Ruhe, was das betrifft. Crissi, mein Alibigatte, asexuell, aber gescheit. Dass mein Vater die politische Weltlage mit jemandem durchgehen kann, von Mann zu Mann, ist ein Ausgleich, es versöhnt ihn, er scheint sogar die leicht störende Tatsache vergessen zu haben, dass Crissi aus *dem Westen* stammt.

Ich habe es mir zur Gewohnheit gemacht, bei unserem Besuch die beiden sich selbst zu überlassen. Crissi berichtet in aller Ausführlichkeit von der Installation auf der Glienicker Brücke. Anlässlich des Jahrestages am 3. Oktober haben er und sein Kollege einhundertundvierzehn Leuchtstäbe auf der Brücke installiert. Die Stäbe markierten den ehemaligen Grenzverlauf. Es gab ein paar Reden von Politikern, ein kleines Konzert, das übliche Feuerwerk. – Das Geballere für die ehrenwerten Herren war bis hierher zu hören, behauptet mein Vater. Ich brauche eine Weile, um zu begreifen, dass Crissi die Festveranstaltung nicht ohne Grund erwähnt hat. Er hat mir eine Einladung verschafft, der Gute, einen roten Teppich für einen Gesprächsauftritt meinerseits. – Übrigens habe ich dort einen deiner früheren Kollegen getroffen, werfe ich gehorsam ein. – Was, von der Speditionsfirma? – Nein, von *ganz* früher. Ein gewisser Raimund Adler. – Raimund, sagt mein Vater und fährt sich nachdenklich über seinen kahlen Schädel. – Jedenfalls hat er behauptet, er würde dich kennen. Ich gebe mir Mühe, ausführlich zu werden, ich denke nach, aber was genau soll ich sagen? Ich kann schwerlich erzählen, dein ehemaliger Freund und Kollege hat mich aufs Ohr geküsst, schöne Grüße, ach, und außerdem hält er dich für tot. Zu meiner Überraschung erinnert sich mein Vater sofort an Raimund, im Herbst neunundachtzig sind wir zwei oft runter nach Löbau, Zwickau und Plauen, erzählt er, an Crissi gewandt, in der Provinz war die Partei damals ja völlig paralysiert, die hatten richtig Schiss vor den Demonstranten, knickten beim geringsten Widerstand ein, wir mussten denen neue Richtlinien an die Hand geben, Argumentationsstrukturen. Crissi hört aufmerksam zu. Das, was mein Vater erzählt, deckt sich mit Raimunds Bericht. Das überrascht mich. Warum rechne ich ständig mit einem Komplott gegen mich, einer Hinterhältigkeit, wenigstens aber mit einem gemeinen Scherz? Das Gute in der Welt irritiert mich, ich gehe vom Schlimmsten aus, immer. (Als mir meine Hausärztin kürzlich mitteilte, die Blutuntersuchung habe einen Vitamin-D-Mangel ergeben, war ich fast enttäuscht. Nur Vitamin D, fragte ich mit misstrauischer Erleichterung. Ich gehe davon aus, dass man mir etwas verschweigt.)

Als Raimund mich an dem Abend auf meinen Namen ansprach, war meine erste Regung ebenfalls Wachsamkeit. Nach dem offiziellen Teil der Feierlichkeiten gab es für die Mitarbeiter noch einen Umtrunk unter der Glienicker Brücke. Ein überschaubarer, gemütlicher Kreis aus Freunden und Bekannten, in der Ufermauer steckten Fackeln, sogar ein Klavier hatte jemand an den Kai geschleppt. Im Halbdunkel der nächtlichen Brückenkulisse hatte Crissi mich ein paar Leuten vorgestellt. Ich gab einem Mann die Hand, der mit dem großen Bulligen am Klavier gekommen war, und Crissi sagte Kati Viehweg, er tat es ganz förmlich, Viehweg, sagte er, für ihn hat das alles ja gar keine Bedeutung, ist es bloß irgendein Name, der Glückliche. Ich wollte schon zum nächsten Grüppchen wandern, aber der Mann hielt mich zurück. – Viehweg, erkundigte er sich erstaunt und hielt meine Hand weiter fest, sind Sie etwa verwandt mit *dem* Viehweg? Ich erschrak. Ich zuckte tatsächlich zusammen. Darüber ärgerte ich mich.

Wenn mich jemand auf meinen Vater anspricht, werde ich panisch, immer noch. – Mein Vater ist seit sechs Jahren tot, sagte ich kühl. Meine Kaltblütigkeit verblüffte mich selbst. Gleichzeitig tat es gut, sämtliche Brücken hinter sich einstürzen zu lassen. Zu meinem Erstaunen reagierte der Mann ziemlich betroffen auf die Nachricht, ja, er konnte es gar nicht fassen. – Die Guten erwischt es immer zuerst, murmelte er. Es stellte sich heraus, dass er mit meinem Vater zusammengearbeitet hatte. – Bei der Speditionsfirma?, fragte ich. – Nein, ganz früher, davor. Das fand ich merkwürdig. Ich hatte ich ihn für einen Tänzer oder etwas in der Art gehalten, die langen Beine, wie er mit den Händen redete. Jedenfalls wirkte er nicht wie jemand, den man sich in den Büros der SED-Kreisleitung vorstellen konnte. Er schüttelte betrübt den Kopf. – Solche wie Ihren Vater gab's nicht oft in der Riege, sagte er, glauben Sie mir, wir hatten viel Spaß zusammen, trotz der schwierigen Lage damals. Er sei der Einzige gewesen, der sich den Diskussionen gestellt hätte, berichtete Raimund, er war kein Dogmatiker, dass die ganze Sache schiefgelaufen ist, war nicht seine Schuld. Mit welcher Bewunderung er über meinen Vater sprach! Der Gedanke, dass andere auch ein Leben mit ihm gehabt hatten, andere Erinnerungen, andere Erlebnisse, irritierte mich. – Wissen Sie, wie wir ihn bei uns genannt haben?, fragte er mich. Ben Kingsley, Sie wissen schon, kaum Haare, die Augen … Ich zuckte gleichgültig mit den Schultern, und nach einer Weile sagte er, Sie haben dieselben, es sind eindeutig seine, dieselben goldenen Sprenkel in Braun. Der Satz war zweifellos als Kompliment gemeint. – Goldene Sprenkel, gab ich unwillig zurück, was soll das, es ist stockdunkel.

Trotzdem war ich froh, dass er auf meine Schroffheit mit Freundlichkeit antwortete. Er holte Wein für mich und ihn, zuerst einen Becher, dann behielten wir den Rest der Flasche für uns. Ich spürte, dass er sich gern mit mir unterhielt, die Tatsache, dass er ein Geschöpf meines Vaters vor sich hatte, schien ihn seltsam gefangen zu nehmen, die Bewunderung, die er vor Jahren für ihn gehegt hatte, brachte er jetzt offensichtlich mir entgegen, sozusagen stellvertretend, und fast begann ich mich in dieser Bewunderung zu sonnen, ich gebe es zu. In diesem Moment wurde mir klar, dass ich genauso weit vom Anfang meines Lebens entfernt war wie vom Ende (ich gehe davon aus, dass ich die Gene meines Vaters geerbt habe), die strengen Grenzen zwischen den Generationen, die Schichten der Zeit lösen sich auf, ab einem gewissen Punkt existieren sie nicht mehr, der Raum der Möglichkeiten dehnt sich und lässt sich in alle Richtungen durchschreiten. Am Ende bleiben nur die Menschen übrig, ohne ihre Funktionen, ohne ihre Geschichte, so wie *wir* übrig geblieben sind, mein Vater, Raimund, ich … Ein eigentlich befreiender Gedanke.

Um uns herum hatten sie angefangen aufzuräumen, als Raimund mir plötzlich die Hand an die Wange legte. (Wir hatten die ganze Flasche Wein geleert.) Ich wand mich mit einer unsinnigen Bemerkung aus der Berührung. Raimund ließ sich nicht beirren. Er schob seinen Kopf ganz langsam vor. Kein Zweifel, er war drauf und dran, mich zu küssen. Ich wandte das Gesicht ab, und der Kuss traf mein Ohr. Die Fackeln waren alle schon aus, und es war ziemlich dunkel, dort wo wir standen. Die Leute sind blind. Oder lag es an meiner Art, dass er mich falsch eingeschätzt hat, an meinen Signalen, sind sie uneindeutig, verworren? Warum erkannte er nicht, was ich wollte, was ich bin. *Was* bin ich? Noch am selben Abend bereute ich es, dass ich nicht über ihn hergefallen war, nur so zum Spaß. Ich hätte seinen Kopf in beide Hände nehmen sollen, und los geht's. Kein Mann würde sich gegen so etwas wehren, nehme ich an. Stattdessen dieser verunglückte Kuss, den ich nicht mehr korrigieren kann. Ich bin gegangen, zusammen mit Crissi, ohne mich in dem allgemeinen Aufbruchsgewühl von Raimund Adler zu verabschieden. Geflüchtet bin ich, wie ich damals, als Achtzehnjährige, vor meiner Kindheit und allem, was damit zu tun hatte, geflüchtet bin.

Habe ich richtig gehört? – Wir sind dazu verurteilt, Sehnsucht nach einer vergangenen Lebensphase zu haben, auch wenn diese Phase schlimm war, sagt Crissi gerade. Woher hat er diese Gabe? Mit solchen Sätzen gelingt es ihm immer wieder, meinen Vater zu verblüffen, nein: ihn für sich zu gewinnen. Wenn ich mich nicht täusche, sind sie inzwischen in dem Lausitzer Ort gelandet, in dem mein Vater aufgewachsen ist. – Wenn der Großbauer mit der Kartoffelernte fertig war, erzählt mein Vater, durften die Leute aus dem Dorf die Reste aufsammeln. Wir haben am Feldrand gewartet, bis das Zeichen kam. So viel Disziplin hatten wir. Da gab's nie ein Durcheinander. – Steht euer Haus eigentlich noch, erkundigt sich Crissi. Mein Vater macht eine schlaffe Geste, im Sinne von, in diesem System wird einem alles genommen. Dann fällt ihm plötzlich etwas ein. – Als Siebenjähriger habe ich versucht, um die Hausecke herum zu springen, erzählt er und tippt auf die Narbe an seiner Schläfe. Hier, er beugt sich vor, damit Crissi sie besser betrachten kann. *Die* ist immer noch da, ruft er triumphierend. Dann ist er plötzlich müde, mit einem Schlag. (Mir selbst ergeht es auch so, was ich aber unerwähnt lasse.) Dass er sich dem Verlangen nach Schlaf fügen muss, erzürnt ihn. Eine Generation, die Müdigkeit für eine Schwäche hält, vollkommen untalentiert, was das Einfach-so-im-Bett-Liegen angeht. – Das kannst du nicht nachfühlen, sagt er und nimmt mir die Plüschdecke aus der Hand. – Wieso sollte ich das nicht nachfühlen können?, rege ich mich auf, dass deine Generation immer denkt, man könne nicht vorausschauend empfinden, ja, wir verstehen rein gar nichts von eurer Vergangenheit und auch nichts von der Zukunft. (Sollte ich wirklich die achtzig erreichen, werde ich sagen, ich habe schon immer alles gewusst.)

Nachdem wir die automatische Tür im Eingangsbereich des Seniorenheims passiert haben und wieder draußen stehen, fragt Crissi, ob ich Lust hätte, nächste Woche mit nach Poznań zu kommen, ein Festival der europäischen Verständigung, sagt er, ich mache das Licht auf dem Hauptkonzert, außerdem tauchen wir die halbe Altstadt in die Farben der EU. – Polen, da war ich seit hundert Jahren nicht mehr, sage ich und greife mir nachdenklich an den Kopf, das letzte Mal als Schülerin. Ich war in diesem Lager, wie hieß die Stadt überhaupt, dem *Lager für Arbeit und Erholung*, erkläre ich dem ahnungslosen Crissi. Das Einzige, woran ich mich ewig erinnern werde, ist der Moment, als ich nach Hause kam. Ich schleppte mich auf meinen dürren Beinen unter dem riesigen Rucksack die Stufen hinauf in den fünften Stock, als plötzlich die Stimme meines Vaters von oben durchs Treppenhaus schallte, na Kati, immer noch Jungfrau, hoffe ich? Ich lache, aber Crissi verzieht sanft-bedauernd das Gesicht. – Wie ist eigentlich *dein* Vater, sage ich, selbst erstaunt, dass mir das einfällt, zum ersten Mal. – Er ist neunzehnhundertsechsundachtzig gestorben, bei einem Anschlag in Äthiopien, wo er für eine Hilfsorganisation tätig war. Es gab damals eine riesige Hungersnot dort. Ich kann mich kaum an ihn erinnern. – Das hast du mir nie erzählt! – Du hast mich nie gefragt, sagt er in einem Ton, als sei ich es, die getröstet werden müsse, und ich hake mich traurig lachend bei ihm unter.

ALEXANDER WAGENTHALER

Fünf Stunden habe ich an meiner Themen-Cloud gebastelt, die halbe Nacht habe ich im Flugzeug dafür draufgegeben, sogar ein Taxi habe ich mir in Tegel geleistet, um rechtzeitig zum Probe-Audit im Institut zu sein. Nur um mir die gesamte Arbeit von Mayberg wieder zerpflücken zu lassen? Seit Punkt neun Uhr sitze ich gemeinsam mit den anderen im Sitzungsraum. Nachdem wir eine halbe Stunde diskutiert haben, teilt Mayberg der Runde mit einemmal mit, er fürchte, die Evaluatoren könnten unser Cloudgebäude für Kraut und Rüben halten. Seelenruhig tut er das. Es macht ihm Spaß, die Abteilung mit solchen Bemerkungen aufzumischen. (Was ihm gelingt: Wie ernst meine Kollegen dieses Begriffsgemüse nehmen, das ganze Prozedere.) Immer wenn ich denke, jetzt ist alles klar, die Sache ist geregelt, lässt Mayberg eine Befürchtung oder eine Vermutung fallen, die Evaluationskommission betreffend, und das ganze Geprobe geht von vorn los. Seit einem Jahr trainieren wir in verschiedenen Sitzungen die Evaluationssituation. Wie wollen wir uns präsentieren, wenn das Institut auf seine Relevanz hin überprüft wird. Mayberg ist der Ansicht, es gebe nicht genügend Schnittmengen zwischen den einzelnen Clouds. Ergo bestehe die Gefahr, merkt er mit alarmierter Miene an, die Kommission könne den Vorwurf erheben, dass die einzelnen Forschungsprojekte sich als zu heterogen ausnehmen. Penner, denke ich, dir ist es egal, ob du um Mitternacht noch hier sitzt. Mayberg hat keine Kinder, nur eine Frau, aber die hat eine Professur in Oldenburg erwischt, die Glückliche. Obwohl, Oldenburg. Will ich wirklich das halbe Leben mit Pendeln verschwenden. – Vielleicht ist es nur eine Frage der Darstellung, gebe ich in ruhigem Ton zu bedenken, vielleicht sollten wir dem statischeren Modell, das wir im letzten Monat diskutiert haben, doch noch eine Chance geben. Immerhin hätten wir dann Säulen, und Kraut und Rüben kann es zwischen Säulen nicht geben. Einverständiges Nicken in der Runde, nur Mayberg wackelt zweifelnd mit dem Kopf. Jablowski schaut mich an, in Erwartung weiterer Erklärungen. Mit einer Handbewegung gebe ich ihm zu verstehen, dass das von meiner Seite vorerst alles war. Mein Unterlid flattert. Mein Gesicht verselbstständigt sich, wahrscheinlich der viele Kaffee auf dem Flug. Du lieber Himmel, geht es etwa los, jetzt schon? Ich habe mich immer lustig gemacht über das Panoptikum in der Abteilung, ein Leichengesicht, ein Schwamm und ein Wetterjacken-Hanswurst.

Beim Rest der Institutsmitarbeiter sieht es nicht viel anders aus. Aber vermutlich gehöre ich längst dazu. Dabei wollte ich immer Gast sein. Nicht nur hier, *zu Gast in meinem Leben.* Der Zeitpunkt, irgendetwas zu wollen, ist ohnehin längst überschritten. – Alexander, ich hoffe nicht, du redest einer neuen Versäulung das Wort, höre ich Maybergs Stimme (die meisten lassen sich von seiner raumgreifenden Art beeindrucken), dass wir die Versäulung hinter uns lassen müssen, dürfte beim letzten Audit hoffentlich klar geworden sein, fügt er an die anderen gewandt hinzu. Jetzt ist auch noch mein Ohr verstopft, wie taub. Das Alter greift mit harter Hand nach dir, hat Vivien neulich in ihrer undurchdringlichen Art festgestellt, diese Art, weder ironisch noch ganz ernst gemeint. Vivien. Ich schaue unauffällig auf die Uhr. In der Pause muss ich meine Nachrichten durchsehen. Hoffentlich hat sie den Projektantrag für Köln rechtzeitig abgeschickt. Am Dienstag war offizieller Abgabetermin. – Warum muss das unbedingt per Einschreiben raus, fragte sie mich, als ich ihr den Brief vor meiner Abreise auf den Küchentisch legte, mit der Bitte, ihn zur Post zu bringen, und überhaupt, was willst du in Köln? – Der muss heute noch abgestempelt sein, erwiderte ich nur. Ich weiß, dass sie mit ihren Irren viel um die Ohren hat, aber wir wohnen fünf Schritte von der Hauptpost entfernt, fünf, kann sie so was nicht für mich tun? Neulich an einem abgespannten Abend, ich hatte zwei Gutachten und das Ende meines Vortrags fertig geschrieben, beim matten Hin- und Herspringen im Fernsehen, unter dem leisen, aber beständigen Gehuste im Zimmer nebenan, traf mich der Satz in irgendeinem Film: In der Ehe soll einer dem andern das Leben leichter machen.

Jablowski schlägt eine kurze Kaffeepause vor, und ich gehe ins Büro, um meinen Computer hochzufahren. Seit einigen Monaten teile ich mir das Zimmer mit der neuen Postdoktorandin. Sie ist noch nicht da. Wahrscheinlich befindet sie sich gerade im Zug aus Richtung Stuttgart, wo sie eine weitere Viertelstelle hat. Ich sehe meine Nachrichten durch. Noch immer nichts von der Tranfunzel, mit der ich den Tagungsband herausgebe. Im Grunde müssten wir längst fertig sein. Wieder bin ich es, der den Karren aus dem Dreck ziehen muss. Sehr geehrte Frau Dr. …, schreibe ich eilig, hiermit kündige ich Ihnen meine Rezension für die *Historischen Jahreshefte* für nächste Woche an. Bezüglich der Tagung setze ich mich demnächst mit Herrn Prof. … in Verbindung. Die Finanzierung eines Bandes würde unser Institut anteilig übernehmen, was die Kosten für die … Mein Telefon klonkt, eine Nachricht von Vivien: Welcome home, oder bist du noch in Feindesland? Ich bin erleichtert. Ihr Ton ist freundlich, geradezu liebevoll. (Mein Projektantrag dürfte also inzwischen in Köln gelandet sein.) Es ist ungewöhnlich, dass sie sich meldet. Wir telefonieren nicht ständig hintereinander her, wir haben es noch nie getan. Auch in den drei Tagen, in denen ich in Washington war, haben wir nicht miteinander gesprochen. Vivien fand immer, das dauernde Telefonieren leiere die Seele aus, dass es jedes *wirkliche* Gespräch verhindere. Mir fällt plötzlich das muffige Zimmer bei der alten Vermieterin in London ein, in dem ich zu meiner Studentenzeit sonntags auf Viviens Anruf gewartet habe. Einmal hockte ich eine volle Stunde dort, ohne dass das Telefon klingelte. Ein Missverständnis, wie sich später herausstellte. Vivien hatte die ganze Zeit in einer Telefonzelle vor der Uni in Berlin gestanden und darauf gewartet, dass ich *sie* anrief. Sie ging immer in dieselbe Telefonzelle. Eine halbe Stunde Gespräch für zehn Mark, von meinem Stipendium abgespart. Auf einmal bekomme ich doch Lust, sie anzurufen. Wir könnten über Amerika witzeln, ich würde ihr von dem Tagungsleiter und dem Vorfall mit dem Toupet erzählen. Und vor allem, dass ich Martin in Washington getroffen habe, Martin Hehnlein, beziehungsweise er mich. Aber um diese Uhrzeit ist Vivien in der Klinik. Für ein richtiges Gespräch ist jetzt ohnehin keine Zeit.

Jablowski steckt in diesem Moment seinen Kopf zur Tür herein und mahnt zum Weitermachen, seltsamerweise mit entschuldigender Miene. Zurück im Sitzungsraum denke ich, wir müssten mal wieder nach London, Vivien und ich. Ohne Forschungsauftrag oder Vortrag, ganz absichtslos. Das Verstreichen von Zeit ergibt nicht automatisch einen Sinn. Das habe ich schon immer gewusst, aber jetzt bin ich so weit, es wirklich zu *empfinden*. Früher habe ich jede Handlung als Sprosse einer Leiter betrachtet. Wie lächerlich diese Haltung ist, lächerlich und altmodisch. Es gibt keinen größeren Zusammenhang, nichts führt zu irgendetwas, alles ist nur eine Aneinanderreihung von Zeitpunkten, eine Aneinanderreihung, die am Ende ebenso erfolgreich sein kann wie ergebnislos. Die Erkenntnis des Lebens ist also eine Banalität. Bitter. Mayberg hat inzwischen etwas vorbreitet. Mit einer kleinen Powerpointpräsentation will er uns verdeutlichen, dass die Beweglichkeit des Instituts mit den Cloudmodulen durchaus zu vereinbaren ist. Und trotzdem noch Ordnung herrscht. In der Grafik, die er eigens für das Probe-Audit erschaffen hat, prangt sein Name über der gesamten Abteilung. Mayberg, der schlaue Hund. Seit ein paar Monaten arbeitet er mit allen Mitteln daran, Abteilungsleiter zu werden. Was Jablowski nicht zu stören scheint. Die Menschen sind verschieden. Mir fällt Martin wieder ein. Seiner Erklärung zufolge hatte er übers Netz von meiner Anwesenheit in Washington erfahren. (Ich habe nie das Verlangen verspürt, meinen ehemaligen Mitschülern hinterherzuforschen.) Die Tatsache, dass wir uns beide zum selben Zeitpunkt in der Stadt aufhielten, in seinen Augen ein *Wahnsinnszufall*, war offenbar Grund genug, mich bei der Tagung zu überraschen. Ich verspürte eine gewisse Verstimmung, als ich ihn sah. Grinsend spazierte er auf mich zu. Sogar in der Ferne schlingt sich einem plötzlich ein Fangarm aus der Vergangenheit ums Bein, dachte ich. Er selbst war wegen irgendeiner Messe in Washington (er ist tatsächlich Einkäufer für eine Outdoor-Kette), außerdem wollte er zu einer Kanushow *in der Chesapeake Bay*, wie er mir mitteilte. Er schien mir noch immer ein Amerikanarr zu sein, begeisterungsfähig und ahnungslos. Er fing an, mir alle möglichen Fragen zu stellen, ob ich noch malen würde, wollte er wissen, was mit Vivien sei (woher wusste er von all diesen Dingen?), sogar nach meinem Vater erkundigte er sich. Als wären wir miteinander verwandt. Ich sagte, es gehe ihm gut. Er ist ja schon längere Zeit Rentner, fügte ich hinzu, als würde dieser Satz für einen Künstler irgendeinen Sinn ergeben. Martin sagte, du bist immer noch wie früher, ohne dass klar war, was genau er damit meinte. Jedenfalls lachte er freundlich dabei. Ich gab mich unterkühlt. Sein überraschendes Auftauchen kam mir immer indiskreter vor. Schließlich sprach er mich auf meinen Vortrag an. Ich nannte ihm den Titel, so wie er auch im Programm stand, *The German Unification – a Myth?* Ich war froh, dass er nicht bleiben konnte, um ihn zu hören, sein Englisch ist vermutlich hundert Mal besser als meins.

Als ich meinem Vater erzählt habe, ich würde nach Washington fliegen, meinte er, warum fährst du nicht mit dem Schiff, die Callas und diese ganzen Leute haben immer das Schiff genommen. Wir saßen im Garten, eine Form des sanften Beisammenseins, die mich immer leicht melancholisch stimmt. Dabei ist mein Vater immer noch ein heiterer Mensch, was mich, ehrlich gesagt, erstaunt. Bei allem, was ihm widerfahren ist. Andere wären verbittert darüber, das halbe Leben mit völlig absurden Dingen gekämpft zu haben, ohne dass es noch irgendjemanden kümmern würde. Kein Mensch würdigt heute mehr seine Finten, die er zu DDR-Zeiten angewendet hat, um seine Kunst aufzuführen. All die Anstrengungen, Diskussionen, Aussprachen, Widerrufe, Tricks und Verbiegungen, das ganze Psychotheater – nichts davon ist mehr etwas wert, aber das empfindet er offenbar nicht als Verschwendung.

Als Antwort auf seine Idee, mit dem Schiff nach Amerika zu reisen, erklärte ich ihm, dass eine zweiwöchige Schiffsfahrt in die USA in keinem sinnvollen Verhältnis zu den anderthalb Tagen stehen würde, die für die Konferenz veranschlagt waren. Wir lachten, und er gab mir Recht. Aber es war ihm anzusehen, dass er keine praktische Antwort erwartet hatte. Ich beneide ihn um seine Verrücktheiten, selbst wenn es nur eine Verrücktheit *in Gedanken* ist. Was für eine Verrücktheit könnte ich mir leisten? Ich frage mich das angesichts der eifernden Ausführungen Maybergs, dazu Jablowskis devoter Gesichtsausdruck. Was würde passieren, wenn ich jetzt plötzlich ›Hitler‹ riefe? Eine Art Tourettesyndrom, das Historiker befällt. Oder ich könnte Mayberg in die Parade fahren, indem ich ihn frage, was mich die dämliche Evaluation eigentlich angeht. Aller Voraussicht nach findet sie übernächstes Jahr statt, in zwei Jahren – da bin ich längst raus aus dem Institut. Vor Kurzem hat Jablowski mir mitgeteilt, dass meine Stelle nicht gehalten werden könne. Er zeigte sich betrübt, aber machtlos. Solidarität ist in diesen Kreisen nicht zu erwarten, jeder rettet seinen eigenen Arsch. Neulich las ich in einem dieser widerlich aufgeräumten Artikel in der ZEIT, es gebe geheime Pläne, die Geisteswissenschaften abzuhängen. In Wirklichkeit schaffen sie sich selbst ab. Sie haben es längst getan. Ich bin soundso lange am Institut. Ich stemme mich von Jahr zu Jahr, jedes Mal mit dem Gedanken, vielleicht tut sich wieder irgendwo ein Fenster auf. Als ich Vivien erzählte, dass ich keine weitere Projektförderung bekommen würde, hat sie vor sich hin gestarrt. Nach einer Weile meinte sie schulterzuckend, später wird uns unser Leben vorkommen wie ein einziger langer Sommer, all die Jahre, endlose Ferien. Können mich solche Sätze trösten? Wie schön der Sonnenuntergang gestern Abend beim Abflug war. Ein strahlendes, reines Licht, als wäre die Welt nach allen Seiten hin offen. Ich habe keine Angst. Wenn ich meinen geistigen Zustand definieren sollte, würde ich sagen, ich lebe in ständiger Ungeduld und zugleich in großer Erschöpfung. Eine Art angeleintes Pferd, das sich wild galoppierend tiefer und tiefer in den Sand unter ihm arbeitet.

Ein Bild, das mich zu Mayberg zurückbringt, der sich inzwischen in Rage doziert hat. Mein Blick schweift weg von seiner Grafik hinüber zum Fenster. Gegenüber von unserem Institut, am anderen Ufer des Tiefen Sees, liegt der *Havel-*

park, eine Seniorenresidenz, direkt am Wasser. Wenn man die mittleren Jahre einfach überspringen könnte, denke ich plötzlich, eine Abkürzung nehmen, was die Lebenszeit angeht … Es klopft, und die neue Postdoktorandin schneit herein. Die Körper meiner Kollegen straffen sich, vor allem der von Mayberg, soweit das unter seinem gewaltigen Wanst möglich ist. Sie setzt sich mir gegenüber, und wir grüßen uns freundlich über den Tagungstisch hinweg. Inzwischen ist die Stimmung wieder halbwegs stabil zwischen uns. Wir reden, kollegial, beinahe freundschaftlich. Anfangs sind wir ein paarmal gemeinsam Mittag essen gegangen. Unverfängliche Treffen, wie ich zunächst dachte, bei denen sie allerdings jedes Mal dasselbe Thema anschnitt. Sie war der Ansicht, wir anderen würden sie nicht wirklich ernst nehmen, dass wir sie außen vor lassen, was die Vernetzung angeht. Offenbar hielt sie das für den Grund dafür, dass sie mit ihrer Habil nicht vorankommt. Natürlich ist der einzige Grund, dass sie mit ihrer Habil nicht vorankommt, der, dass sie sie nicht *schreibt*. Ich unterließ es, ihr das zu sagen. Stattdessen schlug ich ihr vor, das zu tun, was sie wirklich könne, *Kommunikation* (schließlich bekommen wir beinahe täglich Rundmails von ihr, in denen es um das Klima in der Abteilung geht, die richtige Vorgehensweise beim Umgang miteinander und anderen Irrsinn). Sie brauste auf. Sie fragte, was ich mir rausnehmen würde. Sie hatte tatsächlich Tränen in den Augen. Die Leute hassen dich, wenn du die Lösung kennst. Ronaldo wird auch nicht dafür gehasst, dass er ein Weltklassefußballer ist, auch nicht dafür, dass er es weiß, die Leute verübeln ihm, dass er es *sagt*. Inzwischen ist Mayberg bei den kopflosen Gesprächen angelangt, einer Form der Visitation, bei der die einzelnen Abteilungen ohne die jeweiligen Abteilungsleiter konsultiert werden. – Das soll dazu dienen, auch die Perspektive von unten transparent zu bekommen, sagt er mit einer Miene, als wäre uns das Prozedere nicht seit Monaten hinlänglich bekannt. In diesem Zusammenhang erläutert er auch nochmals die Frauenquote am Institut. Er lädt die Postdoktorandin zu einem fünfminütigen Statement ein, ihre Habil betreffend. Sie beginnt verschiedene Blätter zu sortieren, die sie anschließend in die Runde gibt. Ich erkenne sofort, dass sie kein Stück weitergekommen ist. Wäre ich eine Frau, mir stünden sämtliche Türen sperrangelweit offen. Was macht die Gans? Sie schiebt uns dieselbe Gliederung unter die Nase, die sie uns bereits vor einem halben Jahr präsentiert hat, dazu das halbseitige Exposé ihres DFG-Antrags. Hilfebedürftig blickt sie aus ihren ungetuschten Augen und teilt uns mit, das Ganze stünde zur allgemeinen Disposition. Sie erhofft sich wahrhaftig Anregung von uns. Unfassbarerweise setzt bei meinen Kollegen sofort eine Art Beschützerinstinkt ein. Ich frage mich, ob die jahrelange Arbeit mit Historikerinnen mein Gefühl für Frauen nicht zum Erlöschen gebracht hat. Seltsamerweise mag sie Edvard Munch. (Sie hat das Plakat einer Hamburger Ausstellung an die Tür unseres Gemeinschaftsbüros geklebt.)

Ich verzichte auf die Mittagspause und setze mich wieder an den Computer. Ein kläglicher Versuch, die drei verlorenen Tage irgendwie aufzuholen. Bevor ich anfange, taste ich plötzlich nach dem Stück Pappe hinten in meiner Hose, Martins Visitenkarte. Er hat mir zum Abschied mitgeteilt, er würde regelmäßig bloggen. Ich gebe die Adresse ein. In einem zweiminütigen Video erfahre ich von einem Kanu, das sich in einer Tasche verstauen und anschließend auf den Rücken schnallen lässt. Damit erreicht er mit Sicherheit tausendmal mehr Leute als ich mit einem Artikel in den *Historischen Jahresheften*. Ich mache mich ans Bearbeiten meiner Mails. Beim Überfliegen der Absender sehe ich, dass auch eine von Amber darunter ist, der Tagungsassistentin aus

Washington. Ich öffne sie. Sie schreibt, sie würde sich liebend gern *Nymphomaniac* von Lars von Trier mit mir ansehen, zwei Ausrufungszeichen. (Beim Essen nach der Tagung kamen wir ins Gespräch über die Dogma-Bewegung, von der wir beide nicht sehr viel hielten. Erstaunlich für eine Amerikanerin, aber sie empfand die meisten der Filme als Anbiederei ans Volk, genau wie ich.) Ich verfrachte die Nachricht in einen Extrakoffer. Nicht dass Vivien in meinen Sachen herumschnüffeln würde, in dieser Hinsicht bin ich ruhig. Das Seil, das zwischen uns gespannt ist, ist sehr lang. Wir werden zusammen alt, jeder für sich. Vielleicht doch nicht ganz so lang, wie ich feststelle: Als ich zu meinem Account zurückkehre, befindet sich dort auch eine Nachricht von ihr, soeben hereingeflattert, Betreff WIR. Viviens Angewohnheit, bestimmte Aspekte unserer Beziehung schriftlich zu erörtern, hat unsere Liebe nach und nach in eine Brieffreundschaft verwandelt, denke ich und merke, wie mich eine leichte Müdigkeit befällt. Ich wollte immer Ruhe, eine Art friedliches Schöpfertum. Automatisch klickt mein Zeigefinger auf Öffnen (ich habe es verlernt, Nachrichten ungeöffnet zu lassen). Lieber Alexander. Das sind mindestens sechstausend Zeichen, schätze ich, während ich das absatzlose Textgebilde überfliege. Das tue ich mir nicht an, ist mein erster Gedanke, das schaffe ich nicht, auf keinen Fall, nicht jetzt, eben mal so in der Pause.

FRANZISKA MEYERHOLDT

Seit einiger Zeit ist mein Gesichtsfeld von einem Strahlenkranz umgrenzt. Ein beständiges Flimmern, das sich beim Blick in die Ferne ein wenig beruhigt, aber Bücher zu lesen ist inzwischen die Hölle. Der Text bewegt sich, alles zerfließt, mir wird regelrecht übel davon. Ich habe mich aufs Hören verlegt. Einmal in der Woche fahre ich mit Sandra, unserer Freundin, nach Stuttgart, sie nimmt mich mit dem Auto mit. Die Fahrt dauert vierzig Minuten, was reicht, um den neusten Tratsch zu bereden, aber meistens spricht ohnehin nur sie. Manchmal nehme ich auch den Bus, das ist mir lieber. Ich kann in aller Ruhe einen Roman hören, eine Erzählung. In Stuttgart gehe ich in die Buchhandlung, am Schlossplatz, die ich jedes Mal mit einer großen Tüte verlasse. Inzwischen habe ich aufgehört, meine neu erworbenen Schätze meinem Mann zu zeigen, er würde nur die Unsummen sehen, die dafür draufgehen, er fände ihn lächerlich, *monströs*, den gewaltigen Berg CDs, es kommt mir ja selbst so vor.

Dass ich von der Autorin, die Sandra zu uns in den Ort eingeladen hatte, keine CD finden konnte, enttäuschte mich. Andererseits kann Sandra sich die ganz Großen für ihr Lesecafé natürlich nicht leisten. (Vier- oder fünfmal im Jahr holt sie einen Schriftsteller hierher zu uns, ich habe mich auf Entdeckungen verlegt, lautet ihr Motto.) Aber ich hätte mir sowieso keine gekauft. Die Autorin las sehr gut, und ich glaube, das Buch war auch sehr gut geschrieben, aber es hatte nichts mit mir zu tun. Das klingt egoistisch, ich weiß. In

Büchern suche ich etwas, was mir weiterhelfen könnte oder wenigstens die Abbildung meines Lebens.

Wie immer saßen wir nach der Lesung noch eine Weile bei einem Glas Wein beisammen. Das ist oft der gemütlichste Teil. Es stellte sich heraus, dass die Autorin aus Potsdam kam. – Moment mal, sagte Sandra plötzlich, stammst du nicht auch aus Potsdam, Franziska? Sie wandte sich voller Freude über diesen außergewöhnlichen Zufall an mich. Ich wunderte mich, dass sie sich überhaupt daran erinnerte. Meine Vergangenheit hat hier nie eine Rolle gespielt, was mir immer recht gewesen ist. Ich nickte, fast entschuldigend. Plötzlich fühlte ich mich fremd. Es war, als würde mir in diesem Augenblick einfallen, dass ich im Grunde nichts verloren habe in diesem Ort, in dieser Gegend. Mein Mann, der neben mir saß, hätte gelacht, wenn ich es laut ausgesprochen hätte. Denn eigentlich fühle ich mich hier wohl. Wir haben gute Freunde, allesamt Unternehmertypen wie er, und nicht einmal provinziell. Gemeinsam besuchen wir die Lesungen in Sandras Café, eine feste Institution, bis letztes Jahr haben wir sogar im Bowling-Klub gespielt (wegen des Flimmerns in meinen Augen habe ich es aufgeben müssen). Selbst der Dialekt hat mir nichts ausgemacht, als mein Mann mich hierher brachte. Jetzt aber, nach Sandras Bemerkung, hatte ich plötzlich einen Umriss, ganz deutlich fühlte ich es, eine Form, die mich allein dasitzen ließ, die mich abtrennte und unterschied, ohne dass die anderen es beabsichtigt hätten. Irgendetwas verbindet sie, etwas schwer Erklärliches, Unterirdisches, das sie auf ewig zu einem Rudel macht und das man nicht lernen kann.

Ich sagte (wobei ich mich mehr an Sandra als an die Autorin wandte), ich war seit einundzwanzig Jahren nicht mehr in meiner Heimatstadt. Die Autorin machte eine wegwischende Handbewegung und meinte, Sie würden sie nicht mehr wiedererkennen. Das Gespräch kam auf die Schönheit der Stadt, die durch die Restaurierung seit der Wende wieder zum Vorschein gekommen sei. – So gut wie alle historischen Gebäude sind wieder aufgebaut worden, erklärte sie, das alte Stadtschloss, zwei Kirchen, der alte Kanal, alles sieht jetzt fast wieder aus wie vor hundert Jahren. Zu meiner Überraschung traf mich ihr Bericht, jedenfalls mehr, als mir lieb war. Als hätte sich jemand in meiner Abwesenheit an meinem Leben vergriffen. Mein Mann nickte, was da an Geld in den Osten geflossen ist, diese ganzen maroden Städte, sagte er und starrte sinnierend an die Decke, als hingen dort die Scheine, die für die Verschönerung der Städte im Osten Deutschlands draufgegangen waren. Plötzlich regte mich seine Art auf, du hast doch überhaupt keine Ahnung, fuhr ich ihn an, was weißt du von maroden Zuständen. Mein Mann stutzte, wie bitte, rief er und sah entrüstet in die Runde, du hast doch selbst immer gesagt, wie kaputt da drüben alles war. Das stimmte. Trotzdem hatte ich in diesem Moment das Gefühl, ich würde meine Vergangenheit verraten, wenn ich sein Urteil unterstützte. Ich wusste nicht, was ich sagen sollte. Glücklicherweise lenkte Sandra das Gespräch in eine andere Richtung. – Die Revolution muss ein ziemlicher Einschnitt für die Menschen bei Ihnen gewesen sein, sagte sie zu der Autorin, diese Situation, wenn sich *alles* verändert … das können wir uns hier gar nicht vorstellen. Die Autorin antwortete, Veränderungen seien normal, die ganze Geschichte sei schließlich nichts anderes als eine Aneinanderreihung von Veränderungen. Aber dann gab sie Sandra auf einmal doch recht und sagte, das Wichtigste im Leben der Menschen im Osten war ganz sicher das Jahr neunundachtzig. Es war schwer für mich zu erkennen, was sie wirklich dachte. – Ich weiß nicht genau, sagte ich leise, aber ich glaube, das Wichtigste im Leben ist einfach das, wohin die Gedanken zurücktreiben, was in den Träumen am beständigsten wiederkehrt. (Ich dachte an meine drei Fehlgeburten.) Sandra klatschte begeistert. – Das ist leider nicht von mir, gab ich verlegen zu. Die Autorin zuckte müde mit den Schultern. Sandra stand auf und ging zur Theke, um eine neue Flasche Wein zu öffnen, aber die Autorin sagte, ihr Zug würde morgen sehr früh gehen, dass sie lieber ins Bett wolle. Ich weiß nicht, durch welchen Impuls, aber plötzlich sprang ich auf, schnappte mir meine und ihre Jacke vom Garderobenständer und sagte, ich begleite Sie zur Pension. Die anderen in der Runde schauten verwundert. Ich spürte es, ohne dass ich sie ansah. Normalerweise nehme ich mich zurück, ich will niemandem lästig werden, ich hasse aufdringliche Menschen, doch jetzt drängte ich mich dieser Autorin auf. Dabei war sie mir nicht mal sonderlich sympathisch. Als Mensch, meine ich. Sie wirkte leicht überdreht, so eine schnippische, trockene Art, die mir nicht besonders gefiel. Doch in dem Moment konnte ich nicht anders. Was erwartete ich überhaupt, was malte ich mir aus? Ich hätte es nicht sagen können. Da war nur dieser Drang, in diesem Moment eine Entscheidung treffen zu müssen. Als bekäme ich später nie mehr die Möglichkeit dazu.

Die Pension liegt nur ein paar Schritte vom Café entfernt, gleich um die Ecke, aber die Autorin kannte sich schließlich nicht aus, und ich konnte unbemerkt einen Umweg durch den Ort nehmen. Ich fragte sie, welche der beiden Oberschulen sie früher in Potsdam besucht habe, und sie sagte, keine. Dann erzählte sie, sie habe ihr Abitur auf dem dritten Bildungsweg nachgeholt, auf dem Kolleg. – Was für ein Kolleg?, erkundigte ich mich. Sie versuchte, mir die Gegend zu beschreiben, weil ihr der Name der Straße nicht einfiel. Obwohl es die Stadt war, in der sie wohnte, konnte sie sich an rein gar nichts erinnern. Ich frage mich, wie man mit solch einem Gedächtnis Schriftsteller sein kann. – Ich wohne da bloß, erklärte sie, als hätte sie meine Gedanken erraten, und auch das nur gelegentlich, die meiste Zeit des Jahres verbringe ich im Ausland oder in Künstlerhäusern (Sandra hatte unserer Runde die Liste an Stipendien vorgelesen, die man ihr verliehen hatte). Als wir vor der Pension angelangt waren, sagte ich, ich bringe Sie noch rauf. Wir stiegen die dunkle schmale Treppe ins Obergeschoss. Oben angekommen, schlug ich ihr vor, sie am nächsten Morgen zum Bahnhof zu bringen. Es war ihr anzusehen, dass sie dieses Angebot irritierte, mein ganzer Auftritt. Sie versuchte gar nicht, ihren Widerwillen zu verbergen. Aber in dem Moment war es mir gleichgültig, dass ich mich lächerlich machte. Ich wünschte ihr eine gute Nacht, und sie verschwand im Zimmer. Ich bin sicher, sie rief sofort jemanden an, um sich über die komischen Leute in der Provinz lustig zu machen. Ich hätte es genauso gemacht.

Am nächsten Morgen stand ich pünktlich vor der Pension. Ich hatte mein Rad dabei, damit sie ihre Tasche daraufstellen konnte. Sie lachte, auf eine undurchschaubare Weise. Vermutlich war sie davon ausgegangen, ich würde sie die zwei Kilometer zum Bahnhof im Auto kutschieren. Wir trabten los, sogar eine kleine Blume hatte ich für sie mitgebracht, eine späte Aster aus unserem Vorgarten, ich glaube, mir war tatsächlich alles egal. Unterwegs taute sie auf. Sie wirkte viel fröhlicher als am Abend zuvor, wahrscheinlich freute sie sich, dass sie wieder nach Hause kam. Ungezwungen plauderten wir, schließlich berichtete sie mir sogar, was sie in der Nacht geträumt hatte. Sie steigt mit ein paar Geisteskranken in einen Ballon, eine Art Therapieball, der beruhigend und lautlos abhebt. Schon in der Luft, verwandelt sie sich aber in einen Mann, der, groß und in einem Siebzigerjahre-Disco-Overall, noch einmal hinunter zum Boden schaut, wo plötzlich Kinder sitzen, die in irgendwelches Spielzeug vertieft sind, und da ist auch ein kleines blondes blasses Mädchen, das sieht ernst und unaufgeregt zu ihr hoch, die ja jetzt ein Mann ist, und da weiß sie, also er, ich muss noch abspringen, hinunter zu dem Kind, bevor der Ballon zu hoch steigt. – Das Merkwürdige daran ist, sagte sie, das Kind sieht weder niedlich noch besonders interessant aus, eins von diesen Mädchen, die früher Peggy hießen. Ich erfuhr, dass sie den Traum schon einige Male geträumt hatte. – Das letzte Mal vor über einem Jahr, sagte sie nachdenklich, und dann ausgerechnet heute Nacht … Dabei war der Abend sehr nett, wissen Sie, es ist nicht immer so nett auf Lesungen wie hier.

Auf dem Bahnhof stellten wir uns in das gläserne Wartehäuschen auf dem Bahnsteig. Sie kramte nach ihrer Fahrkarte und einer Zigarette. Der Raucherabschnitt ist ein Stück weiter, aber das machte nichts, außer uns war niemand da. Dann fragte sie, ob ich auch träumen würde. Wahrscheinlich wollte sie höflich wirken. Oder nicht selbst reden müssen. – Nein, sagte ich, manchmal. Ich erzählte ihr von meinem Boxtraum, ich hole zum Schlag aus, meine Faust fliegt mit Schwung auf das Gesicht meines Gegners zu und … trifft nicht: Immer ist mein Arm zu kurz! Ich kam mir dumm vor, er war so offensichtlich. Aber sie war nett. – Wie Sie sehen, macht sich Ihr und mein Unterbewusstsein nicht die Mühe, großartig mit Symbolen zu arbeiten, meinte sie lachend. Dann erkundigte sie sich, ob es sich immer um denselben Gegner handeln würde. – Meistens ist es mein Mann, gab ich zu, Alexander, Sie haben ihn gestern Abend kennengelernt. – Der mit der Trachtenjacke? – Es ist keine richtige Trachtenjacke, erklärte ich, es ist lustig gemeint … verschmitzt, ein Kleidungsstück mit Augenzwinkern, verstehen Sie. Die Autorin nickte und blies den Rauch zur Seite aus. An der Art, wie sie die Zigarette wegwarf und zertrat, merkte man, dass sie keine echte Raucherin war. Plötzlich vertraute ich ihr an, dass ich ihn, meinen Mann, manchmal Alexander den Dritten nennen würde. – Er fühlt sich dann jedes Mal geschmeichelt, er denkt, ich würde einen König in ihm sehen, sagte ich, in Wahrheit ist er der dritte Alexander in meinem Leben, aber das habe ich immer für mich behalten. (Wie erleichternd es war, Privatheiten vor jemand Fremdem auszuplaudern.) Die Autorin lachte, ich glaube, sogar ein wenig anerkennend. Zum Abschied fragte sie, ob sie ihn verwenden dürfe – meinen Traum, und notierte ihn sich auf einem alten Kassenzettel.

Als sie eingestiegen und der Zug abgefahren war, blieb ich noch eine Weile auf dem Bahnsteig stehen. Mir war schrecklich zumute. Als wäre ich sitzen gelassen worden. Aber nicht so, wie einen ein Mann sitzen lässt, auf eine entsetzlichere Weise, als hätte mich jemand für immer abgetrennt. Dasselbe Gefühl wie im Krankenhaus, als ich zum ersten Mal ein Kind verloren hatte. Ich glaube, ich habe wirklich für einen Moment lang gehofft, die Autorin würde mir eine Lösung vorschlagen, mich mitnehmen, irgendwas. Schließlich stieg ich aufs Rad und fuhr los. Ich fuhr einen großen Bogen, über Ebingen und Tailfingen fuhr ich, ich machte eine richtige kleine Tour. Als ich zu Hause ankam, war immer noch sehr viel vom Tag übrig. Ich überlegte, ob ich den späten Mittagsbus nach Stuttgart nehmen sollte. Dann hockte ich mich auf die Couch, meine Kopfhörer auf dem Kopf, ohne eine CD eingelegt zu haben. Ich fror. Immer friere ich. Frieren ist typisch für Menschen im Exil, habe ich mal gelesen. Dabei haben die meisten sogar geglaubt, ich käme von *hier*, als Alexander hier, in seiner Heimat, mit mir auftauchte. Nur die Bäckersfrau dachte monatelang, ich sei aus Hamburg. Ich war so stolz, ich dachte, so einfach ist das, die Verwandlung ist geglückt. Aber das stimmt nicht. Die Verwandlung glückt nie. Alexander erinnert mich oft genug daran. Wenn ich deprimiert bin, neckt er mich manchmal. Er nennt meinen Gesichtsausdruck Ostbittermiene. Natürlich ist das spaßig gemeint. Früher konnten wir tatsächlich darüber lachen. Genauso wie über meinen Duckreflex, ein Wort, das von Alexander stammt. Bei unserem ersten Urlaub amüsierte er sich kopfschüttelnd darüber, dass ich in der Apartmentanlage am Strand von Palma ergeben den Schlüssel zu einem Zimmer entgegennahm, *irgendeinem* Zimmer, anstatt auf den Tresen zu hauen und die Suite mit Meerblick zu verlangen, die gebucht war. Ich war froh, überhaupt am Mittelmeer zu sein. Einige Zeit später fiel ihm ein Foto von meiner Jugendweihe in die Hände. Er hielt sich laut wiehernd den Bauch. Mein Haar war schrecklich. Ich erklärte, dass ich der Friseuse lang und breit beschrieben hätte, wie sie mir die Haare schneiden soll, was sie nicht davon abgehalten hatte, mir eine Omafrisur zu verpassen. – Und du hast dich brav bedankt und bist gegangen, typischer Duckreflex! – Ich war vierzehn, verteidigte ich mich. Bei mir dachte ich, damals kannte ich noch keinen Alexander, noch nicht mal den Ersten. Ich hatte mitgelacht damals, über meine Haare, es war befreiend, auch wenn ich später das Foto heimlich zerrissen habe. Alles wird zu einem Witz, je mehr man sich davon entfernt. Warum nur?

Als ich unseren Wagen in der Einfahrt hörte, schreckte ich auf. Alles war dunkel. Fieberhaft tastete ich nach meinem Telefon auf der Couch, um nach der Uhrzeit zu sehen. An der Wange spürte ich schmerzhaft den Abdruck des Kopfhörerbügels. Wie lange war ich weggesunken? Ich bemühte mich, nicht verschlafen zu wirken. Ich kniff mir in die Wangen, dann machte ich Licht im Zimmer und ging rasch hinüber in die Küche, wo ich das Radio einschaltete und wahllos ein paar Dinge aus dem Kühlschrank nahm, als wäre ich gerade bei der Vorbereitung fürs Abendbrot. Alexander kam frohgelaunt durch die Tür. Ich schämte mich für sein Aussehen, man wird älter, und von dem, was mal Spiel war, bleibt nur noch das Peinliche übrig. Das Schlimme ist, man merkt es nicht sofort, die Übergänge sind fließend. Wie konnte ich mein halbes Leben an diese Jacke hängen, dachte ich. Alexander erkundigte sich nach meinem Tag, eigentlich eine Zumutung. Ich sagte, heute Morgen habe ich die Autorin zum Bahnhof gebracht. – Eine nervige Person, meinte er. – Das behauptet sie von euch auch, gab ich zurück. Alexander bleckte lachend die Zähne (eine neue Angewohnheit). Um ihn nicht weiter anschauen zu müssen, begann ich, Eier in einer Schüssel aufzuschlagen, drei vier fünf Stück, bei dem Gedanken, später dieses mit so viel Gewalt und Ablehnung zubereitete Rührei essen zu müssen, wurde mir jetzt schon übel. – Unser Spediteur hat dich heute Mittag in Tailfingen gesehen, auf dem Rad, sagte Alexander, während er seine Jacke auszog. – Und? – Was willst du in Tailfingen? Ich wartete eine Weile, bevor ich sagte, es ging mir nicht besonders gut, ich war so seltsam … gelähmt. Alexander verzog das Gesicht zu einem gespielten Mitleidsflunsch. – Ach was, Madame fühlten sich gelähmt, das wäre ja nichts Neues, sagte er und warf seine Jacke auf den Küchenstuhl. Dann lief er ins Bad. – Danke für deine Anteilnahme, sagte ich. – Geht das jetzt wieder mit deinen Mätzchen los, rief er vom Waschbecken her, willst du jetzt wieder anfangen, jeden zweiten Tag zu deiner Idiotengruppe? – Du bist wirklich ein Arsch. – Und du ein erbärmliches Gespenst, hörte ich ihn sagen. Wir streiten nicht laut. Es ist eher so, als hätte jeder ein kleines Abschussgerät und eine bestimmte Anzahl von Pfeilen. Wenn sie abgefeuert sind, ist Schluss, eine Sache von einer

Minute, höchstens. Alexander kam mit einem Handtuch aus dem Bad geschlendert. Während er sich das Gesicht trocken rubbelte, sagte er, hat das Kätzchen die Krallen wieder eingezogen? Ich starrte ihn an, holte Luft und sagte plötzlich, Alexander, ich glaube, ich möchte nicht mehr hier sein. – Wie hier, fragte er und sah mich belustigt an, in der Küche? Ich schüttelte langsam den Kopf. Ich werde weggehen, Alexander, sagte ich, weg von dir. Dann schlug ich die Hände vors Gesicht, weil ich fürchtete, mir kämen die Tränen, aber bis auf einen leichten Druck auf den Ohren fühlte ich gar nichts. – Du und weg, rief Alexander, du kannst nicht weg, Franziska, schon vergessen, dass dir die Welt Angst macht? Ich ließ die Hände wieder sinken. – Oder haben wir es etwa mit einer Spontanheilung zu tun, fuhr er fort, o Herr, ein Wunder ist geschehen! Offenbar versuchte er, dem Ganzen eine heitere Note zu geben. Ich blickte ihn schweigend an. Wahrscheinlich lag es daran, an diesem Blick, der so lange dauerte, dass Alexander auf einmal begriff. Er begriff, dass es mir ernst war. Ich selbst begriff es ja auch erst in diesem Moment. Alexander reagierte seltsam. Er verfiel vom Lachen in eine Art Panik. – Ich hab's gewusst, polterte er plötzlich los, wie aufgeschreckt aus einem Traum, ich hab gewusst, dass was im Busch ist. Er hielt mir seine Hand vor die Nase, hier, brüllte er, meine Schuppenflechte blüht wieder auf, danke sehr! – Deine Schuppenflechte gehört ganz allein dir, sagte ich ruhig. – O nein! Ohne dich hätte ich sie nie im Leben bekommen, so sieht es aus! Er stürmte aus der Küche. Ich ging ins Schlafzimmer, wo ich eine Reisetasche aus dem unteren Schrankfach nahm. Ich hatte keine Ahnung, was genau ich tun würde, aber es tat gut, mit einer so eindeutigen Handlung wie dem Packen anzufangen. Alexander kam mir hinterher. Mit wilden Gesten schaltete er die Stehlampe an, danach die beiden kleinen

Leuchten auf dem Sideboard gegenüber dem Bett, als könne er mit mehr Licht meine Entscheidung beeinflussen. Fast musste ich lächeln. – Ich begreife nicht, was in dich gefahren ist, wetterte er. Ich sah ihn an, es ist ganz einfach, sagte ich, ich kann nicht mehr. Alexander lachte heiser auf. – Du kannst nicht mehr? Was soll das heißen, du kannst nicht mehr, *was* kannst du nicht mehr? – Hier sein. – Damit hattest du sechzehn Jahre lang kein Problem! Er sah mich mit verzerrtem Gesicht an: Hast du nicht alles, Franziska?, fragte er, du hast doch alles! – Ja, ich habe alles, bestätigte ich matt. Gleichzeitig war dieses alles nichts, aber das kann niemand begreifen, am wenigsten ich selbst. – Gut, meinte er nach einer Weile, um einen sachlichen Ton bemüht, halten wir fest: Dir fehlt etwas. Damit lässt sich arbeiten. Aber was? *Was* fehlt dir, Franziska? Ich zuckte mit den Schultern. Eine Weile war es ganz still. Schließlich sagte ich leise, ich habe Sehnsucht. Alexander ließ sich aufs Bett sinken und raufte sich stöhnend die Haare. – Aber *wonach,* Herrgott? Ich sah ihm fest in die Augen, dann sagte ich, keine Ahnung, meine Sehnsucht ist intransitiv. Alexander stieß einen Ton aus, eine Mischung aus Lacher und Entrüstung. Er schien sich beherrschen zu wollen. Schließlich zog er mich zu sich aufs Bett und sagte kopfschüttelnd, Franziska, hör auf mit dem Scheiß. Es war kein Befehl, im Gegenteil, es hörte sich an, als würde er betteln. Nach einer Pause flüsterte er tatsächlich, bitte, bitte! Zweimal.

Auf einmal drang in die Stille, die sich in dem Raum, unserem teuer bezahlten Schlafzimmer, ausgebreitet hatte, der Klang einer Stimme, männlich und sonor, eine dieser bekannten Sprecherstimmen, die auf jedem zweiten Hörbuch anzutreffen sind, es klang, als würde sie direkt über unseren Köpfen eine Geschichte vorlesen, das Ende einer Geschichte, die sich immer wiederholte, der Mann fing an, ihren Rücken zu streicheln, las die Stimme, aber die Frau schaffte es, seine Hand abzuschütteln, ohne sich zu bewegen. Dann saßen sie da, reglos in dem festlich beleuchteten Zimmer, ein jeder in seine eigene Sehnsucht vertieft.

BODO STAMM

Ich durchdringe das Phänomen des Todes, habe ich zu Doktor Urban gesagt. So wie ich das Phänomen des Lebens durchdringe. Ich habe es bewältigt. Ich wünsche eine Feuerbestattung. Feuer macht mir nicht solche Angst wie die Natur. In der Natur gibt es zu viele Einzelphänomene, auf die es zu achten gilt. Sie stürzen auf mich ein und lassen sich nie zu einem Ganzen ordnen. Und wenn, dann ist der Zusammenhang falsch. Auf keinen Fall will ich zum Giersch. Meine Mutter versteht das. Sie weiß um meine Beweggründe. (Sie ist sehr freundlich.) Überirdisch darf man getrennt leben, nur unterirdisch ist alles mit allem verwoben. Unterirdisch existiert ein dichtes Netz, ein Geflecht, das niemanden Reißaus nehmen lässt. Das habe ich schon sehr früh gelernt, als Kind, bei einem Erlebnis, das ich mein Giersch-Erlebnis nenne. Eines Tages sollte mein Großvater auf mich aufpassen. Wir sahen uns nicht sehr häufig, und wenn, wusste er nie, was er mit mir anfangen sollte. Er brummte anstatt zu reden, was mir nichts ausmachte, im Gegenteil. An dem Tag nahm er mich mit in den Garten. Dort setzte er mich auf die Hollywoodschaukel, eine Empfehlung meiner Mutter, von wo aus ich ihn beobachten konnte. Er entfernte Giersch, wie er mir erklärte. //*Aegopodium podagraria*, aus der Familie der Doldenblütler, dessen Gestalt der Blätter an einen Ziegenfuß erinnern.// Er hatte mich nicht gern im Garten dabei, niemanden, er hasste es, wenn man ihm zusah und in sein System eingriff, er nahm es als Störung auf. (Wofür ich mehr Verständnis hatte, als er wusste.) Aber dann begriff er, mit welcher Besessenheit ich ihm beim Entfernen des Gierschs helfen konnte. Er überließ mir sogar seine Arbeitsgeräte. Der Giersch ist tatsächlich gierig, er kommt allem zu nahe. Er saugt das Wasser nur so weg, er ist wie eine riesige Menschenmenge, nur unter der Erde. Ich konnte verstehen, warum er ihn nicht haben wollte. Geradezu fieberhaft machte ich mich daran, den Ursprung der Wurzel des Gespinstes zu finden. Ich zog nicht nur einzelne Stiele heraus, ich deckte das gesamte Unkrautrhizom auf. Dazu grub ich sehr tief. Ich war überaus ehrgeizig, keiner der Pflanzenteile durfte beim Ausgraben verletzt werden. Eins der Rhizome nahm ich mit nach Hause, wo ich es auf einem großen, sehr glatten roten Blatt auslegte. Es bestand aus sechsunddreißig weißen Wurzeltrieben. Ein Anblick, der sehr schön Furcht einflößend war. Es ließ sich etwas daran begreifen. Die Tatsache, dass unter der Erde die Zusammenhänge bestehen, konnte ich mir gedanklich zunutze machen. Aber die Vorstellung, selbst Bestandteil dieses Netzwerkes zu sein, reizt mich nicht.

TOMAS KROHN

Kein Mensch rechnet mit so was. Dass man plötzlich durchdreht, aus heiterem Himmel. Als würde jemand anderer in einem hocken, der nur darauf gewartet hat, endlich zum Vorschein zu kommen. Jemand, der seine eigenen Vorstellungen hat, einen eigenen Willen. Auf einmal tut man Sachen, die man früher nicht getan hätte. Das alles wäre halb so schlimm, wenn Fritz nicht wäre. Nichts wäre schlimm ohne Kinder. Gleichzeitig wäre ohne ihn das Ganze nicht passiert. Hätte ich irgendwann in meinem Leben Silva nicht kennengelernt, würde es Fritz gar nicht geben, und ohne Fritz hätte ich Britta nicht wiedergesehen. Alles hängt mit allem zusammen. Man hört solche Sätze und denkt, okay. Erst wenn es einen selbst erwischt, begreift man den Schrecken, der darin liegt.

Seitdem unser Sohn zur Schule gekommen ist, fahre ich ihn jeden Morgen hin. Auf diese Weise habe ich Britta entdeckt, Britta Peters. Ich hatte Fritz wie gewohnt rauf ins Klassenzimmer gebracht und rollte vom Parkplatz, da sah ich sie. Sie stand an der Querseite des Schulhofs, bei den Fahrradständern, und half ihrer Tochter gerade mit dem Helm. Sie selbst trug auch einen dieser grässlichen Eimer. Trotzdem erkannte ich sie, immer noch derselbe Traumarsch, in einer engen grauen Jeans (ein Kleidungsstück, das für Silva nicht infrage käme), dieselben katzenartigen Bewegungen. Zwanzig Jahre, ein Fingerschnipp, und alles ist wieder da. Ich hätte aussteigen und Hallo sagen können. Stattdessen hielt ich das Lenkrad umkrampft und glotzte zu ihr hinüber, starr vor Schreck und einer Riesenlust. Mein Herz puckerte, das Blut schoss durch meinen Körper, als hätte jemand sämtliche Kochplatten in mir angestellt. Ein Zustand, der den ganzen Tag über nicht wegging. Ich ließ mich sogar zu einer charmanten Bemerkung gegenüber dem Nilpferd in Referat 34 hinreißen, Mandy Insel, was für ein Name, erdrückt von hundert Kilo.

Immer noch aufgekratzt, fuhr ich spätnachmittags nach Hause. Silva stand da, an die Küchenzeile gelehnt, die Arme verschränkt. Nach der üblichen Begrüßung (eine seltsame Berührung unserer Wangen) wandte sie sich ab und goss einen Schwung Entkalker in den Wasserbehälter der Kaffeemaschine. – Nächste Woche soll's Frost geben, sagte sie und rührte wie eine Besessene, damit das Zeug sich auflöste, besser, du kriegst den Pool vorher fertig. (Bevor Fritzi schwimmen gelernt hat, fand sie einen Pool zu gefährlich). Ich ließ mich auf den Küchenstuhl sinken. Ich hatte immer noch diese ungeheure Lust, weswegen ich gleich wieder aufstehen musste. Fritz war beim Kinderyoga. Zwei Minuten, mehr hätte ich nicht gebraucht. (Normalerweise nähern wir uns wie müde Tiere, wenn es passiert.) Ich ploppte mit der Zunge und sagte, klar mach ich den Pool fertig, wenn du nackt baden gehst. Sie drehte sich um und sah mich komisch an, als wolle sie sagen, träum weiter, du armer Irrer. Dann schaltete sie die Kaffeemaschine an, ging zum Kühlschrank und nahm Fritzis Brotbüchse raus, die sie mir gleich darauf vorwurfsvoll unter die Nase hielt. – Die hast du heute Morgen vergessen, sagte sie und kippte das Salamibrot demonstrativ in den Müll. Ich dachte, egal, weiter!, und steuerte auf sie zu. Ein Annäherungsversuch, einzig und allein beflügelt von Brittas Anblick an jenem Morgen, ich gebe es zu. Na und? Das Wichtigste in einer Ehe ist die Fähigkeit, Dinge ausblenden zu können. Silva verschränkte wieder die Arme.

Ich frage mich, ob diese Geste nicht mehr als alles andere meinen Absturz verursacht hat. Ihre ewig verschränkten Arme, dieser Harnisch der Frauen. Die Emanzipation hat was Grimmiges an sich.

Während Silva Fritz abholen fuhr und ich den Abendbrottisch deckte, verfiel ich in eine trübselige Stimmung. Später räumten wir schweigend den Geschirrspüler voll. Dann sah ich zusammen mit Fritz eine halbe Stunde Kinderkanal. Die schönste Zeit des Tages. Nach der Wissenssendung diskutieren wir oft noch weiter, wir klären physikalische Probleme, reden über die Welt. Welcher Greifvogel fliegt am höchsten, wie ist es, wenn man unsichtbar wird? Nach dem Zubettbringen setzte ich mich an den Computer. Als ich kurz in die Küche kam, hatte Silva gerade den Esstisch am Wickel. Sie sortierte den Papierkram, Rechnungen, Kataloge, Notizzettel, der sich über die Wochen regelmäßig anhäuft. Ich kam zufällig dazu, wie sie Fritz' Osternest in den Mülleimer warf. So ein kleines, leicht windschiefes Körbchen aus Papier, das er irgendwann aus dem Kindergarten mit nach Hause gebracht hatte. Ich fragte, was tust du da? Sie sagte, was meinst du? – Wieso entsorgst du Fritzis Osternest? Sie setzte wieder diesen Mitleidsblick auf. – Ich werfe das staubige Ding weg, das seit einem Dreivierteljahr auf dem Küchentisch steht und das du noch nie beachtet hast, Tomas! Ich verließ die Küche, ohne ein Wort. Nachts wachte ich auf. Ich dachte an das Papierkörbchen. Plötzlich ertrug ich die Vorstellung nicht, dass es im Müll lag. Ich stand auf und ging in die Küche. Silva hatte den Sack inzwischen rausgebracht (mittwochs kommt die Müllabfuhr). Also ging ich vors Haus, so wie ich war, barfuß, im T-Shirt und der kurzen Pyjamahose. Der Sack stand da. Ich schnappte ihn mir, kippte ihn auf dem Bürgersteig aus und begann, zwischen Spaghettiresten, Käsepapier und anderem Zeug herumzukramen. Das Ganze dauerte (wir haben 80-Liter-Säcke). Ich arbeitete längst mit beiden Händen, als Silva dazukam. – Was soll das?, rief sie, die Stimme gedämpft, wegen der Nachbarn in den Häusern ringsum. Ich gab keine Antwort. – Spinnst du, was ist los? – Wer hier spinnt, ist ja wohl klar, sagte ich und ließ meinen Blick fieberhaft über den verstreuten Müll schweifen. – Kannst du mir verraten, was das soll?, rief sie, während sie abwechselnd versuchte, den verstreuten Müll einzusammeln und mich davon abzuhalten, neue ketchup- oder kaffeeverschmierte Dinge aus dem Haufen zu fischen. Ich schüttelte sie ab. Sie krallte sich an meinem Oberarm fest. – Geh verdammt noch mal ins Haus!, fauchte sie. Jetzt kam ich erst richtig in Fahrt. – Wo ist Fritzis Osternest?, rief ich. – Was? – Ja, *WAS!*, eine Mutter, die die Bastelarbeit ihres Kindes wegwirft! Plötzlich brannte bei mir was durch. Ich wette, *meine* Osternester hast du auch weggeschmissen, schrie ich sie an, genau wie du meinen Weinflaschenklotz zum Sperrmüll getan hast, alles entsorgst du, nur immer weg damit, meine Osternester, wie viel waren es, zehn, elf Stück?, jedes einzelne, das ich in meinem Leben gebastelt habe, hast du die auch entsorgt, schrie ich und bückte mich wieder hinunter zum Müll. Ich war wie besessen von der Idee, ich könnte sie direkt hier vor mir finden. Plötzlich sah ich Fritz in der Haustür stehen, in seinem Meister-Yoda-Schlafanzug, im Arm das seltsame Plüschtier, das er Kugel nennt. – Papa sucht seine Armbanduhr, hörte ich Silva sagen, in ihrem süßlichen Mutter-Beruhigungston. Während sie sich beeilte, unseren Sohn wieder ins Haus zu bugsieren, merkte ich, dass in den Müll unter mir riesige Tropfen platschten, offenbar Tränen, sie stammten von mir. Als ich mich aufrichtete, rauschte ein weißer ICE an meinem Kopf vorbei. Das war das Letzte, was ich mitbekam. Aufgewacht bin ich auf unserer Wohnzimmercouch, es war sehr hell draußen, Fritz war bereits in der Schule, die Nachbarin hatte ihn mitgenommen. Mein erster Gedanke war: Ich habe ihn um unsere morgendliche Fahrt gebracht, um unsere zwanzig Minuten Radio Teddy. Ich fühlte mich schuldig. Das habe ich auch zu diesem Psychodoktor gesagt, zu dem Silva mich gleich am nächsten Tag verfrachtet hat. Ich habe mich wegen Fritz darauf eingelassen. Außerdem ließ es sich nicht leugnen, ich war tatsächlich im Eimer. Ich kam einfach nicht mehr hoch. Ich wollte, aber ich konnte nicht. Meine Beine streikten, mein Kopf, der Rücken. Ich hatte Mühe, die Augen aufzuhalten, ich ertrug die Helligkeit nicht. Mannomann, dachte ich, während ich im Wartezimmer saß, jetzt gehörst du auch zu den Wracks.

– Sie haben also das Gefühl, Schuld auf sich zu laden, sagte der Arzt zu mir, so ein munterer Typ mit massigem Schädel. Er drehte sich in seinem Schreibtischsessel hin und her, die Fingerspitzen an der Tischkante. – Das ist wie bei den alten Griechen, kennen Sie die Griechen?, fragte er. Im griechischen Drama wollen die Helden das Gute, verstricken sich aber jedes Mal auf dem Weg dorthin. Sie gehen extra Umwege, sie wollen ausweichen, und am Ende haben sie das Gegenteil erreicht. Das nennt man Tragik. Er war der Ansicht, genau an dem Punkt müssten wir ansetzen. – Wir stellen Sie auf den richtigen Pfad, sagte er, wir bringen Sie weg von der Tragik. Ich sah ihn entgeistert an, wahrscheinlich wirkte ich tatsächlich wie ein Idiot, an mir ist überhaupt nichts tragisch, sagte ich, ich gehe keinen Umweg, ich habe das Chaos direkt angerichtet, machen Sie mich einfach wieder fit, ja, ich habe einen Sohn, der mich braucht. Meine größte Angst war Fritz. Immerhin hatte er meinen nächtlichen Abgang mit angesehen. Als ich mich am Abend danach entschuldigen wollte, guckte er mich nur mit seinen großen Augen an. Offenbar wusste er gar nicht, was ich meinte. Ich bin kein Naivling. Ich weiß, dass nichts vergessen wird, in so einem Kinderhirn lagert sich jedes Drama ab, alles, noch das kleinste Fitzelchen, habe ich zu dem Arzt gesagt, genau darin liegt ja das Problem. – Warum sehen Sie ein Problem darin?, wollte er wissen. Mein Kopf dröhnte. – Ich versuche nur, ein guter Vater zu sein, hörte ich mich sagen. Auf welche Rolltreppe bin ich denn hier geraten, dachte ich, worüber reden wir plötzlich? – Sie haben also das Gefühl, ihrem Kind gegenüber ungerecht zu sein, stellte er fest. – Nein, verdammt, brüllte ich, oder vielmehr: Ja!, aber da gibt's keine Lösung, stimmt's, mit allem, was man sagt, was man nicht sagt, alles, was man tut, was man unterlässt, ALLES bedeutet einen Stempel, ergo eine Ungerechtigkeit. Das bekam er nicht rein in seinen Schweineschädel. Stattdessen fragte er, warum ich meine Angst in der unpersönlichen Form schildern würde. Zum Abschied gab er mir ein Rezept mit.

Silva erzählt inzwischen überall, ich würde Tranquilizer schlucken. Sie sagt es extra so. Sie hat keine Ahnung, dass ich noch keine einzige der Tabletten genommen habe. Ich betrachte die weiß-blaue Packung als Notköfferchen, für den Fall der Fälle. Leider weiß man immer erst hinterher, wann dieser Fall gewesen wäre, hinterher weiß man, dass etwas falsch gelaufen ist, alles. So wie bei dem sogenannten Klassentreffen. Vielleicht war es tatsächlich falsch, nicht *ratsam*, wie Silva sagte, in meinem Zustand zu einem Klassentreffen zu fahren. – Was meinst du mit ›Zustand‹, fragte ich sie aus dem Auto heraus, während ich schon von unserem Grundstück rollte, schau dich um, es geht uns doch prächtig, oder? (Wir sitzen in Petzow, im Niemandsland. Silva wollte unbedingt raus aus der Stadt. Hier gibt es außer dem verfluchten Sanddornhof nichts.)

Ja, es war falsch, auf Steffis Mail zu antworten, ihre Einladung zu einem unkomplizierten Treffen als nett zu bezeichnen und zu versprechen, die Nachricht weiterzuleiten, falls mir eine der noch fehlenden Adressen unterkäme (was ich nicht getan habe), es war falsch, mich an den Tisch zu den anderen in der Pizzeria zu setzen. Ich bin falsch. Aber selbst wenn ich das Zeug von dem Doktor genommen hätte, wäre es so weit gekommen, wie es gekommen ist, da bin ich mir sicher. Ich habe mich nur wegen Britta zu diesem verfluchten Treffen geschleppt. Als ich ankam, saßen genau fünf von unseren Leuten da. Steffi hatte ihren Mann mitgebracht, ich fragte mich, wozu. Von Britta keine Spur. Ich schaffte es, mir meine Enttäuschung nicht anmerken zu lassen. Nachdem wir uns gegenseitig die Zusammenfassungen unserer geglückten Lebensläufe präsentiert hatten, fingen die Mädchen an, über die alten Zeiten nachzudenken. Das war nach ungefähr einer halben Stunde. Irgendwer rückte mit der Information raus, die Pistiak hätte sich umgebracht. – Aber schon in den Neunzigern, sagte Ellen, als würde die Tatsache dadurch harmloser, dass sie schon lange zurücklag. Dann beschworen sie die lustigen Dinge herauf, Fahnenappelle, Sport- und Staatsbürgerkundeunterricht, Reagan, Breschnew und Honecker sitzen zusammen im Flugzeug, sie zählten die russischen Staatschefs auf, die Atmosphäre war elektrisiert. Alle drei Sekunden ein fröhlicher Aufschrei, als ob es guttun würde, der Vergangenheit nicht allein ausgesetzt zu sein. Vor acht Jahren, wahrscheinlich vor acht Monaten noch hätte mir das mit Sicherheit Spaß gemacht, jetzt fand ich es widerlich. Als würden sie die *falschen* Dinge heraufbeschwören. Ihr Gerede griff mich richtiggehend körperlich an. Um mich abzulenken, starrte ich auf Connies Brüste. Enorm, eine einzige Einladung. Leider vermieste sie mir den Anblick, indem sie die Behauptung losließ, wir wären früher politischer gewesen als die Kinder heute. – Wir haben wenigstens gewusst, was in der Welt los ist, sagte sie (mir wäre wirklich wohler gewesen, sie hätte aufgehört mit dem Schwachsinn), die Invasion der Amis in Grenada, wisst ihr noch, ich glaube, mein Sohn bräuchte eine Stunde, um Grenada auf der Karte zu finden. Alles lachte. Dass sie ihren Sohn da mit hineinzog, fand ich gemein. Plötzlich packte mich was. – Was meinst du damit?, ging ich sie quer über den Tisch an, was meinst du mit: Wir waren *politischer*? Connie stutzte und sah in die Runde, mit einem Blick, der offenbar fragen sollte, ob ich übergeschnappt sei. – Wozu hat es deiner Meinung nach geführt, dein Politischsein, fuhr ich in lautstarkem Ton fort, wo spielt es eine Rolle, hier, in unserem Leben, in deinem? Connie winkte mit eisigem Blick ab, sie spielte die Schockierte. Steffi lenkte ein. Sie hielt es für angebracht, uns daran zu erinnern, dass wir hier in Frieden saßen, was keine Selbstverständlichkeit sei, angesichts der Lage in der Welt, vor allem was die Geschehnisse in Paris und so weiter und so fort. Ihr Mann pflichtete ihr stumm bei. Was für ein Traumpaar! Diese demonstrative Eintracht brachte mich nur noch mehr auf. – Was soll überhaupt dieses dauernde *Wir*, rief ich (ich war wirklich ziemlich erregt), ihr tut ja geradezu so, als hätten wir uns die Vergangenheit ausgesucht, noch dazu gemeinsam, als hätten wir eine besonders gute Wahl getroffen, als wäre sie unser verdammter *Verdienst*. Ich für meinen Teil habe überhaupt nichts gewählt, stellt euch vor, ich habe einfach immer nur das getan, was von mir verlangt wurde, früher wie heute, in der Schule, beim Bund, im Job, jeder tut das, man tut, was das Leben von einem verlangt, fertig. – Du warst beim Bund?, fragte Rebekka. Ich achtete nicht darauf. – Der Witz daran ist, erklärte ich in einem mir selbst fremden Ton, es ist egal, denn alles ist beschlossene Sache, von Anfang an, du hast keine Wahl, niemand. Meine Hand verselbstständigte sich und fabrizierte einen Schlenker, der meinen Worten eine unbeabsichtigt ironische Note verlieh. Die anderen wandten sich ab. Innerlich, meine ich. Ich konnte sehen, wie absurd meine Ansprache in ihren Augen war. – Ist mir früher gar nicht aufgefallen, dass du defätistisch bist, sagte Rebekka. Ich zuckte mit den Schultern, lachte blöde und ging aufs Klo, um das Wort zu googeln. Wer konnte ahnen, dass Britta nicht kommt. Ich hätte sofort kehrtmachen sollen, als ich gesehen habe, dass sie nicht da ist. Bei Enttäuschungen werde ich aggressiv. Wer nicht. So ist das eben. Ich sehe keinen Grund, warum ich das Fluoxetin nicht doch einnehmen sollte. (Vorausgesetzt ich finde den Ort, an dem ich es vor mir selbst versteckt habe.) Alle Welt schluckt was, ständig. Überall Junkies, Durchgeknallte und Verrückte, Mutanten, vollgestopft mit dem irrsten Zeug. Das habe ich schon gesehen, als ich nach der Grenzöffnung mit der Schwalbe nach Westberlin bin. Dieser erste Eindruck von der großen weiten Welt, lauter einsame Irre, nichts davon würde mir vertraut werden, habe ich damals gedacht. Jetzt ist es mir vertraut. Dabei wollte ich nie was brauchen müssen. Mein Standpunkt war immer, wenn ich in Bedrängnis gerate, will ich nicht *sofort* zugrunde gehen. Nur deshalb bin ich zum Bund. Um mich fit zu machen, mich zu stählen. Sport und ein bisschen Spaß, wo geht das besser als bei den Fallschirmspringern, habe ich damals gedacht. Wie sollte ich ahnen, dass ich mich in einem Kaff im Saarland, in einem Haufen Idioten wiederfinden würde. Der Unterschied zwischen mir und denen war, dass sie tatsächlich irgendwo landen wollten. Für die war Somalia ein Spaß, die freuten sich darauf, irgendwo in der Wüste abgesetzt zu werden, um Leute zu killen. Zugegeben, es handelte sich um eine UN-Mission, es wurde nicht gekämpft. Es ging ihnen nur um die Prämie. Ich meldete mich trotzdem nicht, zusammen mit drei anderen brachte ich die restliche Zeit mit Basketballspielen auf dem leeren Platz vor der Kaserne herum, mit einem Fallschirm gesprungen bin ich höchstens zehn Mal. Egal, alles hat sich verflüchtigt. Das Leben ist eine Einbahnstraße, nichts lässt sich rückgängig machen, mich hat eine Binsenweisheit aus der Bahn geworfen. *Das* hätte ich ihnen zurufen sollen, bevor ich vom Klo direkt nach draußen gestürmt bin.

Inzwischen empfinde ich meine Krankschreibung als Segen. Wenigstens habe ich so Zeit. Zeit, die ich vor der Grundschule meines Sohnes verbringe. Ich sitze im Auto und warte darauf, dass Britta auftaucht. Silva denkt, ich würde mich im Baumarkt umsehen. – Du bist ein Kämpfer, hat sie neulich zu mir gesagt und mich mit einer liebevollen Geste am Ohr gezupft. Wenn es jemand anderem schlecht geht, blüht sie auf. Ich sitze da, friedlich und leicht schlaff, und warte. Wenigstens weiß ich, worauf. Das ist genau, was der Arzt verlangt hat. Werden Sie zum Hamster, hat er zu mir gesagt, legen Sie Reserven an, setzen Sie sich kleine Ziele. Vielleicht gibt Britta die Kleine ja in den Frühhort. Womöglich war es gar nicht ihr Kind. Während ich dasitze, male ich mir aus, was ich tun würde, käme sie wirklich vorbei. Ich träume von einer wortlosen Wildheit. Ein einziger Blick, und wir wissen Bescheid. Sie würde es ganz selbstverständlich machen, ohne Getue, auch ohne Koketterie. Wie kann man wissen, dass das, was zurückkehrt, auch das ist, was verschwunden war, hat mich Fritz gestern gefragt. Er zeigte mir eine Stelle in seinem *Star-Wars*-Buch: Han Solo wird in einen Karbonitblock eingefroren und wieder aufgetaut. Ein Weiser in einem Paralleluniversum, mein Sohn. Ich hingegen, ein Mann, der seine Vormittage in seinem Auto sitzend vor einer Grundschule herumbringt. Am Ende halten sie mich noch für sonst was. Die Sache ist ganz und gar aussichtslos, trotzdem wird man die blöden Hoffnungen nicht los.

BRITTA PETERS

Man läuft nicht nachts allein an der Plaça de Catalunya herum. Jedenfalls nicht als Frau, noch dazu mit einem Trolley. Aber in dieser fensterlosen Absteige in der Carrer … hätte ich nie im Leben bleiben können. Nicht mal in dem erschöpften Zustand, in dem ich mich befinde. Ein Zimmer mit Blick auf nichts als sich selbst, schauderhaft. Aber was anderes ist wohl kaum zu erwarten, wenn man kurz vor Mitternacht den Versuch unternimmt, in einer Stadt wie Barcelona noch irgendwo unterzukommen. Zugegeben, es war ein halbherziger Versuch. Ich habe mir das Zimmer nur zeigen lassen, weil es mir peinlich war, noch länger in dem Eingangsbereich herumzustehen. Und um die volle Wahrheit zu sagen, selbst mit Fenster hätte ich das Zimmer nicht genommen. So. Ich bin nur deshalb in das *hostal* gerannt, um dem Katalanen etwas zu beweisen. Er sollte sehen, dass ich auf seine Hilfe nicht angewiesen bin. Eine Übernachtung in einem Hotel käme nie im Leben infrage für mich. Das weiß er. Er weiß, wie es um meine Finanzen bestellt ist. Trotzdem war das Erste, was er mich fragte, als ich vorhin erschöpft von der Reise in seinen scheußlichen Sitzsack sank, du bist mit dem Bus vom Flughafen hierher? Er wollte tatsächlich wissen, warum ich mir kein Taxi genommen hatte. – Ein Taxi?, sagte ich, wovon denn bitte schön? Vielleicht könnte ich mir ein Taxi leisten, wenn du mir endlich die sechshundert Euro zurückzahlen würdest, die ich dir ausgelegt habe, damit du hierher zurück flüchten kannst! – Und du solltest deinem Neger endlich in den Arsch treten, damit er für dein

Kind bezahlt, rief er. Er setzte mir zum x-ten Mal auseinander, ich sei unfähig, mich im Leben an die richtigen Leute zu halten. Ausgerechnet er! – Wer von uns hat denn hier eine Klage am Hals, weil er die Türen von irgendwelchen Leuten eintritt, rief ich zurück. Ich hatte einen Arbeitstag hinter mir, den Flug, eine elende Busfahrt. Eigentlich sehnte ich mich nur nach einem Bett, in das ich zusammen mit ihm fallen wollte. – Und ich blöde Kuh bin extra hierhergekommen, um dir bei der Gerichtsverhandlung beizustehen, sagte ich kopfschüttelnd, schnappte meinen Koffer und stürmte aus der Wohnungstür, durch die ich vor einer knappen halben Stunde gekommen war. Ich flüchtete. In der Hoffnung, er würde mir folgen. Unten angekommen, lief ich planlos nach rechts, die Gasse hinunter, hinein in die erstbeste Unterkunft. Ich fand mich wieder im schwachen Neonschein eines kahlen, rosé getünchten Foyers, diesem *hostal*. Ich wartete, aber nichts geschah. Er war mir nicht gefolgt. Ich vermute, er sitzt inzwischen seelenruhig in irgendeiner Bar und lästert mit seinen Freunden über die Verhandlung morgen. Er nimmt solche Dinge nicht ernst, er nimmt nichts ernst. Noch im Flugzeug dachte ich, wenn er sieht, dass ich ihm beistehe, hätten wir vielleicht eine Chance. Dass er zurückkommen würde, habe ich gedacht, (vorausgesetzt, sie sprechen ihn frei), nach Deutschland, in die Auensiedlung, auf meinen Küchenstuhl, zu mir. Diese Chance hat sich aufgelöst. Es sei denn, es gelingt mir herauszubekommen, wo die Verhandlung morgen Vormittag stattfindet. *Heute* Vormittag, wie ich nach einem Blick auf mein Handy feststelle. Ich suche mir eine Bank. Für gewöhnlich sind hier auch nachts eine Menge Leute unterwegs, heute ist es seltsam still, unheimlich und friedlich zugleich, der Platz wie aufgeräumt.

Beim Kramen nach einem Stück Papier in meiner Tasche stoße ich auf den Brief von der Bank. Sie haben meinen

Antrag auf einen weiteren Kredit abgelehnt, hatte ich etwas anderes erwartet? Man muss einen klaren Kopf behalten. Ich nehme den Umschlag und mache mir eine Liste. Listen sind meine Sache. Sie geben mir Halt. Was zu tun ist: meine Große anrufen, vielleicht Maren, C., zum Schluss den Katalanen. Dann werde ich doch schwach und stelle das Ganze um. Hastig teile ich dem Katalanen per SMS mit, dass ich eventuell schwanger bin. Ich weiß, dass man mit einem Kind keinen Mann hält. Aber ich bin nun mal verrückt, das wissen wir beide. Ist er nicht genau deswegen immer wieder bei mir aufgetaucht, wegen meiner Verrücktheit? Mit der Nachricht habe ich ihm eine Möglichkeit gegeben, sich mit mir zu befassen, darauf *muss* er reagieren. Kurzes Durchatmen, ich achte darauf, in welchem Zustand ich meine große Tochter anrufe. Kurz bevor der Ruf rausgeht, schalte ich ab, gerade noch rechtzeitig. Manchmal vergesse ich, dass eine Fünfzehnjährige nicht meinen Lebensrhythmus hat, ganz zu schweigen von einer Siebenjährigen. Auch wenn ich sicher bin, dass Lisa noch gar nicht schläft. Wahrscheinlich liegt sie sogar mit dem Telefon in der Badewanne und unterhält sich mit irgendwelchen Leuten, jetzt, wo Betty schläft und meine Mutter in ihre Wohnung zurückgegangen ist. Immerhin, die Kinder lieben ihre Oma. Ein wenig erstaunt mich das. Um nicht zu sagen, es verletzt mich. Schließlich hat sich meine Mutter mit Lisa früher keine Sekunde lang in der Öffentlichkeit gezeigt. – Denk nicht, ich setze mich mit einem schwarzen Kind auf den Spielplatz, hat sie am selben Tag gesagt, als ich mit Lisa in der Auensiedlung auftauchte. (Mein Leben – ein einziger großer Ausflug, um genau wieder dort zu landen, wo ich hergekommen bin.) Dabei hatte ich den Umzug nur wegen ihr gemacht. Ich hatte die Hoffnung, meine Mutter würde mich unterstützen. Man macht Pläne, im Vertrauen darauf, es klappt. Plötzlich entpuppt sich die eigene Mutter als Rassistin. Bevor meine Tochter auf die Welt kam, war mir nicht klar, dass sie solche Ansichten hat. Seltsamerweise habe *ich* mein Kind nie als schwarz gesehen. Genau wie auch ihren Vater nicht. Ich bin, was das angeht, tatsächlich farbenblind. Ich erinnere mich, wie ich in Santo Domingo zum ersten Mal aus dem Flugzeug trat. Es war, als würde ich aus einem Keller ans Licht steigen. Der fremde Himmel, gleißend und lockend, war sofort mein Freund. Durch irgendwen oder – was war ein Punkt an meiner Stirn gedrückt worden. Ich sah keine Schwarzen um mich herum, und ich sah auch mich nicht als weiß. Heute erstaunt mich der Anblick auf unserem Hochzeitsbild. Es hat Jahre gedauert, bis ich den Unterschied zwischen ihm und mir erkennen konnte, das, was für andere Leute so offensichtlich ist, das *Alleroffensichtlichste*. Nachdem wir uns getrennt hatten, flog ich zurück nach Deutschland, in meine kleine Wohnung gegenüber dem Bahndamm, in Babelsberg. Ein paar Wochen waren vergangen, als es eines Nachmittags klingelt. Ich öffne, da steht ein Nachbar vor der Tür und fragt, gehört der Neger dort im Baum zu Ihnen? Ich schwöre, ich wusste nicht, von wem die Rede ist. Ich fiel aus allen Wolken. Er hatte mich tatsächlich aufgespürt. Vielleicht ist es mir sogar recht gewesen, ich gebe es zu. Ich muss wissen, dass mich jemand haben will.

Es stellte sich heraus, dass er mich schon länger beobachtete, der verrückte Kerl schlich mir seit Tagen hinterher. Hätte ich zu dem Zeitpunkt bereits gewusst, dass er woanders eine Frau und zwei Kinder hat, hätte ich ihm vielleicht nicht von meiner Schwangerschaft berichtet. Andererseits denke ich, solche Dinge darf man einem Mann nicht verschweigen. Ich wollte ihm eine Chance geben. Die Behauptung meiner Mutter, ich hätte den Verstand eines Esels, trifft nicht zu. Wenn Esel Gefahr wittern, bleiben sie stehen, sie halten inne. – Wenigstens habe ich keine Angst vor der Welt, sage ich zu ihr, ich verkrieche mich nicht wie du. Zum ersten Mal kommt mir der Gedanke, sie könnte ihre Lichtkrankheit früher nur vorgetäuscht haben, damals, als ich noch zur Schule ging. Vielleicht ertrug sie meinen Anblick nicht, vielleicht wollte sie nicht dauernd meine Jugend sehen müssen, vielleicht war ich eine Art Sonne für sie, die zu grell war. Kaum war ich ausgezogen, blühte sie auf, war es nicht so? Man darf nicht in der Vergangenheit wühlen, das bringt nichts.

Vorgestern bin ich nach der Arbeit an dem kleinen Laden mit den Tüchern und den schönen marokkanischen Lampen stehen geblieben. Auf einem Aufsteller stand: *Elizabeth Cuentas legt dir dein Tarot.* Kurz entschlossen ging ich hinein. (Dass sich ihr Name aus denen meiner Kinder zusammensetzte, sah ich als gutes Omen an.) Ich habe mir meine Tarotkarten legen lassen. Zuerst dachte ich, ich würde fragen, was aus mir und dem Katalanen wird, aber dann überlegte ich es mir anders. – Sagen Sie mir einfach, was Sie sehen, sagte ich zu Elizabeth Cuentas. Sie legte schweigend ein Feld von Karten aus. Es tauchte immer wieder eine Frau auf, die sich als meine Mutter herausstellte. Sie erzählte mir, dass meine Mutter lange krank gewesen sei, sogar, dass sie jahrelang die Wohnung nicht verlassen hat, wusste sie. Vermutlich hatte sie bemerkt, dass mich das Thema betrübte, denn sie sagte, manchmal müsse man sich andere Feinde suchen. Feinde, mit denen zu kämpfen es sich lohne. Dann empfahl sie mir, eine Schatulle zu kaufen und Schokoladentaler hineinzupacken, um mich symbolisch von ihr, meiner Mutter, freizukaufen. Über den Katalanen sagte sie nichts. Die Männer sind mir nie gefolgt. Wenn ich mich umdrehe, ist da keiner. Dafür sehe ich sie jeden Tag in den Gesichtern meiner Töchter. Als hätten mir ihre Väter auf diese Weise eins auswischen wollen, bevor sie sich davongestohlen haben. Ich frage mich, wann es angefangen hat. Wann fängt der Faden an, sich zu verheddern? Ich habe genug von Männern, jetzt ist alles ruhig, denke ich jedes Mal. Doch dann kommt es anders. Als Maren mit diesem großen blonden Kerl, dem Katalanen, der zu dem Zeitpunkt ja noch *ihr* Katalane war, in der Tür stand, wurden meine Knie mit einem Schlag weich. Ich wollte ihn, vom ersten Moment an. Zwanzig Jahre lang war ich unschlüssig, welches Tattoo ich mir stechen lassen könnte. Nach einer Woche mit ihm wusste ich es, *sempre al meu cor*, knapp über meiner linken Brust. Ich machte ein Foto davon und schickte es ihm. Was tut der Idiot? Er lacht mich aus. Aber das stört mich nicht. Wie es mich auch nicht gestört hat, dass er ständig über die Auensiedlung herzog, er macht sich lustig, beschwert sich. Hochhäuser und Wohnblocks sind ihm nicht schick genug, dem Industriellensöhnchen aus Barcelona. (Was für eine prächtige Familie, die ihren Sohn verstößt und ihm jede Unterstützung verweigert.)

Tatsache war, dass er immer wieder vorbeikam. Meistens kommt er mit dem Taxi (das ich bezahle, Berlin Charlottenburg – Potsdam, das macht jedes Mal fünfzig Euro!), mein Herz klopft, ich ziehe mir was über, ich backe ihm mitten in der Nacht Zitronenkuchen, den isst er für sein Leben gern, wir flüstern, wegen der Mädchen, wir kichern. Irgendwann saß er häufiger in meiner Küche (wo nur ein Stuhl Platz hat) als in der von Maren. Die Ärmste ging davon aus, sie und er wären immer noch ein Paar. Ich beschloss, ihr mitzuteilen, dass der Katalane mir eindeutige Avancen gemacht hätte. Sie ist ausgeflippt. (In Wahrheit schliefen wir zu der Zeit schon seit drei Monaten miteinander.) Sie stellte ihn zur Rede. Aus Rache behauptete sie, sie würde seit Wochen mit einem seiner Geschäftspartner ins Bett gehen. Er hat sich sofort aufgemacht, ist quer durch Europa gefahren (mit meinem Geld), nur um diesen Typen zur Rede zu stellen. Ein bisschen mehr, als zur Rede stellen. Sie traten nachts die Tür bei ihm ein und verbrannten seinen Ausweis. – Hier regeln wir die Dinge anders, erklärte er, als ich am Telefon fragte, wie er dermaßen überreagieren könne. Er ist der Ansicht, ich hätte keine Ahnung von der Welt, er hält mir meine Naivität vor. Wie kann er das? Wenigstens könnte er es Unschuld nennen, gegen Unschuld hätte ich nichts, Unschuld oder Unverdorbenheit … das waren die Wörter, mit denen mich mein erster Freund beschrieben hat, mein erster richtiger, und jetzt, wo ich daran zurückdenke, kommt mir der Gedanke, diese Unschuld hat mich in gewissem Sinne gerettet. Ich habe ihn kurz nach der Schule kennengelernt, im *Reinholdts.* Zu dem Zeitpunkt saßen schon mehr und mehr Touristen dort. Er stammte aus Westberlin, wohnte aber in der Auensiedlung, was ich komisch fand. Was wollte ein Typ wie er, ein Typ mit Geld, einer, der gut aussah, in unserer Hochhaussiedlung? Es stellte sich schnell heraus, dass er hier war, um neue Märkte aufzutun, wie er sagte, was hieß, dass er am Wochenende sämtliche Kneipen in der Stadt mit Stoff belieferte. Dafür borgte er sich meinen hellblauen Ford, meistens fuhr ich ihn sogar darin herum.

Ich wusste, was er tat, wozu wir unterwegs waren, gleichzeitig war ich glücklich. Ich tat es für ihn. Wie verändert mir unsere Stadt plötzlich vorkam, dieselbe, in der ich jahrelang jeden Morgen mit der Straßenbahn zur Schule gefahren war. Früher waren meine Wege immer dieselben gewesen, Schule, *Reinholdts*, abends zurück Richtung Auensiedlung. Plötzlich lernte ich Straßen und Kneipen kennen, in denen ich noch nie gewesen war, ich saß mit frischgebackenen Geschäftstypen zusammen an einem Tisch, die sich auf den Fotos ihrer Kinder den Stoff reinzogen. Trotzdem war ich froh, ich hätte auch noch mehr getan, alles, aber er wollte nicht, dass ich zu tief mit hineingezogen wurde in die Angelegenheit. Vor allem hatte er ein Auge darauf, dass ich selbst nichts nahm. Er fand, ich sei rein, unschuldig, er sagte es tatsächlich so, und er wollte auf keinen Fall, dass ich in denselben Strudel geriet wie er. Wenn ich daran denke, dass ich nichts sehnlicher wollte. Wie stolz ich war, dass mein Ford nach und nach stadtbekannt wurde. Später, Lisa war schon auf der Welt, habe ich ihn wieder getroffen (man sieht sich immer zweimal im Leben). Er trug das Haar raspelkurz und blond gefärbt. – Die langen haben mir besser gefallen, sagte ich zu ihm, aber er meinte, so könne er sich nicht mehr blicken lassen, sonst würden sie ihn sofort kassieren. Ich hätte nichts dagegen gehabt, es noch einmal zu versuchen, nicht die Koksgeschichte, natürlich nicht, nur er und ich und das Kind, aber er wollte nicht, er sagte, ich wüsste zu viel von ihm und seiner Vorgeschichte. Was die Männer angeht, standen mir viele Türen offen, aber ich bin durch keine gegangen, die mir guttat. Man kann es auch allein schaffen. Ich habe es allein geschafft.

Wenigstens taugen meine Erfahrungen dazu, anderen Frauen zu helfen. Vor drei Jahren habe ich einen Blog für alleinerziehende Frauen gestartet. Ich gebe praktische Tipps, zu Rechtsfragen, wie man an sein Geld kommt, inzwischen bin ich ein wandelndes Amt. Komischerweise baut es mich auf, wenn ich anderen in ihrem Kummer helfe. Damit werde ich fertig. Bei dem Gedanken, ich könnte von dem Katalanen schwanger sein, wird mir nur ganz leicht mulmig zumute. Ein neuer Faden, der gesponnen wird. Eine Entscheidung ist nur dann etwas wert, wenn man sie wegen jemand anderem trifft, das habe ich zu ihm gesagt, jeder Mensch braucht doch die anderen. Aber solche Dinge versteht er nicht. Natürlich ist eine Schwangerschaft in meinem Alter ein Risiko. Aber mein Pluspunkt ist, ich habe Glück im

Unglück, einen Schutzengel. Ich mache Pläne, in der Hoffnung, es klappt, gibt es denn eine andere Möglichkeit? Vielleicht hat es auch nur mit dem langen Winter bei uns zu tun. Die Hälfte des Jahres fühlt man sich wie weggesperrt, leblos, davor graust mir jedes Mal. Im Winter leide ich, im Frühling ist es leichter, es lohnt sich, das Gesicht zu schminken, man zeigt sich her, sogar wenn niemand hinsieht. Meine Kinder helfen mir, den Winter zu überstehen. Dass mir der Katalane Vorwürfe macht, begreife ich nicht. Zur Begrüßung vorhin hat er nicht mal Anstalten gemacht, mich zu küssen. Nicht dass ich in dieser Hinsicht verwöhnt wäre. Keiner der Männer, denen ich mich hingegeben habe, war ein Verführer. Aber gibt ihm das das Recht, mich runterzumachen, mich in seinem verblichenen Sitzsack hängen zu lassen? Ich habe immer versucht zu vermitteln, ich habe getan, was ich konnte, wollte ihm eine Hilfe sein, anstatt ein Klotz am Bein. Ich muss unbedingt herausfinden, wo genau die Verhandlung stattfindet. Dazu ist Fingerspitzengefühl nötig, eine Strategie. Wie viele Gerichtsgebäude es wohl in einer Großstadt wie dieser gibt?

Das Beste wird sein, ich setze mich in eine Bar und finde jemanden, der mir hilft. Ich sehe mich um. In der Ferne sind ein paar Gestalten unterwegs. Die Lichter in den Gebäuden ringsherum sind fast alle erloschen, nur der Schein der Restaurants und Geschäfte im Erdgeschoss lässt sich durch die Bäume erkennen. Glücklicherweise habe ich selten Albträume. Die schlimmen Bilder ereilen mich tagsüber. Mein Handy bekommt Nachricht. Wer schreibt mir denn da? Ist es zu spät für den Nachtzug nach Wien: Tomas, lese ich. Tomas? Ich brauche ein paar Sekunden, dann dämmert es mir. (In meinem Leben gab es bisher nur einen Tomas ohne h.) Die Silvesternacht habe ich sofort vor Augen, auch seinen Auftritt, halb nackt, unten vor dem Wohnblock, nur sein Nachname will mir nicht einfallen … Wie froh ich gewesen bin, die Schule endlich los zu sein. Obwohl ich nicht mehr genau weiß, warum. Was hatte ich erwartet? Zum ersten Mal fällt mir auf, dass ich in all den Jahren nie jemandem aus dem Luisengymnasium begegnet bin, wo mögen die alle hin sein? Als wären wir nach einer Explosion in sämtliche Himmelsrichtungen verspritzt worden. Aber man kann nie wissen, Tomas' Nachricht ist der beste Beweis. Vielleicht streifen wir ständig aneinander vorbei, ohne es zu merken, ungefähr so wie in dem Maislabyrinth, in dem ich letztes Jahr mit den Mädchen war. Sie stürmten los, und ich fand mich plötzlich allein, um mich herum nur noch die raschelnden Pflanzen. Für einen Moment hatte ich das Gefühl, ich würde sie nie mehr wiederfinden, eine winzig kleine Panikattacke hatte mich erfasst. Dann hörte ich ihre Stimmen, Betty rief nach mir, sie waren ganz in der Nähe, aber ich sah sie nicht, nichts, nur die meterhohen Stängel. Dass Mais so hoch und dicht werden kann!

Ich krame in meinem Gedächtnis, auf der Suche nach Tomas' vollständigem Namen. Hätte ich meine alten Tagebücher hier, könnte ich nachsehen. Meine Tagebücher sind meine Struktur. Neulich fand ich beim Räumen im Kleiderschrank eins der kleinen blauen Oktavhefte. Ein Eintrag vom Frühjahr neunzig, da stand: Die Leute hier wollen alle weg, nur ich will IHN (das war während meiner Wolf-Rutschky-Phase). Stünde nicht das Datum dabei … Es ändert sich nichts, keine Ahnung, ob man darüber bestürzt sein sollte oder erleichtert. Bevor ich weiter darüber nachsinnen kann, fiept mein Handy erneut. Ich habe das Talent, die Geister der Nacht anzuziehen. Der Katalane schreibt mir. *Te voy a ignorar tanto que dudarás de tu existencia.* Ich brauche eine Weile, bis ich mir den Satz zurechtformuliert habe. Er wird mich ignorieren, bis ich an meiner Existenz zweifle?

Das ist genau seine Art, alles oder nichts. Seine Nachricht lässt mein Herz höherschlagen. Solange er mich verfolgt, ist er da. Auch wenn es mir einen Stich gibt, dass er mir droht. Drohen ist eine Geste der Hilflosigkeit. Man darf nicht darauf eingehen. Wachsam bleiben, das ja, aber nicht darauf eingehen, sonst verliert man sich selbst und seine Prinzipien. Meine Prinzipien: Ich bin nicht so leichtfertig wie er und seine Freunde. Ich übernehme Verantwortung. Sollte sich herausstellen, dass ich tatsächlich ein Kind von ihm erwarte, wird er sich an mich erinnern müssen, er wird wieder auf dem Stuhl in meiner Küche sitzen, er wird um Versöhnung bitten, und wenn es nur um des Kindes willen ist. Kinder sind Strohhalme, die Verbindung zur Zukunft. Ich gebe die Hoffnung nicht auf, dass er das eines Tages versteht. Nebenan auf der Bank lassen sich ein paar junge Männer nieder. Ich merke es, ohne hinzuschauen. In der Dunkelheit lässt sich ohnehin nicht viel erkennen, gedämpftes Gelächter dringt zu mir herüber, leise Rufe, ich lausche ihrem Akzent, nicht Spanisch, nicht Katalanisch. Ich frage mich, ob sie da nicht gerade eine Bemerkung in meine Richtung losgelassen haben. Vielleicht stammen sie ja aus Mexiko. In Mexiko war ich noch nie, soviel ich gehört habe, muss es ein Traum sein, das Land.

STEFANIE BARTHEL

Am liebsten ist mir der Moment danach, wenn wir nach Hause kommen, mein Mann und ich, nachdem wir zu Gast waren bei Freunden, auf einem Geburtstag, der Feier eines Kollegen, irgendeiner Zusammenkunft. Angefüllt mit unseren Beobachtungen, den Sätzen und Gesten der anderen, ihrem Gehabe, fiebere ich unserem Alleinsein regelrecht entgegen. Wieder zu Hause, lassen wir uns über die Welt der anderen aus, zerpflücken sie, halb im Spaß, ein leichtes, angenehmes Spiel, das unserer kleinen verschworenen Gemeinschaft neue Energie verleiht. Unser Miniklassentreffen heute Abend in der Pizzeria bietet Stoff genug für eine Woche, Stück für Stück werden wir es genüsslich abarbeiten (Tomas' chaotischer Abgang, Connies Dekolleté), was mir auch helfen wird, meine Empörung darüber zu vergessen, dass so wenige gekommen sind. Glücklicherweise sind wir nicht in den Gemeindesaal gegangen, wie Rebekka es vorgeschlagen hatte. Wie hätte das erst gewirkt, sieben Leute in einem riesigen Raum, den Rebekka angeblich nur unter Mühen wieder abbestellen konnte, wie sie jedem Einzelnen heute Abend vorwurfsvoll mitgeteilt hat.

Während ich mich ausziehe, bleiben wir wieder an dem Satz hängen, den Falk fallen gelassen hat. *Ich betrachte meine Biografie als fortschreitende Selbstkritik.* Mein Mann regt sich auf, hat er das wirklich gesagt, was für ein Typ! – Natürlich habe ich darüber gelacht, verteidige ich mich nachträglich vor mir selbst, wer würde das nicht, ich meine, sogar wenn diese hochgestochene Behauptung verständlich gewesen wäre, hätte ich gelacht, ich hasse es, wenn sich die Leute aufplustern, und dann sein strafender Blick gleich darauf! In Erinnerung daran müssen wir noch einmal lachen. Es tut mir gut, das Ganze auf den Punkt zu bringen, gemeinsam gelingt mir das leichter. Manchmal wünsche ich mir, er würde ebenfalls am Luisengymnasium unterrichten, aber ein Paar wie wir wäre sicher kein Spaß für die Kollegen.

Während wir ins Bett steigen, durchströmt mich ein Glücksgefühl, unser Leben, denke ich, die Kinder, wie gut wir alles hinbekommen haben. Ich bin der Ansicht, man muss auch stolz sein dürfen, beide sind wir dieser Ansicht. Jetzt, wo unser Ältester bald das Abitur in der Tasche hat und Matteo in die Neunte kommt, habe ich die Vorstellung, mir die Hände abputzen zu können, wie wenn man Stück für Stück einen verwilderten Garten herrichtet, dann einen Schritt zurücktritt und das Ganze zufrieden begutachtet. Die Kindergartenjahre: gemeistert, die Schuljahre: gemeistert, Impfungen, Läuse, Trotzphase, das Bollwerk Kind hat funktioniert, sage ich mir, wir entlassen zwei großartige Jungs in die Welt. Früher war es mir manchmal unangenehm zu erzählen, dass ich schon zwei Kinder habe, mit knapp dreißig, inzwischen ist es egal, im Gegenteil, auf einmal bin ich allen voraus.

Mein Mann und ich sagen uns oft, dass wir alles richtig gemacht haben. Ohne diese Bestätigung, ohne unseren Paargeist würde ich den Alltag an der Schule nicht so gut meistern, ich würde zusammenklappen wie die meisten meiner Kollegen, die der tägliche Umgang mit Halbwüchsigen seelisch kaputtmacht. Ich bin nur noch ein leerer alter Beutel, hat neulich eine befreundete Kollegin zu mir gesagt, als sie ihre Krankschreibung für die nächsten sieben Wochen vorbeibrachte, sieh mich an, ein leerer löchriger Beutel. Ihre müden Augen betrachteten mich, wie schaffst du das nur,

Hunderte Dinge, die nicht mal einer von dir verlangt, sagte sie und schüttelte wie vor einer Unbegreiflichkeit den Kopf, die Plakataktion neulich, dein Flüchtling, der Schreibwettbewerb, und dann fährst du auch noch freiwillig mit den Chaoten nach Kaliningrad! Ich hätte ihr raten sollen, sich einen Mann zu suchen, mit dem man über die anderen lachen kann, oder die andere Wahrheit sagen, ihr beichten, dass mein Beruf mir Spaß macht, aber das ginge zu weit, gewisse Dinge darf man in Kollegenkreisen nicht herausposaunen, sonst ist man am Ende unten durch. Die meisten von ihnen halten mich ohnehin für überflüssig, natürlich hinter vorgehaltener Hand, darüber bin ich mir im Klaren, Russisch ist nur noch ein kleiner Kurs (als hätte ich nicht noch LER übernommen), die Teilnehmerzahl überschaubar, inzwischen rennt die Mehrheit der Schüler wieder zu Spanisch. Ich weiß, dass sie im Kollegium denken, dies wäre der Grund für meine Fächerwahl, wenige Schüler, kaum Arbeit, dabei habe ich mich immer kümmern wollen um Russland, es klingt komisch, aber ich empfinde tatsächlich eine Pflicht, (ich scheue mich nicht, dieses Wort zu benutzen), so etwas wie Verantwortungsgefühl einer Himmelsrichtung gegenüber. Schon immer. Als alle Welt nach Westen rannte, habe ich mich für den Osten entschieden, ich wollte immer eine Vergangenheit haben, dafür schäme ich mich nicht, sonst wäre doch nichts von dem, was wir erlebt haben, etwas wert. Diesen Standpunkt vertrete ich, und so haben wir auch unsere Söhne erzogen, worauf es ankommt, ist Selbstständigkeit, jeder hat seine Aufgaben zu übernehmen, Mülleimer, Treppenreinigung, das, und sie zu politisch denkenden Menschen zu erziehen, allerdings steht man mit solchen Ansichten allein auf weiter Flur.

Bei der Kaliningradfahrt habe ich sie zuletzt wieder gespürt, die himmelschreiende Ahnungslosigkeit, was diesen, den östlichen Teil der Welt angeht, als wären wir zu irgendeinem fremden Planeten in einer weit entfernten Galaxie aufgebrochen und nicht bloß siebenhundert Kilometer mit dem Zug gefahren. Mir war klar, dass die meisten meiner Schüler schon in London, Brüssel oder Rom gewesen sind, gemütliche Reisen, die ihnen nichts abverlangt haben, umso stärker war der Wille bei mir, ihnen etwas anderes zu zeigen, etwas, das ihre Erfahrungen auf den Kopf stellen, sie mit *meiner* Welt bekannt machen sollte. Dafür nahm ich gern ein Dreivierteljahr Arbeit in Kauf, Einladungsschreiben, Botschaftsgänge, Visabeantragung für eine halbe Klasse, Fahrtkostenerstattung. Nicht dass ich ihnen einen besonders strengen Beamten gewünscht hätte, Visitationen oder ein Verhör, ich wünsche niemandem, dass er Angst haben muss. Trotzdem empfand ich Genugtuung, als der Grenzbeamte, der hinter Elbląg in den Waggon stieg, um die Pässe einzusammeln, zwei der Mädchen anschnauzte. Ich hatte ihnen geraten, die Papiere bereitzuhalten, ich hatte ihnen gesagt, es handele sich um eine *Grenze.* Was machen meine Damen? Nadine nagt während der Kontrolle kichernd an einem Apfel, und Klara hantiert mit ihrem Telefon herum, drauf und dran, ein Foto von sich und dem Beamten zu schießen. Keinerlei Hemmung, keinerlei Demut, sie führten sich auf wie Kinder aus einer Welt, in der es Grenzen oder Gesetze nicht gibt. Zugegeben, für einen Russen sah er gut aus, der junge Bursche, was ihn nicht davon abhielt, mit aller Lautstärke klarzustellen, wie man sich gegenüber einem Uniformierten zu verhalten hat, dieses spezielle Staatsgebaren, das die diffuse Erinnerung an ein Gefühl der Unfreiheit in mir heraufbeschwor, ein seltsam *heimisches* Gefühl, wie ich ein wenig irritiert registrierte, während ich versuchte einzulenken, den Beamten zu beschwichtigen, ihn über die Unkenntnis der jungen Leute Russland betreffend aufzuklären, was leicht gelang und mir die Bewunderung meines Kurses eintrug.

Selbst wenn sie sich wie Aliens aufführen, ich halte keinen meiner Schüler für ungebildet oder unsensibel, das habe ich nie, es wäre eine unverzeihliche Unfähigkeit. Meine einzige Schwäche ist, dass ich die Freundin unseres Großen für dumm halte, zu dumm für *ihn*. Im Frühjahr kam ich dazu, als die beiden für die große Geschichtsklausur lernten. Ich hatte das Zimmer betreten, um ihnen einen Joghurt zu bringen, als sie ihn gerade mit ratloser Miene fragte: Wann war das noch mal mit dem Kalten Krieg? Hinter uns reißt alles ab. Außerdem läuft er, seitdem er sie kennt, im Blouson herum, selbst im Winter. Jahrelang trägt er anstandslos Anoraks, und plötzlich nur noch dieses Flatterding mit nichts darunter als einem T-Shirt, fröstelnd natürlich, mit hochgezogenen Schultern, und sie genauso, Füßlinge in Turnschuhen, durch zwanzig Zentimeter Schnee, welche Mutter könnte für so etwas Verständnis aufbringen?

Wenigstens ist es eine Dauerbeziehung, sie gehen zärtlich miteinander um, sage ich mir, ein Gedanke, der mir kam, als ich sie bei dem Musik-gegen-Gewalt-Konzert neulich eine Stunde vor mir hatte, ein dürrer Hahn und seine Henne, die im Nieselregen eng aneinandergedrückt miteinander schnäbelten. Ich freute mich, dass unser Großer gefragt hatte, ob ich mitkommen wolle, hielt aber trotzdem auf dem Platz ein paar Meter Abstand. Auf dem Rückweg in der Straßenbahn sprach ich das Katjuschalied an, zugleich spürte ich, dass es nur irgendeine Musik für sie gewesen war. Gespenstermusik aus einer fernen Gespensterzeit. Manchmal komme ich schon selbst ins Zweifeln. Darüber, was von unseren Erfahrungen überhaupt brauchbar ist, mit was davon lässt sich heute etwas anfangen? Solche Gedanken kommen vom Lehrerberuf, man muss aufpassen, dass man nicht verrückt wird, wenn man ständig mit Personen zu tun hat, die sich keinen Begriff von Gegenwart und Vergangenheit machen. Jugendliche schauen dem Verlorenen einfach nach, wie es verschwindet im Nebel, und lächeln. Zugegeben, diesen Satz habe ich in einer Kolumne aufgeschnappt. Ich habe ihn abgeschrieben, einstudiert und mir zurechtgelegt, um Lydia Gebauer damit zu beeindrucken. Lydia, die ich als Jurorin für den Schreibwettbewerb bei uns an der Schule eingeladen hatte. Sie sollte nicht glauben, ich hätte mich nicht entwickelt seit dem Abitur. Damit sie zusagte, hatte ich in meiner E-Mail an sie geschrieben, sie sei die Einzige unseres Jahrgangs, die es zu etwas gebracht hätte. Um ehrlich zu sein, hätte ich gar keine Jurorin gebraucht, aber als meine Recherche ergab, dass sie in Berlin wohnt, hatte ich nicht anders gekonnt, ich musste sie hierherlotsen, es interessiert mich, was aus den Menschen wird, vielleicht wollte ich auch nur, dass sie *mich* sah, ich wollte ihr die erwachsen gewordene Steffi präsentieren, das neue Bild von mir, mit Sicherheit ein besseres als das, das sie von mir in Erinnerung hatte.

Ich empfing sie auf dem Gehweg vor der Schule, wo sie nach all der Zeit auf ihre typische Lydiaart angeweht kam, leicht nervös, wie gehetzt, im Kopf schon mit einem wichtigeren, *höheren* Projekt befasst. Allerdings versuchte sie nicht mehr, ein Hippiemädchen darzustellen, sie war ganz klar eine elegante Person geworden. Dazu passte, dass sie auf meine Frage, ob sie mit der Bahn gekommen sei, antwortete, nein, mit *dem Wagen*. Keine zwei Sekunden, und sie hatte es geschafft, wieder das alte Gefälle zwischen uns herzustellen. Ich lachte, auch wenn es mir einen leichten Stich gab. Wir setzten uns ins Café gegenüber, das Café *Nobel* (sie dachte, ich mache einen Scherz, weil ich es auf der ersten Silbe betonte), und sie bestellte Milchkaffee und einen Basilikum-Smoothie. Sie hatte keine Lust, es sich gemütlich zu machen, das sah man gleich. Wie sich zeigte, hatte sie unser Treffen tatsächlich so gelegt, dass es zu einem anderen Termin an diesem Tag passte. Während sie mir kurz davon berichtete, öffnete sie das Tuch, das sie um den Hals trug, sodass das eine Ende locker über ihre Schulter fiel. Ich bin erwachsen genug zuzugeben, dass ich sie um ihren Modegeschmack immer beneidet habe, vor allem um die langen Wimpern, zu denen man fast alles tragen kann, manche Menschen haben es von Anfang an leichter als andere. Während wir auf die Bestellung warteten, sah sich Lydia mit übertriebener Verwunderung um, sie bestaunte das Schulgebäude gegenüber, wie anders es in renoviertem Zustand wirkt, so gepflegt, gar kein Wildwuchs mehr, und dann dieses Café hier, sagte sie wie jemand aus der Großstadt, der die Vorzüge der Provinz preist, damit der Provinzler nicht sauer ist, sie war wirklich eine Berlinerin geworden. Dann blickte sie doch versonnen hinüber zur Schule und forderte mich auf, ihr *alles* zu berichten, was es Neues gebe, und ich erzählte, dass ich gute Aussichten hätte, stellvertretende Direktorin zu werden. Als Haustein in Rente gegangen ist, gab es zwei Jahre lang nur provisorische Schulleiter, wir Lehrer mussten das meiste selbst übernehmen, ständige Notlösungen, so was trainiert.

Ein paar Schüler kamen herein, sie grüßten zu mir herüber, und Lydia beugte sich vor, tragen die Schüler hier jetzt auch schon Vollbart, flüsterte sie mir amüsiert zu, und ich sagte, das ist Abduvali, mein Flüchtling, er ist eigentlich volljährig, wurde aber drei Klassen zurückgestuft, weil er kein Deutsch sprach, als er hier ankam, was nicht das eigentliche Problem war, das eigentliche Problem war, erzählte ich, dass er sich regelmäßig auszog, mitten im Unterricht, kein Witz, er stand auf, summte leise vor sich hin und begann in aller Seelenruhe, sämtliche Kleidungsstücke abzulegen. Als wäre außer ihm niemand im Raum. Sie wollten ihn in eine Einrichtung überweisen, zum Psychiater, erklärte ich Lydia, aber für mich war er eindeutig kein Verrückter. Trauma ja, meinetwegen, aber verrückt? Also habe ich die Sache übernommen, ich habe einen Therapiehund besorgt, du machst dir keine Vorstellung, was es für Fördermöglichkeiten gibt, Anträge aller Art, man muss sich nur dahinterklemmen, jetzt habe ich mich auch noch um einen Golden Retriever im Unterricht zu kümmern, und dabei ist es nicht mal meine eigene Klasse, sagte ich lachend und zugleich voller Stolz darüber, was ich da auf die Beine gestellt hatte (so aufgelistet klang es nach einer Menge Engagement), anfangs war es natürlich irritierend für die Schüler, fuhr ich fort, sie drehten sich ständig nach Aika um, neckten und riefen sie, manche versuchten sogar, sie mit Schokolade zu füttern. Inzwischen haben sie sich daran gewöhnt, Aika hat es wirklich geschafft, Abduvali vom Ausziehen wegzubringen. Wenn er loslegen will, fängt sie an zu jaulen, ihre Anwesenheit ruft ihm ins Gedächtnis, dass er in der Schule ist, er wird ruhig und setzt sich wieder an seinen Platz. – Ein Syrer, fragte Lydia, und ich schüttelte den Kopf, Usbekistan, deshalb habe ich es ja übernommen, ich war an der Schule die Einzige, die mit ihm reden konnte. Lydia erklärte, der russische Raum sei wieder im Kommen, wir machen gerade ein großes Russlandbuch bei uns im Verlag, erzählte sie, während sie die losen Blätter mit den Schülergeschichten aus ihrer Tasche holte, eine Art Schwarzbuch, das hoffentlich einschlagen wird.

Dass sie offenbar auch auf der Seite derer stand, die alles, was mit diesem Land zu tun hat, schlecht machen müssen, nahm ich ihr übel. Aber ein paar Sekunden war ich schon wieder voller Bewunderung darüber, wie sie sich nach einem Schluck aus dem Smoothie-Becher kurz zu sammeln schien und gleich darauf in geübtem Ton einen Kommentar zu den

Geschichten meiner Schüler abgab, die Verlagsfrau merkte man ihr auf jeden Fall an. Sie überflog die Zeilen auf eine Weise, dass sie die Dinge sofort auf den Punkt bringen konnte. Darum beneidete ich sie. Während sie hastig durch die zehn, zwölf Seiten blätterte, seufzte sie, lange nach dem Krieg geboren und kein Krieg in Sicht, das ist von … egal, ich will damit sagen, sie fühlen sich nicht schuldig, keiner von ihnen, aber sie haben trotzdem Sehnsucht danach, eine Sehnsucht nach Schuld, verstehst du. Ich dachte, jetzt wäre der angemessene Moment, meinen Satz vorzubringen, den mit den Jugendlichen, dem Vergessen und dem Nebel, doch als ich fertig damit war, schlug Lydia nur die Augen nieder, als wolle sie sagen, bitte, Steffi! Genauso schnell machte sie mir klar, dass sie auch von den Schülergeschichten nicht viel hielt. – Merkst du was, sagte sie, in dem wissenden Ton, den sie früher schon an sich gehabt hatte, und der dem anderen verrät, dass er dumm ist, weil er eben nichts merkt, sie schreiben alle von Blut Knochen Tod, dabei könnte die Empfindsamkeit nicht größer sein in dem Alter, hier, dem da kannst du einen Preis für besondere Hartherzigkeit verleihen. – Ich finde die Geschichten nicht so schlecht, sagte ich, und sie senkte wieder den Blick, als könne sie meine Dummheit nicht fassen. Plötzlich lehnte sie sich zurück, ihr Gesichtsausdruck wurde milder, fast bedauernd, fragst du dich nicht auch fortwährend, wie aus zarten Pflänzchen mit einem Schlag gepanzerte Monstren werden können, sagte sie, und ich wusste nicht, ob sie vielleicht über ihr eigenes Kind sprach oder ganz allgemein. – Wann kippt es, sagte sie mit einer Stimme, die wirklich untröstlich schien, sie sind voller Enthusiasmus, voller Hoffnung, Hoffnung auf nichts Bestimmtes, einfach darauf, dass das Leben gut und voll wird, ein Abenteuer, all die Träumereien, Polizei, Feuerwehr, Weltraumfahrer, und mit einemmal sitzen sie da, gelangweilt, immerfort mit ihren Körpern befasst, dazu diese grässliche Sprücheklopferei, ihre ständigen Widerworte, und ausgerechnet in diesen Jahren, zur ungünstigsten Zeit, müssen sie in die Schule. Du Ärmste, fügte sie nach einer kleinen Pause an, leicht beschämt, als wäre ihr zu spät eingefallen, dass alle diese Schlechtigkeiten meinen Beruf ausmachten. – Keine Sorge, das Übel hält sich in Grenzen, erwiderte ich. – Dass wir selbst mal diese Monstren waren, sagte Lydia kopfschüttelnd, bevor sie sich wieder den Texten zuwandte. Ich hätte entgegnen können, dass ich mich nie für solch ein Monster gehalten habe. Ihr Gerede war lächerlich. Außerdem schien *sie* mir die Gepanzerte zu sein, *sie* brachte es einfach nicht fertig, vor anderen ihre Maske abzunehmen. Aber das teilte ich ihr besser nicht mit, Lydia wusste sicher genau, wie man so einen Vorwurf abschmettern musste.

Nach zwanzig Minuten hatten wir die Preisträger festgelegt, und ich erzählte ihr von meiner Idee, ein Buch mit den besten Geschichten herauszubringen, wenigstens eine Broschüre, sagte ich, aber Lydia griff sich sofort an den Kopf, wie stellst du dir das vor, Steffi, ein Buch, entschuldige bitte, aber du hast keine Ahnung von der Branche. Schade, dass mein Mann nicht mit dabei war, er hätte am Abend ihre Wichtigtuerei aufs Schönste kommentiert. Wir berieten über einen Termin für die Preisverleihung, zu der ich sie einlud, du könntest erzählen, wie ein Buch entsteht, schlug ich vor. Sie tat erleichtert, ich dachte schon, du bittest mich, eine Laudatio auf diese Ergüsse zu halten, meinte sie, während sie fahrig in ihrem dicken Terminkalender blätterte. Ich hatte ihre Art, die Verlagsdame begibt sich in die Niederungen der Provinz, wirklich satt, trotzdem sprach ich das geplante Klassentreffen an (ich muss die Dinge immer bis zum Ende bringen, ich will es wenigstens versuchen, ich will ihnen eine Chance geben, einer muss doch die Fäden zusammenhalten), ich dachte, der Achtzehnte wäre gut, sagte ich. Sie blätterte wieder hin und her, an dem Wochenende kann ich nicht, murmelte sie, da bin ich in Paris. Natürlich sagte sie das, um mir zu zeigen, was für eine Weltreisende sie war, als wäre ich nie aus der Schule herausgekommen! Ich hatte ein paar Fotos dabei, darunter eines, das meinen Mann und mich beim Berlin-Marathon zeigte, aber jetzt ließ ich sie allesamt stecken. Ich änderte meine Strategie. Hätte sie nicht so affektiert mit der Parisfahne gewedelt, hätte ich sie nicht aufgezogen mit Arno. Ich hatte mir diesen Trumpf für alle Fälle aufgehoben. Ich wollte sie ärgern, ich sagte, weißt du übrigens, dass ich Arno öfter sehe, du erinnerst dich bestimmt, Arno, der Heizer, der Regisseur, das Stück, das wir nie aufgeführt haben, seine Tochter ist seit letztem Herbst bei uns. Lydia blickte zur Decke, als müsse sie sich ein prähistorisches Zeitalter vor Augen rufen, nach einer Ewigkeit sagte sie, Arno, der Regisseur. – Genau der, bestätigte ich nickend, ich wollte dich immer schon fragen, wie der im Bett war. Es machte mir Spaß, ihr plötzlich erstarrtes Gesicht zu sehen, wie sie die Augen zusammenkniff, beinahe sprang sie auf, bist du noch normal, Steffi? – Aber das wussten doch alle, sagte ich, dass da eine Bettgeschichte lief zwischen euch.

Eine Weile war es still, dann mit einem Mal begann sie zu lachen, das Blatt wendete sich, sie schien wirklich begeistert, ich dachte, davon hätte niemand etwas mitbekommen, rief sie, weißt du, dass er immer behauptet hat, ich hätte *ihm* die Unschuld geraubt, nebenbei bemerkt, lagen wir meistens auf dem Teppich, nicht im Bett. Wie aufrichtig sie wirkte, jetzt war ich es, die die Augen zusammenkniff, ich hatte keine Ahnung, was das alles bedeuten sollte, auf jeden Fall war es ihr gelungen, mit ihrer kleinen Geschichte den Spieß umzudrehen, sie fragte sogar leichthin, ob ich ihr nicht seine Adresse schicken könne, falls ich dazu käme. – Man weiß ja nie, behauptete sie augenzwinkernd. Ich stand ein wenig enttäuscht auf und deutete auf meine Uhr, ich muss mich um Aika kümmern, den Hund.

Gemeinsam verließen wir das Café, und sie begleitete mich hinüber zum Eingang der Schule. Als wir uns verabschiedeten, betrachtete sie plötzlich verwundert das Portal, unsere Initialen sind ja alle verschwunden, sagte sie und blickte suchend an der Backsteinwand hinauf, als wären unsere eingeritzten Namenszüge und kleinen Zeichnungen mit den Jahren irgendwie die Schule hinaufgeklettert. Ich erklärte, dass sie vermutlich der Generalüberholung zum Opfer gefallen seien, das war noch bevor ich hier angefangen habe. – Die haben alles wegsaniert, sagte ich nickend, glaub mir, ich war genauso entsetzt wie du. Aber ich hatte mich getäuscht, wenn ich dachte, auf diese Weise ließe sich wieder ein Gemeinschaftsgefühl herstellen, ein gleichberechtigtes Verhältnis. Lydia schien über die Auslöschung durchaus nicht entsetzt, im Gegenteil. – Es hat uns also nie gegeben, meinte sie versonnen, während sie immer noch an der Wand hinaufblickte, unsere Spuren verlieren sich, hier, siehst du, sie haben es bereits getan. – Wenigstens bleiben uns die Erinnerungen, so ist die Vergangenheit nie tot, sagte ich und kam mir diesmal selbst dumm vor. Lydia sah mich amüsiert an, die Vergangenheit ist nicht tot, Steffi? Wo hast du das denn her? Und ob sie tot ist, sagte sie, du machst dir keine Vorstellung, *wie* tot. Aber sie sagte es ganz ruhig, beinahe fröhlich, in ihrer undurchschaubaren Art, als wäre es etwas Gutes.

FALK BRANDTMEIER

Manchmal stelle ich mir vor, ich wäre allein mit meiner Tochter auf der Welt. Gestern gab sie aus purer Lebensfreude ihrem Bruder mit dem Stock eins auf den Rücken. Er schrie auf, viel zu laut, er macht um alles ein Riesengewese, obwohl er schon elf ist, und Olivia, meine Frau, hielt ihr gleich einen Vortrag über die Gefahr von Stöcken, während sie hektisch den Pullover unseres Sohnes hochschob und mit vorwurfsvoller Miene seinen Rücken nach einer Schramme absuchte. Unsere Kleine hatte den Stock längst fallen lassen und streichelte mit untröstlicher Miene den Arm ihres Bruders. In schwachen Momenten stelle ich mir vor, wir wären übrig geblieben, nur sie und ich, ein ruhiges, unaufgeregtes Leben, um das ich niemals zu bangen bräuchte. Aber das vergeht schnell, diese Vorstellungen sind ein Relikt der letzten Jahre. Im Grunde sollte ich über Olivias böses Gesicht froh sein, und das bin ich auch, sogar richtig glücklich bin ich darüber. Sie zeigt eine Reaktion, noch dazu eine heftige. Diese Art, aus jeder Mücke einen Elefanten zu machen, lässt sie endlich wieder wie eine normale Mutter wirken, sie bringt sie ins Reich der Lebenden zurück. Nach Jahren der Trostlosigkeit geht es ihr besser. Sie empfindet wieder etwas. *Irgendetwas.*

Nach ihrem Selbstmordversuch habe ich ihr eine Zeichnung gemacht. Das ist das Universum, hier beginnt die Erdgeschichte und hier die Entwicklung des Menschen. Und hier bist du, erkennst du den Punkt, ganz außen rechts? Gemessen am Alter des Planeten macht er nicht mal den Bruchteil einer Sekunde aus. Warum einen Punkt auslöschen, der eh kaum zu erkennen ist, warum diese Sekunde vorzeitig beenden? Ich weiß nicht, ob es geholfen hat. Anfangs haben wir versucht, ihren Selbstmordversuch geheim zu halten, auf der Arbeit, vor Freunden, vor allem vor den Kindern. Eine übermenschliche Anstrengung. Als Olivia auf der Psychosomatischen lag, erzählte ich den beiden, ihre Mutter hätte eine Blinddarmoperation. Als die ersten zehn Tage rum waren, fragte die Kleine plötzlich am Frühstückstisch, was ist, wenn alle Menschen tot sind? (Kinder fahren ihre Antennen in den seltsamsten Momenten aus.) Sie überlegte kurz, dann geht die Jahresuhr von vorne los, flüsterte sie, wir alle verwandeln uns wieder in Dinosaurier. Die Vorstellung schien sie zu freuen.

Beim Abschlussgespräch kurz vor der Entlassung sagte der Arzt, es ginge nicht darum, meine Frau zu schonen, vielmehr müssten die neu geweckten Gefühlsregungen am Leben gehalten werden, und dass sie dafür allen Trubel brauche. Es ging tatsächlich bergauf. Das habe ich gemerkt, als ich ihr erzählte, ich hätte eine Einladung zum Klassentreffen erhalten. – Und, gehst du hin?, fragte Olivia matt, aber in einer merkwürdig lauernden Art. – Warum eigentlich nicht? Ich tat gleichgültig, aber solche Manöver gelingen mir schlecht. Olivia brauste plötzlich auf. Sie verstand nicht, was ich dort wollte. – Die ach so herrliche Vergangenheit, als hätte nicht jeder eine, sagte sie abfällig. Sie wollte wissen, wer noch käme, vor allem welche *Frauen* (als würde sie meine Leute von früher kennen). Sie war ganz klar misstrauisch. Ich gab mir keine Mühe, sie zu beschwichtigen. Ich hielt mich an die Empfehlung des Arztes. Außerdem fühlte ich mich durch ihre Eifersucht geschmeichelt. Dass sie die Dinge so sah, dass sie es überhaupt in Erwägung zog, gab mir regelrecht Schwung. Erst auf dem Weg fiel mir ein, dass sie die heftige Reaktion nur gespielt haben könnte, schließlich haben sie das in der Therapie andauernd geprobt, Rollenspiele, kleine Sketche, um den emotionalen Motor wieder anzukurbeln. Man spielt ein Gefühl so lange, bis man es tatsächlich hat. Vielleicht gar keine so schlechte Idee, nicht nur für Depressive. Auf diese Weise beamt man sich zurück in die Zeit, als man sich noch entscheiden konnte, zwischen verschiedenen Reaktionen, verschiedenen Lebensweisen und Existenzformen. Irgendwann ist es nämlich vorbei damit. Das ist das Grässliche, wenn man nur noch ernst machen kann. Irgendwann ist man einfach der, der man ist. Ich zum Beispiel werde kein Pilot mehr. Dreimal habe ich es versucht, aber die Kopfschmerzattacken waren mir immer im Weg. Die Kopfschmerzen kommen vom Boxen. Ich habe vier Jahre geboxt, semiprofessionell, für jemanden, der so spät angefangen hat wie ich, kam ich die Leiter ziemlich schnell rauf. (Olivia denkt, meine leicht schiefe Nase stamme daher.) Ein paar Jahre später, ich hatte längst abtrainiert, begann es. Der Schmerz kommt nicht mehr so regelmäßig, aber meine Krankenakte lässt sich nicht löschen. Zum Trost bekomme ich von meiner Frau zum Geburtstag regelmäßig Modellflugzeuge geschenkt. Wenigstens ist unsere Kleine fasziniert davon.

Ich würde meiner Tochter gern den Himmel zeigen. Warum hat Gott die Menschen erschaffen?, hat sie mich neulich gefragt. Damit er nicht so allein ist. Sie gibt sich jedes Mal selbst die Antworten auf ihre Fragen. Eigentlich unterhält sie sich *ausschließlich* mit sich selbst. Für die Geschichten und Erklärungen anderer hat sie keinen Sinn. Wenn wir uns das Buch über die Katze anschauen, ist sie jedes Mal erfreut, auf der nächsten Seite wieder eine Katze zu sehen, da noch eine, und noch eine … Ich sage ihr, dass es sich um immer dieselbe Katze handeln würde, und sie fragt, was? Die Welt fängt für sie immer wieder bei null an. Wen würde das nicht beunruhigen?

Ich habe Connie davon erzählt, als ich sie nach dem verkorksten Klassentreffen in der Pizzeria nach Hause fuhr. Sie erzählte von den sportlichen Großtaten ihres Sohnes, ich von dem schlechten Kurzzeitgedächtnis unserer Kleinen. (Kinder sind ein unverfängliches Thema, auf diese Weise stellt man klar, dass man sich beherrschen kann, zwei Erwachsene auf engstem Raum, die sich zu benehmen wissen.) Connie fand die Sache nicht schlimm. Es kommt häufig bei Kindern vor und nennt sich auditive Wahrnehmungsstörung, in den meisten Fällen verschwindet es mit der Zeit. Sie wollte mich beruhigen, was ich nett fand. Trotzdem. Angesichts der Sache mit Olivia beunruhigen mich alle Arten von Aussetzern und Unregelmäßigkeiten. Bei gewissen Störungen meiner Kinder bin ich hellhörig geworden. Der Vererbungsgedanke macht doch jedem von uns Angst. Als ich zum Boxen ging, rasierte ich mir die Haare komplett ab, eine rote Krause, die in der Mitte auch noch licht zu werden begann, ich hatte gar keine andere Wahl! Seitdem sieht man mir das Rot nicht mehr an, aber auf den Köpfen meiner Kinder sprießt es ungebändigt vor sich hin, alles kommt zum Vorschein. Ob sich Todessehnsucht vererbt, weiß ich nicht. Die Sünde ist im Gedanken, keine Ahnung, ob das zu dem Thema passt.

Das Thema Ehefrau schnitt ich vor Connie nicht an, schon gar nicht *kranke* Ehefrau, ich umschlich es gewissermaßen, um die Stimmung nicht zu verderben. Connie dagegen kam immer wieder darauf zurück. Am Ende erkundigte sie sich sogar, ob ich bei der Geburt der Kinder dabei gewesen sei. Ich sagte, das würde schließlich die Verbindung stärken, oder. Sie sah mich von unten her an, aber nur die Verbindung zu den Kindern, wandte sie mit einem gespielten Flunsch ein, und wir lachten ein bisschen, wie über eine Anzüglichkeit. Inzwischen waren wir angekommen vor ihrem Haus. Sie machte keine Anstalten auszusteigen, worüber ich froh war. Wir redeten. Natürlich nahmen wir Tomas' Auftritt und vor allem seinen Abgang durch. Connie gackerte, sie wirkte aufgekratzt, voller Leben, wahrscheinlich der Wein in der Pizzeria. Ich ließ mich anstecken von ihrer sprühenden Art. War ich nicht genau dafür zum Treffen gekommen? Wie leicht früher alles gewesen war, in der Vergangenheit ist alles leicht, jedenfalls leichter als das, was ich in den letzten Jahren durchgemacht habe. Connies Anwesenheit erinnerte mich daran. Zudem schien sie nicht mehr das ferne, arrogante Wesen zu sein, für das niemand von uns infrage kam. Es wurde kühl im Auto. Die ganze Zeit über hatte sie ihre Hand am Türgriff gehabt, aber dann schlug sie plötzlich vor, wir könnten noch eine Weile herumfahren. Ich hatte nichts dagegen, niemand an meiner Stelle hätte das.

Bereitwillig lotste ich uns über Geltow, Petzow und Werder. Nachts auf ländlichen Straßen, wenn keiner unterwegs ist, das habe ich immer gemocht, noch dazu mit einer wie Connie. Ich weiß nicht, warum, aber ihr ganzes Benehmen, was sie sagte, wie sie sich gab, nahm ich als Einladung. Auf der Fahrt schmiss ich mich an sie ran, nur so zum Spaß, ich suchte nach Themen, die sie zum Lachen bringen konnten, sie ließ sich leicht zum Lachen bringen. Wir hielten Ausschau nach Sternbildern, aber was das betraf, hatte sie keine Ahnung. An der Baumgartenbrücke fuhr ich rechts ran. Ich beugte mich halb über sie, um ihr vom Beifahrerfenster aus ein paar Konstellationen zu zeigen. Der Himmel war größtenteils bedeckt. Ich schaffte es trotzdem, ein paar Dinge zu erläutern. Sie saß ganz ruhig da, und ich atmete ihren Geruch ein. Wir taten beide, als würden wir nicht bemerken, dass unsere Gesichter sich beinahe berührten. Dann fuhren wir weiter. Mein Traum war immer der Himmel. Ich erzählte, ich wäre gern wieder sechzehn, als ich jeden Abend am Fernrohr gesessen und in die Sterne geblickt habe. Connie tat verwundert, natürlich hörte sie zum ersten Mal davon. – Ich habe mich eins gefühlt mit dem Weltall, sagte ich, ich hatte keine Sehnsucht, nach nichts, keine Unruhe. – Mir macht das Weltall Angst, meinte sie. Um ehrlich zu sein, finde ich es idiotisch, das ganze Leben darauf zu verwenden, nach irgendwelchen Planeten Ausschau zu halten. Denn nur darum geht es doch, oder? Einen Planeten zu finden, auf dem die Zukunft der Menschheit gesichert wird. Als wäre das erstrebenswert. Selbst wenn sie einen finden, möchtest du wirklich in irgendeiner dieser Archen überleben, oder in einer Staublandschaft? Wahrscheinlich gibt es keine einzige Frau, die sich ein solches Rettungsszenario ausmalt. Frauen sind konkret … irdisch. Sie drehte mir den Kopf zu und sah mich ernst an. Noch immer diese riesigen Augen, die lange gerade Nase, eine Amazone. Plötzlich hörte ich mich sagen, ist es irdisch genug, wenn ich dich jetzt küsse. Connie schien nicht mal besonders überrascht. Sie fuhr sich durchs Haar. Nach einer Weile sagte sie zur Fensterscheibe, schade, dass man nicht einfach da weitermachen kann, wo man vor zwanzig Jahren aufgehört hat. Ich hatte keine Ahnung, worauf sich diese Bemerkung bezog. Wollte sie mir mitteilen, dass sie mich im Auge gehabt hatte, früher, zu Schulzeiten? – Du meinst, vor fünfundzwanzig, berichtigte ich dümmlich. Etwas anderes fiel mir auf die Schnelle nicht ein. – Ich meine, wir können uns nicht mehr kennenlernen, sagte sie ernst, wie sollte man das alles zusammenfassen, das fehlende Stück, das große Stück in der Mitte, ist einfach zu … groß.

Sie musste diese Unterhaltung schon einmal geführt haben, ihre Reaktionen kamen dermaßen prompt. Plötzlich kam ich mir wie ein Idiot vor, so in die Falle zu tappen. – Vielleicht ist es aber auch ein Vorteil, dass uns der Mittelteil fehlt, widersprach sie sich selbst, so sehen wir immer noch das Jugendliche in uns, wir sind immer noch siebzehn. Sie lächelte mich an, freundlich, aber nicht allzu aufmunternd, es ging nur ums Reden, stellte ich fest, wieder mal. Als könnte ich das nicht auch. Die Starken nehmen sich, was sie wollen, hat Matt Damon neulich in *The Great Wall* gesagt. Meine Hand zwischen Connies Beinen, meine Finger in ihrer Möse, mein Mund an ihrem Hals … die Wände zwischen den einzelnen Welten sind durchsichtig, sehr dünn, es ist ein Leichtes, sie einzureißen, plötzlich befindet man sich in der nächst angrenzenden Möglichkeit. Aber was hätte ich davon gehabt, mich in diesem Augenblick auf Connie zu stürzen? Selbst wenn sie mich rangelassen hätte, auf einen halbherzig hochgeschobenen Rock hatte ich gar keine Lust. Wie lange habe ich nicht mehr einen ganzen Tag lang mit einer Frau im Bett gelegen, *meiner* Frau. Eine rauchen, nackt, sich lieben, dann von vorn, in umgekehrter Reihenfolge, so eine lässige Verschworenheit. Ich verstehe mein Leben tatsächlich als fortschreitende Selbstkritik. Vor ein paar Tagen habe ich gelesen, im Landkreis Teltow-Fläming hätte ein Mann sich selbst gekidnappt. Er wollte sehen, wie seine Frau reagiert. Das Ganze lief aus dem Ruder, weil die Frau überhaupt nichts unternahm. Sie lebte ihr Leben weiter wie bisher, ging zur Arbeit, kam zurück, erledigte Einkäufe, ließ sich die Haare machen. Als wäre ihr Mann nie da gewesen, als wäre er nie verschwunden. Schließlich ist er zurückgekommen, in ihr gemeinsames Haus, und hat sie umgebracht, aus Rache für ihre Gleichgültigkeit. Das finde ich schlimm, im Ernst. Vielleicht hätte er nur ein oder zwei Wochen länger warten müssen. Andererseits verstehe ich, dass er es keinen Tag länger ausgehalten hat. Warten macht die meisten

Menschen rasend. Deswegen gibt es so viele Verrückte, und es wird noch viel mehr geben, wir leben in einer windstillen Zeit, das Jahrhundert des Wartens hat gerade erst begonnen. Das begreifen die meisten nicht, den meisten Leuten kommt die Welt unruhig und bewegt vor. Aber das ist sie nur auf den ersten Blick, an der Oberfläche. Es ist schwer zu erklären. Warten heißt nicht zwangsläufig Regungslosigkeit, man kann auch warten, während man in Bewegung ist. Kurz nach meiner Geburt haben amerikanische Weltraumforscher eine Sonde ins Weltall geschickt, Voyager. In den ersten Jahren lieferte sie überraschende Informationen, es gab Monde neben Jupiter und Saturn. Dann verließ sie das Sonnensystem und trat in den interstellaren, windstillen Raum. Die Signale wurden spärlicher, Voyagers Energie, heißt es, verringerte sich. Die Aufnahme von Daten, deren Speicherung, vor allem aber das Zurücksenden der Signale, kostete zu viel Energie. Inzwischen sind bis auf die Grundversorgung sämtliche Geräte in der Sonde abgeschaltet. Es gibt sie, sie fliegt immer noch, mehr weiß man nicht.

Ich war auf dem Rückweg vom Bauamt, als ich die Sendung zufällig hörte. Plötzlich, an der Ampelkreuzung Hegel, Ecke Schopenhauer, überquerte ein Mann mit Krücken direkt vor meiner Motorhaube den Zebrastreifen. Ein alter Mann, wie ich im ersten Moment glaubte. Dann wurde mir klar, dass es Bodo war, der da langsam wie ein Greis vorüberschlich. Alles an ihm war grau, die Haut, die Haare, wie überzogen von einer Schicht Bauschuttstaub. Das Alter beginnt, wenn die sogenannten Klassenkameraden krank werden oder irre, sich scheiden lassen, verschollen gehen oder sich plötzlich aus der jahrzehntelangen Versenkung melden. Er war in Begleitung einer älteren Frau, ich nehme an, seine Mutter. Ich konnte hören, wie er auf sie einredete, erstaunlich, Bodo redete, angestrengt und laut (die Frau ging ein

Stück vor ihm), mit derselben üblen Fistelstimme wie früher, ein ewiger Stimmbruch, für den er sich offensichtlich nicht mehr schämte. Als er sich an die andere Straßenseite geschleppt hatte, konnte ich sehen, dass er riesige graue Filzschuhe trug, so was wie überdimensionale Pantoffeln. Alles in allem kein Anblick, bei dem man sich entschließt, sich mit einem freundschaftlichen Klaps auf die Schulter bei jemandem zu erkundigen, wie die Dinge laufen. Selbst wenn man vier Jahre zusammen in einer Klasse verbracht hat. Außerdem war ich auf dem Sprung in die Werkstatt. Komischerweise erfüllte mich unser (einseitiges) Wiedersehen fast mit einer Art Neid, wie ich feststellte, die Friedlichkeit, mit der er auf seinen Elefantenfüßen vorbeihumpelte, so umständlich, in allem gedrosselt … Er war eindeutig krank, was heißt, noch kränker als er es sowieso schon war. Trotzdem, bei dem Gedanken, einfach nur gehen zu müssen, Schritt für Schritt, allein darauf konzentriert, die andere Straßenseite zu erreichen … ohne Druck, frei von der Verpflichtung, an dem üblichen Gerenne, dem inneren, meine ich, teilnehmen zu müssen … Es ist nicht fair, ich weiß, aber für einen kurzen Augenblick, dort, hinter dem Lenkrad in meinem Wagen, stellte ich mir Bodo als einen glücklichen Menschen vor.

BODO STAMM

Bevor ich starb, habe ich mich jeden Tag durch die Stadt geschleppt. Ich ging an den Häusern vorbei, die ich bald nicht mehr sehen würde. Ich nahm immer denselben Weg. Er verlief so, dass ich zum Schluss jedes Mal an der Käthe-Kollwitz-Oberschule vorbeikam, an der jetzt Luisengymnasium steht. Ich hielt inne und sah zu dem Gebäude aus Backstein hinüber.

Von den Wunden, die uns zugefügt werden, bleibt nur Narbengewebe, es ist weiß, auf weißer Haut, ein sehr beunruhigender Anblick.

Gemessen an den vier Jahren (4) dort ist mein Leben danach eine stille einsame Kammer gewesen, die nur meine Mutter hin und wieder leise betreten hat. Die besten Stunden in jenen vier Jahren verbrachte ich in der Garderobe der Sporthalle mit dem Sammeln der Dinge, die ich bis zu meinem Tod in meinem Archivdiagramm aufbewahrte. Da ich vom Unterricht befreit war, konnte ich mich in aller Ruhe umsehen, ich war unbehelligt, eine versonnene Zeit, eine gute Gelegenheit, mich meinen Mitmenschen zu widmen. In den Jahren danach führte ich mir gelegentlich das durchgescheuerte Stück Jeans vor Augen, Martins Jeans, (die wenigsten wissen, dass sich die Dinge von hinten auf eine angenehme, leichte Weise ansehen lassen), ich nahm den Ring, der monatelang hinten an der mittleren Gürtellasche seiner Hose befestigt war, und befühlte ihn, so angenehm symmetrisch, so geschlossen, er erschien mir überaus *logisch*. Andere Dinge weniger. Zum Beispiel: Wie kann eine bestimmte

Anzahl Menschen zu einer Klasse gemacht werden? (Ich hatte immer Schwierigkeiten mit der Vorstellung, dass etwas zu etwas anderem gemacht wird.) Ich verstand, was *gemeint* war, wenn jemand sagt: Klasse. Eine so zufällige wie erzwungene Gemeinschaft. Aber als Klasse waren sie für mich keine Einzelwesen mehr. Ein Drama.

Andererseits haben sie tatsächlich so viel gemeinsam! (Die Gleichzeitigkeit dieser Wahrheiten verursachte mir oft Kopfdruck.) Sie haben aus demselben vergifteten Brunnen getrunken. Sie sind infiziert mit dem Gift der alten Zeit und – wir sind alle an demselben Tag durch das Tor gegangen. Die Menschen denken, es wäre damit getan, sich in der Welt zu zerstreuen, aber das scheint nur auf den ersten Blick eine Rettung. Es widerspricht allem, was ich wusste. Die abgeschnittene Vergangenheit und die unmögliche Zukunft vermischen sich.

Es gab eine Phase, da hatte ich Lust, sie zu warnen, vor den Folgen dieser Kontamination. Aber gemeinhin schlagen die Menschen solche Warnungen in den Wind. (Außerdem hätte das meine Kraftreserven auch überstiegen.)

Meine Gedanken sind auf vielen Meeren gefahren.

Noch wenige Tage vor meinem Tod habe ich mich überwunden und mir Viviens Haar angesehen. Viviens wildes Trollhaar. So ein Haar verdirbt nicht. Auch nicht nach sechsundzwanzig Jahren, vier Monaten und dreizehn Tagen. Eigentlich mochte ich Haare nicht übermäßig, ich fand sie brutal. Aber es war das *richtige* Detail, daher musste es sein. Ich habe es einmal von ihrer Jacke genommen, als sie an der Essensausgabe vor mir stand. Es besaß die gleiche Farbstruktur wie Falks Kugelschreiber. Eine gold-rote Struktur. Ich habe immer sehr viele nebensächliche Ähnlichkeiten zwischen verschiedenen Dingen gesehen. Sogar Cornelias Hitzekamm gehörte dazu. Im letzten Sommer brachte ich viele

Wochen damit zu, ihn zu betrachten. Ein Knallrot, dass man immer hinschauen musste, und das mich gleichzeitig sehr müde machte.

Während sie die Dinge nur ungefähr einen Tag lang vermisst haben, wenn überhaupt, während das Haar, der Stift, der Ring für die anderen das Nichts waren, bedeuteten sie mir viel. Ich vertiefte mich in diese kleinen hilflosen Bruchstücke der Zeit.

Ich muss hinnehmen, dass ich nicht der Herr der Zeit bin.

Im Zentrum des Archivdiagramms befand sich Ellens Karton. Darin lag der Zettel, den sie mir geschrieben hat, zwei Wochen, nachdem ich ihr die DNA-Strang-Zeichnung unterbreitet hatte. Sie schreibt, dass sie mir momentan (damals) nicht folgen könne, aber ganz bestimmt in dreißig Jahren. Sogar den Tag unseres Wiedersehens hat sie notiert, 7.10.2020. Ein sehr leichtsinniges Versprechen, denn die Zeit vergeht ja rasend schnell. Außerdem stand dort: *Dann bist du hoffentlich anders.*

War ich tatsächlich ein anderer geworden? Und sollte es stimmen: Verliert man die anderen, indem man ein anderer wird? Ich bin doppelt verschwunden aus ihrem Leben. Vermutlich hat es mich schon früher nie darin gegeben. Sie haben mich vergessen, umgekehrt war das nicht der Fall. Der größte Unterschied zwischen mir und ihnen war der, dass für mich ab einem bestimmten Zeitpunkt nur noch Vergangenheit übrig war, nichts als das. Sie steckte in einzelnen Schachteln, fest verschnürt. Seit meiner Entkörperung sind all diese Dinge nur noch Fundstücke ohne Archiv (schiere Materialität), die als Spuren einer verschwundenen Zeit durch den unendlichen Raum der Gegenwart treiben.

Auf meinem Weg betrachtete ich jedes Mal das rötliche Schulgebäude, und je länger ich es tat, desto deutlicher erkannte ich, wie Rauch aus den oberen Fenstern aufstieg, zuerst nur sehr dünne, feine Rauchfäden, leicht zu übersehen, aus denen aber nach und nach ein dichter dunkelgrauer Qualm wurde, bis mit einem Schlag riesige lodernde Flammen dastanden, ein schönes heftiges Orange, das pfeilgerade in den Himmel ragte und wie ein Krone die gesamte obere Hälfte des Gebäudes umschloss, das (Überraschung!) plötzlich einzusinken begann, Backstein für Backstein sackte es tiefer und wurde schließlich ganz von der Erde verschluckt, bis nur noch ein sauberer Krater da war, leer und glattwandig, der sich mit Wasser füllte, sodass nach und nach ein See entstand, solche Dinge passieren, Inseln verschwinden, meistens sind es Seen, hier nun bildete sich einer, immer mehr Seen, die sich zu einem gewaltigen Meer verbanden, eine Flut über der Kontinentalplatte, und tief unten die Schule, eingeschlossen in einem Massiv, dreitausend Meter unter der Wasseroberfläche, und in diesem Massiv mein Archiv, mit Ellens Brief darin, fester geht ein Versprechen nicht zu verwahren.

CHRISTOPH ZIETOW

Bei mir ist das eine ganz klare Abfolge, schon immer. Auf den Gedanken folgt die Tat. Als Georg und ich in der Zeit unseres Zusammenseins einmal über eine gemeinsame Eigentumswohnung sprachen, begab ich mich sofort auf die Suche. Ich verglich, telefonierte, rechnete durch. Dinge, wie sie jeder vernünftige Mensch tut, wenn eine Idee im Raum steht. Sein Kommentar, als ich ihm meine Ergebnisse präsentierte: ganz nett, nicht mehr. Zum Besichtigungstermin kam er zu spät, finster blickte er auf die stuckverzierten Decken und brummte, wir sollten das Ganze überdenken. – Überdenken, fragte ich konsterniert, was überdenken? – Ob diese Riesenausgabe vernünftig ist, meinte er, sichtlich gereizt, dass er sich zu diesem offenbar leidvollen Thema wiederholt äußern musste. – Aber wir reden seit Wochen über nichts anderes, rief ich (ich schrie beinahe), warum lässt du mich suchen, wenn du gar nicht kaufen willst? Georg hüllte sich in seinen Mantel, fixierte wie ein undurchdringlicher Magier einen Punkt in der Ferne und sagte, das habe ich nicht behauptet. Anfangs hielt ich sein dauerndes Zögern bei solchen Angelegenheiten für Gründlichkeit. Ich habe Jahre gebraucht zu begreifen, dass seine Freude darin besteht, die Dinge zu *durchdenken*, nicht sie umzusetzen. An dieser Stelle verlor er regelmäßig die Lust. Jede Zweisamkeit geht über kurz oder lang an genau solchen Differenzen zugrunde. Die Menschen haben unterschiedliche Geschwindigkeiten, sie gehören grundsätzlich verschiedenen Kategorien an, was wiederum zu Missverständnissen und schließlich Brüchen führt. Es ist wichtig, sich das immer wieder vor Augen zu führen. Georg war ein Mensch der Eventualität.

Wenn ich die Zeit dazu finde, sage ich mir gelegentlich, hätte ich mich nicht damals von ihm getrennt, dann ein halbes Jahr darauf. Oder zwei Jahre später. Was macht das für einen Unterschied? Es geht nicht um Schuld. Nebenbei gesagt, sah er es als Freiheit an, zur Miete zu wohnen. Ich sagte, was soll frei daran sein, wenn mich der Vermieter jederzeit vor die Tür setzen kann? Aber diesen Gedanken hielt er für paranoid, zumal für einen Juristen. Wenn ich überhaupt einen Grund dafür benennen sollte, warum ich mich schließlich von ihm trennen musste, wäre es dieser: Die Reihenfolge meines Lebens ist verdreht, und ich wollte sie wieder ordnen. Ich habe nicht nach der Liebe gesucht. Mit achtzehn war ich der festen Überzeugung, dass man sich hundert Unbekannten hingibt, leicht und unverschämt, und hundert Unbekannte sich mir hingeben würden, bevor es um Liebe geht. Dass man für lange Zeit in das Tal der Sehnsucht hinabsinken muss, bevor es so weit ist. Immer auf dem Weg von einer wohligen Einsamkeit in die nächste. Darauf war ich eingestellt. In gewisser Weise ist Georg mir dazwischengekommen.

An der Uni saß ich ganz vorn, als er zum ersten Mal den Seminarraum betrat. Erinnerungen: wie er die Tür aufreißt und mit fliegendem Mantel dasteht. Er ließ seine Studenten regelmäßig warten. (Damals wurde der Lehrkörper noch nicht durch die Studierenden evaluiert.) Er musste sich nicht mal bei uns entschuldigen, so sehr bewunderten alle seinen Auftritt. Zu dieser Zeit war ich ziemlich verliebt in das Unglück, oder in das, was ich mir darunter vorstellte. Ein strebsames Vögelchen, das von irgendwas verschreckt worden war, blickte ich aus blauen Augen auf mein kurzes, erfahrungsloses Leben. Ich dachte, ich könnte Eindruck schinden mit dieser Attitüde, wenn ich mich verängstigt und leicht mürrisch in der Cafeteria der Juristischen Fakultät an meinen Tee klammerte, sobald er vorbeikam. Aber Georg sah meiner Komödie voller Ungeduld zu. Ich liebte ihn sofort. Der Beweis: Die Gründe fürs Unglücklichsein gingen mir plötzlich alle aus. Er war es, der sie mir austrieb. Ich sollte dankbar sein. Ich habe fast alles bekommen im Leben. Dabei habe ich nichts verlangt. Ich *musste* es nicht. Noch im selben Semester bot er mir eine Stelle als studentische Hilfskraft an. Er legte sie mir beinahe zu Füßen. Er nahm mich mit zum Juristentag in München, wo er einen Vortrag hielt. Ich trieb mich in der Kongresshalle herum, später gingen wir spanisch essen. Kein Mensch kümmerte sich um uns. In der Nacht sagte ich, warte, ich muss mal. Er fragte, was musst du. Wie ich aufstehen wollte, aber er meine Handgelenke festhielt. Meine heiße Pisse auf seinem Körper, in dem Hotelbett, alles eins, das heftige Drängen, sein Schwanz. Das ist in den Jahren danach nie wieder so vorgekommen. Als hätte er mit dieser Nacht eine Möglichkeit aufrufen wollen, um mich zu testen, um sich zu beweisen.

Ein paar Tage später, als wir wieder zurück waren, lud er mich zu einem Picknick in den Babelsberger Park ein. Dort schlug er mir eine Art Pakt vor. Wir versuchen nicht, uns zu verstecken, aber wir zeigen uns auch nicht. Ich hätte *allem* zugestimmt, was er mir vorschlug. Plötzlich kam ein Hund über die Wiese gehetzt, direkt auf uns zu. In der typischen Zielstrebigkeit von Jagdtieren sprang er in den Picknickkorb voller Delikatessen, die Georg gekauft hatte, schnappte nach diesem und jenem und erwischte zuletzt ein ziemlich großes Stück Käse, an dem er würgend zu Boden ging. Georg griff nicht ein. Erstaunt stellte ich fest, dass er dem gesamten Vorgang mit ruhiger Häme zusah. Als bekäme einer, der sich in unsere Angelegenheiten mischt, sofort die Quittung. Das machte mich stolz. Ich war wie betäubt von seiner Gegenwart. Was mein Geheimnis blieb. An der Fakultät behielten wir stets einen höflichen Ton bei, keinerlei Anzüglichkeiten oder Berührungen. Nicht aus Angst oder Scham, wir waren beide sehr professionell. Wenn wir allein waren, abends, in seiner Wohnung, amüsierten wir uns über die naiven Hühner, die ihn anhimmelten, Frauen, das ahnungslose Geschlecht. Ich fuhr oft mit der S-Bahn zu ihm nach Berlin. Ich hatte einen Schlüssel, er gehörte zum Pakt. – Komm, wann du willst, sagte Georg, als er ihn mir überreichte. Ich verbrachte fast jede Nacht bei ihm.

Als das nächste Semester begann, schickte er mich plötzlich weg, er war der Ansicht, es sei nicht gut, wenn ich mich in meinem Alter vollkommen an ihn band, dass es mich auf meinem Weg behindern würde, womit er nicht den beruflichen Weg meinte. – Was will ein Neunzehnjähriger mit einem wie mir, sagte er lächelnd. Er gefiel sich darin, den Altersunterschied zwischen uns zu betonen. Natürlich wusste er, dass er gut aussah, mehr als das, er war stattlich. (Ein Wort, das ich bis dahin noch nie gebraucht hatte, das aber jedem, der ihn sah, sofort in den Sinn kommen musste.) Eine Art englischer Schlossherr, der transnationales Zivilrecht unterrichtete. Er schickte mich weg, in ganz bestimmte Bars, diese Sauna in der Nähe des U-Bahnhofs, gleich bei ihm um die Ecke. Berlin schien aus unzähligen solcher verborgenen Punkte zu bestehen. Ich verstand nicht sofort, ich sträubte mich, er musste verrückt sein, das von mir zu verlangen, gleichzeitig starrte ich schon gierig den unbekannten Gesichtern entgegen, der fremden Hand, die mir kurz darauf an den Hintern gleiten würde. Das Spiel gefiel mir, es war das richtige für mich, vor allem aber gefiel mir die Behaglichkeit des Zurückkommens. Georg erwartete mich jedes Mal wie einen Boten. Als brächte ich ihm die Welt, als könne er sie nicht anders erfahren als durch mich. In seinen Augen *war* mein Körper die Welt. Er fragte nicht nach den Einzelheiten. Er wollte keine Namen wissen (die ich oft selbst kaum mehr wusste). Er ließ sich nur berichten, wo und wie der andere mich angefasst hatte. Um es noch besser zu machen, wie er behauptete. Er machte es besser.

Im Sommer fuhren wir nach Paris, er kannte sich aus, mit allem, in der Rue du Temple setzte er sich in ein Café, mich schickte er gegenüber in eine Bar, die sich als Disco entpuppte. Ein sympathischer Ort mit einem umlaufenden Rang im Innern, von dem aus man auf die Menge herunterblickte. Ich schaffte nicht mal einen Drink. Es gab ein paar Codes, die sich sofort erschlossen. Treppe runter, Treppe rauf. Die Zärtlichkeiten konnten von einem Moment zum anderen umschlagen, niemand hatte etwas dagegen. Ich ließ mich herumreichen, fasste Schwänze an und lutschte sie, kaum dass ich die Gesichter dazu erkennen konnte. Georg prahlte, er gab an mit mir, vor sich selbst, vor uns, der Lehrling überflügelt den Meister, der Lausbub aus dem rohen Ostland ist zwei Nächte in Paris und schon mit dem Chef von Radio France im Bett! Wir lachten über die Tasche, die ich geschenkt bekommen hatte von Monsieur und die Georg als *sein* Souvenir betrachtete, eine dieser riesigen abwaschbaren Umhängetaschen (damals ein Novum, heutzutage trägt alle Welt so etwas).

Irgendwann im Leben ist es zu spät zum Weglaufen. Es ist nie zu spät.

Ich weiß, dass Georg bemüht war, unsere Beziehung wie eine Serie von Einmaligkeiten aussehen zu lassen. Er schickte mich augenzwinkernd fort. Ich ging augenzwinkernd aus der Tür. Er blieb. Ich blieb. Auch die Abwechslung kann einen Rhythmus ergeben. Schließlich stand dieses gleichmäßige, unproblematische Auf und Ab der süßen Tristesse einer definierten Langzeitbeziehung in nichts nach. Ich bekam mehr und mehr den Eindruck, ich hätte ein Loch in mir zugeschüttet, das Loch der Verzweiflung, des totalen Verlusts, bevor ich wirklich hineingeblickt hatte. Ich wollte hineinblicken. – Was glaubst du, was du da draußen kriegst, das du noch nicht hattest, sagte Georg, als ich ihm verkündete, dass ich ihn verlassen würde. Dann fügte er hinzu, du bist ein guter Jurist, Christoph, aber in Sachen Beziehung verstehst du rein gar nichts von Strategien. Von außen betrachtet, handelte ich grundlos, ja, ich war ohne Gründe, ohne Reue, ich war frei.

Die Arbeit hält mich. Was den Rest betrifft, muss man die Dinge auslagern. Die einzelnen Teile des Lebens müssen klar voneinander geschieden werden, man muss abgeschottete Bereiche schaffen. Seitdem ich die Kanzlei vollständig auf Kollisionsrecht spezialisiert habe, bieten sich mir oft Gelegenheiten, ins Ausland zu reisen. Der Sex nutzt sich nicht ab. Es ist sehr leicht. Alles wird leichter. Wenn ich in eine fremde Stadt fahre, recherchiere ich vor meiner Abfahrt die Orte, an denen sich die entsprechenden Jungs finden lassen. Ich speichere die Namen der Lokale ab wie ich meine Bahn- und Flugtickets vor Reisebeginn abspeichere. Es geht mir gut, wenn alles da ist, ich begebe mich auf eine sichere Fahrt. Vor Ort verschwinde ich nie zu früh von einem Vortrag oder einem Kongress. Im Gegenteil, der Gedanke an das, was danach kommt, am Abend, in der Nacht, beflügelt mich bei meiner Arbeit, ich laufe regelrecht zur Hochform auf. Ich habe meine Arbeit immer ernst genommen. Einmal, in Bukarest, hielt ich aus dem Stehgreif ein viertelstündiges Statement, so elektrisiert war ich von der Vorstellung, danach in diese Bar zu kommen, von der ich vor meinem Abflug in einem Forum gelesen hatte. Manche lieben die Überraschung, für mich ist es richtig, wenn alles so abläuft, wie ich es geplant habe. Die osteuropäischen Staaten sind mir am liebsten. Man muss die Spielregeln einhalten, die Tabus kennen, aber wo muss man das nicht. Die meisten internationalen Hotels machen keine Schwierigkeiten, wenn man einen Gast aus der Stadt mitbringt, meistens sind es schmale Jungs, freundliche, ausgehungerte Biester, die beim Ficken ihr Handy umklammert halten. Dankbarkeit, ohne affige Unterwürfigkeit. Allerdings habe ich mich ihnen auch nie als der klassische Typ aus dem Westen präsentiert. Im Grunde bin ich sogar einer von ihnen, das habe ich immer so empfunden, aber das müssen sie nicht erfahren. Es genügt, durchblicken zu lassen, dass man imstande ist, kyrillische Buchstaben zu entziffern oder Tsuica von Pálinka zu unterscheiden (wobei mich weder das eine noch das andere reizt). Leichtes Erstaunen, ein Lächeln, der Draht ist hergestellt. Vor Kurzem sagte ich zu einem, leck mich. Wir befanden uns in meinem Hotelzimmer. Er reckte das Kinn und sah mir in die Augen, dann schüttelte er den Kopf. Manche würden sagen, es gehört Mut dazu, das zu tun, wenn man einen Einsneunzig-Typen vor sich hat, der Lagerfeld trägt. Aber ich war nicht beleidigt, in dieser Hinsicht bin ich nicht prätentiös. Ich ging ganz langsam in die Knie und lutschte ihn, ausführlich, lange. Ich wunderte mich, *wie* ausführlich, *wie* lange. Anschließend stieß ich ihn aufs Bett, er machte keine Anstalten aufzustehen, sah mich nur aus hellgrünen Augen an und sagte, ich liebe dich, aber … ich will, dass du ein anderer bist. Woher hatte er das, war das Literatur, irgendein Comic? Zuletzt schlief er in meinem Hotelbett ein. Ein unerkannter Prinz, der sich das Recht auf alles nahm. Um mir die Zeit zu vertreiben, kramte ich in seiner Kleidung. In der Ärmeltasche seiner Jacke fand ich ein kleines silbernes Kreuz an einer Kette. Ich wickelte es in einen Geldschein und steckte es zurück. Was sein Handy anging, gab es nichts preis (als hätte ich nach irgendwas gesucht). Wie eine magische kleine Tafel schimmerte das Display blau in der Dunkelheit, während ich auf dem Fußboden neben meinem eigenen Hotelbett hockte und darauf starrte.

Dass etwas anders war, merkte ich erst auf der Heimfahrt. Er hatte nach nichts geschmeckt. Seither hat sich diese Beobachtung wiederholt. Die Jungs schmecken nach nichts, egal wo ich sie treffe, kein einziger von ihnen, was mir zeigt, dass es an mir liegen muss. *Von einer wohligen Einsamkeit in die nächste* … Im Geiste habe ich Georg davon berichtet. Das tue ich oft. Es hilft mir, die Dinge klar zu sehen, es gibt den vielen Einzelheiten in meinem Leben einen gewissen Zusammenhang. Selbst die Wohnung, die ich gekauft habe, habe ich insgeheim ihm gewidmet, ich habe mich gefragt, wo würde er das Brillenetui hintun, wo wäre der Platz für seinen Cognacsessel, würde er die Aussicht genießen (das Apartment lag in der Nähe des Osthafens, mit Blick auf die Spree). Ich habe es wieder verkauft. Georg hatte recht mit seinem Einwand, ich säße ohnehin nur in der Kanzlei, was willst du mit einem Luxusapartment, in dem du nicht lebst, hatte er jedes Mal gesagt, wenn ich das Thema anschnitt. Der eigentliche Grund aber ist, ich hatte mich finanziell übernommen. Ich verfüge, was das betrifft, nicht wie die meisten meiner Kollegen über ausreichend Hinterland. Ich gehöre keiner Dynastie, keinem Club an. Mir steht keinerlei Familienerbe in Aussicht. (Meine Mutter wohnt noch immer in der Auensiedlung, sie liebt ihre sechzig Quadratmeter mit Balkon im sechsten Stock.) Was ich von der Welt fordern kann, ist das, was ich von mir selbst fordere. Natürlich unterlasse ich Offenbarungen dieser Art vor anderen. Im Übrigen hat mir der Wiederverkauf des Spree-Apartments keinen Verlust eingebracht, im Gegenteil. Sogar davon habe ich Georg berichtet.

Dass ich ihn auf diese Weise, in Gedanken, vorkommen lasse, selbst nach Jahren noch, ist absurd, ich weiß. Trotzdem handle ich so. Ein Nachhall der einzigen Verbindlichkeit in meinem Leben. Ich gönne mir diesen Fixstern. Schließlich hat alles, was ich bin, was ich denke, mit ihm begonnen. Daran ist nichts Pathetisches. Meine Kindheit, meine Jugend – ein trister, uninteressanter Morast. Was für eine Verschwendung an Jahren. Denke ich daran zurück, kommt mir jedes Mal die Frage in den Sinn: Was hatte ich dort überhaupt zu suchen, in *dieser* Vergangenheit. Eine Vergangenheit, die mir durch und durch falsch vorkommt – eine Posse, in Bezug auf mich. Nichts davon hat mit dem Leben zu tun, das ich heute führe. Es ist mir unangenehm, wenn mich jemand aus jener Zeit anspricht, der Zeit, bevor alles begann, vor Georg. Es hat mit einer gewissen Scham zu tun, als würde ich im Schlafanzug von jemandem überrascht.

Jedenfalls empfand ich es bislang so. Vor ein paar Wochen bekam ich eine Nachricht von Britta Peters. Sie ersuchte mich um rechtlichen Beistand in einer Notsituation, wie sie sich ausdrückte, eine Sorgerechtsangelegenheit, die sie mehr als verworren schilderte. Um die Wahrheit zu sagen, ich hatte Mühe, mir ihr Bild vor Augen zu rufen. Die freundliche Unbedarftheit, mit der sie mir schrieb, so etwas hat mich schon immer irritiert. Unter normalen Umständen wäre ich nicht weiter darauf eingegangen, ich hätte sie mit einer knappen Bemerkung an eine entsprechende Kanzlei verwiesen. Was soll das heißen, *unter normalen Umständen*? Ich weiß nicht, was genau sich verändert hat und wie es zu deuten ist, ob es überhaupt mit der neuerlichen Situation zusammenhängt, dass ich den Geschmack verloren habe, aber ich setzte mich plötzlich hin und arbeitete mich in die mir fremde Materie ein. Ich konsultierte selbst die entsprechende Sachlage zu dem von ihr geschilderten Fall. Wir telefonierten sogar, für einen Laien wusste sie erstaunlich viel, und ich setzte ihr das notwendige Schriftstück auf. (Als Dank schickte sie mir zwei Eintrittskarten für die Feuerwerkersymphonie, die im August im BUGA-Park stattfindet. Ich habe sie meiner Mutter geschenkt. Im Gegensatz zu ihr, meiner Mutter, habe ich für derlei Events nichts übrig.)

Wenn ich unterwegs bin, lese ich manchmal im Johannesevangelium. In den meisten Hotels liegt eine Bibel auf dem Nachtschrank. Ich blättere darin herum, ich bleibe an einzelnen Wörtern hängen, ich muss das nicht verstehen. Als ich mich von ihm trennte, sagte Georg, ich habe dir immer eine Liebe wie aus dem Johannesevangelium entgegengebracht, aber ihr Heiden versteht nichts davon. Außerdem war er der Ansicht, es würde mir leidtun. Tut es mir leid? Mag sein, mein Zustand ist weniger wohlig, als erwartet. Vielleicht bin ich inzwischen im tristen Tal der Einsamkeit angelangt, blicke ich längst in jenes Loch der Verzweiflung. Sollte dies der Fall sein, erkenne ich es nicht. Nur der fehlende Geschmack der Jungs geht mir nicht aus dem Kopf. Wie ist so was möglich? Gibt es das, Geschmacksverlust, als pathologisches Phänomen, meine ich, dass der Appetit weg ist, aber der Hunger umso größer?

CORNELIA TESSMANN-FLÜGGE

Bodo ist tot, was soll ich anfangen mit dieser Information? Man wähnt sich in Sicherheit, für Momente glaubt man, entkommen zu sein, dann wird man plötzlich behelligt mit einer Nachricht wie dieser. Steffi liebt das. Das grässliche Bedürfnis mancher Menschen, andere mit solchen Informationen in die Pflicht zu nehmen. Denn was ist ihre Rundmail anderes als eine Aufforderung zu dieser Pflicht, der Pflicht zu trauern, innezuhalten, sonst was. Gestorben am 11. 11., Grundgütiger. Mein erster Gedanke war, du musst dir sofort die Softclox-Sandalen holen, die in dem hellen Moccaton. Früher hat mich der Tod wie jeden Menschen einfach nur fassungslos gemacht. Heute bekomme ich, wenn in meiner Umgebung gestorben wird, einen Energieschub. Der Tod löst Hektik aus. Die Zeit läuft, denke ich. So ein drängendes Gefühl, das mir unsichtbare Betriebsamkeitsflecken auf die Wangen treibt. Das Leben geht rasch vorbei, aber meins noch rascher. Jedenfalls in meiner Vorstellung. Daran ist meine Scheidung schuld. Seitdem ich geschieden bin, sehe ich mein Leben als Zeitstrahl, diese langen übersichtlichen Strahlen in Geschichtslehrbüchern, an denen die wichtigsten Jahrzehnte vermerkt sind. Meine turbulenten Zehner, die stählernen Zwanziger, die sinnlichen Dreißiger, die angstbesetzten Vierziger, die melancholischen Fünfziger, die behutsamen Sechziger und schließlich der Rest, der auslaufende Strahl, da man wegzuschauen beginnt, in ständiger Angst vor dem letzten großen Wort.

Diese Art, mein Leben zu betrachten, hat ganz klar neue

Nahrung bekommen, seit ich die Schober einmal in der Woche vor der Nase habe. Ich war einigermaßen verblüfft, sie hier wiederzusehen, die Schober im Fitnesscenter. Dass ich einmal zusammen mit meiner Geschichtslehrerin in einem Raum herumhopsen würde. Wenn es nicht so deprimierend wäre, würde ich lachen. Ich sollte sie mit *meiner* Zeitstrahlvorstellung bekannt machen, der einzig gültigen, denke ich, leicht gallig, während ich mir ein Bänkchen für den Step-Zumba-Kurs schnappe und mich damit an meinen angestammten Platz begebe, ganz hinten links. Natürlich hat sie mich nicht erkannt, Lehrer vergessen ihre Schüler, umgekehrt ist das nie der Fall. Außerdem stellt sie sich immer ganz vorn auf, direkt vor dem Podest der Kursleiterin. Das machen die älteren Frauen alle so. Ich bin in dieser Runde eindeutig die Jüngste, was an einem Montagvormittag nicht anders zu erwarten ist. Gut möglich, dass ich den Kurs einzig aus diesem Grund gewählt habe. Warum sollte ich mich selbst täuschen? Ein – zugegeben albernes – Fitzelchen Exklusivität, na und? Als die Kursleiterin die Musik anstellt, die üblichen Salsa- oder Sambarhythmen, geht ein leichter Schauer durch den Raum, eine Art unausgesprochener Jubel. Als hätten die Frauen nach einem allzu langen Wochenende mit ihren Ehemännern (zweifellos allesamt Stoffel) nur auf diesen erlösenden Moment gewartet. Wir tauchen ein in die Klänge von Orient und der Karibik. Jeder weiß, dass man diese Gegenden der Welt als Frau besser meiden sollte, das bornierte Machotum, die verschrobenen Auffassungen über Mann und Frau … Aber die Musik torpediert diese Vernunftgedanken. Sogar mich erfasst es ein wenig, idiotisch.

Nicht zu glauben, wie braun der Körper der Schober ist, wie drahtig und energiegeladen. Im Geiste errechne ich ihr ungefähres Alter. Fitte siebzig vielleicht, dann war sie damals so alt wie ich jetzt … Angesichts ihrer übertrieben eifrigen Hopserei lässt sich erahnen, dass sie noch immer die engagierte Nervensäge ist, die sie früher war. Sie war tatsächlich überzeugt davon, sie müsse uns aus dem Sumpf der Verblendung erretten, gerade noch zur rechten Zeit. Kaum war die Mauer weg, fing sie an, uns mit Informationen vollzustopfen, die Wahrheit betreffend, ihr müsst begreifen, dass alles, woran ihr bisher geglaubt habt, verbrecherisch oder klein gewesen ist, trichterte sie uns ein. (Verbrecherisch oder klein, ich weiß nicht, was schlimmer ist.) Ich hatte an gar nichts geglaubt, aber das mochte wiederum *sie* nicht glauben. Was hat mir dieses Wissen gebracht, außer Gewissensbissen, wozu das Engagement? Nach dem ganzen politischen Bildungsschnickschnack steht man eines Morgens doch nur vor der Spiegelwand des *Lady's First* und macht den Hampelmann.

Auch wenn sie sich gut gehalten hat, ich bin besser in Schuss, denke ich, biologisch gesehen. Das Tröstliche dieses Gedankens wird sofort zerstört von einem anderen, weitaus brutaleren, *wie lange noch*? Hat sie uns nicht dauernd eingebläut, die Geschichte sei offen, vergessen Sie das alte Modell, schrie sie (sie hatte diese dringliche, aggressive Art, die das gute Gewissen manchen Menschen verleiht), die Geschichte ist ein offener Prozess, kein Strahl, der in eine bestimmte Richtung läuft! Ich könnte sie ansprechen, in der Pause, am Automaten für Stilles und Sprudel, und sie auf die Falschheit ihrer Lehrsätze hinweisen. Inzwischen könnten wir sogar Freundinnen werden. Meine besten Freunde sind Frauen. Auf die Freundschaft der Männer habe ich irgendwann verzichtet. Nicht dass ich Männer für Idioten halten würde. Aber kein noch so anregendes Gespräch mit einem Mann kann mich den Gedanken vergessen machen, dass mir keine Zeit mehr bleibt. Kurz nach meiner Scheidung war ich zu

Ellens Geburtstagsparty eingeladen. (Wir haben uns vor ein paar Jahren in einer der Praxen getroffen, die mir neu zugeteilt worden sind.) Ich hatte Bedenken, ob ich dazupassen würde, all die kreativen Menschen. Aber so viel ich sah, redeten die Künstler nicht viel anders als die Marketingstrategen eines Pharmakonzerns. Jedenfalls wirkten sie weniger originell, als ich befürchtet oder, um die Wahrheit zu sagen, im Grunde doch gehofft hatte. Man gab sich ungeheuer umtriebig. Ich machte die Bekanntschaft eines gut aussehenden Mannes. Nachdem er mir ein Glas Wein besorgt hatte (er selbst trank nicht, nie, wie er betonte, was mich einigermaßen schockierte, in unserem Alter!), fing er an, mir die verschiedenen Entwürfe für den Neubau des Berliner Stadtschlosses auseinanderzusetzen. Er hatte etwas darüber in einer Zeitschrift veröffentlicht. Besonders hatte es ihm ein Entwurf angetan, in dem ein Hologramm eine Rolle spielte. Ich wurde das Gefühl nicht los, dass er in mir das Mitglied irgendeiner Baujury sah. Während ich meinen Wein im Glas hin- und herschwenkte, dachte ich, die Männer müssen die Frauen also immer noch von ihrer Bedeutsamkeit überzeugen. Man taucht nach zwölf, dreizehn Jahren aus den Tiefen der Ehe wieder an die Oberfläche, und ringsum ist alles beim Alten. Andere hätte das beruhigt. Mich befiel Kummer. Der ganze Vorfall zeigte mir, dass ich es war, die alt geworden war, nicht die Welt. – Schon wieder neue Schuhe, rief Philipp, als ich am nächsten Tag in den silbrigen Pantoletten nach Hause kam. Mein halbwüchsiger Sohn hält es für nötig, mich in regelmäßigen Abständen darauf hinzuweisen, dass ein jeder von uns am Ende nur mit einem Leichentuch bekleidet ins Grab steigt. (Ich habe einen bildhübschen Klugscheißer in die Welt gesetzt.) – Genau darum, sage ich zu ihm. Bei mir denke ich: Lass mich noch einmal diesen Gang tun, ohne dass ich wüsste, wer dieser Du ist, einmal noch, auf den Sandalen in dem hellen Moccaton, bevor für immer Schluss ist, finito, Sense.

Die Schober lässt die Liegestütze aus, wahrscheinlich Gelenkprobleme, dafür wählt sie Option zwei, vor und zurück am Bänkchen entlang, die Arme nicht vergessen. Diesen Kampf kämpft jede von uns für sich allein. Und das alles, um den Zeitstrahl ein wenig in die Länge zu ziehen. Nicht dass ich große Erwartungen hätte, die Zukunft betreffend. Wer hängt schon den alten Vorstellungen an, vollkommene Übereinstimmung, Verschmelzung, absolute Liebe. Die Chance, jemandem zu begegnen, der ohne Anhang ist, ohne Kinder, ohne pflegebedürftige Eltern, ohne geschiedene Exfrauen, die Aufmerksamkeit, Geld oder einfach nur Gedanken beanspruchen, geht ohnehin rapide gegen null. Ein Partnerwechsel in meinem Alter bedeutet, dass man in eine bereits gut laufende Maschinerie gerät, und je älter, desto besser geölt läuft sie, diese perfekt organisierte Verzahnung von Beruf und freier Zeit, das Ineinandergreifen von Besuchswochenenden, Tage, die für die Kinder reserviert sind, und Tage, die der andere mit seiner Exfamilie verbringt, gemeinsame Frühstücke, gesellige Sonntage beim Brunch, aufgeteilte Weihnachten, Feste und Momente, bei denen man nicht als durchgedreht zu erscheinen hat, sondern als ebenso vernünftig wie der Rest der Anwesenden. Zu alldem sage ich Ja, meinetwegen. Allerdings bin ich, wenn ich einen Kollegen kennenlernen will, auf die wenigen Regionaltreffen der Firma angewiesen, habe ich Ellen am Telefon erklärt. (Um abends etwas trinken zu gehen, ist sie oft zu müde, also telefonieren wir.) Sie verstand nicht, was das Problem sein sollte. In ihren Augen stellt sich mein Beruf als ein immerwährendes Vergnügen dar, schließlich gondle ich den ganzen Tag in meinem Wagen durch Brandenburgs Alleen, unterhalte mich mit Ärzten, ich bin frei und ungebunden. – Ja, ungebunden, wild!, lachte ich, jahrelang habe ich die Zurückhaltende gespielt, damit ist es vorbei. Der Punkt ist, die meisten Männer hassen Geradlinigkeit bei Frauen. Es verschreckt sie. Sie wollen reden, sie wollen spielen, sie genießen Whiskey zu klassischer Musik! Dabei habe ich meinen Blick inzwischen auf anderthalb Sekunden optimiert. Eins Komma fünf Sekunden, dann weiß ich, ob ich mit einem Mann schlafen könnte. Wenn sie wüssten, wie oft bei uns diese Stoppuhr läuft. Als ich André Spindler bei der Regionaltagung in Bad Segeberg erspähte, lief es genauso ab. Vitalia Seehotel, ein Wochenende lang. Ich hatte mich extra ein paar Minuten früher hingesetzt, um unauffällig die Männer betrachten zu können, die nacheinander in den Saal geschlendert kamen. Er setzte sich direkt in mein Blickfeld. Als uns die Studien zum neuen Schmerzpräparat vorgestellt wurden, lächelte ich ihn an. Er grinste zurück. Wenn man die obere Gesichtshälfte ausblendete, gab er einen ganz passablen Mads Mikkelsen ab. Abends war ein kleines Rahmenprogramm mit anschließendem Tanz organisiert. Wir saßen zu siebt an einem Tisch. Irgendwann stand er auf und sagte zu mir, o.k., dann mal los. Ich blieb demonstrativ sitzen, ich spielte die Beleidigte. Er sagte, tanzen Sie etwa nicht? – Fragen Sie mich doch, sagte ich schnippisch, lächelte aber sicherheitshalber. Am liebsten wäre ich mit gesenktem Kopf, die Hörner voran, auf ihn zugerast. Aber so etwas geht nicht. Also hielt ich die Spielregeln ein, ich tanzte brav, gab das scheue Reh. André schien es zu freuen. Er blühte richtig auf, machte Verrenkungen, vermutlich, um mir seinen Humor zu beweisen. Ich machte ordentlich mit. Dieses Getanze kam mir schrecklich vor, eine Albernheit, die so überflüssig war wie sein rosafarbenes Polohemd. Rosa, welche Frau ist imstande, so was bei einem Mann zu akzeptieren, ein Farbton, der vermutlich auf Freigeist schließen lassen soll.

Wir hatten zwei, drei Gläser Sekt getrunken, als André sagte, wie schön es wäre, jetzt eine Runde ums Hotel zu drehen, runter zum Wasser. Seine vage Art zu reden verwirrte mich. Ich sagte, meine Absatzschuhe seien für eine Wanderung über nächtliche Äcker ziemlich ungeeignet. Dabei schaute ich ihn prüfend an. Aber er sah nur an mir herunter und schüttelte in spaßigem Entsetzen den Kopf. Irgendwann schlug ich vor, wir sollten vor die Tür gehen (die Erwähnung von Zigaretten verkniff ich mir). Er ging weder auf mein Angebot ein, noch schlug er es aus. Stattdessen fasste er mich an den Schultern, um in einer Art Polkagehopse zwei unserer Kollegen zu animieren, die am Rand der Tanzfläche standen. Ich wurde immer verzweifelter. Ich fragte mich, ob er überhaupt mit mir schlafen wollte. Gegen null Uhr dreißig und nach einem endlosen Gespräch darüber, dass er seinem Sohn nie im Leben eine Spielzeugwaffe kaufen würde (der Bengel war gerade mal ein Jahr alt), landeten wir schließlich in meinem Zimmer. Es kam mir vor, als würde ich ein bockiges und zugleich harmloses Tier in einen Stall verfrachten. Nach diesem Zirkus hatte ich keine große Lust mehr, aber ein Rückzieher hätte all meine Anstrengungen der vorangegangenen Stunden sinnlos gemacht.

Am nächsten Morgen sahen wir uns im Frühstücksraum wieder. Unter Hunderten von Leuten. Und? Nichts. Keine Reaktion. Kein Lächeln, nicht mal ein winziges geheimes Schmunzeln zum Zeichen unserer nächtlichen Verbundenheit. Diese formlose Unverbindlichkeit stachelte mich an. Die nächste Möglichkeit, ihn wiederzusehen, wäre das Weihnachtsmeeting in der Zentrale in Aachen gewesen. Vier Monate. Zum Glück kam uns Ende September der Skandal um das Vomix-Präparat dazwischen. Wir wurden in die Regionalstelle nach Dahlem beordert, ein zweitägiges Kommunikationstraining. Prophylaktisch rasierte ich mir die Beine. Eine vollkommen überflüssige Handlung, wie sich herausstellte. André gab sich bei unserer Begegnung nett, aber vollkommen kühl. Seine unverbindliche Freundlichkeit hatte etwas Unverschämtes. Als wir endlich allein am Kaffeeautomaten standen, starrte er nur schweigend auf das Rinnsal, das vor uns in den Becher lief. Plötzlich fragte er aus heiterem Himmel, warst du je verheiratet? Er streckte seinen Ringfinger hoch, offenbar zum Beweis, dass er es war. Ich hatte keine Ahnung, worauf er hinauswollte. – Eigentlich dient es nur dazu, sich selbst daran zu erinnern, meinte er und zog bedauernd einen Flunsch. Alles ist verdreht. Stünden uns heute die Männer der Fünfziger- oder Sechzigerjahre zur Verfügung, sexwillige Casanovas, verantwortungslos, unverschämt, egoistisch … Aber jetzt, da wir Frauen auch so weit sind, auf uns selbst bedacht, offen, allzeit bereit, fällt den Männern plötzlich ihre Kinderliebe und ihr Familiensinn ein, sie kümmern sich um die Kleinen, sie pflegen zu ihren verblichenen Partnerinnen ein herzliches, kameradschaftliches Verhältnis! Die Geschichte scheint aus unzähligen traurigen Gegenläufigkeiten wie dieser zu bestehen. Solche Dinge kamen im Unterrichtsmaterial der Schober natürlich nicht vor.

Die Schober, sie bringt es tatsächlich fertig, die ganze Zeit über zu lächeln. Jedenfalls sieht es so aus. Oder dieses Zähneblecken dient dazu, das Gebiss beim Hopsen zu entlasten. Welch ausdauernde Zähigkeit. Ich frage mich, wofür sie sich fit macht, für welche Liebeseventualität, in ihrem Alter? Vielleicht habe ich mich geirrt. Vielleicht sind die Sechziger auch die stählernen, ganz auf sich konzentriert, mit sich zufrieden, in sich ruhend. Ich habe den Eindruck, die Frauen hier tanzen nur noch für sich. Das bewundere ich. Ihr Tanzen ist reiner Eigennutz, eine Huldigung, eine Erinnerung an die Sehnsucht, es ist ein Ersatz für das echte Tanzen, die fehlenden Männer, die fehlende Gelegenheit. Ein Raum voller Sehnsüchte, durchmischt von einem leichten Bedauern. Manchmal sehne ich mich nach einem langen tiefen Schlaf, einer Art bewussten Bewusstlosigkeit. Ein Gedanke, der mich rasend macht. Steffi glaubt, es würde irgendjemandem helfen, wenn sie uns über Bodos Tod in Kenntnis setzt. Der Tod erinnert uns, heißt es. Woran?! Wahrscheinlich glaubt sie, dass es so etwas wie die letzte Ehre gibt, die man den Toten erweisen muss. Was Bodo angeht, war er schon immer ein armes Kerlchen. Wem sollte es helfen, dabei zu sein, wie er in die Erde gelassen wird? Die Toten wissen schon, was sie tun. Die Beerdigung fand auf dem Bornstedter Friedhof statt. Natürlich bin ich nicht hingegangen. Hätte ich hingehen sollen?

Jetzt hat mich die Schober doch entdeckt, zum ersten Mal, vermutlich war es nur eine Frage der Zeit. – Cornelia!, ruft sie und lacht (ihre blendend weißen Zähne!), immer noch die letzte Reihe? Denken Sie nur nicht, Sie könnten abtauchen, die in der letzten Reihe hat man am besten im Blick, aber das werden Schüler nie kapieren.

MARTIN HEHNLEIN

Früher hatte ich eine klare Vorstellung, wie sich die Welt umrunden ließ. Ich musste nur unser Haus verlassen, mich nach rechts wenden und dann einfach immer geradeaus, zuerst Westeuropa, der Atlantik, die amerikanische Tiefebene, der Pazifische Ozean und von hinten nach Sibirien rein, wieder Richtung Europa. Neuerdings sehe ich mich in einem wilden Liniengewirr von oben, wie in Zeichentrickfilmen, in denen das Umherirren einer Figur mit Strichen kreuz und quer über den Globus anschaulich gemacht wird. Die Erklärung dafür ist denkbar einfach, sie hat mit dem neuen Logo meines Blogs zu tun. Eine Weltkugel wie ein Wollknäuel. Den Laptop auf den Knien, sitze ich in einer Ecke des JFK und sichte Bilder in verschiedenen Fotokoffern. Bis zum Abflug bleiben mir noch über drei Stunden, ich habe Zeit. Ich suche nach Aufnahmen von Puma, einer ganz bestimmten Aufnahme, die sie im Rudel zeigt und die ich auf den Blog stellen will. Während ich mich durch die Fotoserien klicke, steigen mir immer wieder die Tränen in die Augen. Normalerweise würde ich sagen, es ist der gewohnte Abfahrtsblues kurz vor dem Einchecken (es zieht mich jedes Mal runter, wenn es wieder nach Hause geht). Aber diesmal hat es mit Pumas Tod zu tun. Meine alte Hundedame. Und wieder im September, ein Sterbemonat, was mich betrifft. Letztes Jahr meine Mutter, dieses Jahr Puma. Als würde mich irgendwer bestrafen wollen. Oder sagen wir durchrütteln, aufwecken. Hier, auf diesem Foto, lächelt sie, manche Hunde können das tatsächlich, das kommt auf die

Rasse an. Puma war ein Alaskan Husky, was genau genommen keine Rasse ist. Ich bin mit ihr per Schlitten durch halb Schweden. Als ich nach Deutschland zurückfuhr, habe ich sie mitgenommen, sie war mein Lohn, für ein halbes Jahr Arbeit als Doghandler auf dem Hof. Puma war nicht die Stärkste, auch nicht besonders schnell, aber dafür schlau und sozial.

Als sie älter wurde, habe ich sie zu einem Freund in die Prignitz gebracht. Er leitet dort ein Heim für Behinderte. Es sind nicht wirklich Behinderte, eher Kinder ohne Halt, die keine Peilung haben und schnell ausklinken. (Wenn man die Website des Zentrums öffnet, steht da: Es gibt keine Grenzen, aber man kann welche ziehen.) Heute Morgen rief er mich an, um mir mitzuteilen, dass sie Puma einschläfern lassen mussten. – Zwei von den Jungs haben Rotz und Wasser geheult, erzählte er, und ich sagte, es war klar, dass es irgendwann passieren würde (sie war schon eine Zeit lang blind und hinkte). Was ich ihm nicht erzählte, war, dass ich schon vor seinem Anruf gewusst hatte, dass es passiert war, im Grunde hatte ich seinen Anruf regelrecht *erwartet*: Gestern Abend beim Packen habe ich in meinem leeren Rucksack eine tote Riesenlibelle gefunden. Eigentlich bin ich nicht der Typ für abstruse Geschichten, Esoterik hat mich nie interessiert. Aber seit dem Tod meiner Mutter bin ich empfänglicher geworden, was das betrifft. Es gibt Vorboten, bestimmte Anzeichen. Als ich sie, meine Mutter, zum letzten Mal im Krankenhaus besuchte, schien sie sich erholt zu haben. Wir gingen in einen kahlen Besucherraum, kein einziges Bild an der Wand, nur vier Tische, an denen jeweils zwei Stühle standen. Sie setzte sich ans Fenster, in die Sonne, gegenüber lag ein anderer Krankenhaustrakt, unzählige Fenster, bei denen sämtlich die Jalousien heruntergelassen waren. Sie hatte drei Tage am Blutspülgerät gelegen. Sie war klapprig, aber froh gestimmt, sie redete sich selbst Mut zu, die Behandlung hat angeschlagen, sagte sie mehrmals. Sie wollte, dass ich beruhigt abfahren konnte. Was ich tatsächlich tat. (Ich war auf dem Weg zu einem Vortrag der Tourismusakademie in Toronto.) Am ersten Morgen im Hotel zog ich die schweren dunklen Vorhänge zurück und blickte auf eine schneebedeckte Stadt. Ein Blizzard, Ende September. Fünf Sekunden später rief mein Vater an, um mir mitzuteilen, dass sie gestorben war.

Das ist genau ein Jahr her. Die Riesenlibelle habe ich nicht weggeworfen. Ich habe sie mit nach draußen genommen und sie auf die Steinbrüstung des Hotels gelegt, gut erkennbar für Puma. Während ich aufstehe und mir in Sichtweite zu meinem Laptop einen Kaffee besorge, überlege ich, welcher Kommentar angemessen wäre für ihren Tod. Ein paar meiner Freunde kannten sie, aber die meisten meiner Blogleser nicht. Ich entscheide mich für die reinen Sterbedaten, schlicht und ergreifend. Auch das richtige Foto habe ich schließlich gefunden, Pumas verwegenes Fuchsgesicht dicht neben meinem Kopf, wir beiden lachend, eine Aufnahme von meinem letzten Besuch in der Prignitz.

Von meiner Mutter und mir gibt es kein solches Foto. Ich meine, eines, das auf Nähe, auf Vertrauen schließen ließe. Schließlich *waren* wir uns nah und vertraut. Ich hätte ihr mehr Briefe schreiben sollen, so wie ich es mir in den letzten Monaten, als sie krank war, vorgenommen hatte. Wenigstens einen einzigen, um ihr zu sagen, dass meine Kindheit eine gute war, Hallo Mam, du hast mir eine gute Kindheit beschert. Obwohl ich mich kaum erinnere. Ich meine, ich erinnere mich nicht an Einzelheiten. Frühstück, Abendbrot (wie viele Tausende geschmierter Brote ergibt das?), an den Wochenenden Mittag, wenn Ferien waren, sind wir in den Urlaub gefahren. Trotzdem frage ich mich, was wir die ganze Zeit über *gemacht* haben. Man verbringt so unfassbar viel Zeit zu Hause, und alles, was man behält, ist ein Insgesamtgefühl, der sanfte, gemäßigte Rhythmus aus Wachsein und Schlaf. Als ganz kleiner Junge lag ich im Sommer auf meinem Bett, und in den Wohnblöcken ringsherum schauten sie Fußballweltmeisterschaft. Sämtliche Fenster und Balkontüren standen offen, und ich, behaglich unter der leichten Decke, lauschte dem Gebrüll der Männer, wie sie enttäuscht aufjaulten, wenn der Ball danebenging, ihr Jubel bei einem Tor. Dreizehn, vierzehn Jahre lang Fußballweltmeisterschaft …? Mein Kind wird mich für einen kompletten Idioten halten, wenn ich ihm das später erzähle.

Selbst bei dem Versuch, das Gesicht meiner Mutter korrekt zu beschreiben, versage ich. Sie hatte … Haare, ein Gesicht. Meine Erinnerung ergäbe ein lächerliches Phantombild. So fühlt es sich also an, wenn man Dinge bereut. Ich habe ihr nicht geschrieben. Als sie das erste Mal ins Krankenhaus gebracht wurde, nahm ich mir vor, jeden Tag einen Ermunterungsbrief an sie zu verfassen. Aber ich habe nicht mal eine Ermunterungs*nachricht* zustande gebracht. Ich habe mich gedrückt. Im Grunde hoffte ich, die Lage würde sich ohne mein Zutun klären. So wie man die Augen zusammenkneift, um noch ein bisschen weiterzuträumen. Ich würde gern wieder so auf dem Bett liegen, die Friedlichkeit meiner Kindheit. Was mich am meisten an der ganzen Sache erschüttert hat, war, dass ich ihren Tod nicht verhindern konnte. Dass man nicht reicht als Sohn. Nicht mal mein Vater hat gereicht. Die sogenannte Macht der Liebe scheint nicht allzu groß zu sein. Und jetzt auch noch Puma. Malou und ich haben immer gesagt, dass Puma es bis zum Frühjahr schaffen, dass sie durchhalten müsse. Wir wollten sie unbedingt unserem Kind vorstellen. Unser Kind kommt im März zur Welt. Es war so eine kleine Wette zwischen uns und dem Schicksal. Eine Spinnerei. Wir dachten, es würde funktionieren, dass dem Hund eine Art Gnadenfrist gewährt werden würde, wenn wir das Kind da mit hineinziehen. Ich hätte es gern mit beiden, mit meiner Mutter und Puma, bekannt gemacht, aber ich empfange es mit leeren Händen.

Dazu kommt, dass ich bislang immer noch keine passende Stelle bei uns zu Hause gefunden habe. Nachdem Malou von der Schwangerschaft erfahren hatte, haben wir uns darauf geeinigt, dass ich mir was bei uns suche. – Wenigstens im Land Brandenburg, hat sie zu mir gesagt, wir haben schließlich nicht ewig versucht, ein Kind zu bekommen, damit du dann ständig unterwegs bist. Ich habe die Lage unterschätzt, es ist schwerer als gedacht. Allerdings halten sich meine Anstrengungen, was die Jobsuche angeht, auch in Grenzen. Meistens ist sie es, Malou, die mir irgendwelche Links weiterleitet, denen ich dann jedes Mal unlustig nachgehe. Kürzlich stieß ich bei einer dieser halbherzigen Recherchen auf Tomas Krohn. Tomas Krohn, im Tourismusreferat des Ministeriums! Ich frage mich, ob er jemals aus der brandenburgischen Provinz rausgekommen ist. Wie auch immer. Seit sie schwanger ist, hat Malou noch mehr Angst um mich. Dass ich als Vater dauernd im Flugzeug sitzen könnte, bei der heutigen Lage in der Welt, ist sie nicht gewillt hinzunehmen. Ich sage ihr, dass man sich auch beim Brötchenaufschneiden tödliche Verletzungen zuziehen kann, aber davon will sie nichts hören.

Ich weiß nicht, was wird, fest steht, das ständige Unterwegssein wird mir fehlen, vor allem das Fliegen. Seit meine Mutter tot ist, habe ich ein kleines Grußritual. Sobald ich in der Luft bin, sage ich zu ihr, hallo, ich bedanke mich, jedes Mal für etwas anderes. Für heute beschließe ich, ihr dafür zu danken, dass sie abends die Tür zu meinem Zimmer immer einen Spaltbreit offen gelassen hat. Zum ersten Mal fällt mir ein, dass sie mich genau darum gebeten hat, als ich mich bei meinem letzten Besuch von ihr verabschiedete. Mit ihrer brüchigen Stimme bat sie mich, die Tür des Krankenzimmers ein Stück offen zu lassen. Als wäre jetzt sie das Kind. Seltsamerweise funktionierte es nicht, vielleicht handelte es sich um eine spezielle Brandschutzanfertigung, jedenfalls klappte die Tür immer wieder automatisch zu. Meine Mutter war der Ansicht, die Endgültigkeit hat was Erschreckendes, in der Hinsicht gleiche ich ihr. Deshalb bin ich auch nicht so dumm zu sagen, ich komme nie mehr wieder, hierher, meine ich. Es muss sich ja nicht gleich *alles* ändern, nur weil man Vater wird. Das habe ich auch zu Malou gesagt, ich nehme zwei Monate Elternzeit, wir fahren in die Catskills, und ich zeige unserem Kind den Indian Summer. Das ist unser Deal. Malou ist kein Amerika-Fan, aber wer ist das schon noch. Trotzdem bin ich nicht so ein Arschloch und wende mich gleich ab. Man sucht sich nicht einfach mal so einen neuen Traumort. Wie abfällig Alexander klang, als er fragte, ob Amerika immer noch das Land meiner Träume sei. Dabei bin ich extra zu seiner Tagung gekommen, als Freund. Diese Art, von oben herab, kenne ich. Er wollte mir die üblichen kritischen Statements abpressen, aber darauf gehe ich nicht ein, also musste er sie selbst anbringen, um die Oberhand zu gewinnen. Ich sehe die Dinge anders. Die Einteilung in Fronten und Lager ist mir abhandengekommen, nicht etwa aus einem politischen Gefühl heraus. Ich habe Mitleid mit den Amerikanern. Ich empfinde eine Art sanfte Liebe für sie, wie man sie angesichts von alten Menschen empfindet. Man darf nichts mehr verlangen von ihnen, es ist vorbei. Die Leute hier sitzen immer mehr auch tagsüber auf den Stufen vor ihrem Haus. Das habe ich in Albany beobachtet. Wenn man vorbeikommt, fangen die meisten sofort an zu lachen, als hätte man sie bei irgendwas Verbotenem erwischt. Sie leiden unter ihrer Hoffnungswut, unter dem Zwang zu glauben, dass alles gut gehen wird, gut gehen *muss*. Aber dafür habe ich Verständnis. Solche Dinge lassen sich nicht von heute auf morgen abstellen.

Vielleicht sollte ich davon auf meinem Blog berichten. Allerdings versuche ich, Grundsätzlichkeiten zu vermeiden, schließlich weiß man nie, wer mitliest. Der Blog ist mein Trost, wenigstens bleibt *er* existent. (Vorausgesetzt, der Relaunch klappt für die nächsten dreißig Jahre.) Auf jeden Fall kommt eine aktuelle Aufnahme vom Indian Summer drauf, beschließe ich, während ich meine Datenbank durchforste, er beginnt früh in diesem Jahr und dann so weit südlich … Dieses Wahnsinnslaub. Es hört sich schräg an, aber ich mache den Blog für mein Kind *und* meine Mutter. Angesichts meines lausigen Gedächtnisses habe ich gar keine andere Wahl. Ich frage mich, zum ersten Mal frage ich mich das, ob sich ein schlechtes Gedächtnis vererbt. Meine Mutter hat nie viel von ihrer Kindheit erzählt. Wenn sie es tat, ging es meistens um ihre Rollerstory. Als meine Mutter siebzehn oder achtzehn war, wollte sie unbedingt einen Motorroller. Sie brauchte ihn, um damit ins Magnesit-Werk zu fahren. Aber niemand konnte ihr das Geld dafür leihen (sie ist bei einer Tante aufgewachsen, mit der sie sich dauernd stritt und die sie irgendwann nicht mehr im Haus haben wollte). Es muss sie schrecklich gewurmt haben, dass es keinen Menschen gab, der ihr hätte helfen können. Ich hatte einfach niemanden, den ich um das verdammte Rollergeld bitten konnte, hat sie jedes Mal mit einem komischen Lachen erklärt. Für mich war das Ganze tatsächlich nur eine nette Anekdote, aber für sie war es mehr, ganz bestimmt. Inzwischen bin ich mir sicher, sie betrachtete es als das Grundübel ihres Lebens, oder so was in der Art, etwas, das man nicht ändern kann und das sich nicht einfach vergessen lässt. Vielleicht hat sie meine dauernden Reisen auch als ein solches Übel betrachtet. Ich habe einen ewig flüchtenden Sohn, muss sie gedacht haben. Was Quatsch ist, für Flucht gab es nie einen Grund, ich wollte ganz einfach nur … weg.

Ich klappe meinen Laptop zu und wandere durch den Gang zurück Richtung Haupthalle. Auf meinem allerersten Flug, damals, habe ich gekotzt, fällt mir plötzlich ein, während ich durch riesige Glasscheiben die Betriebsamkeit draußen auf dem Rollfeld beobachte. Trotzdem war ich stolz, sechs Mal geflogen, in nur einer Woche, wenn man die Zwischenstopps mitzählte. Berlin-Frankfurt, Frankfurt-Atlanta, Atlanta-Knoxville und das Ganze zurück. Wie viele Grenzen wir passiert hatten, in nur einer Nacht. Es stimmt, ich bin immer noch begeistert, vom Reisen, der Welt, diesem Land. Alexander hat recht, meinetwegen. Was ist schlecht daran? Dafür bin ich jemand, dem wenig reicht, Hauptsache das Wenig ist woanders. Das Provisorium ist das Türchen, das man sich offen lässt. Solange man im Provisorium lebt, bleibt man im Vorzimmer zum Ernst des Lebens.

Im Februar habe ich in Lubbock, Texas, in dem kleinen Pool hinterm Hotel gebadet, für meine Verhältnisse war es ausreichend warm, plötzlich kam einer der Angestellten mit aufgeregter Miene angerannt, der Pool sei seit einer Woche nicht gereinigt worden, er zeigte auf eine tote Maus im Wasser, die ich tatsächlich nicht bemerkt hatte, dann ging er in die Hocke und begann mit bloßen Händen Gräser und Blätter herauszufischen, die er mir wie zum Beweis seiner Fassungslosigkeit hinhielt: wie jemand auf die Idee kommen konnte, in diesem Dreck zu schwimmen! Mit solchen Dingen komme ich klar, ich weiß mich zu arrangieren. Dagegen macht mich der Gedanke an das Kind, das in Malous Bauch schwimmt, nervös. Hin und wieder durchfährt mich eine Welle der Panik, kleine Attacken auf meine innere Sicherheit. Warum jetzt schon, höre ich eine Stimme fragen, *meine*

Stimme. Vermutlich werden sich tatsächlich ein paar Dinge ändern, natürlich tun sie das, alles ändert sich. Ich werde nicht mehr weggehen können, richtig weggehen, meine ich. Verspüre ich deshalb den plötzlichen Wunsch, mich hier, auf der Toilette des Terminal 4, mit meinen Initialen zu verewigen? Denke ich also doch, dass ich nicht mehr zurückkommen werde? Ich lege meinen Laptop auf den Boden und suche nach einem geeigneten Gerät. Einen Edding habe ich nicht dabei, nur einen Kugelschreiber. Schließlich entscheide ich mich für einen Schlüssel. Während ich vorsichtig an der Wand der Kabine zu kratzen beginne, lausche ich, draußen ist ein ziemliches Kommen und Gehen. Das habe ich das letzte Mal nach dem Abi gemacht, als wir unsere Anfangsbuchstaben in die Schulmauer ritzten, ich zusammen mit Falk, verewigt in dem roten Rechteck gleich neben dem Eingangsportal. Offenbar ist es leichter, einen Backstein mit einem Schlüssel zu bearbeiten als die Klowand im JFK, das Material leistet Widerstand, es dauert, bis endlich ein M und ein H dastehen, sehr blass. Danach wasche ich mir harmlos und lange die Hände. Wieder draußen, lasse ich mir auch noch die Schuhe putzen. Zum ersten Mal. Ich hasse Leute, die sich auf einen Schuhputzthron setzen und sich bedienen lassen, noch dazu vor aller Welt. Aber in diesem Moment habe ich das Gefühl, meine Mutter würde sich freuen, wenn ich mit geputzten Schuhen nach Hause käme. Normalerweise trage ich gar keine Lederschuhe. In der Boardingschlange komme ich mir plötzlich dämlich vor. Der Glanz ist so stark, dass er alle Aufmerksamkeit auf sich zieht, alle starren auf meine strahlenden Schuhe, da bin ich mir sicher. Ich versuche, sie etwas dreckiger zu machen, indem ich mir selbst auf die Füße trete, ohne Erfolg. Vermutlich hält der Effekt noch Wochen. Sobald ich wieder an meinen Rucksack komme, werde ich mir meine Trekkingboots holen.

VIVIEN WAGENTHALER

Die Gesichter der großen Metropolen auf unserem Erdball sind allmählich zu einem einzigen, gleichförmigen Gesicht geworden, habe ich kürzlich in einer Zeitschrift gelesen. Ich kann nicht behaupten, dass diese Tatsache mir schlaflose Nächte bereiten würde. Glücklicherweise gibt es die Sprachen. Sie sorgen dafür, dass die Unterschiede bestehen bleiben. Vermutlich bedauern das die meisten Leute. Ich hingegen empfinde die trennende Wand einer fremden Sprache als erholsam.

Als Dan vor ein paar Monaten bei uns in der Klinik anfing, war es die perfekte Situation. Abgesehen vom medizinischen Vokabular war sein Deutsch ziemlich dürftig. Dan kommt aus Moldawien, wo er ein Studium absolviert hat, jetzt macht er die Facharztausbildung bei uns im St. Joseph-Klinikum. Ich arbeite als Psychiaterin in der Klinik für Seelische Gesundheit, wo ich vor allem Suizidale betreue. Solange einer noch auf der Intensiven liegt, kümmere ich mich dort um ihn. Auf diese Weise habe ich Dan kennengelernt. Anfangs waren unsere Treffen rein dienstlich, er übergab mir die Konsilscheine, wir besprachen den Zustand eines Patienten, ich entschied, wie die Weiterbehandlung aussehen soll. So läuft es immer noch, mit dem Unterschied, dass wir uns seit einigen Wochen bewusst für die Pause verabreden, wir sitzen draußen vor dem Personaleingang, neben der vollautomatischen Tür, wir gönnen uns eine Mittagszigarette, das heißt, nur ich rauche, vornehmlich, damit Dan seine Hand schützend um die Flamme hält, wenn ich sie mir anzünde. Mit welch heiligem Ernst und zugleich diskret er meine Finger dabei berührt. Unsere Plauderei über die Patienten geht meist rasch über in eine Art unbeholfenes Geflirte. Die leicht anzügliche Verwirrung, die die sprachliche Unfähigkeit stiftet, gefällt mir, ich verspüre keinerlei Lust, nachzufragen oder Missverständnisse richtigzustellen. Ich bleibe eingeschlossen in mich selbst. (Ich bin Profi genug, um die Ironie anzuerkennen, die darin liegt, dass jemand wie ich permanent anderen hilft.) Am liebsten ist mir die Vorstellung von Sex, bei dem es auf die normale menschliche Kommunikation nicht ankommt. Alles, was auf wahrhaftes Verstehen hinausläuft, hinauslaufen *soll*, erscheint mir lächerlich, ja geradezu heuchlerisch. Alexander hält es für übertrieben, wenn ich so rede, als sei ich Single, andererseits haben ihn solche Übertreibungen auch immer angemacht.

Mit Dan ist es vergleichsweise harmlos, ein Zwischenspiel, das sich wider Erwarten in ein Ärgernis verwandelt hat. Vielleicht hätte ich sogar meine Zunge in seinem Mund gehabt irgendwann, wenn der Herr nicht beschlossen hätte, plötzlich seine Sprachkenntnisse aufzupolieren. Seit Kurzem ist Dan besser geworden, was das Deutsch angeht, ein Jammer. Vermutlich steckt irgendeine Frau dahinter. Die Mauer bröckelt, bald wird sie ganz und gar eingerissen sein, und schon spüre ich, wie ich das Interesse verliere. Das Schlimme ist, seitdem er aufgeholt hat, wird Dan verbindlich. Und ich zugeknöpfter. Gestern ist er so weit gegangen, mir diesen Zustand vorzuwerfen. Er wollte wissen, was mit mir los ist. Er erkundigte sich, wo meine Dynamik geblieben sei. Meine Dynamik! – Ist es wegen deinem Mann?, fragte er. Dass er Alexander erwähnte, störte mich. Genau genommen kränkte es mich sogar, offenbar fehlt ihm jeder Sinn für Exklusivität. Dan sah mich hartnäckig von der Seite an. – Wie ist er? – Wer? – Dein Mann, ist er großherzig? (Das altertümliche Wort versöhnte mich ein wenig.) Um die Wahrheit zu sagen, ich wusste es nicht. Ich wusste es nicht *mehr.* Vor mir tauchte der Anblick Alexanders auf, sein Rücken, abends in der Küche vor dem Laptop. Unsere Geschichte war einmal etwas Lebendiges gewesen, eine Glut, inzwischen war sie nicht weniger entrückt und abstrakt als die des antiken Roms. In Gedanken legte ich sanft mein Ohr daran, an diesen langen, stummen Rücken, und lauschte, ich küsste ihn, in Gedanken. Seitdem ich aufgehört habe, Alexanders Handy oder Email-Account zu durchforsten, weiß ich so gut wie nichts mehr über ihn. – Du meinst, ob er dich irgendwann zum Duell herausfordert, wenn er erfährt, dass du deine Pausen mit mir verbringst, sagte ich zu Dan und lächelte ihn schelmisch an. So wie er zurückblickte, mit gekrauster Stirn, das Kinn leicht nach oben gereckt, erwartete er offenbar eine echte Antwort. – Lass es uns so halten, mein Mann ist das eine, und du bist das andere, einverstanden, sagte ich schließlich, um das leidige Thema zu beenden und Alexander endlich aus unserem Gespräch zu verbannen. Dans Gesichtsausdruck trübte sich, die Vorstellung schien ihn traurig zu stimmen, und ich legte ihm sofort spaßhaft tröstend die Hand auf den Unterarm, das wirst du dir doch nicht etwa zu Herzen nehmen, ich bitte dich, Dan. Noch vor wenigen Wochen wäre dieser Wortwechsel aufs Schönste in der Luft schweben geblieben, eine kleine Neckerei, begleitet von einer zärtlich-unschuldigen Berührung. Diesmal aber reagierte Dan in ungewohnter Weise. Er antwortete. – Wenn du meine Frau wärst, würde ich es nicht gestatten, dass du so etwas sprichst, sagte er. Ich sah ihn an, was meinst du? – Du behandelst die Liebe schlecht, erklärte Dan mit einer ausladenden Handbewegung, als wäre ich die Begriffsstutzige. Ich lachte laut auf (das tue ich immer, wenn ich mich in die Enge getrieben fühle), ihr Moldawier seid süß, sagte ich. Aus irgendwelchen Gründen schien es mir angebracht, seine Äußerungen als die eines ganzen Volkes hinzustellen, so ließ sich sein Vorwurf besser von mir fernhalten. Ich steckte die Hände in die Taschen meines Mantels, lehnte mich zurück und schlug die Beine übereinander. – Lieber Dan, sagte ich in einem Ton, der mich wieder zur Gebieterin über unsere Unterhaltung machen sollte, wenn ich deine Frau wäre, wäre es haargenau dasselbe, nur dass du derjenige wärst, der zu Hause sitzen würde und ein anderer hier, an deiner Stelle. Das ist nun mal das Schicksal der Liebe, sie wandert. Leicht gereizt ließ ich meine Fußspitze auf und ab wippen. Dan starrte blinzelnd ins Leere, Schicksal?, sagte er finster, ich denke, hier bei euch gibt es nur Therapien. Ich spürte, dass ich ihn wirklich vergrätzt hatte. Was mir, zugegeben, sogleich leidtat. Das ewige Spiel der Frauen. Zu denken, wir steigern das Verlangen bei einem Mann, wenn wir uns abweisend verhalten. Und noch erbärmlicher das einlenkende Zurückrudern, das für gewöhnlich gleich darauf erfolgt, um sich die Sympathien in letzter Sekunde noch zu sichern. – Also schön, sagte ich freundlich, dann widmen wir uns doch einmal ausführlich unserer potenziellen Liebesgeschichte. Sagen wir, zu Beginn unserer Liaison würde ich mich wie wahnsinnig angezogen fühlen, vor allem von deinem Husten, ich weiß, es fällt dir nicht mehr auf, dass du hustest, das geht allen Dauerhustern so, so ein kleines beständiges Räuspern, das bei den meisten von den Zigaretten kommt, bei dir ist es eher ein Tick, nehme ich an. Irgendwann würde ich dich in einer Mittagspause wie dieser küssen, zum ersten Mal. Du würdest überrascht zurückweichen, aber nur kurz, eine Sekunde lang, um meinem unausgesprochenen Vorschlag gleich darauf stürmisch zu folgen. Das Ganze würde seinen gewohnten Lauf nehmen, eine kurze erregende Leidenschaft, man sieht sich an den unmöglichsten Orten, schickt sich Nachrichten übers Telefon. Später, wenn alles sich wieder beruhigt hätte, würden wir uns noch ein paar Wochen lang verstohlen anblicken. Vor allem dein Husten würde mich jedes Mal daran erinnern, was zwischen uns war, er wäre das immerwährende Sinnbild unserer Schwäche, deiner und meiner Schwäche. Gleichzeitig wäre ich froh, um nicht zu sagen erleichtert, dass es angesichts deiner Frau und meinem Mann leicht gewesen ist, wieder auseinanderzugehen. Ergo bin also nicht ich es, sondern eine andere Frau, *deine*, die im Zimmer neben dir in ein paar Jahren die Ohren zu verschließen versucht vor deinem Gehuste, dieser ständigen akustischen Belästigung, einer Qual, die sie nur mit Mühe erträgt … Sollte ich mich also nicht glücklich schätzen, so davongekommen zu sein? Ich vollführte eine wegwischende Bewegung mit der Hand, um ihm mitzuteilen, dass der Vortrag beendet war. Dan schien nicht sonderlich beeindruckt. Was mich überraschte. – Es muss sehr schwer sein, mit dir zu leben, meinte er frostig, mehr nicht. Ich gab mir Mühe, seine Bemerkung als Kompliment aufzufassen. So wie sich diese Mittagspause entwickelte, gab es ohnehin keine Möglichkeit einer Rettung mehr, ich machte mir klar, dass die Wand im Begriff war, für immer einzustürzen. – Hör mal Dan, sagte ich, und diesmal zitterte ich leicht, wie immer, wenn ich etwas zu sagen habe, was ich tatsächlich glaube, das Leben ist ein Stück, ein Stück wie beim Theater, verstehst du, wir sind allesamt Schauspieler, nichts weiter, und aus diesem Grund ist jeder Kampf, jeder Streit, jeder Kummer nichts weiter als eine Empfindung, die zu unserer Rolle im Stück gehört. Eine Weile saßen wir da, während Leute neben uns rein- und rausströmten. – Und die Liebe, die ist also auch nur ein Spiel für dich?, erkundigte sich Dan. Hatte er tatsächlich alles verstanden, oder nur den letzten Satz? – Sagen wir, so wie ein Schauspieler tatsächlich lieben kann, antwortete ich leicht entnervt. Begriff er denn nicht, wozu unser Reden in all den Wochen da gewesen war? Wie konnte er mit einemmal annehmen, dass wir uns wie zwei normale Menschen unterhalten sollten, ich wollte mich nicht auf diese Weise unterhalten, nicht mit *ihm*. Dan hatte tatsächlich eine andere Vorstellung von unseren Gesprächen. Das wurde mir vollends klar, als er mich gleich darauf mit der Feststellung bedachte, ich sei wie die meisten Menschen im Westen unfähig zu staunen. Dabei blickte er wieder in diese unbestimmte Ferne. Fahr zur Hölle, dachte ich, ich bin nicht mehr neunzehn. Ich wollte schon aufstehen, als er erklärte, seine Großmutter hätte sogar noch als Sterbende gestaunt, die ganze Familie saß an ihrem Bett, sie hatte schon lange nicht mehr gesprochen, erst kurz vor ihrem Tod sagte sie plötzlich mit einem verwunderten Gesichtsausdruck zu den Menschen um sie herum, das dauert aber lange. Wie flüssig, umstandslos, ja geradezu elegant er das Ganze vorbrachte!, ich war entsetzt und zugleich voller Bewunderung. – Möglicherweise war es gar kein Staunen, wandte ich ein, bereit, unseren verfahrenen Mittagsplausch mit einem letzten Kraftakt doch noch zu retten, vielleicht wollte sie euch einen Hinweis geben, darauf, dass es ein ewiges Leben gibt. Dan schüttelte missbilligend den Kopf. Wie stellte er sich die Ewigkeit vor? Er schien tatsächlich zu überlegen. – Wie eine riesige … Badeanstalt, sagte er schließlich. Für den Bruchteil einer Sekunde stand die Wand in ihrer ganzen Pracht noch einmal da. Aber ich hatte mich getäuscht, wenn ich dachte, das Ganze ließe sich ohne Weiteres in die gewohnten Gewässer zurücklotsen. Dan kramte abwesend in seiner Kitteltasche, holte schließlich einen Kaugummi heraus. Er würde mir kein Eckchen davon anbieten, so viel stand fest. Er hatte sich gelöst. Entnervtheit, Resignation, auf beiden Seiten.

Ich hatte keine Ahnung, wie wir an diesen Punkt gelangt waren. Dass sogar Dans Großmutter zwischen uns aufgetaucht war. Dass Dan und ich uns gegenseitig Vorwürfe machten. Es ist absurd, jemandem Vorwürfe zu machen, der einem nicht das Geringste bedeutet. Seine Pause war zu Ende, und wir gingen mit einem kurzen pragmatischen Gruß verärgert unserer Wege. Er nahm den Aufzug, ich die Treppe. Allein in dem leeren, hallenden Treppenhaus der Klinik verspürte ich mit einem Mal den unbändigen Wunsch, mit Alexander zu sprechen, über ALLES, dachte ich, dass ich ihm den EINEN Brief schreiben müsste, in dem alles uns Betreffende stünde, schrieb dann aber nur eine kürzere E-Mail an ihn, weil ich noch zwei Konsilscheine durchgehen und einen Antrag auf Verlängerung zu Ende bringen musste.

Mit Dan hatte ich noch zwei Mal am Nachmittag zu tun, zudem wurde ein Mann mit mittelschweren Verletzungen eingeliefert, ein alter Bekannter, wie sich herausstellte. (Es ist immer derselbe Ablauf, er kauft sich an der Friedrichstraße einen teuren Mantel, lässt sich im *Borchardt* ein Drei-Gänge-Menü servieren und begibt sich im Anschluss daran auf die Gleise am Südkreuz.) Ich hatte den Eindruck, Dan gab sich mir gegenüber versöhnlich, er versuchte sogar einen Witz, aber nur im Beisein der Stationsschwester (der kleinen Drallen mit den Tattoos). Das hetzige Treiben in der Klinik hilft einem durch den Tag, es lässt einen die Dinge rasch vergessen. Es blieb höflich zwischen uns. Trotzdem fühlte ich mich ausgelaugt. Gegen Abend, im Regionalzug auf dem Weg nach Hause, verkroch ich mich hinter einem Buch: Neue Ansätze zur Angstbewältigung, die ich auf ihre Tauglichkeit für die Gruppenarbeit hin überprüfte. Es war lieblos geschrieben und wärmte alte Ansätze auf. Trotzdem blieb ich immer wieder hängen, einmal an dem Satz, die meisten Menschen gehen daran zugrunde, dass sie den Anfang nicht mit dem Ende verbinden können. Ich las ihn mehrmals hintereinander, schließlich notierte ich ihn mir sogar. Selbstverständlich wusste ich, dass er anders gemeint war, als ich ihn auffasste.

BODO STAMM

Was ich vergessen habe: Die Vergangenheit ist das, was fehlt, wenn man in einen Raum zurückkommt, den man gerade eben verlassen hat.

ELLEN RÖDER

Als Connie mich abends anrief, sprachen wir zuerst über Bodo. Das heißt, wir versuchten es, wir wollten uns erinnern, aber woran? Abgesehen von ein paar fernen Anekdoten aus dem Klassenzimmer, die uns jetzt, da er tot war, unpassend und geradezu gemein vorkamen, wussten wir absolut nichts über ihn. Selbst die Tatsache, dass er bis zuletzt hier in der Stadt gewohnt hatte, war uns entgangen. Laut Steffis Informationen litt er seit Jahren an so etwas wie Sklerose, Connie brachte den lateinischen Begriff ohne Schwierigkeit über die Lippen, in etwa das, was Stephen Hawking hat, übersetzte sie für mich, was ich ihr nicht krummnahm. Ein paar Minuten brachten wir damit herum, uns zu wundern, wieso ausgerechnet Steffi Bescheid wusste über Bodos Krankheit und sein Ende, wahrscheinlich fühlt sich jemand, der als Lehrer arbeitet, auf ewig verantwortlich für sämtliche Schulnachrichten, mutmaßten wir, selbst wenn es um etwas geht, das so weit zurücklag wie Bodo.

– Ich wäre schrecklich gern zur Beerdigung gegangen, verteidigte ich mich auf Connies Nachfrage hin (warum der verteidigende Ton? schließlich war sie selbst nicht dort gewesen), ich wollte es wirklich, aber wir lagen alle mit Scharlach im Bett, alle außer Gunnar. Was kein Wunder ist, wie sollte er sich auch anstecken, wo er kaum hier ist. Entweder ist er in irgendeinem Gefängnis oder im Atelier. Jetzt hat er mir auch noch meine Migräne gestohlen, fügte ich hinzu. Bei dieser Überleitung wurde mir wohler, ich war erleichtert, von meinen täglichen Katastrophen erzählen zu können, wie üblich, wenn ich mit Connie telefoniere. Neuerdings zieht sich Gunnar gegen achtzehn Uhr wegen angeblicher Kopfschmerzen in sein Arbeitszimmer zurück. Er behauptet, es käme von den Kindern. Wenn er sich nachmittags um die Jungs kümmern muss, könne er hinterher nichts mehr tun. Als hätte er auch nur den Hauch einer Ahnung, was Migräne wirklich heißt! (Ungefähr zweimal im Monat bekomme ich einen Schub, ich bin vollkommen kaltgestellt.) Ich kann nicht einmal etwas dagegen sagen, schließlich hat *er* im Moment den Kommerzjob. Er muss also einen klaren Kopf haben, er muss ausgeruht sein, damit er am nächsten Morgen einen frischen Blick hat, wenn er durchs Objektiv schaut. Damit hat er mich in der Hand. Wie *ich* durchs Objektiv schaue, ist egal. Oder wann. An den meisten Tagen komme ich ohnehin nicht dazu. Wenn er wenigstens den Kleinen zum Kindergarten mitnehmen würde. Aber einen Kindersitz am Mountainbike findet er unpassend, das ist ihm zu blöd, dem alten Punkrocker. Dass Connie lachte, tat mir gut. – Stell dir vor, Karl ist am Dienstag Kartoffelkönig geworden. Und wie? Weil Mama noch kurz vor sechs ins *Bio-Eck* gesaust ist. Auch Kita-Kartoffelfest, fragte die Verkäuferin nur und schaute mitleidig zu, wie ich aufgebracht in der Stiege herumkramte. Ich war bestimmt die hundertste Mutter an diesem Tag, sämtliche großen Dinger waren schon herausgepickt, das sah man sofort. Ich schaffte es, sie zu überreden, die neue Lieferung, die schon dastand, zu öffnen, einen kompletten Zwanzig-Kilo-Sack, aus dem ich mir eine riesige Knolle griff, sechshundertvierzig Gramm, ich kam mir geradezu teuflisch vor. Karl hat sogar eine Krone bekommen, und was sagt Gunnar dazu? Pass auf: Ich würde um die Liebe meiner Kinder buhlen! Er macht sich lustig, oder er ist genervt, dabei müsste *ich* diejenige sein.

Neulich hat er sich erweichen lassen und ist mit ins Kindergeschäft gekommen. Ich zeigte ihm ein paar Turnschuhe für den Großen. Er rollte mit den Augen. Warum braucht der Junge neue Schuhe?, fragt er. Weil er in diesem Sommer vier Nummern zugelegt hat, sage ich, bitte entschuldige, dass du Kinder hast, die sich entwickeln. So ist es ständig. Warum brauchen sie neue Jacken, neue Räder, schon wieder einen Schlafanzug? Als wäre es mit der Erstausstattung nach der Geburt getan. Er selbst kauft Turnschuhe neuerdings bei Saint-Laurent, im Ernst. Natürlich sind die Kopfschmerzen nur ein Vorwand. Er schafft es immer, sich seiner Arbeit zu widmen. Glaub mir, ich mache drei Kreuze, wenn der Gefängnisband endlich in Druck geht, inzwischen kenne ich die Geschichten sämtlicher Strafanstalten dieses Landes, als hätte ich selbst drin gesessen. Übrigens sorgt das Buch jetzt schon für Furore, sogar das Fernsehen war hier.

Auf jeden Fall geht es immer um ihn, vor ein paar Wochen war es das Rhythm-against-Racism-Konzert, für das er unbedingt üben musste. Stundenlang hat er sich hinter den Bass geklemmt. Wenn er nur halb so viel Eifer für die Jungs aufbringen würde. Nicht dass ich nicht stolz gewesen wäre, als er da oben auf der Bühne stand, sie schafften es wirklich, den Leuten einzuheizen, der halbe Platz tanzte. Letzten Samstag verschwindet er wieder. Wenn die Kinder Mittagsschlaf machen, könne er doch kurz ins Atelier. Wann kommt er zurück? Halb acht! Ich frage ihn, wie lange denkst du, schläft ein fast Dreijähriger nachmittags, sagte ich zu Connie. Ganz zu schweigen von einem Zehn- und Siebenjährigen. – Wenn du arbeiten willst, sei schneller als er, unterbrach sie meinen Redeschwall, verdrück dich, bevor *er* dazu kommt. Natürlich hat sie recht, aber wie soll ich Connie die Unmöglichkeit klarmachen, meine jämmerlichen, halb garen Versuche, ja, ich habe es versucht, prompt bekam

Oskar Ohrenschmerzen, dabei war ich schon an der Tür, wie eine Flüchtende. – Oskar ist krank, meinte Gunnar, ja, sagte ich, und? – In dieser Woche passt es mir schlecht, das waren die Worte meines Mannes. Connie atmete geräuschvoll aus. – Im Übrigen ist er der Ansicht, das Leben ist keine U-Haft. Ich will jetzt leben!, sagt er zu mir. Jetzt?, sage ich, was heißt das schon? Irgendwann ist immer jetzt!

Connie lag wahrscheinlich entspannt auf der Couch, ich konnte hören, wie sie etwas knabberte, während sie erklärte, eine Ehe ist wie ein Ballsaal, in dem nach und nach die Kronleuchter ausgeknipst werden, die meisten machen noch ziemlich lange im Dunkeln weiter, auch wenn das Ganze mit Tanzen nichts mehr zu tun hat. Stell dir vor, ich war sogar stolz darauf, dass ich es auch blind noch eine ganze Weile gut hinbekommen habe. Connie wird schnell grundsätzlich. Das ist bei allen Leuten so, die sich getrennt haben, sie wollen einen mit ins Boot ziehen. Ich hingegen will mich nicht von Gunnar trennen. – Ich kann mich nicht von Gunnar trennen, sagte ich zu ihr. Ich hörte, wie sie sich durchs Haar fuhr. Sie sieht immer noch gut aus, allerdings sind wir in einem Alter, in dem wir alle noch für Überraschungen gut sind, in sportlicher Hinsicht. – Jedenfalls weiß ich, dass es einen Moment gibt, wo die Tür endgültig zu ist, sagte sie. Du buhlst um die Liebe deiner Kinder … War das vielleicht der Moment? Es gab eine Zeit, da dachte ich, ich würde Connie nur benutzen. Zur Entspannung, eine Art Gegengewicht. Ich dachte, dass es mich nicht wirklich interessieren würde, worüber wir redeten, es ging um nichts. Doch inzwischen *bin* ich die Frau, die solche Telefonate führt, sie gelingen mir gut.

Connie fragte, was willst du hören, ich meine von deinem Mann? – Keine Ahnung, sagte ich und stieß geräuschvoll die Luft aus, wir verlangen doch nicht viel, oder?, ein Wort der Anerkennung für die ganze Aufreiberei. (Mit dem *wir* versuchte ich, Connie in *mein* Boot zu ziehen.) Er könnte zum Beispiel sagen, ich weiß, dass es nicht nur darum geht, den Einkauf zu erledigen oder morgens die Waschmaschine und den Geschirrspüler anzustellen, die Wäsche aufzuhängen, das Geschirr raus- und in den Schrank reinzuräumen, die Kinder in die Einrichtungen zu schaffen und sie von dort wieder abzuholen, liebe Ellen, die wahre Arbeit liegt in dem riesigen Netz, der beständigen Gedankenflut, dass alles mit allem koordiniert sein will, dass das Obst mittwochs mitgegeben werden muss, weil da Schnippeltag in der Schule ist und die Wäsche am Dienstag dran ist, wenn man am Donnerstag die Sporthose trocken haben will, dass der Anruf für das Kind, das über Nacht zu Besuch bleiben will, spätestens zwei Tage vorher eingefädelt sein muss, weil sonst die Oma am Freitag mit zwei Kindern nach Hause muss, was sie aber nie im Leben schafft, dass in einen Laternenstab auch Batterien gehören, die man rechtzeitig besorgt haben muss, das Kind am nächsten Morgen keine Mütze hat, wenn die einzige am Vortag verbummelt wurde und der Beutel nach dem Schwimmkurs nicht nur abgestellt, sondern ausgepackt werden muss, weil Badehosen nach einer Woche Schimmel ansetzen und Impftermine nicht zwei Tage vor dem Urlaub gemacht werden, danke danke danke für die Nikolausgeschenke, die Wechselwäsche im Garderobenfach, die ausgespülten Trinkflaschen, für dieses Räderwerk, das du so gut bedienst wie niemand sonst auf der Welt, wobei ich verstehe, dass man bei diesem gedanklichen Kraftaufwand abends nach neun nur noch Sinn dafür hat, am Computer einen Dinosaurier zu entwerfen, den du auf Oskars T-Shirt hast drucken lassen (niedlich, wirklich!), und du also, Finale! schlussendlich eine großartige Mutter bist.

Ich dachte, Connie würde lachen. Ich dachte, sie würde

mir eine Bestätigung liefern, eine Art Teppich, gewebt aus unseren gemeinsamen Erfahrungen als Mütter und Ehefrauen, auf dem wir uns genüsslich niederlassen würden. Stattdessen sagte sie, weißt du, was ich glaube, Ellen? Ich glaube, das ist nicht das, was du hören willst. Eine kurze Stille trat ein. Das schätze ich an Connie, sie trifft ins Schwarze, wenn man am wenigsten darauf gefasst ist. Ihre Hellsichtigkeit kommt überraschend, eine Art punktuelle Intelligenz.

Nach unserem Telefonat ging ich zuerst ins Kinderzimmer (die Großen schliefen), dann in unser Schlafzimmer (wo ich Oskar wegen des Schnupfens, den er seit einem halben Jahr nicht loswird, hingelegt hatte), und danach in mein Arbeitszimmer. Es war kalt, ich schalte die Heizung nur selten ein, es lohnt nicht, und die hohen Altbauwände schlucken immense Summen. Der Staub, der auf den Bildbänden, den Fotokoffern und Kästen lag, machte mich mutlos. (Meine Mutlosigkeit und ich, ein eingespieltes Team.) Eine Sache ohne Bilder ist nicht nur eine vernachlässigte Sache, sondern eine verlorene Sache, steht über meinem Arbeitstisch. Ein Ausspruch von Robert Capa. Er hat im Spanischen Bürgerkrieg fotografiert. Ich fotografiere seit zehn Jahren den Rückbau der Auensiedlung. Ich würde gern der Zeit bei der Arbeit zuschauen. In regelmäßigen Abständen fahre ich hin, ich streife zwischen den gestutzten Wohnblöcken herum, Vier- und Fünfgeschosser, inzwischen sind viele bunt gestrichen, in Gelb, in Feuerrot, auf den ersten Blick würde man meinen, es gibt keine Tristesse, aber das liegt tiefer. Es ist verborgen, eine übertünchte Tristesse, die Abwesenheit von irgendwas. Die Zeit, in der sie gebaut worden sind, ist verschwunden, der *Grund*, aus dem sie gebaut worden sind, aber sie sind immer noch da. Gunnar ist der Ansicht, ich sollte es mir nicht so schwer machen. Er hat mich ein paarmal begleitet. Während ich, Oskar in der Rückentrage, die Räume zwischen den Häusern betrachtete, nahm er Kontakt zu den Leuten auf, die dort Tag für Tag vor dem Supermarkt sitzen. Hobbysäufer, kranke Psychos. Er hat eine Serie von ihnen gemacht. Gunnar ist ein großartiger Fotograf. Ich sage es ihm oft. Er hat mir die Augen geöffnet. Ich bin mir nicht zu schade für eine solche Behauptung. Als Frau darf man heutzutage so was nicht sagen, die Leute verstehen es falsch, die meisten sind der Überzeugung, jeder müsse allein, auf seinem eigenen Weg zur Erkenntnis gelangen. Das kommt mir trostlos vor. Gunnar hat zu mir gesagt, du lässt dem Betrachter eine Möglichkeit, du gibst ihm nicht vor, was er zu sehen hat, auf diese Weise machst du ihn frei. Es ist lange her, dass wir darüber geredet haben, während unseres Studiums, kurz danach.

Ich versuche, die Häuser, oder das, was von ihnen noch übrig ist, so zu fotografieren wie Stephen Shore die amerikanische Landschaft fotografiert hat. Seine *Uncommon Places* liegen immer auf derselben Seite aufgeschlagen auf dem großen Ateliertisch. Ich wuchtete den Bildband hoch und hockte mich damit auf den wackligen Drehschemel. *Church and Second Streets, Easton, Pennsylvania* steht unter dem Bild, an dem ich mich nicht sattsehen kann. Eine Kreuzung, zwei Häuserfronten, vor dem schlichteren grauen Haus mit den grünen Jalousien ist ein roter Bulli geparkt. *June 20, 1974,* Shore hat die Aufnahme einen Monat nach meiner Geburt gemacht, mit einer 4 x 5, einer Großbildkamera. Von der seltsamen Stille darin, beklemmend und tröstlich zugleich, bin ich jedes Mal ergriffen. Die Melancholie kommt nicht erst im Moment des Verschwindens oder gar danach. Shore hat die Orte in einer Art Vorausschau melancholisch fotografiert, er hat gesehen, wie alles schon behaftet ist mit dem stumpfen Glanz des baldigen Untergangs. Vielleicht liegt es daran, dass keine Menschen zu sehen sind, wie auf den meisten seiner Bilder, die Welt ist ausgelöscht, nur der Ausschnitt, den Shore eingefangen hat, ist noch übrig, als wäre er zu spät gekommen, das heißt im richtigen Moment. Dass es keine Menschen gibt, ist nicht richtig. In dem hinteren Haus sitzt ein Junge am Fenster, unten im ersten Stock. Man sieht ihn nicht sofort, weil das Fenster im Schatten liegt. Eigentlich liegt es nicht im Schatten, da die Sonne gar nicht scheint. Am 20. Juni 1974 war das Licht milchig in Easton. Zum hundertsten Mal fragte ich mich, was aus dem Jungen geworden sein mag, ob Shore ihn kannte, ob er mit ihm geredet hat. Wahrscheinlich war er es, der ihn dorthin gesetzt hat. Vielleicht musste er ihn aber auch erst fotografieren, um ihn wirklich sehen zu können.

VIVIENS NACHRICHT

Gesendet: Do, 13:53

… Ein Jahr später habe ich dich in London besucht. Ich wollte nur ein paar Tage bleiben, du weißt, aber dann wurde der ganze lange Sommer daraus, unser erster Sommer als Paar, wir zwei in diesem Haus voller Ratten in Brixton. Warum fange ich davon an? Gestern ist mir ein Zettel in die Hände gefallen, ein Zettel, der für dich bestimmt war. Er stammt aus jenem Sommer, von einem Tag, einem Vormittag, an dem wir Richtung U-Bahn unterwegs waren. Du bliebst wie üblich an dem kleinen Plattenladen stehen, während ich allein weiterbummelte. Der U-Bahn-Eingang war nicht weit entfernt, ich konnte dich noch sehen. Während ich auf dich wartete, bemerkte ich einen Zettel, der mit Klebestreifen an der zugigen Wand befestigt war. Jedem, der in die U-Bahn hinunterstieg, musste er sofort ins Auge fallen, ein Blatt, wie herausgerissen aus einem Notizbuch und das mit Lippenstift beschrieben war, ein kleines Kunstwerk fast. Auf dem Zettel stand dein Name. Eine Frau namens Winnie suchte nach dir. Ich staunte. (Ich staune immer noch.) Da war jemand in der großen fremden Stadt, der dich kannte. Eine Frau, die nach dir suchte. Sie suchte nach dir, und ich kannte sie nicht. Ich riss den Zettel ab und steckte ihn ein. Den ganzen Tag war es, als hätte ich etwas Heißes, Lebendiges in der Tasche, ein puckerndes Organ. Ich war nicht verletzt, ich wusste nur, das ist der Anfang von etwas, das immer im Begriff sein würde, zu Ende zu gehen. Winzig kleine Dinge, scheinbar belanglos, banal, die angehäuft unser Leben ergäben. Mir fällt wieder ein, wie du angelaufen kamst damals, unschuldig und heiter, eine Ausgabe deines geliebten *Maximum Rocknroll* in der einen Jackentasche, in der anderen das Buch von Hannah Arendt. Von außen sah man nichts, kein Riss, kein Drama, ein junger Mann, der den Arm um die Schulter einer jungen Frau legt und sie durch den Eingang zur Underground bugsiert. Wie unerreichbar ist das Gehirn des Nächsten, noch unerreichbarer, als mir unsere Zukunft damals erschien. Ich habe dich angeblickt, und du warst nichts anderes als das, was ich kannte, was du heute noch bist. Was bist du heute? Ich habe den Zettel den ganzen Londonsommer über aufbewahrt und auch noch danach. (Falls du ihn lesen willst, er liegt auf dem Küchentisch, wenn du heute Abend kommst.) Ich habe darauf gewartet, dass du eines Tages anfangen würdest, mir von dieser Winnie zu erzählen. Natürlich wärst du nicht im Traum auf die Idee gekommen. Ich weiß nicht, was das alles bedeuten soll, jedes Geheimnis wird gelüftet irgendwann, irgendwann verlieren die Geheimnisse ihre Bedeutung. Man verpasst den Zeitpunkt, es auszusprechen, man verpasst das Jahr, den richtigen Moment, und dann verlieren sie ihre Wirkung, sie werden nichtig, eine Anekdote, man lacht, wo man weinen sollte, man vergisst. Apropos. Im Frühling haben wir ein Bund Spargel eingefroren. Du erinnerst dich nicht, ich weiß. Damit wir ihn im Herbst essen können, Spargel im Herbst wäre schön, haben wir gesagt, und dass wir es vergessen müssen, sonst wäre es keine Überraschung. Natürlich habe ich die ganzen Monate über daran gedacht. Wir sollten ihn heute Abend kochen, zur Feier des Tages, das heißt einfach so. Falls du heute Abend vor mir da bist, besorg bitte Sauce, danach reden wir, über alles, aber erst mal ist Spargelzeit. Ja?

Der erste Band der preisgekrönten Trilogie

Angelika Klüssendorf

Das Mädchen

Roman

Piper Taschenbuch, 192 Seiten
ISBN 978-3-492-31853-2

Die Mutter terrorisiert ihre Kinder, der Vater trinkt – wenn er überhaupt da ist. Aber ›das Mädchen‹ arbeitet sich mit Mut und unbeugsamem Lebenswillen durch die niederdrückenden Verhältnisse einer Jugend und rettet sich in »Brehms Tierleben« und Grimms Märchen. Schon am Anfang scheint hier alles zu Ende zu sein, aber ist das Ende doch ein Anfang?

PIPER

Leseproben, E-Books und mehr unter www.piper.de